I0639335

ANERKENNUNG FÜR

Tom Clancy-Fans, die offen für eine starke weibliche Hauptrolle sind, werden nach mehr verlangen.

— DRONE, PUBLISHERS WEEKLY

Hervorragend! Miranda ist absolut fesselnd!

— BOOKLIST, STERNCHEN-REZENSION

Miranda Chase verblüfft und bezaubert weiterhin.

— BARB M.

Flucht-Bewertung: A. Fünf Sterne! OMG, fang einfach mit Drone an und mach dich auf einen fantastischen gelesen!

— LESE-REALITÄT

Der beste Militär-Thriller, den ich seit langem gelesen habe. Ich liebe die weiblichen Charaktere.

— DRONE, SHELDON MCARTHUR, GRÜNDER
DES MYSTERY BOOKSTORE, LA

MIRANDA CHASE UND DIE DROHNE

EIN ACTION-ABENTEUER TECHNOTHRILLER

M. L. BUCHMAN

Das Werk, einschließlich seiner Teile, ist urheberrechtlich geschützt. Jede Verwertung ist ohne Zustimmung des Verlages und des Autors unzulässig. Dies gilt insbesondere für die electronishche oder sonstige Vervielfältigung, Übersetzung, Verbreitung und öffentliche Zugänglichmachung.

IMPRESSUM

Miranda Chase und die Drohne

Autor: M. L. Buchman

Übersetzer: Deepl.com (ein KI-Tool)

Herausgeber: Susanne Huxhorn (eine Person vom Typ Mensch)

Layout: M. L. Buchman

Originaltitel und Jahr: Drone © 2018 Matthew Lieber Buchman

Veröffentlicht von: Buchman Bookworks, Inc.

15 Dale Avenue, Nr. 434

Gloucester, MA 01930 USA publisher@buchmanbookworks.com

Erhalten Sie ein kostenloses Buch und entdecken Sie mehr von diesem Autor unter: www.mlbuchman.com

Titelbilder: 3D-Modell des Sukhoi Gulfstream S-21 Überschall-Geschäftsflugzeugprojekts © Pjedvaj

Schwere schwarze Gewitterwolken © spopov

MELDEN SIE SICH NOCH HEUTE FÜR DEN NEWSLETTER VON M. L. BUCHMAN AN

und erhalten:
Veröffentlichungsnachrichten
Kostenlose Kurzgeschichten
ein kostenloses Buch

Holen Sie sich noch heute Ihr kostenloses Buch.
Tun Sie es jetzt.
free-book.mlbuchman.com

Auch geschrieben von M. L. Buchman (auf Englisch)

Other works by M. L. Buchman: *(* - also in audio)*

Action-Adventure Thrillers

Dead Chef
One Chef!
Two Chef!

Miranda Chase
Drone*
Thunderbolt*
Condor*
Ghostrider*
Raider*
Chinook*
Havoc*
White Top*
Start the Chase*
Lightning*
Skibird*
Nightwatch*
Osprey*
Gryphon*

Science Fiction / Fantasy

Deities Anonymous
Cookbook from Hell: Reheated
Saviors 101

Contemporary Romance

Eagle Cove
Return to Eagle Cove
Recipe for Eagle Cove
Longing for Eagle Cove
Keepsake for Eagle Cove

Love Abroad
Heart of the Cotswolds: England
Path of Love: Cinque Terre, Italy

Where Dreams
Where Dreams are Born
Where Dreams Reside
Where Dreams Are of Christmas*
Where Dreams Unfold
Where Dreams Are Written
Where Dreams Continue

Non-Fiction

Strategies for Success
Managing Your Inner Artist/Writer
Estate Planning for Authors*
Character Voice
Narrate and Record Your Own
Audiobook*

Short Story Series by M. L. Buchman:

Action-Adventure Thrillers

Dead Chef

Miranda Chase Stories

Romantic Suspense

Antarctic Ice Fliers

US Coast Guard

Contemporary Romance

Eagle Cove

Other

Deities Anonymous (fantasy)

Single Titles

The Emily Beale Universe
(military romantic suspense)

The Night Stalkers
MAIN FLIGHT
The Night Is Mine
I Own the Dawn
Wait Until Dark
Take Over at Midnight
Light Up the Night
Bring On the Dusk
By Break of Day
Target of the Heart
Target Lock on Love
Target of Mine
Target of One's Own
NIGHT STALKERS HOLIDAYS
*Daniel's Christmas**
*Frank's Independence Day**
*Peter's Christmas**
Christmas at Steel Beach
*Zachary's Christmas**
*Roy's Independence Day**
*Damien's Christmas**
Christmas at Peleliu Cove

Henderson's Ranch
*Nathan's Big Sky**
*Big Sky, Loyal Heart**
*Big Sky Dog Whisperer**
*Tales of Henderson's Ranch**

Shadow Force: Psi
*At the Slightest Sound**
*At the Quietest Word**
*At the Merest Glance**
*At the Clearest Sensation**

White House Protection Force
*Off the Leash**
*On Your Mark**
*In the Weeds**

Firehawks
Pure Heat
Full Blaze
*Hot Point**
*Flash of Fire**
Wild Fire
SMOKEJUMPERS
*Wildfire at Dawn**
*Wildfire at Larch Creek**
*Wildfire on the Skagit**

Delta Force
*Target Engaged**
*Heart Strike**
*Wild Justice**
*Midnight Trust**

Emily Beale Universe Short Story Series

The Night Stalkers
The Night Stalkers Stories
The Night Stalkers CSAR
The Night Stalkers Wedding Stories
The Future Night Stalkers

Delta Force
Th Delta Force Shooters
The Delta Force Warriors

Firehawks
The Firehawks Lookouts
The Firehawks Hotshots
The Firebirds

White House Protection Force
Stories

Future Night Stalkers
Stories (Science Fiction)

ÜBER DIESES BUCH

"Tom Clancy-Fans, die offen für eine starke weibliche Hauptrolle sind, werden nach mehr verlangen. - Publisher's Weekly

Die leitende NTSB-Flugunfallermittlerin - gefangen zwischen einer Tarnkappendrohne und einem schweren Absturz.

Ein C-130-Transportflugzeug der US Air Force mit streng geheimer Fracht liegt zerschmettert in der Wüste Nevadas am Groom Lake der Area 51. Chinas Prototyp eines Kampfjets der fünften Generation wird vermisst. Weit oben fliegt eine Tarnkappendrohne eine sehr tödliche und sehr verdeckte Black Op. Die CIA, die US-Militärführung und das geheime National Reconnaissance Office befinden sich alle in einem politischen Kampf um die Kontrolle über die Zukunft der Nation.

Miranda Chase, das autistische Flugzeugabsturz-Genie der NTSB, landet im Zentrum des sich zusammenbrauenden Strudels. Mit einem neuen Team und einer einzigartigen Persönlichkeit muss sie die Puzzleteile zusammenfügen, um am Leben zu bleiben. Und sie muss es tun, bevor die Trümmer ihrer Vergangenheit auf sie herabstürzen und die Beziehungen zwischen den USA und China für immer zerstören.

————

Eine Liste der Figuren und Flugzeuge finden Sie unter:
https://mlbuchman.com/people-places-planes

PROLOG

Flug 630 bei 37.000 Fuß

12 nautische Meilen nördlich von Santa Fe, New Mexico, USA

Der Flugbegleiter kam zu ihren Sitz 4E, den sie in einer 767-300 nie besonders mochte. Wenigstens war die Kabine in der gewohnten 2-Klassen-Konfiguration mit 261 Sitzen ausgestattet, die derzeit mit einer Standardbesatzung von zehn Personen und einem FAA-Inspektor auf dem Jump Seat im Cockpit zu 73 % ausgelastet war.

„Entschuldigung, sind Sie Miranda Chase?"

Sie nickte.

Der Flugbegleiter machte ein Gesicht, das sie nicht deuten konnte.

Ein Stirnrunzeln? War das ein Zeichen für Wut?

Er wandte sich ab, bevor sie über die Möglichkeiten nachdenken konnte, und kehrte ohne ein weiteres Wort zu seinem Platz an der Vorderseite der Kabine zurück.

Miranda richtete die Safety Card wieder gerade, die die Vibrationen des Fluges immer wieder schief in ihrer Tasche verschoben.

Dieser Flug vom gestrigen Meeting am LAX zum heutigen Lunch-Meeting im Hauptquartier des National Transportation Safety Board in DC war so früh gestartet, dass sie beschlossen hatte, die Nacht in der Executive Lounge der Fluggesellschaft zu verbringen und an verschiedenen Berichten über Flugunfälle zu arbeiten. Sie hatte noch nie auf einem Flug geschlafen und würde ihren Schlaf heute Nacht nachholen müssen.

Miranda spürte die Veränderung, als das Flugzeug eine leichte Neigung von fünf Grad nach links einschlug. Die hellen Strahlen der Morgendämmerung über der Wüste von New Mexico verschoben sich von den linken Fenstern auf die rechte Seite.

In nördlicher Richtung hörte sie, wie die Rolls-Royce RB211-Triebwerke (die im Vergleich zu den Pratt & Whitney PW4000, die sie immer als störend empfand, einen angenehmen hohen Ton von sich gaben) etwas langsamer wurden und einen langsamen Sinkflug signalisierten. Der Pilot wechselte von einem ostwärts gerichteten Kurs, der mit einer ungeraden Zahl von Tausend Fuß geflogen werden sollte, zu einem westwärts gerichteten Kurs, der mit einer geraden Zahl geflogen werden musste.

Dann griff der Flugbegleiter zum Intercom-Telefon und ein lautes Kreischen schallte durch die Kabine. Die meisten Leute schliefen noch und es gab leise Beschwerden und ein Rascheln in der ganzen Kabine.

„Wir bedauern, Ihnen mitteilen zu müssen, dass es einen Notfall am Boden gibt. Ich wiederhole: Mit dem Flugzeug ist alles in Ordnung. Wir werden nach Las Vegas zurückgeleitet, wo wir einen Passagier aussteigen lassen, auftanken und dann unseren Flug nach Washington fortsetzen werden. Wir entschuldigen uns für die Unannehmlichkeiten."

Im ganzen Gang ertönten nun Rufe der Beschwerde.

Der Flugbegleiter starrte sie direkt an, als er die

Sprechanlage mit deutlich mehr Kraft als nötig in die Halterung zurückschob, um sie richtig einzusetzen.

Oh. Sie war es, die von Bord gehen würde. Das bedeutete, dass es einen Unfall gab, der einen NTSB-Ermittler brauchte - einen großen, wenn sie eine Stunde in die falsche Richtung zurückflogen.

Zum Glück hatte sie immer ihre Ausrüstung dabei.

Aus irgendeinem Grund murmelte ihr Sitznachbar etwas Unflätiges. Miranda ignorierte es und begann, sich vorzubereiten.

Nur der Absturz war wichtig.

Sie richtete die Safety Card noch einmal aus. Sie hatte sich mit der veränderten Oberwelle der RB211-Triebwerke in die andere Richtung verschoben.

———

Chengdu, Zentralchina

Luftwaffenmajor Wang Fan zog leicht den Steuerknüppel des letzten Prototyps des Shenyang J-31-Jets zurück, der exklusiv für die Luftwaffe der Volksbefreiungsarmee entwickelt wurde. Daraufhin erhob sich Chinas neuester Kampfjet wie eine Katapultrakete von der PLAAF-Basis in der Ebene um die hoch aufragende Stadt Chengdu.

Es fühlte sich an, als wäre er gerade von Chen Mei-Li gepackt worden.

Noch nie hatte eine Frau ihm das Gefühl gegeben, ein richtiger Mann zu sein. Fan hatte nicht gewusst, dass er in einer einzigen Nacht so oft über den ultimativen Gipfel gebracht werden konnte. Mehr als einmal hatte er schon fast befürchtet, dass sich sein Vorname bewahrheiten und er über ihr zusammenbrechen würde - seine Testpilotenkollegen machten sich oft über seinen Vornamen Fan lustig, der "sterblich" bedeutete.

Natürlich war er noch nie mit einer Frau zusammen gewesen, die einen Wochenlohn kostete. Es würde mindestens einen Monat dauern, um genug Geld vor seiner faden Frau zu verstecken - die sich jetzt als viel unfähiger herausstellte, als er gedacht hatte - um sich eine weitere Nacht mit Mei-Li, dem schönen roten Juwel, zu kaufen.

Wenn dieser Flug gut verlief, würde er vielleicht von *Shao Xiao* zu *Zhong Xiao* befördert werden - vom Major zum Oberstleutnant - und das Geld, das damit verbunden war, könnte er seiner Frau einfach nicht mitteilen.

Das war möglich. Schließlich war Generalleutnant Zhang Ru der Onkel seiner Frau. Hatte er Fan nicht aus dem Offizierskorps geholt, um Testpilot zu werden, und Fan seiner eigenen Nichte vorgestellt und sie ermutigt, seine Frau zu werden?

Onkel Ru hatte ihn persönlich dafür ausgewählt, als erster in der chinesischen Luftwaffe den neuen J-31 zu fliegen - eine große Ehre.

Jeder einzelne Flug in der langen Testwoche hatte auf dem vorherigen aufgebaut. Heute hatte er endlich die Erlaubnis erhalten, wirklich die Grenzen des J-31 zu testen.

Und jetzt hatte Onkel Ru seine Nacht im Himmel mit Chen Mei-Li arrangiert.

Fan hatte sich an diesem Morgen wahrhaftig *unsterblich* gefühlt, als er auf sie zukam, ihren Bademantel beiseite schob und von hinten in sie eindrang, während sie sich über den Frühstückstisch beugte, um den Tisch zu decken, und der weiße Reis durch ihre Überraschung weit verstreut wurde. Gedämpfte Brötchen fielen auf die blau-weißen Bodenfliesen, auf denen antike Gärten und elegante Kurtisanen abgebildet waren, und jedes *Schweinefleisch-Baozi* explodierte in Zeitlupe wie eine kleine Bombe.

4

Für immer würde die feurige Mischung aus Ingwer, Sesam und Fünf-Gewürze seine Erinnerungen an diese reinste sexuelle Perfektion würzen.

In diesem Moment der krachenden Befreiung war er tatsächlich in *Tian* eingetreten und wurde zu Yùdi, dem Jadekaiser, der Mazu, die Jadekaiserin, in ihren himmlischen Arsch nahm. Er war nicht Wang der Prinz (wie sein Nachname bedeutete) oder sogar König - er war ein Gott.

Allein für das Geschenk der letzten Nacht würde er alles tun, was sein Onkel verlangte.

Als erster Pilot der Luftwaffe, der die J-31 *Sŭn* flog, Jagdfalke in Englisch, das Onkel Ru ihn immer wieder zu lernen drängte, würde er auch noch lange Zeit das Recht haben, als Pilot zu prahlen. Auch das hatte er dem ehrenwerten Onkel Ru zu verdanken.

Die beiden WS-13E-Triebwerke aus chinesischer Produktion lieferten einen Schub von 200 kN, also über 46.000 Pfund, der mit einem einzigen Gebrüll direkt in sein schmerzendes Glied geschossen wurde. Der sechzehn Meter lange Kampfjet der fünften Generation stürzte sich in den Himmel. Es war erst der vierte Düsenjäger der fünften Generation auf der Welt - und er persönlich hielt die russische Sukhoi Su-57 für überbewertet. Außerdem war der russische Jet immer noch nicht mehr als ein Prototyp, sodass der J-31 der dritte der neuen Generation war (den J-20 zählte er nicht mit, obwohl er zuerst geflogen war, denn mit der Ankunft des J-31 war der zwei Jahre alte Jet bereits veraltet).

Die beiden amerikanischen Flugzeuge der fünften Generation waren leider sehr beeindruckend. Jetzt war es an der Zeit, sie in ihre Schranken zu weisen.

Der Jagdfalke sah am Boden unbeholfen aus, mehr Flügel als Flugzeug. Die Formen waren im Vergleich zu den anderen Flugzeugen der PLAAF völlig falsch. Aber wie bei der amerikanischen F-35 Lightning II, die den überlegenen chinesischen Ingenieuren als Vorbild diente, spielte das Aussehen keine Rolle. Er flog tatsächlich wie sein Namensvetter, der größte aller Falken.

„Überschreiten fünftausend Meter, Mach 0,9. Alle Systeme nominal", fuhr er mit seinem laufenden Bericht fort. Er würde es nicht über Funk melden, denn die bösen Amerikaner würden selbst hier in Chengdu, tausend Kilometer von jeder Grenze entfernt, mit ihren Satelliten mithören. Das war auch der Grund, warum sie hier testeten und nicht in Shenyang, so nahe bei den amerikanischen Abhörposten in Südkorea und Japan.

Anstatt zur Basis zu funken, sollte er den Testflug für den internen Cockpit-Rekorder kommentieren. Alle Sensoren, die für diesen Testflug angebracht waren, würden weit mehr Informationen aufzeichnen, als er bei den brutalen Beschleunigungskräften jemals herausgrunzen könnte.

Nein, *Onkel Ru* hatte das gewollt. Und er war derjenige, der die Funkstille angeordnet hatte, trotz der fortschrittlichen Verschlüsselungssysteme in seinem Funkgerät.

Und warum?

Denk nach, Fan. Denke wie der Anführer, den Onkel Ru aus dir machen will.

Ah!

Sein Schweigen würde dafür sorgen, dass kein anderer Befehlshaber Informationen vor Onkel Ru bekommen könnte.

Er *war* ein sehr weiser Mann und Fan hatte noch viel von ihm zu lernen. Fan würde so viel wie möglich aufnehmen und dann dafür sorgen, dass das Band nur in die Hände seines Onkels gelangte.

„Der Flug ist ruckfrei", zumindest im Vergleich zu den russischen RD-93-Triebwerken mit fünfzehn Prozent weniger Leistung, die in den Prototypen verbaut waren.

Der J-31 bot zwar nicht den stabilen Flug, den man von der so ähnlichen amerikanischen F-35 Lightning II kannte, aber es war das erste Serienmodell, das an die Luftwaffe der Volksbefreiungsarmee ausgeliefert wurde, und vorerst gehörte das siebzig Millionen Dollar teure Flugzeug nur ihm.

„Beeindruckend sauberer Übergang durch Mach 1." Normalerweise war der Übergang ein hartes Rütteln, als würde er mit seinem CFMoto 650-Motorrad einen unbefestigten Feldweg hinunterfahren.

Er erläuterte die Unterschiede zwischen der Shenyang J-16 (die von der russischen Sukhoi Su-35 kopiert wurde - mit all ihren Triebwerksproblemen, die ihn bei den Tests fast umgebracht hätten) und der Chengdu J-20 (Chinas erstes selbst entwickeltes Überschall-Tarnkappenflugzeug - mit Ausnahme einiger "übernommener" Details aus dem amerikanischen Tarnkappenflugzeugprogramm).

Jedes Mal, wenn er die Schallmauer durchbrach, war er erstaunt, wie laut es war, jenseits des Übergangs zu fliegen. Die pfeilförmige Spitze des Jets riss die Luft auf, die von den harten Rippen des Tarnkappenrumpfs in Abschnitte geteilt wurde, um den Überschallflug zu erleichtern. Das Dröhnen der mächtigen Triebwerke wurde durch den Rumpf übertragen und war nicht mehr zu überhören.

„Mach 1,5 bei zehntausend Metern. Ich bereite mich auf die Beweglichkeitstests vor." Chen Mei-Li war achtzehn Jahre lang in dem staatlich geförderten Turnerprogramm aufgewachsen. Jetzt, mit einundzwanzig Jahren, war sie zu alt, um an Wettkämpfen teilzunehmen, aber sie hatte ihre geschmeidige Gestalt und ihre unglaubliche Beweglichkeit mit ins Schlafzimmer gebracht.

Der Jet fühlte sich genauso reaktionsschnell an, und er war gerade in seiner besten Zeit.

Der J-31 war in erster Linie für den Luft-Kampf konzipiert. Er war für niedrigere Flughöhen als die Bomber gedacht und bot selbst bei Überschallgeschwindigkeit eine außergewöhnliche Manövrierfähigkeit.

Er begann mit einer einfachen Drehung - er flog in einer geraden Linie und rollte das Flugzeug seitlich über die Flügel. S-Turns und Loopings wurden zur zweiten Natur, als er das Verhalten des Jets bei Überschallgeschwindigkeit kennenlernte.

Schließlich zielte er gerade nach oben und öffnete die Nachbrenner weit. Der Jet trieb in den Himmel, bis nicht mehr genug Luft für die Triebwerke da war. Er wurde allmählich langsamer, bis er für einen Moment mit seinem Schwung in der Luft hing, perfekt ausbalanciert: zwanzig Kilometer in den Himmel mit 46.000 Pfund Schubkraft.

Er streckte eine Faust aus und hob nur den kleinen Finger in Richtung der Satelliten, die im Weltraum kreisen.

„Dein Schwanz ist kleiner als das hier, Amerika!"

Er hoffte halb, dass ihre Kameras stark genug waren, um seine Geste zu sehen. Sie wussten nichts über die Bedeutung von Macht.

Vielleicht würde er heimlich etwas Geld von seinem privaten Sparkonto abheben und diesen Flug in Chen Mei-Lis Armen feiern. Er würde seiner Frau sagen, dass er zur Nachbesprechung in der Basis gebraucht wurde. Oder vielleicht würde er seine Frau einfach so meisterhaft nehmen, wie er Mei-Li heute Morgen genommen hatte.

Schließlich kippte der Jet und stürzte nach unten, wo er wieder in die dichte Atmosphäre geriet. Mit Mach 1,7, der Höchstgeschwindigkeit des Flugzeugs, flog er dicht über den riesigen Reisfeldern des Sichuan-Beckens dahin. Er stellte sich vor, wie der krachende Schall über die Bauern und ihre Frauen hinwegrollte, während das neueste Juwel der PLAAF so dicht vorbeisauste. Vielleicht würde die schiere Kraft des Jagdfalken die Töchter der Bauern zum Orgasmus bringen, wenn er vorbeiflog.

Fan machte eine harte Kurve und raste in die Ausläufer der Hengduan-Bergkette. Sie begannen abrupt westlich von

Chengdu und stiegen schnell an, bis sie den furchteinflößenden Gongga Shan auf über siebentausend Meter Höhe erreichten. Er war höher als jeder mickrige Gipfel in Nordamerika und nur fünfzehnhundert Meter niedriger als der mächtige Everest.

Die nächste Phase des Tests bestand darin, immer tiefer in diese Täler und Schluchten vorzudringen, um die Wendigkeit des Jets in der realen Welt zu testen. Wenn Indien zum Feind und nicht zum Verbündeten werden würde, könnte die Schlacht im Himalaya stattfinden.

Der Hochgeschwindigkeitsflug im Tiefflug war der größte Adrenalinstoß, den es gab. Er stürzte sich auf das Testgelände und brachte mit seinem Flug selbst die Berge zum Beben. Ein Gebiet von Tausenden von Quadratkilometern war von den einheimischen Bergstämmen geräumt worden und diente ausschließlich dazu, dass die Piloten neue Flugzeuge bis an die Grenzen testen konnten.

Gerüchte besagten, dass die amerikanischen Piloten die Steuerungen nicht berühren mussten. Dass sie ihren Flug mit einfachen Bewegungen der Augen und des Kopfes steuern konnten. Wo war da der Spaß? Wang Fan spürte, wie der Gyrfalke vibrierte und zitterte wie eine Frau, als er seinen Befehlen gehorchte.

Er umkurvte einen Gipfel, der sich tausend Meter über ihm erhob, und schlug eine harte Salve von rechts nach links, um dem nächsten auszuweichen. Bei achthundert Kilometern pro Stunde legte er alle zwei Sekunden einen Kilometer zurück. Die Gipfel des Hengduan-Gebirges drängten sich bei dieser Geschwindigkeit dicht an dicht.

Da er trotz des Druckanzugs, der seine Beine und seinen Unterkörper zusammendrückte, um das Blut in sein Gehirn zu leiten, nicht vollständig zu Atem kam, beendete er seine Audioaufzeichnung und überließ es den Instrumenten, seine

Handlungen aufzuzeichnen. Onkel Ru war zu seiner Zeit ein großer Pilot gewesen. Er würde es verstehen.

Fan raste in das Daxue-Gebirge, den höchsten Teil des Hengduan. Wie leicht würde es sein, über diesen letzten schneebedeckten Kamm auf das tibetische Plateau zu klettern und diese rebellischen Primitiven mit einer Flotte von Jets wie dieser endlich vollständig zu unterwerfen?

Nicht auf der heute geplanten Mission, aber eines Tages würde er sie zur Strecke bringen, so wie er...

In der Nähe des eisigen Prunkstückes des mächtigen Gongga Shan, das so stolz in seiner gletscherbedeckten Pracht stand, fiel ein Schatten auf sein Cockpit. Einen Moment lang hatte die Sonne stark aus dem Südosten geschienen, dann war sie erloschen.

Er drehte sich, um in die Luft zu schauen. Ein nadelförmiges Flugzeug mit einem breiten Deltaflügel verdeckte die Sonne. Die Hitze des Zorns schoss durch ihn hindurch. Niemand außer ihm sollte den Testbereich benutzen. Wer wagte es, sich anzumaßen?

Er war grau gesprenkelt und hatte einen ungewöhnlich langen Nasenstachel, der dazu beitragen musste, die Überschallluft zu zerreißen. Seine glatten Linien waren geschmeidiger als die einer schönen Frau.

Der Rumpf war zu schlank, um einen Piloten zu tragen.

Es musste eine Drohne sein!

Es war sicher nicht AVIC. Die Aviation Industry Corporation of China mochte eines der größten Unternehmen der Welt sein - eine winzige Abteilung stellte den großartigen J-31 Gyrfalcon her -, aber er kannte ihre Drohnen. Es sei denn, es handelte sich um eine andere Abteilung von AVIC, die ihn reinlegen wollte? Nein. Chinas erste Überschalldrohne, *Dark Sword*, befand sich noch in einem frühen Stadium der Entwicklung.

Und das Modell sah überhaupt nicht so aus wie das hier.

Es war genauso lang wie sein Jet, aber es war keine Konfiguration, die er je zuvor gesehen hatte.

Er hielt seinen Kurs, bis er nahe genug an den Gletschern des Gongga Shan war, um in einzelne Gletscherspalten hinunterzusehen. Im letzten Moment kippte er zur Seite und hoffte, dass die Drohne ihren Kurs in den Berghang überfliegen würde. Das klappte nicht. Sie kam immer näher, bis sie direkt über seinem Kopf flog. In weniger als zwanzig Metern Entfernung schien sie den Himmel zu füllen.

Als er sein KLJ-7A-Radar von der Sichtweite auf den Nahbereich umschaltete, sah er ... nichts. Obwohl er nahe genug dran war, um die Markierungen zu lesen - falls es überhaupt welche gab -, war es kaum mehr als ein Fleck turbulenter Luft. Ihre Tarnkappe war der des J-31 bereits eine Generation oder mehr voraus.

Nichts, was er versuchte, konnte sie aus seiner Position direkt über seinem Cockpit bewegen. Er führte Manöver durch, von denen er nicht wusste, dass er sie beherrschte: Drehungen, Rollen und abgebrochene Tauchgänge.

Der J-31 verhielt sich großartig.

Aber die Drohne spiegelte seine Bewegungen mit unwirklicher Perfektion wider.

Zuerst dachte er, dass es sich einfach nur an seinem Flugzeug orientieren würde. Aber dann gab es Momente, in denen sie kleine, unvorhersehbare Anpassungen vornahm, die bedeuteten, dass irgendwo ein Pilot die Kontrolle hatte - ein Pilot mit einer Reaktionszeit, wie er sie in seiner ganzen Karriere noch nie gesehen hatte. Fan hatte es aufgrund seiner außergewöhnlichen Reaktionsgeschwindigkeit zum Testpiloten geschafft, aber mit dem Piloten der Drohne konnte er nicht mithalten.

Und zum ersten Mal, seit Mei-Li sein Blut so stark erhitzt hatte, dass er dachte, es würde sich in Dampf verwandeln, spürte er einen kalten Schauer.

Onkel Ru musste davon erfahren, aber das Funkgerät gab nichts außer Rauschen zurück, als er den Befehl ignorierte und es versuchte. Die Drohne blockierte seine Übertragungen, was eigentlich nicht möglich sein sollte.

Die Drohne war nicht aus China.

Und sie war nicht russisch. Schon gar nicht tausend Kilometer weit in China.

Sie musste amerikanisch sein - und sie jagte ihn.

Es gab keine Waffe, die er gegen etwas einsetzen konnte, das näher flog als sein eigener Schatten.

Als hätte sie seine Gedanken gelesen, zog die Drohne vor ihm her. Er hörte keinen Überschallknall, als sie vorbeiflog, obwohl er das hätte tun sollen. Getarnt und ohne Knall? In der Tat beeindruckend.

Mit Mach 1,79 - zweitausendeinhundertvierzig Stundenkilometer in dieser Höhe - sank sie abrupt ab und flog zehn Meter vor ihm. Weniger als eine Hundertstelsekunde vor ihm.

Die Präzision der Bewegung verblüffte ihn einen Moment zu lange.

Wang Fan versuchte, zur Seite abzudrehen, aber es war zu spät - zu spät in dem Moment, als die Drohne sich in Bewegung setzte. Er wusste, dass er es nie zum Oberstleutnant schaffen würde und dass er nie wieder in den Ruhm von Chen Mei-Li eintauchen würde.

Die turbulente Luft im Überschallwindschatten der Drohne zerschmetterte sein Flugzeug genauso sicher wie der Aufprall auf den Boden.

Wang Fan griff nach dem Notgriff, zog ihn aber nicht, denn er wusste, dass ihn auch der Schleudersitz nicht mehr retten konnte. Heute würde sein Name - der Sterbliche Prinz - wahr werden.

Das Letzte, was er sah, war, wie die Drohne zur Seite drehte und einen letzten Blick auf die eisigen Gletscherspalten des Gongga Shan geradeaus freigab.

Er würde auf dem mächtigen Gipfel nicht mehr Eindruck hinterlassen als ein *Schweinebaozi*, der auf einen blau-weißen Fliesenboden spritzte.

CIA, Langley, Virginia

CLARISSA REESE SAẞ ALLEIN IN EINEM SICHEREN Beobachterraum drei Stockwerke unter dem neuen Hauptquartiergebäude. Sie beobachtete die gewaltige Lawine, die jedes Anzeichen des Shenyang J-31 und seines Piloten tiefer und tiefer begrub. Die Chinesen würden sie dort niemals finden.

Ihr Pilot, der tief in einem Kontrollbunker in Nevada saß, hatte seine Drohne in Formation mit der J-31 geflogen, als die hohen Gipfel alle chinesischen Überwachungssatelliten blockierten. Von diesem Moment an konnte die Drohne nur bei genauester Betrachtung als eine seltsam dumpfe Reflexion der J-31 erkannt werden - denn nichts anderes konnte so nah an einem Überschallflugzeug sein, das Hochgeschwindigkeitsmanöver durchführte. Die Chinesen würden das bis in ihre Stiefel hinein glauben.

Ihre Quelle hatte sie auf die eskalierende Serie von J-31-Tests in den letzten Tagen aufmerksam gemacht und ein CIA-Analyst hatte dies bestätigt, so dass Clarissa genug Zeit hatte, die Drohne in der Nacht zuvor nach China fliegen zu lassen. So konnte sie den Ort und die Zeit des Treffens selbst bestimmen. Die drei Minuten des Nahflugs hatten alarmierende Informationen über die wahren Fähigkeiten des J-31 geliefert.

Die Chinesen waren von gestohlenen Plänen für die F-35 Lightning II ausgegangen und hatten sie mit Bravour kopiert.

Durch Diebstahl und massiven Aufwand hatten sie einen technologischen Fortschritt erzielt, für den sie eigentlich ein weiteres Jahrzehnt gebraucht hätten. Wie die Japaner in den 70er und 80er Jahren, die Elektronik und Computer zurückentwickelten, waren die Chinesen nun Meister im Kopieren amerikanischer Erfindungen.

In den siebenundvierzig Minuten, in denen sie den Jet seit seinem Start vom Flughafen Fenghuangshan in Chengdu verfolgt hatten, war kein Funkspruch des Piloten zu erkennen gewesen. Sobald die Drohne in Formation war, hatte sie die Funkfrequenzen der J-31 blockiert, aber die Meldesysteme der Instrumente aktiv gelassen.

Sie stellte sich das Entsetzen der Chinesen vor, als sie sahen, wie ihr wertvoller Jet wild außer Kontrolle geriet - der Versuch des Piloten, sein Leben zu retten - und dann verschwand.

Die Wucht des Aufpralls auf den Berghang hatte garantiert, dass nichts, was größer als ein Metallbolzen war, überleben würde. Der endgültige Absturz war so geplant, dass er von keinem anderen Satelliten als dem USA-224 KH-11 Schlüssellochsatelliten der CIA gesehen werden konnte - einer erdnahen Kopie des Hubble-Weltraumteleskops und einer der vier aktiven, echtzeitfähigen Satelliten. Eigentlich war das Hubble eine dem Weltraum zugewandte Version des früheren KH-11.

Die Drohne hatte bei einem nahen Vorbeiflug jedenfalls kein Notrufsignal empfangen.

Sie sprach in die gesicherte Verbindung zum Kontrollbunker in Nevada, die während des gesamten Fluges stumm geblieben war.

„General Harrington, bring sie nach Hause."

„Ja, Ma'am."

Sie schloss die Verbindung.

Als sie das beste Bild der Lawine vom letzten Überflug der

Drohne auf ihrem Bildschirm einfror, versuchte sie, irgendein Zeichen des chinesischen Flugzeugs zu erkennen. Es gab nicht einmal eine Andeutung von seinem endgültigen Ruheplatz. Kein Fleck einer Treibstoffexplosion auf der Oberfläche des unberührten Eis. Es war einfach weg.

Die Shenyang J-31 hatte nicht genug Treibstoff gehabt, um eine Grenze zu erreichen, so dass ihr Militär gezwungen war, einen möglichen Überlauf zu streichen. Sie hatte sich einfach chaotisch verhalten, als ob der Pilot um sein Leben gegen ein versagendes Flugzeug kämpfte, das dann für immer in dem engen Bergtal verschwand. Keine Suche würde irgendwelche Beweise finden, bis es in Jahrzehnten oder gar Jahrhunderten aus dem Gletschergrund herausfiel.

Clarissa würde dafür sorgen, dass ihre Agentin in Chengdu Generalleutnant Zhang Ru davon überzeugte, dass es sich um einen Fehler am Flugzeug handelte. Wenn Ru das nächste Mal in den Armen der Agentin lag, würde sie einen Hinweis auf das Problem fallen lassen, das der Pilot in der gemeinsamen Nacht "zufällig" erwähnt hatte. Das würde die Saat des Zweifels legen. Vielleicht etwas, das er entdeckt hatte, aber er wollte seinen Kommandanten nicht beschämen, indem er ihn auf den Fehler des Flugzeugs hinwies.

Ja. Das sollte gut funktionieren. Und die hochdetaillierte Menge an geheimen Informationen, die der Pilot in das Kontrollgerät der ehemaligen Turnerin ausgeplaudert hatte, würde nur für Clarissas Leute bestimmt sein.

Sollte die Agentin um den verlorenen Piloten auf Rus Schulter weinen oder nicht?

Das Mädchen würde es wissen; sie war perfekt.

Chen Mei-Lis Trainer hatte es bei der letzten Olympiade leicht gemacht, die hübsche Turnerin zu rekrutieren. Er hatte sie (gerade außerhalb den Augen des internationalen Fernsehens) zu Boden geschlagen, weil sie nur einen

Zehntelpunkt hinter einer sorgfältig unter Drogen gesetzten russischen Aufziehpuppe hinter der Goldmedaille lag.

Dass der Bastard sich auch noch zu ihrem persönlichen und privaten Trainer gemacht hatte - auf eine Art und Weise, die nichts mit dem Turnen zu tun hatte - machte Clarissas Aufgabe nur umso leichter. Mei-Li hatte einen unstillbaren Hunger nach Rache an den Institutionen ihres Heimatlandes bewiesen.

Sie behauptete, sie sei mehr als bereit, ihren Körper für diesen Zweck zur Verfügung zu stellen und hatte Clarissas halbherziges Angebot einer Extraktion zweimal abgelehnt - nicht, dass sie es tatsächlich getan hätte. Mei-Li war eine außergewöhnliche Ressource, die nicht zu ersetzen war.

Clarissa hatte die unsterbliche Dankbarkeit der Chinesin zementiert, indem sie dafür sorgte, dass das Auto des Trainers noch vor Ende der Spiele einen schrecklichen Unfall hatte.

Aus rein persönlichen Gründen hatte sie einen gut platzierten Medizintechniker der Agentur benutzt, um sicherzustellen, dass sein Tod langsam und äußerst schmerzhaft war. Zu schade für ihn, dass er die Fähigkeit zu schreien verloren hatte.

Clarissa löschte alle Aufzeichnungen der Drohnen- und Satellitensitzung aus dem Speicher des sicheren Servers im Beobachtungsraum - einer der vielen Vorteile, wenn man eine Freigabe auf Direktorenebene hatte - und vergewisserte sich dann, dass keine Strähnen ihres typischen weißblonden Pferdeschwanzes zu sehen waren. Der aalglatte Look in Kombination mit ihrer Körpergröße von 5,10 und dem Anziehen von Stöckelschuhen sagte: "Leg dich mit mir an, auf eigene Gefahr." Das musste sie nicht mehr als zwei oder drei Mal beweisen, bevor ihr Ruf ihr vorauseilte.

Männer wurden immer aus dem Gleichgewicht gebracht, wenn sie sich umdrehte und sie den Rest ihrer Haare sahen. Es war kein ordentlicher, kurzer, sportlicher Pferdeschwanz.

Stattdessen war ihr Haar dort, wo es über die Schultern bis zur Mitte ihres Rückens ging, stark gewellt. Im Jahr 2001 kam ein Artikel im *Journal of Experimental Psychology* - den sie zwischen den Sitzungen der Teenager-Sklaverei auf der Couch im Büro ihres Vaters las - zu dem Schluss, dass Männer lange Haare als Zeichen sexueller Gesundheit wahrnahmen.

Am Tag des Todes ihres Vaters - von dem sie sich im Nachhinein wünschte, dass er zehnmal schmerzhafter gewesen wäre als der Tod des Coaches - hatte sie ernsthaft damit begonnen, ihr Haar wachsen zu lassen. Sie trug ihr Haar nicht mehr kurz, um zu vermeiden, dass man es als Haltegriff nahm, aber auch keiner der unvorsichtigen Schergen, die es wagten, ihren Weg zu kreuzen, würde es jemals anfassen. Sie trug es nur zu *ganz* besonderen Anlässen offen.

Mit einem scharfen Klacken auf dem Marmorboden kündigten ihre hohen Absätze ihr Kommen an, als sie in ihr Büro im obersten Stockwerk schritt. In der Welt der unauffälligen Frauen verkündete sie, dass die Direktorin für Sonderprojekte der CIA auf dem Weg war und jeder sie fürchten sollte. Das war auch gut so, denn sie hatte gerade das chinesische Jet-Programm der fünften Generation um Jahre zurückgeworfen.

Feinde sollten alle mit einem Maximum an Vorurteilen ausgelöscht werden. Ihr Land war alles, was zählte. Liebhaber? Gelegentlich. Freunde? Wer hatte die Zeit dazu?

1

DAS TRÜMMERFELD DES C-130 HERCULES-TRANSPORTFLUGZEUGS lag verstreut in der Hochwüste des NTTR. Miranda hatte nur zwei andere Absturzuntersuchungen auf dem Nevada Test and Training Range durchgeführt und keine davon so nahe an der hochsensiblen Basis am Groom Lake, besser bekannt als Area 51. Es gab nur drei Inspektoren des National Transportation Safety Board, die innerhalb des NTTR arbeiten durften, und sie war wohl die, die am nächsten gewesen war. Aber sie war noch nie so dicht am Groom Lake selbst gewesen.

Hier sind Aliens! Tante Tanya hätte sie vielleicht geneckt. Ihre Kindheitstherapeutin, die sie nach dem Tod ihrer Eltern auf der Familieninsel großgezogen hatte, schien das aus Gründen, die Miranda nie ergründen konnte, gerne zu tun. Sie hatte gelernt, zu erkennen, wann Tanya das tat - ihr überspannter Tonfall war ein hilfreiches Zeichen - aber die Logik blieb ihr verborgen. Das war nur einer der vielen Effekte, die ihre Autismus-Spektrum-Störung mit sich brachte.

Aus der Höhe des UH-1N Huey Hubschraubers, der sie am Flughafen von Las Vegas abgeholt hatte, war der Groom Lake eine schmutzig-weiße Salzfläche, die wahrscheinlich seit der letzten Eiszeit kein stehendes Wasser mehr gesehen hatte. Er lag in einem engen Tal tief im Herzen des größten und sichersten Testgebiets des US-Militärs - der NTTR beanspruchte den größten Teil des südlichen Nevadas.

Die Berge versperrten die Sicht auf den Groom Lake, aber die eigentliche Sicherheit waren seine riesigen Hangars. Alles wurde bei Tageslicht so weit wie möglich drinnen gehalten und die Flugzeuge kamen nur in der Dunkelheit der Nacht aus ihren geheimen Höhlen. Wie Waschbären oder bösartige Wombats tauchten die tödlichsten Flugzeuge der Nation aus ihren geheimen Höhlen am Groom Lake auf - dem ultimativen Testgelände.

Dort, gleich hinter der niedrigen Einkerbung in den Hügeln, wo die C-130 abgestürzt war, wurden die Spionageflugzeuge U-2 und SR-71 Blackbird entwickelt. Heimlich erworbene russische Jets wurden in Luftkämpfen über dem Groom Lake ausgiebig getestet. Der F-117 Nighthawk - der erste einsatzfähige Tarnkappenjäger der Geschichte - wurde ebenfalls am Groom Lake entwickelt, bevor er schließlich zum nahegelegenen Tonopah Testing Range Airport umzog, sobald er betriebsbereit war, um Platz für andere Projekte zu schaffen. Jetzt waren alle Nighthawks in Tonopah stationiert, die durch den unaufhaltsamen Fortschritt des amerikanischen Erfindungsgeistes in ihrem zweiten Jahrzehnt bereits veraltet waren.

Wie banal, dass ein C-130-Frachttransporter genau an der Grenze zum streng geheimen Bereich abgestürzt war. Es war eines der am weitesten verbreiteten Militärflugzeuge in den USA und sogar weltweit, mit über sechzig Betreiberländern, die insgesamt mehr als zweitausend Maschinen flogen.

Die Gegenüberstellung könnte Miranda fast zum Lächeln bringen.

Aber sie *hasste* Flugzeugabstürze, seit ihre Eltern bei einem

Absturz ums Leben gekommen waren, als sie dreizehn Jahre alt war. Jedes Mal hatte sie Mühe, nicht vor dem zerschmetterten Metall, den zerbrochenen Flugzeugteilen und den leuchtend roten Flüssigkeitsspritzern zurückzuschrecken, die einst in den menschlichen Körpern gewesen waren und nun eine schnell braun werdende Kruste auf jeder Oberfläche bildeten.

Das T-Leitwerk der C-130 lag am nordöstlichen Ende des Bereichs. Normalerweise blieb das Leitwerk weitgehend unversehrt - deshalb waren dort auch die Flugdatenschreiber angebracht. Diesmal nicht. Es war kaum noch zu erkennen.

Ein einzelner Allison T56-Motor stand aufrecht, mit der Nase in den Boden gepflanzt wie ein Strauß, dessen Auspuff in den Himmel ragte. Mit einer Länge von zwölf Fuß und zwei Zoll hätte er nicht der höchste verbliebene Teil des achtunddreißig Fuß hohen und siebenundneunzig Fuß langen Flugzeugs sein dürfen - aber er war es. Der Rumpf war dort, wo er nicht zusammengebrochen oder zerbrochen war, so eingedrückt, als ob ein Riese darauf getreten wäre.

War es wegen etwas, das sie getan hatte? Weil sie etwas übersehen hatte? Sie hatte nur an drei anderen C-130-Abstürzen gearbeitet.

Der Verlust der C-130A Hercules beim Cannon Fire im Jahr 2002 war ganz einfach gewesen. Die brutale Mathematik hatte das fünfundvierzig Jahre alte Flugzeug eingeholt, als es Löschmittel auf ein Waldfeuer abwarf. Ein Ruck zu viel beim plötzlichen Abwurf von sieben Tonnen Löschmittel auf die unter Spannung stehenden Querträger des Flügelkastens hatte dazu geführt, dass die Flügel katastrophal nach oben klappten und abbrachen. Die Besatzung hatte keine Chance, denn der flügellose Rumpf rollte mitten im Flug und stürzte mit 106 Knoten kopfüber in die Wildnis.

Der zusätzliche Absturz einer siebenundfünfzig Jahre alten PB4Y-2 *Privateer* einunddreißig Tage später löste eine Panik in der Forstbehörde aus. Masseninspektionen auf Mikrobrüche hatten erhebliche Probleme bei einer Vielzahl von Flugzeugen aufgedeckt, die schließlich dazu führten, dass alle dreiunddreißig verbliebenen Typ-I-Feuerbomber - die mehr als 3.000 Gallonen ausstoßen können - gegroundet wurden. Die Flugverbote, die auf ihre anfängliche Untersuchung folgten, hatten die Brandbekämpfung in der freien Natur jahrelang stark beeinträchtigt und zu verheerenden Verlusten geführt, bis der Kapazitätsverlust der großen Brandbomber durch Hubschrauber und kleinere Flugzeuge ersetzt werden konnte. Die Flugzeuge waren ihre Sorge gewesen, aber der Schaden der unkontrollierten Brände lastete noch immer auf ihr.

Bei einer der beiden anderen C-130, die sie für das National Transportation Safety Board untersucht hatte, war ebenfalls ein mechanisches Problem aufgetreten. Eine unsachgemäße Inspektion eines Propellers hatte dazu geführt, dass das Blatt abbrach und in den Rumpf schoss, wodurch das Flugzeug in der Luft zerstört wurde. Die letzte C-130 war auch bei einem Feuer im Einsatz gewesen, bei dem der Pilot und sein Führer die Möglichkeit einer Mikroexplosion übersehen hatten und ohne Versagen des Flugzeuges tödlich auf den Boden geschleudert wurden.

Aber vielleicht hatte sie etwas übersehen. Vielleicht waren hier in der Wüste von Nevada mehr Menschen gestorben, weil sie nicht...

Sie bemerkte, dass ihre Hände so fest umklammerte, dass sie schmerzten.

Oder vielleicht war es nur ein weiterer Absturz, Miranda. Hülle dich nicht in einen Mantel aus jüdischer Schuld - zumindest nicht, solange es nicht gerechtfertigt ist. Wie oft hatte Terence, ihr erster Mentor bei der NTSB, ihr diese Anweisung gegeben?

Er hatte Recht. Katholiken haben keine Ahnung von Schuld. Ihr Volk hatte es seit dem Verlust des Gartens Eden zu einer Wissenschaft gemacht. Würde Eva es zurücknehmen, wenn sie könnte? Würde sie lieber im Paradies bleiben, als die wohltätige Fürsorge Gottes, ihres Vaters, an die harte Realität zu verlieren?

Sie unterbrach den Gedanken. Gott war *nicht* bei einem Flugzeugabsturz gestorben. Aber er war es. Ihr Glaube an ein höheres Wesen war am selben Tag gestorben, an dem ihre Eltern vom Himmel gefallen waren. Sie starrte aus dem Fenster und zwang sich, ihre Hände auseinander zu halten. Handflächen nach unten. Auf beiden Oberschenkeln.

Der UH-1N Huey, der sie am McCarran International Airport im nahe gelegenen Las Vegas abgeholt hatte, flog direkt über das Wrack - als ob er die Beweise stören *wollte* - und setzte neben einem Humvee ab, der zu nah am östlichen Rand des Trümmerfelds geparkt war.

War sein Handeln reine Nachlässigkeit, die Ursache für so viele verschwenderische Handlungen? Oder steckte dahinter Bosheit oder Absicht? Tausendmal wünschte sie sich, sie könnte die Gefühle anderer besser einschätzen.

Alles irrelevant.

Konzentriere dich auf die nächsten Schritte.

2

„WER ZUM TEUFEL BIST DU UND WAS MACHST DU IM NTTR? Dies ist ein Sicherheitsbereich. Keine Zivilisten." Der Zwei-Sterne-General wartete nicht einmal darauf, dass Miranda sich von den stampfenden Rotorblättern des Huey entfernte.

Kein schwarzer Rauch oder Brandgeruch aus dem Wrack.

Es war so ungewöhnlich für einen so heftigen Absturz, dass es sie aus ihrem normalen Ermittlungsprozess herausschreckte.

Es gab keine sichtbaren Anzeichen dafür, dass es überhaupt gebrannt hatte. Der scharfe Geruch von Kerosin in der Luft bestätigte, dass viel JP-8 Kerosin frisch verschüttet worden war, aber es hatte sich nicht entzündet.

Sie wollte die zweite Hälfte dieser Frage selbst stellen, allerdings mit etwas mehr Taktgefühl: „Warum hast du einen NTSB-Inspektor angefordert?" Das Militär zog das National Transportation Safety Board nur bei besonders schwierigen oder sensiblen Untersuchungen hinzu. Jetzt war ihre Proforma-Frage für militärische Unfälle irrelevant geworden und das brachte sie aus dem Gleichgewicht.

„Nun?" Der General schnauzte sie an, als wäre sie eine seiner Unteroffiziere. Zwei hielten sich tatsächlich in der Nähe auf. Sieben weitere verteilten sich in der Wüstenlandschaft und bildeten einen großen Kreis um das Flugzeug.

Die nach vorne gebeugte Haltung des Generals drang in ihren persönlichen Raum ein - von dem sie wusste, dass er größer war als der der meisten Menschen - und war gepaart mit einem Zusammenkneifen der Augen. Wäre es nicht angemessener, die Augen weiter zu öffnen? Wenn man sich in eine Konfliktsituation begab, sollte man seine Sehschärfe maximieren.

Die neuseeländischen Maori-Kriegstänzerinnen und -tänzer legten bei ihren Vorführungen besonderen Wert auf diesen Aspekt. Sie war Zeuge einer Vorführung, nachdem sie der neuseeländischen Verkehrsunfalluntersuchungskommission bei einem besonders hässlichen Absturz eines DC-8-Frachtflugzeugs geholfen hatte, das sein eigentliches Rentenalter längst überschritten hatte.

Es stellte sich heraus, dass die Pitot-Rohre des Flugzeugs stark von Salzkorrosion befallen waren, was dazu führte, dass die Geschwindigkeitsanzeige bei einer einfachen Landung auf dem Flughafen Rotorua in Neuseeland sehr ungenau war. Anstatt zu landen, waren sie in den See geflogen und in ein großes, voll beladenes Touristenboot gerast. Sie konnte beweisen, dass es sich nicht um einen Piloten- oder Wartungsfehler handelte - zumindest nicht auf der Grundlage von Standardverfahren. Es wurden neue Wartungsempfehlungen ausgesprochen und angenommen.

Die Maori-Tänzerinnen und -Tänzer in einem Hotel hatten eines Abends die Gesichter gezeigt, die ihre Vorfahren traditionell gemacht hatten, um ihre Gegner zu erschrecken: große Augen, herausgestreckte Zunge, ein erschreckender Schrei, als sie ihre Speere erhoben.

Der Mensch war das einzige Raubtier, von dem sie wusste, dass er seine Sehschärfe reduzierte, indem er blinzelte und die Lichtaufnahme während eines Angriffs verringerte.

Alles, was der General mit seiner Tirade erreicht hatte, war, ihre Neugierde zu wecken.

„Warum bist *du* hier?" Miranda hatte noch nie einen Zwei-Sterne-General in Kampfmontur gesehen, der einen Haufen Flugzeugwrackteile bewachte.

Sein Knurren zeigte, dass das nicht die richtige Antwort war.

Fang ganz von vorne an. Eine ihrer grundlegenden Überlebensregeln im Umgang mit Menschen.

Sie hielt ihren Ausweis vor, während sie versuchte, sich wieder zu sammeln. Miranda ging bei der Untersuchung von Unfallorten immer auf die gleiche Art und Weise vor. Ihr Mentor hatte ihr geholfen, ihren eigenen Ansatz zu entwickeln, der ihr bei Hunderten von Unfällen und Pannen gute Dienste geleistet hatte.

Hier im NTTR waren sie bereits gezwungen, sich zu verändern. Sie kannte sich gut genug, um zu wissen, dass das schnell zu einem Problem werden konnte, wenn sie die Muster nicht korrigierte.

Sphären. Es dreht sich alles um die Sphären.

Aber zuerst musste sie sich mit dem General auseinandersetzen.

Während er ihren Ausweis inspizierte, fiel ihr Blick wieder auf den einzelnen aufrecht stehenden T-56-Motor. Das war unnatürlich. Sie hatte schon tausend Triebwerke in hundert verschiedenen Stellungen gesehen, aber noch nie ein solches. Was könnte das verursacht haben?

Nein! Sieh noch nicht hin! Stelle keine Vermutungen an! Fang mit den Fakten an. Ja, als sie sich daran erinnerte, fühlte sie sich besser.

„Miranda Chase", las der General laut vor, als ob dies ihre Identität weniger glaubwürdig machen würde. "National Transportation Safety Board, Zwei-C. Was ist zwei-C?"

„I-I-C. Das ist keine römische Zahl. Investigator-in-charge."

„Was macht die NTSB hier?"

„Ich war auf einem Flug von LA nach DC, aber mein Flugzeug wurde umgedreht. Nur eine Anfrage mit höchster Priorität an das NTSB kann so etwas verursachen. Auch kam dein Hubschrauber mich abholen. Ich muss vermuten, dass die beiden Ereignisse eine ähnliche Ursache haben. Wenn der Befehl nicht von dir kam, weiß ich nicht, von wem er kam. Ich fange jetzt an." So. Damit war die Sache erledigt. Sie trat an den Humvee des Generals heran und stellte ihren Rucksack auf die Motorhaube.

Miranda zog ihre Weste heraus und zog sie an. Auf dem Rücken stand in schulterbreiten, leuchtend gelben Buchstaben "NTSB". Selbst die kleinste Standardweste war ihr zu groß, also hatte sie sich eine anfertigen lassen - eines Tages würde ihr Land verstehen, dass Frauen jetzt für ihren Lebensunterhalt arbeiteten. Da sie nicht damit rechnete, dass das bald passieren würde, löschte sie den Gedanken als Verschwendung ihrer geistigen Konzentration.

Die zahlreichen Vordertaschen waren bereits mit Aufnahmegeräten (sie hatte immer zwei plus Ersatzbatterien dabei), Taschenlampen, Handschuhen, Asservatentaschen in vier Größen und in einer übergroßen Tasche mit einem Tablet-Computer gefüllt, mit dem sie jedes Bild, das sie aufnahm, mit einer Lokalisierungsgenauigkeit von dreißig Zentimetern mit dem L5-Band-GPS markieren konnte. Vier Marker und drei Stifte - geordnet nach der zunehmenden Wellenlänge ihrer Farbe - und ein Notizbuch. Auf Papier konnte sie sich immer verlassen.

„Um wie viel Uhr ist es runtergekommen?" Sie mochte es nicht, das Wort "*Crash*" auszusprechen - *zu* scharf, als hätte es Spitzen wie eine mittelalterliche Keule. Sein spätmittelenglischer Ursprung war für die Metapher besonders passend, was ihr gefiel.

Der General knurrte, bevor er antwortete: „Um 0:507 Uhr und 19 Sekunden."

„Gut." Dreiunddreißig Minuten vor Sonnenaufgang; zwei Stunden und acht Minuten waren seit dem Aufprall vergangen. Das war besser als die meisten Einschläge - manche konnte sie erst nach Tagen erreichen, bei Flugzeugen, die in der Wildnis abgestürzt waren und sich verirrt hatten, sogar erst nach Wochen.

Es war auch ein untypischer Grad an Präzision, den sie schätzte und den ihr Team bestätigen würde, wenn sie den FDR bergen würden - vorausgesetzt, das Flugzeug war nicht so alt, dass es keinen Flugdatenschreiber besaß. Normalerweise rüstete das Militär seine Flugzeuge nur im Rahmen von Wartungserweiterungen auf digitale Cockpits um.

Selbst dann waren die Flugschreiber oft so eingestellt, dass sie bei einem Absturz automatisch gelöscht wurden, damit die Daten nicht in die Hände des Feindes fallen konnten. Piloten sollten die Löschfunktion für den Einsatz über befreundetem Boden deaktivieren, aber die bittere Erfahrung mit einem F-22 Raptor, dessen Absturz sie nie richtig aufklären konnte, hatte sie gelehrt, dass dies nicht immer der Fall war.

3

DER GENERAL SCHIEN NICHT GEWILLT ZU SEIN, IHREN AUSWEIS zurückzugeben.

Miranda musste ihn mit einem Ruck wieder an sich reißen, damit sie ihn vorne an ihre Weste hängen konnte. Indem sie alles an der richtigen Stelle hatte, würde sie ein Minimum ihrer eigenen Entropie zu der Entropie eines Flugzeugabsturzes - den ultimativen Zustand der Unordnung, bringen.

Sie hatte nachgesehen. Alles war vorhanden und überprüft.

Sie wollte noch einmal nachsehen, aber sie fing ihre rechte Hand mit der linken und drückte sie an ihre Seite. Es war wirklich eine dumme Angewohnheit, aber es fiel ihr schwer, sie abzulegen.

„Könntest du dafür sorgen, dass der Rest meines Teams zu mir stößt, sobald sie da sind?"

„Du bist für dieses Gebiet nicht zugelassen. Du und deinesgleichen haben hier nichts zu suchen. Jetzt dreh deinen hübschen kleinen Hintern um und..."

„Ich bin eine der drei IICs in der ganzen Agentur, die Zugang zu streng geheimen Orten wie Groom Lake haben - das kannst du auf meiner CAC deutlich sehen." Sie nahm erneut ihr Etui mit dem Ausweis von der Weste und zeigte auf die Common Access Card auf der anderen Seite. Er beugte sich vor, um ihn zu untersuchen, als wäre er eine Bombe, die explodieren könnte.

Während er ihn las, dachte sie über den Hinweis auf ihren "hübschen kleinen Hintern" nach. Das hatte für die Ermittlungen genauso wenig Bedeutung wie die Tatsache, dass sie fünf-vier groß war und brünettes Haar hatte. Sie verstand nie, warum Männer so große Schwierigkeiten hatten, sich auf das Wesentliche zu konzentrieren - zum Beispiel auf das Trümmerfeld hinter ihr.

In einem Kurs bei der NTSB hatte man ihr erklärt, was zur sexuellen Belästigung zählte. Hätte er ihr an den Hintern gefasst, hätte sie definitiv gewusst, was los war. Aber der Satz, der keine Veränderungen im Tonfall oder Ausdruck mit sich brachte, zumindest keine, die sie aufgrund ihres Autismus wahrnehmen konnte, schien sich nicht auf ihre Sexualität oder deren Fehlen zu beziehen.

Vielleicht war er derjenige, der den Kurs hätte besuchen sollen und nicht sie.

Er zückte sein Handy und scannte den Barcode unten auf ihrer Karte. Er schaute auf sein Display, dann auf die Karte und dann wieder auf sein Display, ohne sie anzusehen - was sie zu schätzen wusste.

„Gut." Er warf ihr praktisch das Etui mit dem Ausweis zu. „Nur zu. Tu dein Schlimmstes."

Sie steckte ihren Ausweis wieder an die Vorderseite ihrer Weste, so dass ihr NTSB-Ausweis nach außen zeigte, und achtete darauf, ihre andere Hand fest an ihrer Seite zu halten. Jetzt, wo alles an seinem Platz war, konnte sie endlich anfangen.

„Sphären", setzte sie ihren Ausgangspunkt.

„Was war das?", schnauzte der General.

„Musica universalis", erklärte sie. Als sein finsterer Blick

offenbar in Verwirrung umschlug, ignorierte sie ihn. Sie nahm an, dass Verwirrung eine Verbesserung gegenüber Aggression war.

Die Musik der Sphären - die Musik des Universums.

Terence hatte ihr vorgeschlagen, ihre eigene Formel für die Annäherung an eine Absturzstelle zu finden. Sie war nicht jemand, der alles in großen Schlucken aufnahm, wie es ihr Mentor tat. Er sah sich tausend Yard Wrackteile an und konzentrierte sich in neun von zehn Fällen direkt auf das Problem.

Aber bei den anderen zehn Prozent, bei denen er nicht mehr weiter wusste, glänzte sie. Die Details hatten eine gewisse Schönheit an sich. Winzige Details fügten sich wie ein Mosaik zusammen, bis sie ein komplettes Bild ergaben - ein Ganzes, das eine große innere Schönheit besaß, selbst wenn es ein zerbrochenes Flugzeug war.

Pythagoras hatte die *musica universalis* formuliert, als er über die harmonischen Bewegungen von Sonne, Mond, Planeten und Sternen nachdachte - jedes Himmelsobjekt war an einer kristallinen Kugel befestigt, die auf der Erde zentriert war, um ihre getrennten Bewegungen am Himmel zu erklären.

Miranda fand es viel nützlicher, sie nach innen zu wenden. Statt nach oben auf die Bewegung der Sterne zu schauen, hatte sie sie nach innen getunnelt, um ihre eigene Methode der Absturzuntersuchung zu entwickeln. Sie nahm an, dass dies ihre Methodik zu einer Meta einer Meta machte. Obwohl Pythagoras' Vorstellungskraft seine Sphären so real und konkret erscheinen ließ wie die Marmorsäulen auf dem Marktplatz der antiken Agora in Athen. Sie hatte also aus einem äußeren Trugschluss eine innere Meta gemacht, die...

Zeit zu beginnen.

Umwelt-Sphäre (die äußerste Schicht): Sie befanden sich weit innerhalb der Hochsicherheitsgrenze des NTTR. Das machte einen Raketenangriff unwahrscheinlich. Ein Zusammenstoß oder ein Trainingsunfall waren eine Möglichkeit, aber ihre erste Inspektion aus der Luft deutete nur auf ein einzelnes Flugzeug hin. Ein einzelnes Flugzeug - mechanisches Versagen oder Pilotenfehler war die wahrscheinlichste Ursache. Das waren zwar nur Vermutungen, aber jedes Modell hatte seinen Nutzen für die Ermittlungen, solange sie darauf achtete, dass diese Modelle ihre Beobachtungen nicht beeinflussten.

Die Klarheit der Beobachtungen ersetzte die Methodik ersetzte die Vermutungen.

Interessanterweise handelte es sich um eine umgekehrte Wissenschaft. Die Wissenschaft hatte mit einer Theorie des Motorflugs begonnen und diese nach jahrhundertelangem Kampf schließlich erreicht.

Aber wenn der Flug so zerschmettert auf dem Boden lag wie dieses arme Flugzeug, kehrte sich der wissenschaftliche Prozess um. Die Beweise für die Zerstörung wurden beobachtet und dann mit Hilfe verschiedener Modellierungssysteme zurückverfolgt, um eine Theorie zu erstellen, was passiert war.

Erst der Beweis, dann die Theorie in vielerlei Hinsicht.

Sie notierte diesen Gedanken auf der Rückseite ihres persönlichen Notizbuchs. So hatte sie es noch nicht betrachtet und wollte das Konzept für das nächste Mal, wenn sie im NTSB Training Center unterrichtete, festhalten.

Wettersphäre: Klarer Himmel.

Miranda schaute sich um, aber es waren noch keine Mitglieder ihres NTSB Go Teams eingetroffen. Sie wollte eine vollständige Einschätzung von einem Wetterspezialisten, aber für den Moment zog sie eine tragbare Wetterstation aus der Tasche und hielt das Gerät dreißig Sekunden lang in die Luft, bevor sie auf "Stop" drückte und die Messwerte überprüfte. Viertausendvierhundertunddrei Fuß über dem Meeresspiegel, plus oder minus dreißig Fuß. Sie hatte gelernt, solche Zahlen abzurunden, um die Kommunikation mit anderen zu erleichtern, die weniger Wert auf Genauigkeit legten - viertausendvierhundert Fuß... plus.

Die Umgebungstemperatur betrug neunundachtzig Grad Fahrenheit, heiß für Anfang Juni, zwei Stunden und - sie überprüfte ihre Uhr - siebzehn Minuten nach Sonnenaufgang, aber nicht außerhalb des normalen Bereichs.

Die Windgeschwindigkeit, zumindest hier an der Oberfläche, war leicht und variabel und betrug durchschnittlich acht Komma drei Knoten.

Sie notierte sich die Luftfeuchtigkeit, obwohl sie selten relevant war.

Nichts davon schloss mögliche Scherwinde oder andere Ereignisse in der Höhe aus; es war einfach ein Datenpunkt. Sie betrachtete die wenigen bauschigen Altocumuluswolken in den Höhen von zehn- bis zwanzigtausend Fuß, die sich träge über den Himmel bewegten. Wetter- unwahrscheinliche Ursache.

„Willst du nicht wissen, was passiert ist?" Der General schaute ihr über die Schulter und sie tat ihr Bestes, um so zu tun, als ob er nicht da wäre.

„Wenn du wüsstest, was passiert ist, wäre ich nicht hier." Es musste schon etwas wirklich Außergewöhnliches und Unbekanntes sein, damit sie angefordert wurde, aber irgendwie entging dem General diese einfache Logik.

Der General brummte, sprach aber nicht weiter.

Geländesphäre: Sie standen auf einer leichten Anhöhe, von der aus man einen guten Überblick über die Gegend hatte. Das erklärte, warum der General hier geparkt hatte.

Der Groom Lake lag in der Ferne, kaum sichtbar als salzweißer Fleck im weiten Braun Zentralnevadas. In der Nähe des Mittelfelds waren winzige Kisten aufgereiht, die riesigen Hangars und Einrichtungen der Militärbasis. Die Hügel hier waren eher sanft als harte Buckel oder scharfe Kämme, wie sie

sie bei ihren beiden früheren NTTR-Untersuchungen in der Nähe des Yucca Mountain im Südwesten beobachtet hatte.

Vom ankommenden Hubschrauber aus hatte sie sich den offensichtlichsten Trümmerradius gemerkt - typischerweise klein.

Die C-130 beim Cannon Fire hatte eine fünfhundert Fuß lange Aufprallzone hinterlassen, in der die Flügel herunterkamen und verbrannten, und ein siebenhundertundzwanzig Fuß langes Trümmerfeld, in dem der umgedrehte Rumpf niedergegangen war. *Das* war eine begrenzte Ausdehnung des Trümmerfeldes, durch die Wälder und das unwegsame Gelände der Sierra Nevada Mountains.

Das Trümmerfeld hier schien nur wenig länger zu sein als das Flugzeug selbst. Es deutete auf einen steilen Aufprallwinkel hin, der den Absturz eindämmte, anstatt ihn über weite Teile der Wüste zu verstreuen. Kein hohes Gelände; tatsächlich war der größte Teil des Gebiets hinter dem Flugzeug ein breiter Pass zwischen niedrigen Hügeln. Das Gelände - eine unwahrscheinliche Ursache.

Die Übersichtssphäre. Dies war ein schwieriger Schritt in ihrem System. Es war ihr erster richtiger Blick auf den Absturz, aber die Menge der versteckten Informationen war überwältigend.

Sie brauchte die Details, um das große Ganze zu sehen, aber das hier war das große Ganze ohne die Details. Sie versuchte, die Augen zusammenzukneifen, was den Informationsfluss zu verringern schien und es ihr ermöglichte, das Ganze besser zu beobachten.

Zerklüftete Jet-Splitter lagen unter der heißen Wüstensonne verstreut. Metallfetzen, die einmal Flügel waren.

Der Rumpf brach auf der ganzen Länge ein, und wieder war es das Bild des Fußes des Riesen, der ihn zermalmte. (Der Riese aus *Jack und die Bohnenranke* hatte ihr als kleines

Mädchen schreckliche Albträume bereitet, und es schien, dass er noch nicht mit ihr fertig war.)

Keine Spur von Ladung. Ihr erster Eindruck aus der Luft war richtig gewesen - so ungewöhnlich er auch sein mochte, der einzelne aufrecht stehende Motor war tatsächlich der höchste Punkt, der noch übrig war. Sie notierte sich, dass Tony eine Bodenanalyse machen sollte, wenn er eintraf, um den Winkel und die Kraft des Aufpralls abzuschätzen.

Mit gesenktem Kopf gegen einen plötzlichen Windstoß begann sie, das Gelände von dieser kleinen Anhöhe aus zu fotografieren. Der Wind nahm schnell zu und wurde bald durch das laute Heulen einer Lycoming T53-Turbinenwelle unterstützt - wahrscheinlich ein UH-1Y Huey Hubschrauber - aber sie wollte nicht in Richtung des sich nähernden Flugkörpers schauen und ihre Bilder ungenau überlagern.

„Verdammt noch mal! Keine Fotos!" Der General schrie sie über das Dröhnen des landenden Hubschraubers hinweg an. Wenn er noch flog, war das nicht ihr Problem.

Sie ignorierte sowohl den Hubschrauber als auch den General, bis sie ihre erste Serie beendet hatte. Erst dann sah sie seinen Schatten neben ihren Füßen auf dem Boden - mit seiner schulterhohen Pistole, die auf ihren Hinterkopf gerichtet war.

Offensichtlich war er zur Aggression zurückgekehrt.

Wie seltsam. Wie Platons Schatten an der Höhlenwand, die Allegorie, die sie eigentlich nicht berühren sollte.

Zumindest ihr Verstand war neugierig; ihr Körper schien sich nicht daran zu erinnern, wie er atmen sollte, als das Adrenalin in ihren Körper eindrang.

4

MIRANDA DREHTE SICH GANZ LANGSAM UM; SIE HATTE NOCH NIE einer gezogenen Waffe gegenüber gestanden.

Sie konnte gut schießen, obwohl es ihr nie besonders viel Spaß gemacht hatte. Da sie zwischen ihren Einsätzen in einer sehr abgelegenen Gegend lebte, musste sie gelegentlich selbst ein verletztes Tier erlegen. Das brachte sie immer noch jedes Mal zum Weinen. So schön und frei im Leben, und dann - peng! - für immer *weg*. Genau wie jedes Opfer eines Flugzeugabsturzes, den sie nicht verhindern konnte.

„Ich sagte, keine verdammten Fotos. Jetzt gib mir das Ding." Er neigte die Waffe leicht, um auf ihr Tablet zu zeigen.

Das pulsierende Adrenalin machte sie noch aufmerksamer für Details als sonst. Jedes Stückchen Schotter, das sich unter ihren Stiefelsohlen bewegte, war ein Moment der individuellen Bewertung, bis sie sich dem winzigen schwarzen Loch am Ende des Laufes gegenübersah, das sich auszudehnen schien, bis es die Welt ausfüllte.

Jetzt stieg ihr Herzschlag in Richtung Panik und ihre Handfläche wurde schweißnass, während sie das Tablet hielt.

Sie warf einen Blick über den Lauf auf das finstere Gesicht

des Generals. Als sie ihren Blick wieder auf die Spitze des Laufes richtete, hatte das schwarze Loch wieder seine normale Größe angenommen - klein, schwarz und völlig gefühllos.

Bevor sie sich für die beste Vorgehensweise entscheiden konnte, kam eine hochgewachsene Blondine aus dem gelandeten Hubschrauber auf sie zu - knapp hinter dem Blickfeld des Generals. Sie hätte ihn leicht überrumpeln können. Stattdessen schrammte sie mit ihrem Stiefel laut an einem dornigen Gestrüpp vorbei.

Der General zuckte zusammen und richtete sein Ziel auf den Neuankömmling, was die Blondine nur dazu veranlasste, eine Augenbraue zu wölben.

„Ist das nicht interessant." Ihr Akzent war stark australisch. Sie blieb ganz entspannt, als sie kreisförmig näher kam, um dicht neben Miranda zu stehen.

Die Handfeuerwaffe verfolgte sie genau.

„Also, General, ich will dir ja nicht deinen Job vorschreiben, aber ist das wirklich die beste Vorgehensweise? Erstens: Wenn du es schaffst, mich zu erschießen, gibt es einen Haufen Papierkram, der höher ist als Uluru - das ist übrigens der große rote Felsen im Zentrum Australiens, falls du nicht aus der Gegend kommst - und das ist eine Menge Papierkram. Einen Zivilisten zu erschießen ist eine sehr schlechte Angewohnheit. Noch schlimmer ist es, wenn du auf den IIC des NTSB Go Teams schießt, das deinen Absturz untersucht, denn das würde deine Motive ein wenig verdächtig erscheinen lassen. Leute, von denen du wahrscheinlich nicht willst, dass sie dich verdächtigen. Aber was noch viel wichtiger ist: Meine ehemaligen Kameraden im SASR - das ist das australische Special Air Service Regiment, nicht meine britischen SAS-Brüder - wären sehr enttäuscht, wenn ich eines dieser Szenarien zulassen würde." Sie stand so lässig, als würde sie mit einer Freundin plaudern.

Miranda untersuchte sie genauer.

Sie war fünf Komma zehn und sah bemerkenswert fit aus. Das passte zu den SASR. Die australischen Spezialeinheiten waren zwar nicht die Delta Force, aber sie waren eine militärische Eliteeinheit. Miranda hatte keine Ahnung, was sie hier tat, aber die Frau schien viel besser auf einen waffentragenden General vorbereitet zu sein als sie selbst.

Ihre Hände - Miranda waren schon immer Hände aufgefallen - waren kräftig und hatten eine Vielzahl von Schwielen. Die auffälligsten befanden sich auf dem Gewebe zwischen Daumen und Zeigefinger. Miranda versuchte, ihre eigene Hand in verschiedenen Positionen zu beugen, die für verschiedene Aufgaben erforderlich sein könnten, aber keine davon schien eine solche Schwiele zu verursachen. Es sei denn...

Miranda formte ihre Hand, als ob sie eine Pistole abfeuern würde. Ja, jeder Schuss ließ die Waffe gegen das Gewebe zwischen Daumen und Zeigefinger stoßen, was mit den beobachteten Daten übereinstimmte. Wie oft musste jemand schießen, um dort eine Schwiele zu erzeugen? Offensichtlich konnte diese Frau die Frage beantworten.

„Also, Kumpel. Ich frage mich: „Holly" - so heiße ich und so spreche ich mich normalerweise an – „Holly, solltest du dem General eine oder beide Hände brechen, wenn du seine Waffe nimmst? Für den Moment kannst du diese Frage als müßig betrachten, während du dir den nächsten Teil überlegst. Als zusätzlichen Service schieße ich gerne auf dich mit der Waffe, nachdem ich sie dir aus deinen blutenden Fingern gerissen habe. Nur ein Streifschuss, damit du behaupten kannst, du hättest dich mit aller Kraft gewehrt, bevor eine Sheila dir deine persönliche Waffe weggenommen und dich damit versohlt hat."

Der Gesichtsausdruck des Generals veränderte sich während Hollys Rede in einem weiten Bereich. Die Wut schien sich zu verflüchtigen und wurde durch Misstrauen und verschiedene andere Emotionen ersetzt, die Miranda nicht zuordnen konnte. Aber bei Hollys letzter Drohung war die Wut definitiv zurückgekehrt.

Miranda schaute auf ihre Uhr.

Ihre Bewegung veranlasste den General, sein Ziel auf ihre eigene Brust zu richten.

Nicht ihr bester Zug.

Aber sie sah, dass sie bereits elf Minuten vergeudet hatten, seit sie mit ihren Ermittlungen hätte beginnen sollen - und das war nicht in Ordnung. Sie schob den Lauf beiseite und trat in seinen persönlichen Bereich. Er stolperte zurück.

Sie würde sich diese Taktik merken müssen.

Er entsicherte die Waffe mit einem scharfen Klicken, als ob das irgendwie bedrohlicher wäre als das schwarze Loch am Ende des Laufs.

Das war es.

Sie begann zwanghaft zu schlucken.

Vielleicht war das doch nicht ihre beste Idee.

Aber, verdammt noch mal, es musste doch Grenzen geben. Sie ignorierte die Waffe und verfolgte den ursprünglichen Impuls, der sie vorwärts getrieben hatte. Sie bückte sich und fotografierte einen Gegenstand, der ihr beim Blick auf ihre Uhr aufgefallen war. Er befand sich teilweise unter dem Stiefel des Generals.

„Was ist das?" Er senkte seine Waffe nicht, so dass er jetzt dorthin zielte, wo ihr Kopf gewesen war. Hatte er sie nicht als Ziel erfasst? Wieder einmal kehrte er von der Aggression zur Verwirrung zurück. Sie verstand die Menschen wirklich nicht. Vielleicht war er aber auch nur ein Haufen Ungereimtheiten, der sich von einem Moment auf den anderen veränderte, bevor sie ihn analysieren konnte.

Miranda holte eine Spitzzange aus ihrer Weste, hob die Metallscheibe vorsichtig an und schüttelte sie leicht, um den

Schmutz zu entfernen. Dann hielt sie sie dem General nur wenige Zentimeter entfernt vor die Nase.

„Hey!" Er stolperte einen weiteren Schritt zurück, seine Waffe schwang nach unten und zielte auf den Boden.

„*Das* ist die Zifferblattkarte für den analogen Kompass eines Flugzeugs."

Der Hubschrauber, der die blonde ehemalige SASR-Soldatin und einen Mann, der sich im Hintergrund hielt, abgesetzt hatte, hob wieder ab und zwang Miranda zum Schreien.

„Normalerweise würde ich mich fragen, welche Kraft einen solchen Gegenstand so weit von seinem Aufprallpunkt wegbewegen könnte. Aber jetzt, wo du darauf getreten bist, muss ich mich fragen, ob es durch die Wucht des Aufpralls verbogen und so weit geschleudert wurde. Oder ob du durch deinen Eingriff in den Schauplatz ein wichtiges Beweisstück für meine Ermittlungen verschoben und beschädigt hast. Jetzt fahr dein Fahrzeug fünfzig Meter zurück und lass mich in Ruhe. Und sag deinen Piloten, dass sie *nicht mehr* über meine Absturzstelle fliegen sollen."

Sie wandte sich ab und tütete die Kompassscheibe sorgfältig ein.

Sie brauchte drei Versuche, denn ihre Hand zitterte immer noch mit einer Wut, die sie nicht kannte. Die Angst... war ihr zu vertraut gewesen; ein Gefühl, das sie mühsam hinter sich gelassen hatte. Anscheinend nicht.

Die Tatsache, dass das Zifferblatt von einem Sikorsky UH-60 Black Hawk stammte und mindestens fünfzehn Jahre in der Wüste gelegen hatte, wie die Skalierung und die Korrosion an den Rändern zeigten, spielte für sie keine Rolle. Das machte ihren Standpunkt deutlich. Außerdem hatte sie kein einziges Exemplar dieser Generation in ihrer Sammlung - egal ob verbogen oder nicht.

Während sie es eintütete, kam ein Stabsfeldwebel mit

einem Stück Papier angerannt und überreichte es dem General. Es hatte nur drei Zeilen und brachte den Zwei-Sterne-Mann fast zur Verzweiflung, bevor er es ihr zuwarf.

Holly schnappte es sich mitten im Flattern und reichte ihr die Nachricht.

An: Generalmajor Oswald Harrington - NTTR
Kompletter Zugang für NTSB-Agenten.
KOMPLETT!

Es gab eine Codebezeichnung für eine Unterschrift, die sie nicht kannte: *CJCSGDN.*

Sie sah nach. Auf dem Namensschild über der rechten Brust des Generals stand Harrington, also ging sie davon aus, dass der Brief an ihn gerichtet war.

Holly, wer auch immer sie war, las die Nachricht über Mirandas Schulter, dann gab Miranda sie dem Stabsfeldwebel zurück, während der General sich nach vorne beugte, bis sein Gesicht nur noch wenige Zentimeter von ihrem eigenen entfernt war.

„Damit eins klar ist, Ms. IIC. Diese Untersuchung des Absturzes ist streng geheim und mit einem Codewort versehen." Er hatte Eier, eine Banane und starken Kaffee zum Frühstück gehabt. Im Moment könnte sie eine Tasse Tee gebrauchen.

Er wandte sich ab und pirschte sich an seine anderen Wachen heran, die alles aus der Ferne beobachtet hatten.

„General?"

„Was?" Knurrte er sie an.

„Du hast mir das Codewort nicht gegeben."

Er sah sich einen Moment lang um, bevor er „Amber!" rief und wegging.

„Das hat er sich total ausgedacht", flüsterte Holly ihr ins Ohr.

„Wirklich?" Miranda hatte das Wort für bare Münze genommen.

„Vielleicht ist er ein Fan von *Jurassic Park",* Holly klang, als würde sie gleich kichern.

Miranda hatte zwar von dem Film gehört, ihn aber nie gesehen. Sie konnte nur vermuten, dass er etwas mit versteinertem Baumsaft zu tun hatte. „Es spielt keine Rolle, ob er es sich vor Ort ausgedacht hat. Er ist der ranghöchste militärische Anführer bei einem militärischen Absturz, also ist diese Untersuchung ab jetzt mit dem geheimen Codewort versehen."

„Klar doch. Mach dir keine Sorgen. Ich bin Holly."

„Hi, Holly. Weißt du, wo der Rest von meinem Go-Team ist?"

Die Australierin zeigte auf ihre eigene Brust.

„Nein! Ich meine *mein* Team."

Warum waren sie noch nicht hier?

5

Hoch über der Beringsee kreiste Oberstleutnant Harvey Whitmore seine MQ-25 Stingray-Tankdrohne. M für Multi-Mission, Q für unbemannt, und er versuchte, sich nicht darum zu scheren, dass die Stingray, egal wie man sie nannte, einfach nur eine verdammte Drohne war. Es war schwer. Sicher, die Eierköpfe bevorzugten UAV - unmanned aerial vehicle - unbemanntes Luftfahrzeug - aber er war kein Eierkopf; er war Pilot.

Oder er war es gewesen. Und das war der schwierigste Teil.

Dass er es nicht ins Astronautencorps schaffte, damit konnte er umgehen. Es war schon immer ein großer Traum von ihm gewesen, aber er wusste, dass die Chancen bei den Tausenden von Bewerbern schlecht waren. Aber nach siebzehn Jahren und siebenunddreißig Tagen in den Jets permanent am Boden zu sein, machte das Fliegen einer Drohne einfach nur widerlich. Trotzdem war es besser, als einen verdammten Schreibtisch zu fliegen.

Indem er akzeptierte, dass es sich um eine Drohne handelte, und nichts unternahm, um sie gegenüber anderen als "echtes Flugzeug" zu verteidigen, konnte er sich die meisten

Hänseleien ersparen, die echte Piloten über ihn ausschütten konnten. Nur in langen schlaflosen Nächten dachte er darüber nach, wie er vom Piloten zum Tankboomer geworden war - so genannt, weil der Tankboomer wie ein lahmer Sauger aus dem Flugzeug ragte, an dem sich echte Piloten laben konnten.

Vom Staffelführer in weniger als zehn Minuten zum Drohnenpiloten zu werden, war total ätzend.

Jetzt saß er in einem Bunker in Groom Lake, der so groß war wie ein kleiner Schiffscontainer, und flog seine Drohne ferngesteuert. Es gab einen Grund, warum sie Särge genannt wurden. All die Jungs, mit denen er früher Hornets geflogen war, wechselten jetzt zu Raptors und Lightnings - aber er wäre gerne mit dem Tarnkappenjäger F-35 Lightning II geflogen.

Aber ein Anzugversagen während eines Schleudersitzausstiegs in großer Höhe hatte eines seiner Trommelfelle platzen lassen. Das Hörgerät hatte den Schaden zwar behoben, aber das Narbengewebe sorgte dafür, dass sich sein rechtes Ohr nicht mehr so schnell an Druckveränderungen anpassen konnte. Selbst Tiefflüge im Inland konnten zur Qual werden. Mit einem Überschallflugzeug auf sechzigtausend Fuß zu fliegen, sollte nie wieder vorkommen.

Natürlich war es besser, aus der Ferne zu fliegen, als gar nichts zu fliegen. Das Stingray-Tankflugzeug, das er für die CIA vom Groom Lake aus geflogen hatte, war erst vor kurzem von der Navy zum Kauf freigegeben worden und hatte seine Vorzüge. Zwei Jahre lang gehörte er ihm, bevor das erste Exemplar überhaupt für die Navy-Tests bereit war. Selbst jetzt gab es nur drei Stingrays im Einsatz - einer hier, einer in Elmendorf, Alaska (den er gerade flog), und der letzte in Ramstein in Deutschland (der ebenfalls von hier aus fernsteuert wurde). Er war Chefpilot in einem schmerzhaft kleinen Programm geworden, aber zumindest war es eine Form des Fliegens. Mehr oder weniger.

Seit den Kastendrachen des Ersten Weltkriegs waren die Whitmores für das amerikanische Militär geflogen. Großvater war in Vietnam gefallen. Nach vier Jahren Kriegsgefangenschaft kam er nur noch als Skelett nach Hause und starb in einem VA-Krankenhaus an Leberversagen, bevor Harvey geboren wurde. Dad starb bei einem Missgeschick in der Ausbildung.

Aber die Whitmores flogen trotzdem.

Bis er es plötzlich nicht mehr konnte.

Auch keinen Sohn.

Nur ein Mädchen, das seine Ex-Frau vor langer Zeit ohne ihn gemacht hatte. Er hatte nicht einmal etwas falsch gemacht. Er war in einer F-15E Strike Eagle über Afghanistan geflogen, als sie beschloss, statt ihm einen Zahnarzt zu ficken. Schlampe.

Der Drohnentanker, der kaum mehr als eine fette Treibstoffblase mit einem Turbinentriebwerk war, konnte in weniger als einer Minute sechzehntausend Pfund JP-5-Düsentreibstoff in ein gekoppeltes Flugzeug ablassen.

Bemannte Tankflugzeuge hatten normalerweise eine dreiköpfige Besatzung: zwei Piloten, die nach vorne blickten, und den Bediener des Auslegers, der am Heck saß und dem ankommenden Flugzeug zum Betanken zugewandt war. Die Stingray hatte zwei Piloten, die ferngesteuert von einer Flugkontrollstation in einem sicheren Sarg flogen. Aber beim Betanken des streng geheimen Flugzeugs war er der Einzige, der die Heckkamera sehen durfte, um den Betankungsausleger auszurichten.

Er mochte zwar eine Drohne fliegen, aber was da auf seine Stingray zuflog - direkt aus dem verbotenen Luftraum im Westen - ließ ihn fast vergessen, was aus seinem Leben geworden war.

Eigentlich sollte er das verrückte Flugzeug, das er betankte, nicht einmal ansehen, aber das Mondlicht war hell genug.

Außerdem musste er hinsehen, um den Betankungsausleger zu steuern.

Okay, er sollte hinschauen, aber er sollte nicht *sehen*. Und auch nicht darüber nachdenken, was er sah. Und die hohen Tiere fragten sich, warum das Ganze "US Air *Farce"* genannt wurde.

Der Vogel, der sich an sein Flugzeug heranschlich, um schnell fünfundzwanzig Gallonen Treibstoff aus der boomförmigen Zitze der Stingray zu saugen, war anders als alles, was er je zuvor gesehen hatte. Zumindest nicht bis letzte Nacht. Er hatte gehofft, ihn noch einmal zu sehen - er wünschte sich sehnlichst, er könnte jemanden fragen, was er war.

Die schlanke Nadel mit den Deltaflügeln beflügelte die Fantasie mit hundert Fragen.

Zum Beispiel, warum ein fünfzehn Meter langes Flugzeug eine geringere Radarsignatur hatte als ein Plastik-Frisbee? Und wo war es hingeflogen und was hatte es dort gemacht?

Es stand außer Frage, dass jemand anderes am Groom Lake der Pilot war, aber wer war es? Chuck, der als Shortstop in der Softball-Mannschaft der Abteilung spielte, oder vielleicht ein Mädchen, mit dem er geschlafen hatte?

Es könnte jeder sein.

Letzte Nacht war die unbekannte Drohne an der gleichen Stelle hoch über der Beringsee aus dem Osten gekommen und nach Westen abgeflogen. Jetzt kehrte sie auf demselben Weg zurück. Man musste kein Spitzenjäger sein, um zu wissen, dass sein Standort genau auf der besten Route von Nevada nach Zentralchina lag. Die Flugroute würde die russische Halbinsel Kamtschatka knapp verfehlen, aber weit nördlich der Koreas vorbeiführen. Wäre er nur auf dem Weg zur chinesischen Küste gewesen, wäre er schon gestern Abend zurückgekehrt, anstatt einen ganzen Tag im Land zu verbringen.

Verdammt, das war die Art von cooler Mission, die er wirklich vermisste.

Die eigentliche Frage, die sich ihm stellte, als er zusah, wie sie sich anpasste und seinen Sprit verschlang, war: Wie schnell konnte dieser fliegende Heißsporn sein?

„Ich spüre das Bedürfnis. Das Bedürfnis nach *Geschwindigkeit!"* Maverick hatte in *Top Gun* völlig recht. Und hier saß Harvey mit dreihundert Knoten in seinem Klotz von Betankungsdrohne. Schlimmer noch, sein Arsch war immer noch auf dem Boden geparkt und sein Stingray flog, selbst bei einer langsamen Geschwindigkeit von drei Doppelnullen.

„Es ist Zeit", sagte seine Mutter, nachdem sie von Dads Tod erfahren hatte, „definitiv Zeit, die Scheiße zu umarmen".

Zwei Wochen später hatte sie es getan. Direkt aus dem Ende einer Schrotflinte.

6

MIKE MUNROE TRAT AUF DIE BEIDEN FRAUEN ZU, NACHDEM DER General außer Hörweite war.

„Was ist los mit euch beiden? *Wollt* ihr etwa erschossen werden?"

Holly, die blonde Australierin, die mit ihm geflogen war und offensichtlich von dem Moment an schlief, als sie auf den Sitz sank, bis die Kufen des Hubschraubers den Boden berührten, zog eine Augenbraue hoch. Da sie offensichtlich darin geübt war, Männer in die Schranken zu weisen, machte er sich nicht die Mühe, darauf zu reagieren.

Die zierliche Brünette hingegen ignorierte ihn völlig, während sie den Metallschrott, den sie eingesackt hatte, sorgfältig beschriftete.

„Ich meine es ernst. Der Mann hatte einen Revolver."

„Das ist kein Revolver. Das ist ein M17, ein Sig Sauer P320 für Zivilisten. Eine nette Verbesserung gegenüber der M9, die eure Jungs bei der Armee hatten", sagte die Australierin mit Nachdruck.

„Er wollte dich erschießen."

„Nicht mit einem Revolver, Kumpel. Weil er keinen hatte."

Mike überlegte, ob er sich hinknien und seine Stirn auf den sandigen Boden schlagen sollte.

„Du bist vom NTSB?"

Die Blondine drehte ihm den Rücken zu und zeigte ihm den NTSB-Schriftzug auf der Rückseite ihrer Weste, den er wahrscheinlich schon früher hätte bemerken sollen.

„Wie bist du von Australien hierher gekommen?"

„Ich beschloss, auf den Zug aufzuspringen und etwas Neues auszuprobieren. Das ATSB, das Australian Transport Safety Board, schickte mich für ein Cross-Training rüber."

„Hier", er warf ihr eine Tube Sonnencreme zu. Sie war so hellhäutig, dass sie in wenigen Minuten verbrennen würde. Sie warf sie ihm direkt ins Gesicht zurück. Nur seine schnelle Reaktionszeit konnte seine Nase retten. Normalerweise wussten Frauen seine Rücksichtnahme zu schätzen.

Dann zog sie eine Kappe hervor, als ob das ihre Ohren, ihren Hals und andere ungeschützte Stellen retten würde. Sie machte einen widerspenstigen Pferdeschwanz durch die Schlaufe der Kappe. Die Frau sah aus, als hätte sie sich die Haare mit einem Messer abgehackt. Vielleicht mit dem großen Messer, das an ihrem Oberschenkel befestigt war.

Ihre Kappe war gelb und grün und kündigte die australischen Matildas an.

„Wer sind sie?"

„Hallo! Die beste Fußballmannschaft in Oz? Nun, noch nicht, aber sie werden es sein. Mach dich auf was gefasst, Schönling. Am Ende der Woche gibt es ein Quiz."

„Es ist schon Samstag." Und verdammt, das erinnerte ihn daran, dass er für heute Nachmittag ein heißes Date verabredet hatte: Fünf-Kilometer-Lauf, Abendessen im Basta und danach hoffentlich richtig Sex. Zumindest hatte er das getan, bevor sie ihn vor ein paar Stunden aus Denver abberufen hatten. Er überprüfte sein Handy. Kein Empfang. Keine Möglichkeit, sie zu erreichen. Alejandra - sogar ihr Name war sexy - würde sauer sein, wahrscheinlich für immer. Das war in vielerlei Hinsicht ätzend.

„Dann fang lieber an zu lernen, nicht wahr?" Holly amüsierte sich zu sehr auf seine Kosten, also ignorierte er sie.

Die Brünette entfernte sich und wandte sich wieder dem Wrack zu. „Entschuldigung, ist eine von euch Miranda Chase?"

Die Brünette drehte sich um und sah ihn mit zusammengekniffenen Augen an. Dann öffnete sie sie unglaublich weit - aber nicht, als ob sie überrascht wäre. Eher so, als ob sie sehen wollte, wie weit sie sie öffnen konnte. Sie sprach nicht, sondern tippte stattdessen auf ihren Ausweis.

Er schaute nach unten und las ihren Namen.

Mike streckte eine Hand aus. „Hi. Ich bin Mike Munroe, dein Ermittler für Einsätze und menschliche Leistungen."

„Du bist nicht Evelyn", Miranda verengte wieder ihre Augen. War sie wütend, dass er es nicht war?

Er machte eine Show und schaute an sich herunter. „Nein, das scheine ich nicht zu sein. Zumindest nicht heute."

„Er könnte eine Evelyn sein", Holly musterte ihn von Kopf bis Fuß, als wäre er ein toter Fisch. Normalerweise gefiel den Frauen, was sie sahen, wenn sie ihn ansahen. Alejandra hatte es auf jeden Fall.

„Kann ich nicht." Er wartete noch einen Moment, bevor er seine ungeschüttelte Hand zurückzog.

„Wo ist Evelyn?"

„Ich weiß es nicht."

„Bist du sicher, dass du nicht Evelyn bist?" Hollys Lächeln war nur einen Grad davon entfernt, ein Grinsen zu sein. Das war so, als ob man weniger als sechs Grad von Kevin Bacon entfernt wäre, nur noch erbärmlicher.

Miranda zog ihr Handy heraus und versuchte, einen Anruf zu tätigen.

„Hier draußen gibt es kein Signal", seufzte er noch einmal über den Verlust von Alejandra.

„Viele Signale", sagte Miranda und starrte auf ihr Telefon, „aber du hast Recht. Keine Konnektivität." Als Nächstes holte sie eine Peilschleife aus ihrer Weste.

Er erinnerte sich daran, dass es zum Aufspüren von Blackboxen verwendet wurde - nicht für seine Ermittlungen.

Nach ein paar Augenblicken des Herumprobierens steckte sie es weg. „Es gibt kein Signal von den Blackboxen. Es gibt zwar starke Handysignale, aber ich kann keine Verbindung herstellen. Es muss das verschlüsselte Netzwerk von Groom Lake sein."

„Groom Lake? Wie Area 51 und Aliens?"

„Was dachtest du denn, wo wir sind, Kumpel? Das Great Barrier Reef?"

Mike ignorierte Holly. Er hatte nicht bemerkt, in welche Richtung sie ihn von Vegas aus geflogen hatten. Er war an Bord gegangen und dachte, es sei nur ein weiterer Absturz in der Wüste.

Er und sein Vater hatten sich immer über die Area 51 auf dem Laufenden gehalten. Das war das, was sie gemeinsam taten und gehörte immer noch zu den besten Erinnerungen an seine Kindheit. Mom war immer "tolerant amüsiert", wollte aber mit "solchem Unsinn" nichts zu tun haben, also war es für ihn wirklich exklusive Dad-Zeit.

Er hatte es nie wirklich geglaubt und er vermutete, dass Dad es auch nicht tat, aber es bedeutete, dass sie viele Samstagnachmittage auf der Wohnzimmercouch mit ein paar Root Beer verbrachten und *Mystery Science Theater 3000* schauten. Sie lachten gemeinsam über die albernen Kommentare des Moderators und zweier Puppen, während sie alte Science-Fiction-B-Filme wie *This Island Earth* und *Santa Claus Conquers the Martians* sahen. Und sie verpassten keine Folge von *Akte X,* selbst wenn Dad nach einer Folge ohnmächtig auf der Couch lag - ausgelaugt von seiner Arbeit als Hafenarbeiter.

Mikes erster großer Schwarm als Kind war Dana Scully auf ihrer Suche nach Außerirdischen gewesen und er hatte immer noch eine Schwäche für kluge Rothaarige.

Miranda steckte die Peilschleife weg und holte ein Satellitentelefon mit der typischen dicken Antenne heraus.

„Wo ist Evelyn?" fragte Miranda, sobald das Telefon abgenommen wurde.

Das und der General zeigten, dass sie wirklich an ihrer sozialen Kompetenz arbeiten musste.

„Mutterschaftsurlaub? Und wo ist mein Strukturspezialist?"

Holly hob ihre Hand.

„Nicht du. Wo ist Tony?" fragte Miranda ins Telefon. Wieder eine Pause. „Im Ruhestand? Seit wann? Warte mal. Vielleicht hat er mir davon erzählt."

"Du bist also ein Strukturspezialist?" fragte er leise, um Miranda nicht zu stören.

„Ich bin nicht aus Back o' Bourke."

„Wo hinten?"

„Eine wirklich abgelegene Stadt am Rande der Strzelecki-Wüste. Ich glaube, man nennt es Hillbobby."

„Hillbilly?"

„Richtig. Einer von ihnen. Das bin ich nicht. Ich bin eher ein Saltie."

„Eine *Saltine?"* Mike wollte sie auf den Arm nehmen. Er kannte genug Saltine, um zu wissen, was sie meinte.

„Ein *Saltie.* Ein Krokodil! Hallo? Sechs Meter und tausend Kilo gepanzertes Ungeheuer mit Zähnen. Genau wie ich", machte Holly eine Show und fletschte ihre Zähne. Dabei lehnte sie sich so nah an ihn heran, dass er nach hinten stolperte, um seine Nasenspitze zu schützen.

„Hör auf damit!"

„Denke nicht: 'Ooo, sie ist eine heiße blonde Sheila mit einem sexy Akzent aus Down Under.' Du wirst nicht mögen, was mit dir passiert, wenn du anfängst, solche Dinge zu denken."

Es war schwer, *nicht* so von ihr zu denken, denn das war sie definitiv. Holly war auch von der australischen Einstellung durchdrungen, dass ein guter Witz für tausend Lacher sorgte.

„Und benutze nicht Down Under. Das ist unhöflich, nur weil ihr auf der nördlichen Hemisphäre lebt."

„Du benutzt es."

„Ich komme von dort. Wir dürfen das. Du nicht. Außerdem brauchst du wirklich bessere Stiefel."

Er schaute auf seine Rockport-Wanderschuhe hinunter, die für das meiste Terrain geeignet waren. „Was ist mit denen los?"

Sie bückte sich, um einen Stein aufzuheben und schleuderte ihn lässig zur Seite. Er dachte sich nichts dabei, bis er sah, wie eine Klapperschlange auf der anderen Seite des Dreckfontäne, die durch den Aufprall des Steins entstanden war, davonglitt.

„Schlangen?" Schnell schaute er wieder nach unten, um zu sehen, ob eine oder ein ganzes Indiana-Jones-Nest von ihnen ihn angriffsbereit umkreisten.

„Ganz ruhig, Kumpel", grinste sie verrucht. „Das ist ja kein Taipan oder eine gewöhnliche Todesotter. Es ist nicht einmal eine rotbäuchige schwarze Schlange. Vielleicht bist du ja ein naher Verwandter: eine gelbbäuchige Weißkopfnatter? Das ist nur eine ruhige kleine Klapperschlange, die Sonne tanken will. Dem Aussehen nach eine junge Schlange."

Er fragte sich, wie schnell er kniehohe Stiefel aus gepanzertem Saltie bekommen könnte. Vielleicht noch höher. Wie hoch könnte eine angreifende Schlange beißen? Knie? Oberschenkel... Er schluckte schwer und versuchte, seine Beine nicht zusammenzuzucken. Er beschloss, Holly nicht zu fragen.

„Ich habe noch nie eine Klapperschlange gesehen. Viel interessanter als du, Junge." Sie stupste ihm einen Finger in die Brust. Er wäre zurückgewichen, wenn er nicht befürchtet hätte, auf eine versteckte Kobra oder einen tödlichen Skorpion oder wer weiß was zu treten.

„Wo hast du etwas über Flugzeugstrukturen gelernt?" Mike brauchte dringend einen Themenwechsel.

„Nun, ich weiß mehr darüber, wie man sie in die Luft jagt, aber das kann ich nicht mehr tun."

„Warum nicht?"

„Pst. Wir sind an Deck."

Miranda legte auf und steckte ihr Telefon ein. Sie blinzelte noch einmal mit den Augen, dann weitete sie die Augen, als ob sie die Sache aus ihrem Gedächtnis löschen wollte.

„Struktur." Sie fragte die Australierin, ohne es zu einer Frage zu stellen.

„Ich weiß auch ziemlich viel über Motoren. Weißt du, manchmal..."

„Und du?" Miranda unterbrach Holly, wofür Mike sie eigentlich mögen könnte.

„Mike Munroe, Spezialist für menschliche Faktoren und Operationen. Ich bin derjenige, der den General davon überzeugen wird, dass es nicht die beste Lösung ist, euch vor ein Erschießungskommando zu zerren. Zumindest jetzt noch nicht." Er wollte seine Hand wieder zur Begrüßung ausstrecken, aber sie kam ihm zuvor, indem sie sich wieder dem Wrack zuwandte.

„Okay." Sie durchlief ein schnelles Ritual, bei dem sie jede Tasche ihrer Weste und ihrer Cargohose abtastete, ohne sie anzuschauen. Vorsichtig oder zwanghaft? Er würde ein Auge darauf haben müssen. Als er eingestellt wurde, hatte man ihm gesagt, dass eine Miranda Chase "sehr interessante Herausforderungen" hatte, aber man hatte es nicht näher erläutert.

Dann sah er es. Eine alte Erinnerung, die er sofort verdrängte, sobald sie auftauchte - nicht viel Gutes aus seiner Zeit im Waisenhaus. Ein Mädchen dort war eine schreiende

Autistin gewesen. Sie war so verkorkst, dass sie in der Welt des Waisenhauses nicht zurechtkam, geschweige denn in der echten Welt.

Wenn Miranda Chase auf dem Spectrum war, ging es ihr viel besser als dem armen Mädchen. Aber es passte.

„Du kommst mit mir", schien Miranda zu der blonden Australierin zu sagen. Vielleicht. Sie konzentrierte sich nicht direkt auf sie. Das passte auch zum ASD.

Bevor sie ihr folgte, streckte Holly ihm die Zunge heraus. Dafür würde sie definitiv bezahlen. Aber Miranda war wirklich eine seltsame Erscheinung.

Auf dem Weg hierher hatte er ein paar Kumpels am Flughafen gefragt, ob sie von einer Miranda Chase gehört hätten. Ein paar hatten.

„Der beste Ermittler, den das NTSB je gesehen hat."

„Verrückter als ein Hologramm aus fliegender Scheiße."

„Ich habe gehört, dass sie in ihrem ersten Jahr mehr als ein Dutzend Teammitglieder durchlaufen hat."

„Bete, dass du nie mit ihr arbeitest, Kumpel. Bete einfach."
Er hatte nicht erwähnt, dass er auf dem Weg dorthin war.

Er hatte sich vorgestellt, dass sein erster Auftrag bei einer Untersuchung mit dem NTSB einen etwas rationaleren Start haben würde. Stattdessen war er direkt im Feuer gelandet.

Mike nahm sich einen Moment Zeit, um die Aussicht zu studieren, bevor er sich aufmachte, einen Zwei-Sterne-General zu beruhigen - was eine Premiere sein würde, wenn er es schaffen würde.

Die weißen Salzebenen des Groom Lake lagen tief in der zerklüfteten Landschaft an der Ostseite des Emigrant Valley und in der Nähe der niedrigen, aber zerklüfteten Groom Range. Das war wirklich zu cool, um es in Worte zu fassen, auch wenn er sich mit einer verrückten Chefermittlerin und einer Strukturspezialistin mit dem Sinn für Humor einer australischen Straßenköterin herumschlagen musste.

Dad würde sterben, wenn er hörte, dass Mike hier eingesetzt worden war, oder er hätte es getan, wenn er nicht schon längst tot wäre. Aber das konnte er sowieso nicht, denn das Flugzeugwrack war mit geheimen Codewort klassifiziert. Konnte er es überhaupt jemandem gegenüber erwähnen? Wahrscheinlich nicht. Das war echt ätzend.

Mike hatte den größten Teil des Weges zum General zurückgelegt und sein lässiges Begrüßungslächeln bereits aufgesetzt, als er bemerkte, dass Miranda Chase ein Satellitentelefon hatte. Er hätte es ausleihen sollen, um Alejandra anzurufen. Jetzt war es zu spät.

„Hallo, ich bin Mike Munroe." Es war Zeit, mit der Arbeit zu beginnen.

7

_____

„LADY, WENN ICH EINE SHEILA BRAUCHE, DIE EINEN WÜTENDEN General für mich zur Strecke bringt, bist du mein Mädchen." Die blonde Australierin packte sie an der Schulter und schüttelte Miranda auf eine Weise, die sie für freundlich hielt.

Es war so ungewöhnlich, berührt zu werden, dass sie wenig Erfahrung mit der Interpretation solcher Handlungen hatte.

Auch ging die Frau, als gehöre ihr die Wüste. Aber sie tat es lautlos und schien dabei nicht einmal den hellen Boden zu stören, im Gegensatz zu dem ungeschickten General, der eindeutig die alte Kompassrose verbogen hatte.

Vielleicht war sie nicht wirklich da.

Miranda hatte sicherlich schon genug Gespräche mit ihren toten Eltern geführt. Natürlich antworteten sie nur selten.

„Ich wollte ihn nicht 'zur Strecke bringen'", erklärte Miranda. „Ich brauchte nur eine sinnvolle Methode, um zu zeigen, dass es die Beweise sind, die wichtig sind, und nicht irgendwelche vorgefassten Sicherheitsbedenken." Selbst für sie selbst klang das hochtrabend. Sie hatte nie die Fähigkeit entwickelt, dass ihr eigenes Team entspannt war. Sie kannte Evelyn und Tony schon so lange, dass sie das verstanden und jede Unbeholfenheit ignoriert hatten. Aber jetzt waren da neue Leute und wie würden sie auf sie reagieren?

„Wie auch immer, du hast es gerockt, Freundin."

Freundin? Selbst nach fünf Jahren hätte sie Evelyn nie so gesehen. Und jetzt benutzte Holly das Wort schon in den ersten fünf Minuten.

Sie hatte keine Erfahrung, nach der sie eine solche Aussage beurteilen konnte. Auf der Familieninsel gab es nicht gerade viele Frauen, mit denen sie befreundet sein konnte. Selbst in der Schule hatte sie nie dazugehört. Ihre letzte Freundin war... Cindy in der achten Klasse gewesen, die keine Geduld für eine trauernde Miranda hatte, deren Eltern gerade über dem Atlantik in die Luft geflogen waren. Im Nachhinein betrachtet war Cindy auch *vor dem* Tod ihrer Eltern keine besonders gute Freundin gewesen.

Endlich wieder an dem Punkt angelangt, an dem sie vor dreiundzwanzig Minuten versucht hatte, die Untersuchung zu beginnen, konzentrierte sich Miranda auf die nächste Sphäre.

Umfang des Trümmerfeldes: Es begann...

„Whoa! Jemand hat den armen Kerl ganz schön platt gemacht, oder? Sieht aus wie ein Pfannkuchen, der von einer Straßenwalze überfahren wurde." Hollys Pfiff der Überraschung zwang Miranda, drei weitere Sphären nach innen zu schauen und den Rumpf tatsächlich zu untersuchen.

Hollys Beschreibung war gar nicht so falsch. Die runde Röhre des Rumpfes, die normalerweise fünfzehn Fuß hoch war, war in der Tat plattgedrückt worden, sodass nur ein oder zwei kleine Teile mehr als fünf Fuß über die Wüste ragten.

„Es ist kein Sprengstoff; es gibt kein Abplatzen an den Rändern der Hautrisse. Keine Mittellinie des Aufpralls. Anstatt in der Mitte nach unten gebogen zu werden - was verdammt schwer zu bewerkstelligen wäre - ist alles an der Seite ausgebeult, so dass der obere Teil einbricht. Und das ist noch schwieriger zu machen. Ganz im Ernst. Es sieht aus, als wäre es von oben nach unten geknallt worden, ohne dass es jemals berührt wurde. So etwas habe ich noch nie gesehen."

Miranda hatte auch keine Ahnung. „Wo hast du etwas über Flugzeugstrukturen gelernt?"

„In Libyen eine Menge davon. Oberst Gaddafi hätte diesen Schlamassel wie ein Stück Pisse gewinnen sollen, anstatt ein wohlverdientes Bajonett in seinen lüsternen Hintern gesteckt zu bekommen. Er hatte auf jeden Fall die militärische Stärke, während die Rebellen mit wenig mehr als Stöcken und Steinen antraten. Ich und ein paar meiner Kumpels gingen da rein und sorgten dafür, dass Gaddafis Flugzeuge nicht so gut funktionierten."

„Du hast Flugzeuge in die Luft gejagt?" Mirandas Haut wurde trotz der zunehmenden Hitze des Tages kalt.

„Du glaubst doch nicht, dass Gaddafis Luftwaffe von dreihundertfünfzig kampffähigen Flugzeugen auf insgesamt einhundertfünfzig reduziert wurde, einschließlich der Puddle Jumper und Trainer, oder? Wir haben sie auf verschiedene Arten aufgeteilt, nur um zu sehen, wie die Flugzeuge zusammenbrechen. Wusstest du, dass man mit einer MiG-25 vom Cockpit bis zu den Triebwerksauslässen aufschneiden kann, wie ein Sägewerk einen Stamm? *Plonk!*" Sie machte mit ihren Händen vor, wie die beiden Hälften eines Flugzeugs seitlich in entgegengesetzte Richtungen kippten.

Miranda schluckte schwer und taumelte zur Seite. Wegschauen half nicht, denn alles, was sie sehen konnte, war die zerstörte C-130. Die Australierin hatte Flugzeuge zerstört? Absichtlich? Ihr ganzes Leben bestand darin, sie wieder zusammenzusetzen, und Holly hatte...

Es kostete sie all ihre Kraft, nicht krank zu werden.

Die Frau musste weggehen.

Sie konnte nicht hier sein.

Miranda konnte damit nicht...

Ein junger Mann mit vietnamesischen Gesichtszügen stellte sich direkt vor sie hin.

„*Du bist* Miranda Chase? Oh mein Gott! Ich kann es nicht glauben." Er ergriff ihre Hand und begann sie zu schütteln. „Ich bin Jeremy. Jeremy Trahn. Systemspezialist. Ich kann nicht *glauben,* dass ich in deinem Team bin. Als der Sicherheitsbeamte, der mich hergefahren hat, mir sagte, wen ich treffen würde, habe ich ihm nicht geglaubt. Niemals, einfach niemals. Aber hier bist du. Ich habe jeden einzelnen deiner Ermittlungsberichte gelesen." Sein Englisch war akzentfrei und so schnell, dass es schwer war, ihm zu folgen.

Ihre Hand war immer noch fest zwischen seinen beiden Händen verankert.

„Das geht zurück bis zu der ersten Cessna 152, die bei Boeing Field in Seattle in die Stromleitungen flog und stundenlang kopfüber baumelte. Ich habe dir alles beigebracht, was ich weiß. Nein, warte. Alles, was ich weiß, habe ich dir beigebracht... Du weißt, was ich meine. Ich bin... Ich bin... sprachlos."

„Alles deutet auf das Gegenteil hin", sagte Holly trocken von irgendwo hinter ihr.

Mirandas Versuche, ihre Hand wiederzubekommen, funktionierten nicht.

„Es ist unglaublich. Ich habe so sehr gehofft, dich zu treffen oder sogar eine deiner Vorlesungen zu besuchen. Und jetzt bin ich deinem Team zugeteilt. Das ist zu perfekt, um wahr zu sein. Ich bin Jeremy. Jeremy Trahn. Habe ich das schon gesagt? Ich bin so aufgeregt, hier zu sein, dass ich es dir gar nicht sagen kann. Es ist mir eine große Ehre..."

Holly streckte die Hand aus und nahm lässig Jeremys Unterarm.

„Au! Hey!" Seine Umklammerung lockerte sich plötzlich, als ob seine Nerven ausgeschaltet worden wären.

Miranda zog ihre Hand zurück und Holly ließ den Mann los.

„Ich glaube, sie hat es verstanden, Kumpel."

„Tut mir leid, es ist nur..." Jeremy legte seine andere Hand schützend über die Stelle, an der Holly seinen Unterarm kaum berührt zu haben schien.

„Ehre und Privilegien und all dieser Mist." Holly wandte sich an Miranda. „Ich nehme an, du bist nicht nur ein heißes Mädchen, das sich mit Generälen anlegt, sondern auch eine Art Crash-Girl. Das gefällt mir wirklich gut. Willst du heiraten? Nicht, dass ich auf Mädchen stehe, aber ich wette, mit dir kann man gut abhängen. Was bist *du*?" Den letzten Satz richtete sie an Jeremy.

„Systemspezialist: Elektrik, Treibstoff, Hydraulik, was auch immer", gab er mit vollem Enthusiasmus zurück, während er sich den Arm rieb. „Oh, und Wetter. Mich fasziniert das Zusammenspiel von Prozessen, egal ob elektronisch, kraftstoffbasiert oder sogar atmosphärisch bedingt. MIT mit sechzehn Jahren für Computersysteme. In Princeton habe ich dann einen doppelten Doktortitel erworben: Strömungsdynamik und fortgeschrittene Systemtopologie-Modellierung. Dann habe ich..."

Holly griff wieder nach seinem Arm.

Jeremy drückte ihn an seine Brust und hörte auf zu reden.

Miranda holte tief Luft.

„Also, Chefin. Was kommt als Nächstes?"

Sphären. Miranda brauchte etwas, das ihr ein wenig vertraut war, um sich daran festzuhalten. Sie sah sich um und suchte die nächste Sphäre. Nicht der seltsam abgeflachte Rumpf. Nicht der aufrechte Motor, der mit der Nase voran in den Boden gerammt wurde.

Nicht diese seltsamen Leute, mit denen sie noch nie zusammengearbeitet hatte. Tony hatte sich zur Ruhe gesetzt? Evelyn war schwanger? Waren diese Leute ihr neues Team?

Aber sie kannte sie nicht!

Sie wusste nicht, welche Fähigkeiten sie hatten und wie sie diese am besten einsetzen konnte. Was wäre, wenn...

Konzentriere dich, Miranda. Du weißt, wie man das macht. Du hast mit dreizehn Jahren angefangen, die NTSB-Berichte zu lesen, um zu verstehen, was mit Mom und Dad passiert ist.

Sie sah Jeremy an, dessen Augen vor Leidenschaft für Untersuchung von Flugzeugwracks leuchteten. Auch für ihn. Sogar sie konnte es sehen. Aber für ihn war das Wrack keine dunkle Last, die von Schuldgefühlen und Zweifeln durchtränkt war, sondern eine intellektuelle Beschäftigung von großer Faszination. Das war eine ganz andere Sichtweise.

Genau wie bei Holly, aber Miranda konnte nicht an jemanden denken, der absichtlich Flugzeuge *zerstört* hatte. Zumindest nicht im Moment.

„Umkreis", schaffte sie es, die nächste Sphäre zu erfassen. „Wir müssen den Umfang des Trümmerfeldes bestimmen."

8

„Gut." Jeremy eilte zu dem Seesack mit den Vorräten, den er mitgebracht haben musste. Er eilte mit kleinen grünen Fähnchen an Halbmeterdrähten zurück und reichte jedem eine Handvoll.

Miranda steckte ihre in eine Oberschenkeltasche ihrer Hose. Das vertraute Gewicht war der Beginn ihrer nächsten Sphäre der Untersuchung.

Je nach Größe des Trümmerfelds und der Art des Geländes brauchte sie manchmal zwei oder drei Runden, um den äußersten Rand der Trümmer zu bestimmen. Dieses Trümmerfeld sah so kompakt aus, dass sie das Gefühl hatte, sie könnte ganz allein einen Kreis darum ziehen, ohne Angst zu haben, etwas zu übersehen.

Viele Ermittler stürzten sich direkt auf die Schlüsselelemente: das Wrack, die Blackboxen, das Cockpit, das der Grund für so viele Probleme war. Aber sie übersahen oft die kleinen Details und gingen nur zurück, wenn es nötig war - und dann waren viele von ihnen bereits ausgelöscht. Miranda arbeitete von außen nach innen und achtete darauf, nichts zu übersehen, auch wenn es auf den ersten Blick trivial erschien.

Sie ging auf das Wrack zu, wobei sie gelegentlich die Spur von General Harringtons verblassenden Stiefelabdrücken im pulverigen Boden aufnahm, bis sie das erste Stück des Flugzeugs fand. Die kleine Wölbung aus rotem Plastik war die Linse des Begrenzungslichts an der Spitze des rechten Flügels. Es war kaum zehn Meter vom Ende des Flügels entfernt gelandet. Sie zog einen ihrer grünen Pflöcke heraus und stach ihn in den Boden. Die winzige Plastikflagge flatterte schwach im Luftzug. Sie würden sich beeilen müssen. Der Wind nahm zu und könnte bald Beweise verstecken, die sie brauchten.

Die drei verteilten sich in einer Reihe, wobei sie dem Flugzeug am nächsten war und Holly und Jeremy senkrecht zur Mitte des Flugzeugs standen. Es wäre besser, wenn sie zu viert wären, aber sie wollte lieber, dass Mike ihnen den General aus dem Weg hielt, als mit ihnen durch die Wüste zu laufen.

Sie standen nah genug beieinander, um sich überlappende Sichtfelder zu haben, und weit genug auseinander, um so viel Boden wie möglich abzudecken.

Sie drehte sich nach rechts, parallel zu den Trümmern.

Holly und Jeremy drehten sich nach links, bemerkten, was sie getan hatte, und drehten sich passend.

Miranda ging immer gegen den Uhrzeigersinn durch die Trümmer. Sie hatte festgestellt, dass die meisten Menschen im Westen beim Betreten einer Kirche oder eines Museums im Uhrzeigersinn gingen. Muslime, vielleicht aufgrund ihrer Tradition, während der Hadsch nach Mekka gegen den Uhrzeigersinn zu gehen - sieben Mal um den massiven, schwarz verhüllten Schrein der Kaaba -, neigten dazu, dies auch an anderen öffentlichen Orten zu tun. Das Gehen gegen den Uhrzeigersinn zwang sie und ihr Team dazu, ihre westliche Wahrnehmung zu verlassen, und schärfte so ihr Bewusstsein.

Als der Gang begann, beobachtete ein Teil ihres Geistes

den Boden und ein Teil die Trümmer. Sie versuchte, sich ganz auf den Weg zu konzentrieren, aber ihre inneren Gedanken katalogisierten bereits die gesamte Anlage.

Eins, zwei, drei, vier... Stopp bei fünf Schritten. Drehe dich um, um zu sehen, ob etwas versteckt war, das vielleicht auf einer Seite des niedrigen Wüstengebüschs gelandet ist. Holly, die in der Mitte stand, war die Anführerin.

„Irgendetwas?"

Auf ihre und Jeremys Ablehnung hin führte Miranda sie näher an das Zentrum des Absturzes heran. Vier Schritte später fand sie eine äußere Querruder-Trimmklappe und markierte sie.

Beide Motorverkleidungen auf der Backbordseite waren noch ausreichend intakt, um darauf hinzuweisen, dass es auf dieser Seite keine Motorexplosion gegeben hatte.

Holly rief die Drehung und sie traten noch einmal fünfmal, dann blieben sie stehen und untersuchten die Gegend. Dieses Mal war es Holly, die ein Stück von etwas fand. Sie markierte es und sie verlegten die Linie wieder nach außen, bevor sie weitergingen.

Das ein Meter fünfundzwanzig hohe Ruder brach ab und faltete sich wie ein Stück Papier in ordentliche Viertel.

Noch fünf Schritte. Ein Stück Altmetall, das vom Rumpf stammen könnte.

Die horizontalen Leitwerke, die zu beiden Seiten des Schwanzes herausragten, waren in einem sehr unwahrscheinlichen Winkel nach unten gebogen, eher wie der Abwärtsschlag einer Graugans als wie die aufsteigende Spreizung eines Geiers.

Noch fünf Schritte...

In weniger als einer Stunde hatten sie eine kleine Linie aus grünen Fahnen, die die Umrisse des Trümmerfeldes markierten. Und sie hatte schon hunderte Beobachtungen der nächsten Sphäre gemacht. Obwohl sie ihr Bestes getan hatte, nicht nach vorne zu schauen, war es ihr nicht gelungen. Irgendetwas war seltsam an diesem Wrack.

„Das ist seltsam", sagte Jeremy und sah sich in ihrem Kreis um. Seltsam genug, um sogar seine überschwängliche Redegewandtheit zu bremsen.

Zusätzlich zu ihren eigenen Beobachtungen war auch die Größe des Trümmerfeldes *sehr* ungewöhnlich. Bis auf wenige Ausnahmen war das Trümmerfeld nicht mehr als zehn Meter länger oder breiter als das intakte Flugzeug gewesen war. Außerdem war es symmetrisch - nichts war besonders stark auf die eine oder andere Seite geworfen worden.

„Ich habe schon überfahrene Tiere gesehen, die mehr Boden bedeckt haben als das hier." Holly sah es aucha.

Miranda glaubte zwar nicht, dass es selbst in Australien ein totes Tier geben könnte, das eine Fläche von vierzig Metern Länge und fünfzig Metern Breite bedeckte, aber das machte Hollys Standpunkt deutlich. Miranda hatte sicherlich schon Cessna-Wracks gesehen, deren Trümmerfelder doppelt so groß waren.

Trümmerfeld-Sphäre: Sie hatte während des Spaziergangs genug von den Trümmern gesehen, um diese Sphäre erst einmal auszulassen. Normalerweise waren die wichtigsten Beweise weit über ein großes Gelände verstreut, aber nicht in diesem Fall. Da es sich um einen so begrenzten Raum handelte, konnte ihre Untersuchung für den Moment warten.

Wrack-Außensphäre: Vorletzte.

Endlich konnte sie sich umdrehen und das Wrack in Ruhe betrachten.

„Ich habe mit dem General gesprochen", sagte Mike, als er sich zu ihnen gesellte und ihre Gedanken unterbrach, bevor sie überhaupt eine Chance hatten, sich zu formieren. Es machte ihm offensichtlich Spaß, das Offensichtliche zu sagen. Sie hatten ihn während des gesamten Rundgangs neben dem General stehen sehen.

„Und..." knurrte Holly ihn an.

Mikes Lächeln verriet, dass er gerade genau das bekommen hatte, was er wollte, obwohl Miranda sich nicht vorstellen konnte, was.

„Er sagte, dass sie nur die fünf Leichen berührten, die sie abtransportierten: zwei Piloten, den Navigator, den Flugingenieur und den Lademeister. Er sagte, die Maschine sei leer unterwegs gewesen, auf dem Rückweg von einer Lieferung. Allerdings wollte er nicht sagen, was ausgeliefert wurde."

„Und warum hast du so lange gebraucht, um das herauszufinden?"

„Nun, er ist nicht gerade ein warmherziger Typ. Und weil du und Holly ihn verrückter als ein Hutmacher gemacht habt, war es nicht leicht, ihn zu beruhigen."

„Er hatte seine M17 schon auf sie gerichtet, bevor ich auftauchte", sagte Holly genervt.

„Ein General hat eine Waffe auf dich gerichtet?" Jeremy war entsetzt. „Warum hat er das getan?" Sein Grad der Götzenanbetung hatte in der letzten Stunde nicht merklich abgenommen und schien sich auch nicht zu ändern, wenn sie ihn darauf ansprach, also machte sie sich nicht die Mühe.

„General Harrington war schon wütend, bevor ich ankam", erinnerte sich Miranda. „Als er schließlich zur Zusammenarbeit aufgefordert wurde, schien er noch wütender zu werden."

„Du hast dich also nur bemüht, es noch schlimmer zu machen", lachte Mike.

Und die Leute fragten sich, warum sie so selten sprach.

Sie überlegte, ob sie ihn darauf hinweisen sollte, dass "verrückter als ein Hutmacher" eine historische Anspielung auf die geistige Unzurechnungsfähigkeit von Hutmachern im neunzehnten Jahrhundert war, die wahrscheinlich auf eine Quecksilbernitratvergiftung beim Filzhärten zurückzuführen war, und daher eine unpassende Beschreibung für die Wut des

Generals war. Er wirkte nicht im Geringsten verwirrt, als er seine Waffe auf ihr Gesicht richtete. Was wäre also die richtige Form? Verrückt wie einer von Hollys Tasmanischen Teufeln vielleicht? Eine Rasse, die für ein hohes Maß an Intoleranz bekannt war.

Miranda öffnete den Mund, schloss ihn dann aber wieder, ohne zu sprechen. Sie hatte schon lange gelernt, dass es am besten war, solche Gedanken für sich zu behalten.

Sie drehte sich zu den Trümmern zurück.

Fast so, als hätte sie ihn darauf hingewiesen, begann Jeremy mit Mike über die Etymologie von "madness in hatters" zu diskutieren.

„Sag mir, dass du das nicht auch gedacht hast. Bitte", flüsterte Holly.

„Und wenn ich es wäre?"

„Hmmm. Solange du es auf Mike ablädst, werde ich mich nicht beschweren, Kumpel." Dann wechselte sie mitten im Atemzug das Thema. „Das sieht nicht richtig aus, oder? Ich kann nicht genau sagen, warum."

Holly, die bis zu diesem Moment am Rande von Mirandas Sichtfeld zu zittern schien, hatte sich zu einer ruhigen, festen Form gewandelt.

Miranda verstand diese ruhige Frau viel besser als die freimütige Australierin. Vielleicht *hatte* die Soldatin mit der Zerstörung von Oberst Gaddafis Flugzeugen einen Zweck erfüllt, aber zu sagen, dass sie für ihren Lebensunterhalt Flugzeuge zerstörte, und das auch noch so leichtfertig, stieß ihr immer noch sauer auf.

„Und wo sind die Militärinspektoren?"

Miranda bemerkte, dass Holly, als sie sie ansah, instinktiv ihre Augen fragend zusammenkniff. Welches genetische Überlebensmerkmal das war, war ihr immer noch nicht klar.

„Sieh sie dir an. Da stehen neun Wachen herum, die sich zu Tode langweilen. Ich weiß nicht, wo sie dich gefunden haben, aber das NTSB hat meinen Hintern aus einem Training im Boeing-Werk in Everett, Washington, geholt. Der neue 777-Flügel ist anders als alles, was wir bisher gesehen haben. Der Flügelkasten aus Titan in der Mitte, die Verbundstoffkonstruktion und die klappbaren Flügelspitzen sind wirklich etwas Besonderes. Selbst im Vergleich zur 787 ist er ein großer Schritt nach vorn."

Das hatte Miranda auch gedacht, als sie den Prototyp begutachtet hatte.

„Aber die militärischen Unfallinspektoren können nur einen Katzensprung entfernt auf der Nellis Air Force Base sein. Sie sollten sich hiermit befassen."

Unabhängig von ihrer Vergangenheit - von der australischen Spezialeinheit über das ATSB bis zum NTSB – war Hollys Einschätzung richtig. Dieses Wrack hatte etwas an sich, das in ihrer Erfahrung einzigartig war. Aber sie konnte auch nicht erkennen, was es war.

Also denk an etwas anderes und lass diese Frage mit der Zeit selbst beantworten. Es gab andere, dringendere Angelegenheiten.

Was hatte sie sich nur dabei gedacht, dem General so gegenüberzutreten? Es war sicherlich das erste Mal, dass sie in den Lauf einer Schusswaffe starrte.

Nein. Das war nicht die richtige Frage.

Die richtige Frage war, *warum* sie in das bodenlose Loch des M17 des Generals gestarrt hatte? Nicht das Meta-Warum, auf das sich Mike Munroe so zu konzentrieren schien - als ob es irgendwie ihre Schuld war, dass der General seine Waffe auf sie gerichtet hatte. Das war etwas, das sie immer noch nicht verstand.

Aber das *konkrete* Warum. Die Fakten bildeten jetzt eine Wortwolke, die fast so klar umrissen war wie der Absturz selbst: ein General, der Wache stand, plus neun bewaffnete Wachen, keine militärischen Absturzinspektoren, ein Befehl von einer unbekannten Quelle, der so dringend war, dass man ihr nicht einfach gesagt hatte, sie solle den nächsten Flug zurücknehmen, sondern dass man ein zu 73 Prozent ausgelastetes Verkehrsflugzeug umkehren ließ, um sie abzuliefern. Die Schnelligkeit, mit der ein Team eintraf, auch wenn keiner von ihnen ihr Team war. Hier war etwas sehr dringend... und sehr falsch.

„Da kribbelt es in meinem Spinnensinn."

Sie hatte keine Ahnung, worauf Holly anspielte. Doch sie hatte Recht. Was auch immer Spinnensinne waren, ihre eigenen waren im Moment auch nicht glücklich.

Vielleicht zum ersten Mal fragte sie sich, ob die Antworten, die sie brauchte, tatsächlich irgendwo hier auf dem Boden der Wüste von Nevada zu finden waren. Wenn nicht, wo sollte sie sonst suchen?

9

In der Abenddämmerung war ein Huey UH-1N eingetroffen, um Mirandas Go Team zu einer Kaserne auf der Creech Air Force Base zu bringen. Creech lag in der südöstlichen Ecke des NTTR. Die drei Start- und Landebahnen des Luftwaffenstützpunkts bildeten ein Dreieck auf dem vollkommen flachen Talboden, umgeben von schroffen Bergen. Ursprünglich war er die Basis für einen Großteil der amerikanischen Atombombentests, heute war er das Zentrum für Drohneneinsätze. Von Reihen von Särgen aus wurden die meisten der großen Angriffs- und Aufklärungsdrohnen befehligt. Die Hälfte der britischen MQ-9 Reaper wurde von einem RAF-Team geflogen, das in Creech stationiert war.

Miranda hatte sich in Geduld geübt, während Mike einen sicheren Konferenzraum in der Nähe des DFAC arrangierte - das, was die Air Force als Speisesaal bezeichnete. Sobald die Doppeltür geschlossen war und das Team Platz genommen hatte, rief sie auf ihrem Tablet eine Karte der Absturzstelle auf. Jeremy schloss es an die Systeme des Raums an und das Bild erschien auf den vier großen Monitoren, die über Eck angeordnet waren und einen einzigen Bildschirm bildeten.

Die vier hatten in den letzten neun Stunden über tausend Fotos gemacht. Außerdem hatten sie über dreihundert nummerierte orangefarbene Flaggen angebracht und die GPS-Koordinaten von allen verbliebenen Teilen des Flugzeugs gesammelt, die größer als eine Kompassscheibe waren.

„Es hat – hatte ein digitales Cockpit", begann Jeremy. „Verkabelung und Halterungen für den Flugdatenschreiber und den Cockpit-Voice-Recorder im Heckbereich, aber keine Schreiber an den Halterungen. Von den Halterungen war auch nicht mehr viel übrig."

„Jemand hatte sie bereits geklaut." Holly lehnte sich in ihrem Stuhl zurück und stützte sich mit gekreuzten Füßen auf dem Tisch ab. Auf ihrem Teller türmten sich vier riesige Pizzastücke.

Mike hatte sie damit aufgezogen, dass sie für zwei essen wollte.

Sie hatte geantwortet, dass er das auch tue: er und sein Ego.

Für sich selbst? Miranda war die Einzige gewesen, die sich nach dem langen, anstrengenden Tag in der brennenden Sonne einen Salat genommen hatte. Wieder einmal passte sie nicht ins Bild, obwohl sie nicht wusste, warum sie das nach all den Jahren immer noch überraschte.

„Frische Spuren an den Befestigungsbolzen", erklärte Holly mit vollem Mund. Miranda hatte die merkwürdigen Bodenaufprallmuster verschiedener Teile des Flugzeugs recherchiert und davon nichts gehört.

„Mike?"

„Holly hat mich darauf aufmerksam gemacht. Ich habe noch einmal mit dem General gesprochen. Er braucht mehr Übung im Lügen. Es steht außer Frage, dass seine Leute die Aufnahmegeräte gestohlen haben, aber vor einem ordentlichen Gericht würde er das nicht zugeben. Er hat gesagt, dass er die Ursache für den Absturz kennt. Er hat ein paar bissige

Bemerkungen darüber gemacht, dass du dich nicht um die Wahrheit kümmerst."

„Und zwar?" Miranda fragte sich, ob Mike die Zeit, die er brauchte, um eine Aussage zu treffen, zum Nachdenken nutzte, bevor er sprach. Sie erinnerte sich daran, dass der General behauptet hatte, die Antwort zu kennen, was sie aber als unwichtig abgetan hatte. Die Trümmer erzählten die wahre Geschichte.

„Pilotenfehler. Strömungsabriss in zu geringer Höhe, um zu reagieren."

Holly kicherte: „Und meine Mutter war eine Kuhhirtin."

Miranda rief die Crash-Modellierungssoftware auf, in die sie im Laufe des Nachmittags immer wieder Informationen eingegeben hatte, und fügte die Zahlen ein. „Die Überziehgeschwindigkeit ist..."

„Hundertfünfzehn Meilen pro Stunde", meldete sich Jeremy zu Wort. „Tut mir leid, ich habe die Tabelle mit den Korrekturen für die Überziehgeschwindigkeit und die Beladung nicht im Kopf. Aber hundertfünfzehn ist eine gute Zahl." Das brachte ihm ein Lächeln von Holly und ein Schulterzucken von Mike ein. Er musste lernen, dass noch etwas anderes als das beteiligte Personal von Bedeutung war. Die Leistungsmerkmale des Flugzeugs und des Piloten zu kennen, könnte bei Befragungen nützlich sein. Und die Zahl war nah genug für diese Simulation, also korrigierte sie Jeremy nicht.

„Selbst ein harter Strömungsabriss kann von einem geübten Piloten unter den meisten Bedingungen in fünfhundert Fuß aufgefangen werden. Wir gehen davon aus, dass es sich nicht um einen Strömungsabriss handelte, denn das wäre sehr ungewöhnlich für... Tony?"

Als niemand antwortete, schaute sie auf, um zu sehen, wo ihr Personalspezialist war. Aber er war nicht da. Oh, er hatte sich zur Ruhe gesetzt. Ihr neuer...

„Sie redet mit dir, Evelyn", sagte Holly und zeigte mit einem Stück Pizza auf Mike.

„Ist das dein zweiter Vorname?" fragte Jeremy allen Ernstes.

Mike seufzte, bevor er ihr antwortete: „Pilot war ein Air Force Major mit über dreizehntausend Flugstunden. Der Kopilot war ein Captain mit nur ein paar Jahren und Stunden weniger." Sein Job war das Personalwesen und zumindest diesen Teil schien er zu kennen.

Ein vertikaler Strömungsabriss mit hoher Geschwindigkeit und Aufprall würde einen steilen Sturzflug des Flugzeugs erfordern. Der Sturzflug würde so lange andauern, bis das Flugzeug zu nahe am Boden war, um einen Rettungsversuch zu unternehmen. Der daraus resultierende Aufprall wäre eine Bauchlandung - was zu dem Absturz passte -, da die Flügel durch die plötzliche Richtungsänderung und den extremen Anstellwinkel jeglichen Auftrieb verloren. Die Bauchlandungen waren jedoch nicht typisch für die Heftigkeit des Absturzes, den sie heute erlebt hatten. Das erklärte auch nicht den Abflachungseffekt am Rumpf.

Miranda gab eine Flughöhe von 1.000 Fuß in das Modell ein (entsprechend der Entfernung zur Landebahn von Groom Lake), stellte die Bodenhärte auf neun (wie Diamant) und klickte auf "Start".

Die Software simulierte den Strömungsabriss einer C-130 Hercules bei niedriger Geschwindigkeit in tausend Fuß Höhe und einer Geschwindigkeit von unter 115 mph.

Drohender Strömungsabriss pulsierte in Rot auf dem Bildschirm. Ein Buzzer hätte im Cockpit so laut geklungen, dass er nicht ignoriert worden wäre. Das digitale Cockpit-Upgrade, das die alten Instrumente mit Ziffernblättern durch Glasbildschirme und viel ausgefeiltere Anzeigen ersetzt hatte, hätte auch verbal gemeldet: „Niedrige Geschwindigkeit. Niedrige Geschwindigkeit." Dann „Stall-stall. Stall-Stall."

In der Simulation ließ sie die vier sechsblättrigen Propeller schnell drehen, aber gefiedert - wie es sich für einen Strömungsabriss bei niedriger Geschwindigkeit gehörte.

Stall, blinkte es auf dem Simulator.

Die Nase des Flugzeugs fiel plötzlich ab und sank unter die Senkrechte, als die Flügel nicht mehr genug Auftrieb hatten, um das Flugzeug in der Luft zu halten. Bei einem Winkel von sechzig Grad unter der Flughöhe war der Sturzflug steil genug, damit die Flügel wieder Auftrieb bekommen konnten. Aufgrund der hohen Lufttüchtigkeit der Hercules hätte es nur eines leichten Zuges am Steuerknüppel bedurft, um in den Horizontalflug zurückzukehren.

Sie gab das Kommando nicht ein, um anzuzeigen, dass der Pilot Korrekturen vorgenommen hatte.

Ground Impact Imminent hatte Zeit für sieben quälende Ein-Sekunden-Blitze.

Die Geschwindigkeit, die während des Sturzes erreicht wurde, erzeugte so viel Auftrieb, dass das Flugzeug sich mühsam wieder aufrichtete und einen Sturzflug von fünfundvierzig Grad nach unten machte, bevor...

Ground Impact.

Der Simulator zerbrach die Nase und riss die Tragflächen ab. Als der Rumpf auf dem Boden aufschlug, brach das Leitwerk ab und das Wrack breitete sich über tausend Meter aus.

Die Änderung der Bodenhärte auf vier, was für einen mit organischen Erden vermischten Silikatsand nicht unangemessen war, machte kaum einen Unterschied - das Flugzeug taumelte zwar mehr, aber die Trümmer hätten sich trotzdem weit und breit verteilt. Außerdem wäre das Flugzeug weitaus unbeschädigter geblieben.

Wieder beginnen bei fünfhundert Fuß.

Wieder beginnen...

„Kein Ströhmungsabriss", bemerkte Holly in einem trockenen Ton und biss auf ein weiteres Pizzastück.

„Kein Strömungsabriss", stimmte Miranda zu.

10

————————

Es war bereits Nacht, als Harvey die MQ-45 Casper Tarnkappendrohne - genau wie die, die er letzte Nacht über dem Beringmeer aufgetankt hatte - in den Groom Lake Hangar mit der Bezeichnung 33B rollen sah. Es gab weder eine 33 noch eine 33A. In Groom Lake, wo alles sehr ordentlich war, war der Hangar mit der nächsthöheren Nummer 24. Dieses Gebäude war eine völlige Anomalie inmitten einer Basis, die für ihre Anomalien bekannt war.

Generalmajor Oswald Harrington hatte Harvey zu sich gebeten, um "etwas zu besprechen" - ein Air Force-Ausdruck für "Diesmal hast du es wirklich versaut, Harvey". Niedere Drohnenpiloten hatten mit dem General nie etwas anderes zu tun als zu salutieren, wenn er zufällig in der Nähe vorbeikam.

Das sah so gar nicht gut aus.

Da er keine andere Wahl hatte, war er dem General gefolgt. Im besten Fall hatte er das Büro des Generals erwartet, im schlimmsten Fall ein Erschießungskommando. Stattdessen war er hier gelandet, in Hangar 33B.

Groom Lake war wie Las Vegas - was hier passierte, blieb

auch hier. In der Abgeschiedenheit herrschte Kameradschaft und man hatte viel Spaß.

Das Bier und das Essen waren erstklassig, besser als in jedem Hotel in Vegas. Die Baseballspiele waren hart - er spielte auf der First Base für das Team der USAF *Remotes* (unbemannte Flugzeuge) und vor zwei Tagen hatten sie die Lockheed Martin *Technicians* mit 9:4 besiegt. Solange sie keinen Einsatz hatten, würden sie in zwei Tagen gegen die USAF *Fire Heads* (Munitionsspezialisten) antreten, die eine harte Truppe waren.

Frauen gab es nicht viele in Groom Lake, aber es waren auch nicht die alten Zeiten, in denen sie Mangelware waren. Nicht nur Büro- und Catering-Personal, sondern auch Auftragnehmerinnen, Wissenschaftlerinnen, Mechanikerinnen und ein oder zwei Pilotinnen.

Viele der Frauen ließen sich darauf ein, von Freunden und Familie weggesperrt zu sein. Die Privatsphäre wurde durch die Androhung eines Militärgerichts garantiert, falls irgendjemandem irgendetwas über die Geschehnisse hier erzählt wurde. In der Außenwelt war es verboten, auch nur zu erwähnen, wer sonst noch auf dem Stützpunkt gewesen war, falls dies etwas über die Geschehnisse in Groom Lake verraten würde.

Und diese Bedrohung endete nicht mit dem Verlassen des Militärs, wie ein paar Dummköpfe auf die harte Tour herausgefunden hatten. Eine Top-Secret-Freigabe war eine Verpflichtung fürs Leben.

Einige der Frauen, wie das Flugzeug hier, waren *sehr* experimentierfreudig. Sie waren eher jünger, aber sie beschwerten sich nicht, solange er mitspielte. In dieser Hinsicht war es der Himmel für Singles: heiße Frauen und noch heißere Flugzeuge.

Was in Groom Lake geschah, blieb in Groom Lake... aber jeder hier wusste, was in der Basis vor sich ging.

Bis auf dieses eine Gebäude.

In einem Land der offenen Geheimnisse, in dem jeder eine Top-Secret-Freigabe hatte, kamen nicht einmal Gerüchte über den Hangar 33B auf. Er war 2014 am südlichen Ende der Start- und Landebahn gebaut worden und noch immer sprach niemand darüber, warum er mehr als eine Meile vom Rest des Stützpunkts entfernt lag. Es gab viele Spekulationen darüber, was sich hier befand, aber das war auch schon alles.

Jetzt, wo er drinnen war, sah er, dass keine der Theorien auch nur annähernd zutraf. Der allgemeine Konsens war, dass 33B für die Erprobung der nächsten Generation von Langstreckenbombern gedacht war. Sowohl Boeing als auch Lockheed Martin hatten Langstreckenbomber, die sie an die Air Force zu verkaufen hofften. Und jetzt, wo er sah, was wirklich hier war, wünschte er, er wüsste es nicht.

Die Einsatzregeln der Groom Lake Security lauteten "Schießen zum Töten". Die Camo Dudes - schwer bewaffnete Teams in Chevy Suburbans, die Tarnkleidung trugen - patrouillierten rund um die Uhr auf der sichersten Militärbasis, die die USA auf der Welt hatten. Vielleicht abgesehen von den Kryptos und Hackern, die sich in Fort Belvoir, Virginia, in ihre tiefen Löcher vergraben hatten. Aber für Leute, die wirklich arbeiten, war dies der richtige Ort.

Je nach den aktuellen Projekten lebten und arbeiteten fünfhundert bis tausend Menschen innerhalb der Sicherheitsblase von Area 51. Trotzdem musste er beim Betreten von Hangar 33B von einer Eskorte begleitet werden, um nahe genug an den Wachposten heranzukommen und seinen Ausweis vorzuzeigen. Er war lange genug dabei, um den Unterschied zu erkennen, als er für die Zukunft bestätigt wurde. Das war nicht die US Air Force oder gar die Camos - das war die schwer bewaffnete und schießwütige CIA.

„Sir?" Er wollte wissen, warum der General ihn hierher gebracht hatte.

Stattdessen verharrte Harrington stoisch schweigend auf dem Zwischengeschoss und blickte auf die neu eingetroffene Drohne hinunter, die überhaupt nicht wie Harveys fette Stingray aussah.

Die MQ-45 Casper sah aus wie eine Science-Fiction-Rakete - dünn und verdammt fies. Viel tödlicher, als es durch die Kamera seiner Stingray aussah.

Zwei Leute kamen herein, um sie zu warten.

Er hoffte inständig, dass es nicht um das ging, was er dachte.

11

„Ein ziemlich einzigartiges Fahrzeug", bemerkte der General trocken. Seine ersten Worte, seit er Harvey befahl, ihm zu folgen.

Zuerst hatte Harvey befürchtet, dass Harrington wegen seiner laufenden Affäre mit der Hauptassistentin des Generals, einem Oberst, die Harvey im Rang weit überragte, verärgert war. Eine fünf Komma acht Fuß große, unscheinbare Brünette, die die meisten Männer nicht zweimal anschauten, es sei denn, sie waren gerade dabei, Befehle des Generals entgegenzunehmen. Für eine Mutter mit zwei Kindern im Teenageralter und einem Ehemann, der außerhalb war, hatte sie sich als außergewöhnlich leistungsfähig erwiesen.

Sie hatte ihn überrascht, indem sie sich zu ihm an einen Tisch im DFAC gesetzt hatte, als er alleine mit einem guten Thriller gegessen hatte. Damit hatten sie angefangen. Nach ein paar weiteren gemeinsamen Mahlzeiten, bei denen sie vor allem über Bücher sprachen, die sie beide gelesen hatten, war sie die erste Frau in seinem Alter, mit der er seit einiger Zeit ins Bett ging.

Sie hatte Harvey die Vorzüge einer reifen Frau mit

Erfahrung und Fantasie gezeigt - und einem tollen Körper, der sich unter ihrer Uniform verbarg. Der Sex hatte sich schnell in echte Zuneigung verwandelt. Nicht, dass sie jemals ihre Familie verlassen würde - das wussten sie beide von Anfang an - aber da es ihre Zeitpläne zuließen, verbrachten sie nun seit über drei Monaten die meisten Abende unter der Woche zusammen.

Jeden Freitagabend nahm Helen den Pendlerflug von Janet Airlines von Groom Lake zum privaten und sicheren Terminal auf der Westseite des McCarran-Flughafens in Las Vegas, der speziell für die Abfertigung von Personalflügen zu allen sicheren Militärbasen von Edwards bis Groom Lake gebaut wurde. Nach dem Wochenende mit ihrer Familie nahm sie am frühen Montagmorgen den Rückflug. Viele Angestellte nahmen die Flüge täglich, aber ihre Rolle als Harringtons rechte Hand hatte das nicht zugelassen.

Als Single machte sich Harvey selten die Mühe, die Basis zu verlassen.

Aber als er und der General in Hangar 33B standen und die Drohne im Schutz der Dunkelheit anrollen sah und eine weitere bereits dort geparkt war, wusste er, dass Helen heute Abend nicht das Problem war.

„Ja, Sir. Das *ist* etwas Besonderes."

Der lange Dolch der MQ-45 Casper bestand hauptsächlich aus der Nase. Die erste Unterbrechung in der perfekt glatten Welle des Rumpfes war ein winziger Canard-Flügel in der Mitte. Dicht dahinter setzte sich ein schlanker Deltaflügel bis zum Heck fort, wie die Ausbreitung eines ruhig fließenden Flusses. Ein Heckleitwerk gab es nicht. Stattdessen wurde ein weiterer winziger Canard-Flügel, der wie ein nachträglicher Einfall aussah, über der Hinterkante des Hauptdeltaflügels angebracht. Dort konnte er den Überschallkollaps des Flügels an der Hinterkante ausgleichen. Die einzige Unterbrechung in der Strömung der gesamten Struktur war der offene Schlund der Lufteinlasshutze für das Triebwerk in der Mitte. Der gesprenkelte, kohlefasergraue Rumpf war auf dem Betonboden nur schwer zu erkennen.

„Mach 2.9-"

Harvey konnte seinen Pfiff der Überraschung nicht unterdrücken. „Schneller als die Lightning- oder Raptor-Jets?"

Harrington lächelte ein wenig, als er fortfuhr. „Eine Reichweite von zehntausend Meilen mit fünfzig Prozent der Flugzeit im Supercruise von Mach 2,1 und-"

„Deshalb musste es nur über der Beringsee aufgetankt werden." Harvey wusste nicht, warum er den General immer wieder unterbrach, aber es war ein so großartiges Stück Technik, dass er nicht anders konnte.

Supercruise war die Fähigkeit eines Flugzeugs, schneller als die Schallgeschwindigkeit zu fliegen, ohne die Nachbrenner zu zünden, die Treibstoff ansaugten. Nachbrenner sorgten für ein hohes Maß an "Schnelligkeit". Aber das bedeutete einen höheren Treibstoffverbrauch, was größere Tanks bedeutete, was wiederum ein größeres Flugzeug erforderte, um die Tanks für den Treibstoff zu transportieren, den die Nachbrenner brauchten, die wiederum stärker sein mussten, weil das Flugzeug größer war...

Ein Supercruise-Design hatte sich als Antwort auf diesen endlosen Wachstumszyklus erwiesen. Das Design des Überschall-Passagierflugzeugs Concorde sah einen nachhaltigen Supercruise auf Langstreckenflügen vor. Das galt offenbar auch für die MQ-45.

„Ja. Von der Beringsee bis zu *ihrem* Testgelände waren es nur achttausend Meilen hin und zurück." Er sagte nichts von China, das war auch nicht nötig. Er wusste, dass Harvey klug genug war, um das bereits herauszufinden. Aber was bedeutete es, dass der General sich ihm anvertraute?

Harvey konnte das Flugzeug nur anstarren. Mit einer

solchen Reichweite konnten sie jede Stadt der Welt
überfliegen. „Aber warum wurde es nicht entdeckt, als es..."

Und dann sah er, warum. Die F-117 Nighthawks, die vom
Groom Lake in die Hangars auf dem Tonopah Test Range
Airport verlegt wurden, waren nur der erste Schritt in Richtung
Stealth. Die Raptor- und Lightning-Kampfjets hatten das mit
zwei sehr unterschiedlichen Lösungen erweitert.

Aber bei diesem Flugzeug wurde das ganze Konzept auf
eine andere Ebene gebracht. Die scharfkantige Kimm verlief
wie ein Ring um die Mitte, als wäre das Flugzeug in zwei
Hälften geteilt worden. Der abgerundete Unterboden sah aus,
als stamme er von einem ganz anderen Fahrzeug als der
kantigere Teil des Oberteils. Die tief eingelassene
Abgasöffnung schirmt die Hitzesignatur des Motors von oben
und unten ab.

Eine superschnelle, getarnte Drohne.

Er wollte - er *musste* es berühren. Er *musste* das Stück von
sich selbst zurückholen, das am Boden geblieben war, seit er
wegen seines Ohres am Boden bleiben musste. Die Schleife des
Martin-Baker-Clubs (die jedem Abgeschossenen verliehen
wird, der von einem MB-Schleudersitz gerettet wurde) konnte
ihn nicht dafür entschädigen, dass sein Arsch auf festem *Boden*
blieb.

Aber eine Überschall-Tarnkappen-Drohne war das
unbemannte Luftfahrzeug, das sie alle schlug.

Harvey war ein Pilot.

Der General braucht wohl einen Piloten.

Ein Pilot für...

Er versuchte zu sprechen, zu fragen, aber seine Kehle war
zu trocken. Ohne es zu wissen, hatte er das Geländer des
Zwischengeschosses gepackt und fühlte sich stark genug, es zu
zerreißen.

„Es ist nicht so einfach wie das Fliegen des MQ-25 Stingray
Tankflugzeugs. Die Steuerung ist ähnlich, aber das

Manövrieren ähnelt eher dem der F-22 Raptor, deshalb biete ich dir diese Option an. Aber ich muss dich warnen: Damit du ihn steuern kannst, müssen wir..."

„Das ist mir egal", es schien, als wäre er noch nicht damit fertig, einen vorgesetzten Offizier zu unterbrechen. „Ich will rein. Du zeigst mir das aus einem bestimmten Grund und ich will es. Verdammt, General, gib mir die Chance, die Schallmauer wieder zu durchbrechen, und ich werde den Kampf aufnehmen, wo immer ihr mich hinschickt. Ich bin dabei; zeige mir nur, wo ich unterschreiben muss."

General Harrington lächelte tatsächlich, als er Harvey eine Hand auf die Schulter legte.

Oh Gott, bitte lass das bedeuten, dass ich dabei bin.

„Helen hält sehr viel von dir. Sie sagte, du seist ein reiner Flieger."

Es dauerte einen Moment, bis er begriff, dass der General von Harveys Affäre mit seiner Assistentin wusste. Hatte sie sich deshalb bei dem ersten Abendessen dazugesetzt? Eine Einschätzung für den General? Vielleicht. Wahrscheinlich. Aber was danach zwischen ihnen geschah, ging nur sie etwas an. Helen war nicht die Art von Frau, die sich verkaufte, außer für Zuneigung.

Ein reiner Flieger?

Na klar!

Das war alles, wovon die Whitmore-Männer je geträumt und wahrscheinlich zu viel darüber gesprochen haben. Zumindest über die deklassierten Teile. Fliegen war das Einzige, was ihn interessierte, seit er vier Jahre alt war und Dad ihn im Cockpit seiner F-14 Tomcat hatte sitzen lassen. Seine allererste Erinnerung war dieser Tag, der Moment, an dem er faktisch zum Jetpiloten wurde. Er hatte Lesen aus dem Betriebshandbuch der Tomcat gelernt.

„Helen ist für alle Aspekte dieses Projekts freigegeben. Einschließlich mir gibt es nur sechs Personen in Groom Lake, die vollständig in dieses Programm eingeweiht sind - die anderen kennen nur kleine Aspekte, wie zum Beispiel die Wartung. Wenn ich auch nur ein Flüstern außerhalb dieses Kreises höre, halte ich dir persönlich die Pistole an den Kopf und behaupte, es war ein Trainingsunfall. Verstehen wir uns, Flyboy?" Er sprach seine Drohung in einem völlig ruhigen Ton aus und Harvey zweifelte keine Sekunde an ihm.

Salutieren schien eine zu banale Antwort zu sein. Stattdessen streckte er seine Hand aus: „Feuer, wenn du bereit ist, Sir."

General Harringtons fester Griff war die Antwort, die er brauchte.

12

CLARISSA LEHNTE SICH AUF DEN ELLBOGEN AUF DEM Schreibtisch des CIA-Direktors zurück und genoss die Solidität des Tisches. Auf der breiten Kirschholzplatte stand nur ein Bild seiner verstorbenen Frau mit ihren beiden Söhnen vom Marine Corps. Sie spürte die Kraft hinter sich genauso deutlich wie die Kraft des Mannes, der vor ihr saß.

Direktor Clark Winston war ein Brustmann - eine Ironie des Schicksals, denn seine Frau war an Brustkrebs gestorben. Oder vielleicht war das der Grund. Er ließ seine Hände durch Blazer, Bluse und BH nach oben wandern, um ihre zu ergreifen. Vielleicht war es für ihn eine Bestätigung, dass Clarissas Brüste noch nicht erschlafft waren und weder durch Krankheit noch durch das Stillen eines Kindes ruiniert waren. Der rote Bleistiftrock aus Merinowolle hatte heute übergroße Knöpfe, die über ihren linken Oberschenkel liefen und nun so weit geöffnet waren, dass er über ihre Hüften rutschte.

Seit sie ein Liebespaar waren, trug sie im Büro nie etwas unter dem Rock - ein Detail, auf das sie Clark nur einmal hinweisen musste, damit er es kapierte.

Natürlich hatten es Männer, wie alles andere auf dieser

Welt auch, leicht; er musste nur den Reißverschluss seiner Hose öffnen, bevor sie sich auf ihn spreizte.

„Wir haben wieder einen Piloten verloren", stöhnte sie ihm zu, was er immer zu schätzen schien. Der vermeintliche Grund für ihren Besuch in seinem Büro am späten Abend war der Abteilungsleiterbericht am Ende des Tages.

„Ernsthafte Konsequenzen?" Er legte eine Hand auf ihren Hintern, um ihre Hüften zusammenzuhalten, während er sein Gesicht in dem kleinen Rubinherz vergrub, das in ihrem Dekolleté baumelte. Mit seinen siebenundfünfzig Jahren hatte er immer noch eine mitreißende Kraft aus seiner Zeit als Außendienstmitarbeiter.

„Nein. Er war gemäß unserer Vorschrift nicht angekoppelt. Und der Notfallpilot konnte die Drohne wieder unter seine Kontrolle bringen und sicher landen." Während sich der eine Pilot über China prächtig schlug, erlitt ein anderer eine so schwere psychische Störung, dass er eine streng geheime Nervenklinik nie wieder verlassen würde. Dass sie die zweite Drohne gelandet und nicht zum Absturz gebracht hatten, war ein Wunder, mit dem sie Clark nicht behelligen wollte.

„Gut", stöhnte Clark, während sie ihre Hüften in kleinen Kreisen bewegte, um ihn in ihrem Inneren zu massieren.

Er war bei weitem nicht ihr bester Liebhaber und sie musste erst noch herausfinden, ob er der wichtigste sein würde. Der beste war ein sehr hochrangiger Offizier im Bundesnachrichtendienst. Stefon war ein hochrangiger Mitarbeiter des deutschen Auslandsnachrichtendienstes. Während Clarissas Aufstieg bei der CIA hatten sie eine sehr kooperative Beziehung, vor allem im Bereich der politischen Information, außer wenn einer von ihnen einen Grund fand, den Ozean zu überqueren. Bei diesen Gelegenheiten liebte Stefon Clarissas offene Haare und bot ihr im Gegenzug zwei Dinge an: schwindelerregende Orgasmen und viel mehr Informationen, als er jemals von Clarissa erhalten hatte.

Aber Stefon war nicht vorsichtig gewesen. Er hatte sich auf einen büropolitischen Kampf eingelassen, verloren und war dem Afrika-Schreibtisch zugeteilt worden. Seitdem war er außer gelegentlichem Telefonsex zu nichts mehr zu gebrauchen. Wie schade.

Clarissa erlaubte Clark, sich auf ihren Körper zu konzentrieren, während sie den Blick durch das Einwegglas seines Büros im obersten Stockwerk des alten Hauptquartiers genoss. Es war der beste Blick in Langley, der über die schlafenden Bäume des privaten Waldgebiets der CIA bis hinunter zum Potomac reichte. Wäre sie Direktorin, hätte sie sich für ein Büro mit Blick auf die Gebäude auf dem Campus entschieden, von dem aus sie die Tausenden beaufsichtigen konnte, die hier für die Sicherheit der Nation arbeiteten.

D/CIA war nur eine ihrer möglichen Zukünfte.

Clark war ein ausreichend politisches Tier, dass man ihn wahrscheinlich dazu überreden konnte, in die Fußstapfen von George Bush 41. zu treten: Direktor des Geheimdienstes, Vizepräsident und schließlich der 41. Präsident der Vereinigten Staaten Amerikas. Das wäre auch gar nicht so schwer zu erreichen. Die beiden wussten, wo die meisten Leichen in Washington lagen.

Clark war kein biegsamer junger Bock mit Größenwahn. Er war ein ernst zu nehmender Chefspion mit einer Schwäche für große Blondinen mit scharfem Verstand und wohlgeformten Körpern. Sie musste vorsichtig sein, um sicherzugehen, dass er dachte, dass es seine Idee war.

Und da sie nur zwanzig Jahre jünger war als Clark, würde sie vielleicht seine zweite Frau und schließlich die First Lady werden. Er sah immer noch furchtbar gut aus und sie war groß genug, dass sie zusammen sehr gut aussahen.

Oder vielleicht D/CIA für sich selbst, während er Vizepräsident war? Dann könnte sie vielleicht sogar als seine Vizepräsidentin kandidieren und sich ihren eigenen Weg ins

Oval Office bahnen. *Das war* eine attraktive Option. Vielleicht heiraten sie, *nachdem* sie die beiden höchsten Ämter im Land bekleideten. Damit alles in der Familie blieb.

Sie öffnete die Knöpfe an ihrem Blazer und war froh, dass sie keine Seide trug. Dieser Stoff würde nicht fleckig werden, wenn er sie durch ihre Bluse und ihren BH mit den Zähnen verwöhnte. Wieder stöhnte sie auf, nicht nur für ihn. Es gab bestimmte Dinge, die Clark sehr gut konnte, und Brüste waren eines davon.

Im Moment war sie damit zufrieden, die Direktorin für Sonderprojekte zu sein - eine Position, die sie seit ihren Anfängen als Agentin, die Taliban-Verhöre in Afghanistan leitete, jahrelang für sich selbst gestaltet hatte. Sie hatte es bis zu ihrer Position geschafft, ohne einmal mit einer Person zu schlafen, die für eine Beförderung wichtig war. Sie hatte vielleicht das eine oder andere Mal angedeutet, dass es passieren würde, aber das war nicht der Fall.

Sie hatte es, bei Jesus, mit ihrem Verstand viel mehr geschafft als mit ihrem Körper.

Eigentlich ganz mit ihrem Verstand. Alles, was ihr Körper getan hatte, war, das Spielfeld zu ebnen, das so einseitig gegen Frauen war.

Bei Jesus. Einer der Lieblingssprüche ihres Vaters. *Du ziehst dich jetzt aus und gehst auf die Knie oder, bei Jesus, ich werde...* Als ob *das* seinen Missbrauch irgendwie heilig machen würde. Sie musste diesen Satz wirklich aus ihren Gedanken streichen.

Wie viel hatte er dem Familienpfarrer erzählt? Hatte er erwähnt, dass er ihr in der Nacht von Moms Beerdigung - der schlimmsten Nacht ihres Lebens - das Leben zur Hölle gemacht hatte? Mom an dem Tag zu begraben, an dem Dad sich in ihr vergraben und ihre naiven Teenagerträume für immer bestattet hatte. Nein, natürlich hatte der Priesterbastard kein Wort gesagt. Die Beichte: das scheinheilige Loch, in das man das Leben von Mädchen gefahrlos hinunterspülen kann. Mühelose Absolution von der Sünde für die Gläubigen.

Clarissa hatte ihr Leben selbst in der Hand, seit ihr Vater am Abend ihres sechzehnten Geburtstags "unerwartet" gestorben war - ein Alter, in dem sie endlich nicht mehr vom Sozialamt in eine Pflegefamilie gesteckt worden wäre.

Sie hatte die Genugtuung, zu spüren, wie er in ihr schrumpfte, als er starb.

Du konntest nicht einmal deine letzte Ladung abschießen, Dad.

Sie hatte ihn gesäubert und in seinem eigenen Bett zurückgelassen, mit einem Vibrator im Arsch, der Hand um seinen verkümmerten Penis und genug Opiaten in seinem Blutkreislauf, um ein Pferd zu töten. Die Pharmafirmen gaben den Psychiatern so coole Proben.

Ihr Alibi hatte den Test bestanden.

An diesem Abend hatte sie den JV-Quarterback in seinem eigenen Bett entjungfert und ihm dann ein paar Proben von Dads Schlaftabletten eingeflößt. Nach einer kurzen Fahrt nach Hause, um sich ein letztes *Mal* mit dem lieben alten Dad zu beschäftigen, abgesehen von seiner Beerdigung, kroch sie wieder zu Danny Boy ins Bett. Seine Eltern waren mehr als nur ein bisschen sauer, als sie sie am Morgen schlafend vorfanden, aber er war begeistert, als sie den letzten Rest seines Drogenkaters mit einem Guten-Morgen-Fick vertrieb, nachdem seine Eltern aus dem Zimmer gestürmt waren. Mit ein wenig Anleitung hatte er einen überdurchschnittlich guten Fick hingelegt. Sie stöhnte extra tief vor Vergnügen und ließ zur Erbauung seiner Eltern auch ein paar fröhliche Kläffer fallen. Sie blieben das ganze zweite Schuljahr über ein Paar.

Seitdem hatte sie ihren eigenen Weg gemacht, *auf* ihre eigene Art und Weise.

Sie hatte es bereits zur Abteilungsleiterin gebracht, bevor ihre ungeplante Liaison mit Clark begann. Sie hatte es sich nicht nehmen lassen, ihm Trost für seine kürzlich verstorbene Frau zu spenden, als sich letztes Jahr die Gelegenheit bot.

„Ich habe schon für Ersatz gesorgt", sagte sie und kratzte mit ihren Fingernägeln über die Rückseite von Clarks Anzugjacke, damit er sich vorstellen konnte, wie sie es an diesem Wochenende mit seiner Haut machte. Sie planten einen kleinen Ausflug in eine Luxushütte in den Poconos.

„Ein Ersatz für was?" Der Verstand von Männern schien sich beim Sex nur schwer konzentrieren zu können. Das war ein nützliches Wissen, auch wenn sie es nicht verstand. Der Sex diente nur dazu, ihre eigene Aufmerksamkeit zu schärfen, während ihr Puls und ihre Atmung als autonome Reaktion auf Clarks zunehmende Anstrengungen stiegen. Er war kein schlechter Liebhaber, nur ungeschickt, was bedeutete, dass sie ihn trainieren konnte, wenn sie sich entschied, dass er die Mühe wert war.

„Der Pilot. Keine Sorge", sagte sie, änderte Ihre Stellung sodass er noch tiefer in sie hinein rutschte und benutzte ihre Hüften, um ihn dann nach oben zu bringen. „Unser Preisdrohnenprogramm ist immer noch voll auf Kurs."

D/CIA zum Vizepräsidenten und dann zum Präsidenten?

Ja, die Drohne war nicht das einzige Programm, das auf dem Plan stand. An diesem Wochenende würde sie Clark zeigen, was im und außerhalb des Bettes alles möglich war. Vielleicht würde sie an diesem Wochenende endlich ihre Haare offen lassen.

Dieses Eckbüro *war* eine gute Wahl. Sie lehnte sich mit der Brust gegen Clarks eifrige Aufmerksamkeiten und schaute nach rechts den Potomac hinunter, während sich sein Körper vor seiner leider vorhersehbaren Erlösung zusammenzog und sie gerade das sieben Meilen entfernte Weiße Haus glitzern sehen konnte- als ob sie sich strecken könnte um danach zu greifen.

13

„ICH HABE DIE NACHT ÜBER VERSCHIEDENE SZENARIEN durchgespielt", informierte Miranda das Team beim Frühstück. „Kein Strömungsabriss - nicht einmal ein Strömungsabriss mit voller Leistung und hoher Geschwindigkeit - bricht die Festigkeit des röhrenförmigen Rumpfes der C-130, so dass die abgeflachte Form möglich ist, die wir gestern gesehen haben. Außerdem klappt bei keinem der Szenarien die Nase des Flugzeugs wie ein gebrochener Zeh unter den Rumpf zurück."

„Was dann?" Holly hörte auf, ihr Western-Omelett mit Würstchen und englischen Muffins zu essen, dann stampfte sie mit den Füßen auf den Boden, um genauer auf den Bildschirm zu schauen, als ob die Antwort dort zu finden wäre.

Das war sie nicht.

Es lag auf dem Feld, aber so, dass niemand, auch sie selbst nicht, daran gedacht hatte, es zu sehen.

Miranda rief das Profil auf, das sie um drei Uhr morgens gefunden und in den letzten Stunden verfeinert hatte, und tippte dann auf "Start".

Bei einer vollen Reisegeschwindigkeit von dreihundertfünfunddreißig Meilen pro Stunde (Mach 0,447 in dieser Höhe) kippte die Grafik des C-130 Hercules-Frachtflugzeugs plötzlich auf den Kopf.

Umgekehrt, aber immer noch in einem steilen Winkel, stürzte er aus einer uneinholbaren Höhe von fünfhundert Fuß fast direkt in den Boden - eine Strecke, die er in 1,08 Sekunden zurücklegte.

Kein einziger Pieps von der Stallanzeige.

„Seht ihr, wie die Nase einknickt?", drückte sie auf "Pause" und ließ den Rest der Anzeige in Zehntelsekundenschritten ablaufen. „Durch den Aufprall außerhalb der Mitte, nachdem die Nase abgebrochen war" - was sie schmerzlich an den letzten Flug ihrer Eltern an Bord der TWA 800 erinnerte, aber das schob sie beiseite – „hat sich der Rumpf in der Luft verdreht und ist mit der rechten Seite nach oben auf den Boden geknallt. Gestern habe ich eine scharfe Verdrehung in den primären Rahmenelementen direkt hinter dem Cockpit entdeckt, aber ich konnte mir das nicht erklären. Sie müssen lange genug überlebt haben, um den Rumpf in der Spur zu halten, als er sich überschlug. Das muss heute überprüft werden." Sie wies auf die drei wahrscheinlichsten Elemente hin, die untersucht werden sollten.

„Das würde endlich das Versagen des Rumpfes erklären", stellte Holly ihr Wissen über strukturelle Überlegungen unter Beweis, als sie zustimmend nickte. „Der Rumpf ist schneller auf den Bauch geknallt als ein Barrakuda auf einen Jackfisch. Das obere Gerüst würde bei etwa drei g zerbrechen, vor allem, wenn die hohen Flügel reißen. Wenn das passiert ist, braucht es nicht mehr als vier g, um die Seiten so abzuflachen."

„Das Modell zeigt, dass der Aufprall auf den Rumpf über die Länge von vier Punkt sieben bis sechs Punkt zwei g variiert", bestätigt Miranda.

„Mehr als genug", sagte Holly und nahm ihren Teller und aß weiter.

Niemand sonst sprach, also fuhr Miranda mit ihrer Erklärung fort.

„Hier, bei 1,22 und 1,43 Sekunden, brach das Heckteil ab und landete zufällig mit der rechten Seite nach oben. Ich stelle die Hypothese auf, dass der senkrechte Aufprall - bei dem die Propeller und die Vorderkante der Triebwerke, wo die Gondeln nach vorne ragen, zertrümmert wurden - die Flügel so weit abpuffte, dass die Treibstofftanks nicht zertrümmert wurden."

„Wie hast du das herausgefunden?" Jeremy verdrehte sich den Hals, als er versuchte, es von oben zu betrachten. Er hatte sich als sehr erkenntnisreich erwiesen, als sie gestern das Wrack durchgearbeitet hatten, aber selbst er hatte es nicht gesehen, was sie teilweise für ihre zweite schlaflose Nacht in Folge entschädigte.

„Verdammt noch mal!" rief Holly aus. „Die Flügel sind an den falschen Seiten des Flugzeugs. Warum habe ich das nicht gesehen?"

Auch Jeremy begann zu fluchen. Mike sah es immer noch nicht, aber das brauchte er auch nicht. Das Flugzeug selbst war nicht seine Spezialität, sondern die Menschen. Aber sie konnte das durchaus zu schätzen wissen - sie musste sich nicht noch mehr mit General Harrington herumschlagen. Das allein war schon von großem Wert.

„Ich habe die halbe Nacht gebraucht, um es zu erkennen, weil der General eine missverständliche Bemerkung gemacht hat. Bei einem Strömungsabriss wäre das Flugzeug mit der rechten Seite nach oben gelandet. Bei einem einseitigen Strömungsabriss hätten wir eine volle Rolle erwartet. Seine "Lösung" verzerrte meine Wahrnehmung, bis ich mich daran erinnerte, dass nur das Wrack von Bedeutung war. Tote Flugzeuge lügen nicht."

„Oh, das gefällt mir." Holly wiederholte es ein- oder zweimal.

„Miranda hat es erfunden", mischte sich Jeremy ein. „Einer

der Ausbilder hat mir erzählt, wie du bewiesen hast, was passiert ist, um..." Er zuckte zusammen, als ob...

Miranda überprüfte Hollys Lächeln. Als ob sie Jeremy unter den Tisch getreten hätte.

Miranda fuhr fort: „Dieses Flugzeug flog nicht von Osten nach Westen, sondern von Westen nach Osten. Die Flügel waren größtenteils abgebrochen und landeten gerade nach unten, als sie durch das Umkippen des Rumpfes schließlich vollständig getrennt wurden. Irgendeine Kraft hat das Flugzeug nicht vom Himmel geschleudert, sondern eher nach unten geworfen. Ich war nicht in der Lage, eine ausreichende Windscherung zu simulieren. Ich habe das Modell überarbeitet und die vier Allison T56-Triebwerke durch zwei GE90-Triebwerke ersetzt."

„Die Triebwerke einer Boeing 777 Twinjet."

„Deine Idee. Oder zumindest die Idee, die ich hatte, als du über die 777 gesprochen hast, Holly."

„Das würde sie wie eine Fliegenklatsche umhauen", demonstrierte Holly, indem sie so laut mit der Hand auf den Tisch klatschte, dass Mike aufsprang und Kaffee auf sein Hosenbein verschüttete.

„Wie einen Ball in der Endzone zu schmettern", antwortete Mike, als würde er Hollys Aussie-Metapher korrigieren, während er sich mit einer Serviette den Oberschenkel abtupfte.

„Fünfundsiebzig... vierundsiebzig Komma sieben... viermal so viel Schub mit dem Triebwerkswechsel", Jeremy schaute von seinem Blick zur Decke hinunter.

Holly und Mike starrten ihn überrascht an.

„Was? Tut mir leid, dass ich so langsam war, aber ich wollte sichergehen, dass ich beim Wechsel von Kilowatt zu Newtonmeter pro Sekunde keine Null verliere."

Miranda nickte; das bestätigte ihre eigene Berechnung von gestern Abend. Sie schätzte die Präzision.

„Fußball-" Mike versuchte aus irgendeinem Grund, zu seinem ursprünglichen Thema zurückzukehren.

„*American* Football", korrigierte ihn Holly. „Football ist entweder Fußball, Rugby oder vielleicht Australian Rules Football, wenn du ein Neo aus..."

„Eine Sportreferenz", Mike wollte nicht übertroffen werden. „Nach einem Touchdown darf ein Footballspieler den Ball auf den Boden werfen."

„Warum? Nein, schon gut." Miranda schielte auf das Modell - was nicht gerade hilfreich war. Sie stellte es auf Schleife, weniger als fünf Sekunden vom Beginn des Sturzes bis zum Aufsetzen des letzten großen Wrackteils an seinem endgültigen Platz. Es brauchte so wenig Zeit, um ein siebzigtausendpfündiges Flugzeug zu zerstören.

„Der Pilot hatte keine Chance", sagte Mike mit grimmiger Stimme. Das bedeutete, dass er ein Pilot gewesen war oder einer war. Vielleicht hatte er aber auch nur Einfühlungsvermögen. Was auch immer der Grund war, er hatte Recht. Pilotenfehler konnten sie definitiv von der Liste streichen. Eine Entscheidung, die die Ermittlungen vor Ort immer sehr viel schwieriger machte.

„Deine Analogie hat etwas für sich, Mike. Irgendeine Kraft hat das Flugzeug tatsächlich sehr stark zum Absturz gebracht. Da diese Hercules tatsächlich von vier T56 und nicht von vier GE90 angetrieben wurde, müssen wir diese Kraft finden."

„Du sagst also, dass es nicht zu einem Strömungsabriss gekommen ist?"

Die anderen lachten über Hollys schiefen Ton.

Sie konnte selbst keinen Humor darin finden. Alles, was sie sehen konnte, war das Flugzeug, das aus dem Himmel fiel. Es war so anders als das, was mit dem Flugzeug ihrer Eltern passiert war, aber sie konnte den Blick nicht von dem Bild abwenden, das sich ihr bot.

TWA-Flug 800 war am Abend des 17. Juli 1996 von JFK nach

Paris abgeflogen. Zwölf Minuten und zwölf Sekunden dauerte es, bis das Flugzeug acht Meilen vor East Moriches, Long Island, New York, explodierte. Die Detonation hatte das Flugzeug an der Vorderkante der Tragfläche zerschmettert - und zwar so heftig, dass die siebenhundertsechsunddreißig bestätigten Zeugen an Land trotz der Entfernung von einem Schallknall berichtet hatten.

Ein Funke aus einer fehlerhaften Verkabelung in einem überhitzten und fast leeren Abschnitt des Treibstofftanks hatte die 747 mitten in der Luft zerstört.

Die Nase, einschließlich der First Class, in der ihre Eltern gesessen hätten, brach vom Rest des Flugzeugs ab. Während der kopflose Rumpf verbrannte und mit unkontrollierten, durchdrehenden Triebwerken noch weitere dreitausend Fuß in die Höhe stieg, bevor er ins Trudeln geriet und nach unten stürzte, stürzte die Nase der 747 dreizehntausend Fuß tief auf den Ozean. Die besten Simulationen besagen, dass der Absturz zwischen dreiundachtzig und siebenundneunzig Sekunden gedauert hatte.

Waren sie auf der Stelle tot oder überlebten sie nur, um beim Aufprall zu sterben? Oder waren sie vielleicht in ihren Sitzen ertrunken, als die Nase sank?

Im Gegensatz zu den Insassen der 747 stürzten die C-130-Piloten in den Tod, ohne dass sie Zeit hatten, in Panik zu geraten. Sie waren weniger als zwei Sekunden nach dem LOC-I, Verlust der Kontrolle im Flug, tot. Innerhalb der ersten Zehntelsekunde nach dem Aufprall hatten sie keinen Schmerz mehr gespürt.

Dort. Die Nase der C-130 schlug oben auf und sackte unter den fünfunddreißig Tonnen Flugzeug zusammen, die ihr Schicksal besiegelt hatten. Sicherlich tot.

Keine Frage, ob sie auf dem Weg nach unten verbrannt waren oder Zeit hatten, sich gegenseitig die Hand zu halten.

Vielleicht war einer ihrer Eltern gestorben und der andere hatte lange genug überlebt, um es zu wissen.

Um zu verstehen.

Lange genug, um etwas zu bereuen?

Sie wusste alles über Reue.

Warum war sie nicht auf diesem Flug gewesen?

Denn das Reitlager war noch nicht vorbei. Sie und ihre Gouvernante, Tanya Daniels, sollten in der nächsten Woche nach Paris fliegen. Das Reitlager hatte sie davor bewahrt, zu sterben, wie es eigentlich vorgesehen war. Stattdessen war Tanya zur Tante geworden und zog das trauernde Kind auf, das Miranda geworden war.

Jeremy schaltete die Looping-Projektion ab, aber Miranda konnte immer noch nur den zerbrochenen Rumpf der 747 sehen, die vor über zwanzig Jahren vom Himmel gestürzt war. Mit dem Kopf voran oder mit der Nase voran nach unten? Der Bericht des Gerichtsmediziners hatte ihr nur verraten, dass das anfängliche Schleudertrauma der Explosion, das allen bis auf neunzehn Passagieren gnädigerweise das Genick gebrochen hatte, ihre Eltern nicht getötet hatte. Auch nicht das Feuer. Andere Schlussfolgerungen waren nicht möglich.

Eine Hand legte sich auf ihre Schulter und drückte fest zu. Sie zwang sich, das Bild abzuschütteln. Nur Tante Daniels wusste über ihre Vergangenheit Bescheid. Nur sie...

Nur war Tante nicht hier auf der Creech Air Force Base.

Miranda folgte der Hand auf ihrer Schulter einen Arm hinauf zu einem Gesicht.

„Holly", schaffte sie es, es flüsternd heraus zu hauchen.

„Alles klar, Chef?"

Sie nickte nur, was eine Lüge war.

„Okay", deckte Holly sie, indem sie Jeremys Erklärungen an Mike über die Kraftdynamik unterbrach. „Wir wissen jetzt, wonach wir suchen müssen. Mike, fang mit dem General an.

Sieh zu, dass du den Flugdatenschreiber aus ihm herausbekommst."

„Auch die Radarinformationen des örtlichen Flughafens", konnte Miranda einen Teil des Weges zurückfinden, auf dem sie abgerutscht war.

„Richtig", Holly hatte ihre Hand immer noch beruhigend auf Mirandas Schulter. „Jeremy, du und ich werden mit den strukturellen Beweisen beginnen, um das Modell zu untermauern. Miranda..."

„Ich gehe nach Washington."

Jeremy schaute überrascht und dann furchtbar enttäuscht, dass sie so schnell abreisen wollte.

Miranda sollte bleiben und die Ermittlungen beaufsichtigen, aber sie vermutete, dass Holly das genauso gut von hier aus erledigen konnte wie sie.

Außerdem gab es einige Dinge, für die dieses Team nicht freigegeben war.

Miranda wollte sich in ihre Heimat nördlich von Seattle zurückziehen. Sie wollte den Frieden der ruhigen Insel, wo sie mit den Adlern, die dort nisteten, und den Erinnerungen an ihre Eltern allein sein konnte.

Aber Miranda befürchtete, dass sie zuerst das andere Washington aufsuchen müsste, um Antworten zu finden - zum Beispiel, was mit dem Flugdatenschreiber passiert war, denn es war so gut wie sicher, dass Mike nicht in der Lage sein würde, ihn zu bekommen, egal wie charmant er war.

Sie fragte sich, wofür sie *selbst* nicht freigegeben war.

14

„WIR HABEN MIT EINEM FMRT-HELM ANGEFANGEN", ERKLÄRTE ihm der Arzt.

Er hatte seinen Namen nicht genannt und Harvey hatte nicht danach gefragt. „Aber wir konnten die geforderten Mindestreaktionszeiten nicht erreichen. An der Kopfhaut befestigte EEG-Elektroden hatten nicht die nötige Genauigkeit. Direkt implantierte Elektroden erwiesen sich als die Lösung."

Harvey versuchte, sich nicht zu winden. Er saß auf einem Stuhl, der einem elektrischen Stuhl nicht unähnlich war, und er musste hoffen, dass er nicht hingerichtet werden würde. Seine Arme und Beine waren in gepolsterten Klammern vollständig fixiert. Sein Kopf war mit einer Vorrichtung gegen Bewegungen gesichert, die für jeden, der nicht an einen modernen Pilotenhelm der Air Force gewöhnt war, klaustrophobisch wirken würde. Und sein Hinterkopf war für den Chirurgen bar.

Er wollte dem Arzt sagen, er solle einfach die Klappe halten und es tun, bevor er die Nerven verlor. Aber das könnte ihn disqualifizieren. Er hatte keine Ahnung, wie die Regeln hier aussahen, und zwanzig Jahre in der Air Force hatten ihn diese grundlegende Regel gelehrt: *Im Zweifelsfall hältst du die Klappe.*

Da sie ihn für den Eingriff bei Bewusstsein brauchten, dachte er, dass Helens Anwesenheit helfen würde - doch das war nicht der Fall. Sie war in ihrem professionellen Colonel-Harter-Hund-Modus und machte es ihm schwer, sich in Gedanken über ihren Körper zu verlieren.

Letzte Nacht war es anders. Es war kein heißer Sex und auch kein einfaches Kuscheln - Colonel Helen Thomas war die Königin des sexy Kuschelns.

Und es ging auch nicht nur darum, ihren Körper zu sättigen.

Helen hatte geredet, zum ersten Mal hatte sie wirklich über sich selbst gesprochen. Selbst als sie ihn mit ihren beweglichen Fingern und ihrer schnellen Zunge neckte oder sich nach dem Geschlechtsverkehr an ihn schmiegte, hatte sie von Träumen gesprochen. Davon, ihren Vater zu ehren, indem sie dem Militär beitrat. Von der Frau, die wegen ihres Geschlechts nicht als Kampfpilotin fliegen durfte und wie das ihren Traum, Astronautenpilotin zu werden, zerstört hatte - sie alle waren ehemalige Jet-Enthusiasten.

Ihr Interesse, als weibliche Missionsspezialistin in die Luft zu gehen?

Noch weniger möglich als für ihn.

Sie waren beide von Haus aus Piloten, und selbst das war ihr verwehrt worden.

Er hatte nicht gewusst, dass der Weltraum einer ihrer gemeinsamen Träume war. Er hatte sich eine kurze Fantasie erlaubt, in der er sich vorstellte, sie im Astronautenprogramm zu treffen und das erste Paar zu sein, das es im Weltraum trieb. Nicht so sehr. Außerdem war das schon oft genug geschehen.

Harvey wollte sie in einem der T-38-Trainer in die Luft bringen und ihr einen Überschallflug ermöglichen. Vielleicht sogar heißen Sex über die Sprechanlage bei Mach-

Geschwindigkeit und einem Dutzend Meilen Höhe haben. Aber auch das konnte er wegen seines Ohrs nicht tun.

Sie redete fast die ganze Nacht, als hätte sie es eilig, ihm alles zu erzählen. Das beunruhigte ihn ein wenig... mehr als ein wenig. Aber er hatte nicht vor, sie zu fragen, was sie wusste und warum sie so war.

Harrington hatte gesagt, sie sei für alle Aspekte des Programms freigegeben.

Er vermutete eher, dass er selbst es nicht war, und er wollte wirklich nicht wissen, was dieser Scheiß war. Er wollte einfach nur fliegen.

Helen hatte sogar erzählt, dass ihr Mann ein guter, zuverlässiger Mann war, der ihr einen Sohn und eine Tochter im Teenageralter geschenkt hatte und beiden ein guter Vater war. Er war aber auch ein Sportler mit wenig Fantasie, der dachte, dass der körperliche Akt alles war, was es beim Sex gab. Letzte Nacht war *so* viel mehr passiert, dass sie kaum geschlafen hatten. Bis letzte Nacht hatte er es vielleicht auch nicht wirklich gewusst.

Aber heute Morgen gab es keinen Sex beim Aufwachen. Sie hatte ihn einfach lange schweigend gehalten, bevor sie allein unter die Dusche ging. Der Vogel-Colonel war die Frau, die aus dem Badezimmer kam. Das konnte er respektieren, auch wenn ihm die Gründlichkeit des Übergangs nicht gefiel - nicht einmal ein Guten-Morgen-Kuss.

Sie war gegangen, während er unter der Dusche stand.

Als er mit dem Rücken zum Arzt in den Stuhl geschnallt saß, gefiel Harvey Helens besorgter Blick noch weniger.

„Hey", rief er. „Es ist ja nicht so, als wäre es eine Gehirnoperation."

Das brachte ihm ein halbes Lachen von ihr ein. Es wäre ermutigend gewesen, wenn die andere Hälfte nicht wie ein Würgen vor Sorge geklungen hätte.

„Oh, doch", zerstörte der Arzt den Moment. „Ich *habe* zwar

Techniken entwickelt, die es uns ermöglichen, die Sonden zu implantieren, ohne deinen Schädel zu öffnen, aber trotzdem werde ich die Elektroden direkt auf der Oberfläche deiner Schädelfalten anbringen, und zwar so..."

„Halt einfach die Klappe und tu es, okay, Doc? Ich bin nicht der Typ, der die Details wissen will."

Der Mann ärgerte sich darüber, dass er seine brillanten Techniken nicht bis ins kleinste Detail erklären durfte. Es war nicht klug, den Kerl zu verärgern, der in seinem Gehirn herumfischen wollte, aber das hatte Harvey auch noch nie jemand vorgeworfen.

Alles, was er konnte, war fliegen und das hatte immer gereicht.

Man hatte ihm gesagt, dass das Gehirn keine schmerzempfindlichen Nerven hatte und dass man ihm für die Eintrittsstelle an der Schädelbasis ein örtliches Betäubungsmittel gegeben hatte, aber er schwor, dass er spüren konnte, wie die haarfeinen Drähte und die winzigen Sensorelektroden in der inneren Wölbung seines Schädels in bogenförmigen Bahnen entlangschrammten, um überall in seinem Gehirn zu landen, wie einer dieser Atomsprengköpfe, die auf der Erde einschlugen. Gut, dass sie seinen Kopf festgeklemmt hatten, damit er nicht zuckte und sich aus Versehen selbst lobotomieren konnte.

„Denke dir, dass du links abbiegst. Nein! Bewege deine Hände nicht. Denke nur an das Gefühl des Abbiegens selbst. Gut. Gut! Jetzt nach rechts. Sehr gut! Hoch... Runter... Das ist sehr gut; du lernst schnell. Die anderen Piloten haben sich nicht so schnell anpassen können."

Andere Piloten? Der General hatte es so eilig, dass er sich keine Gedanken über die anderen Piloten machte. Wahrscheinlich hätte er sie zuerst kennenlernen sollen, aber das hätte seine Meinung nicht geändert. Er wurde den beiden Leuten vorgestellt, die den zurückkehrenden MQ-45 warteten, den er vor weniger als zwölf Stunden über der Beringsee aufgetankt hatte. Ihr Wissen und ihre Sicherheitsfreigaben beschränkten sich auf die Wartung von Flugzeugen.

In dem Moment, in dem er die Haut von Casper berührte, wusste Harvey, dass sie füreinander geschaffen waren. Die Textur war glatt, aber sie war es nicht. Sie war wie sehr feines Sandpapier, die Oberfläche war in tausend, eine Million winzige reflektierende Flächen unterteilt, von denen keine eine Linie bildete. Jedes Radarsignal wurde nicht nur von der Haut abgelenkt, sondern auch gestreut und kam nicht zum Empfänger zurück. Die Lichter des Hangars waren nicht einmal als heller Fleck auf dem Rumpf zu sehen, geschweige denn als Reflexion. Es schien das Licht so einfach zu fressen wie den Himmel.

Der Arzt gab ihm immer wieder Befehle und er dachte sie weiter, bis er sich wieder in seiner F-15E Strike Eagle fühlte. Nicht das "linke Ruder", sondern dieses leicht kränkliche Gefühl des unkorrigierten Gierens. Nicht einfach nur "nach unten", sondern nach unten mit dieser hoch in der Nase liegenden Fülle, wie bei einem Sturzflug mit negativem G, der den Blutdruck in seinem Kopf erhöhte.

Helen ging, als sie anfingen, an seinen Sehnerven zu arbeiten - hell, dunkel, Farbspektrum, ... - und Harvey konnte sich einfach dem Prozess hingeben.

Zwischen den einzelnen Unterweisungen, während der Doc etwas machte, das Harvey nicht wissen wollte, belehrte er Harvey über die Details seiner "brillanten" Techniken. Mehrsilbige Alpträume wie Elektrokortikografie und intrakranielle extraoperative Elektroenzephalografie wirbelten zusammen mit Hautwärme (ein kritischer Bewusstseinsfaktor bei Überschalloperationen, bei denen die Rumpftemperaturen leicht tausend Grad Fahrenheit übersteigen können) und "mit den Zehen nach unten greifen, wie wenn man die nächste

Stufe einer weit gespannten Leiter nicht sehen kann" (zum Ausfahren des Fahrwerks).

Das letzte und größte Stück, das der Arzt einführte, war eine ein Inch große subdermale Scheibe, die durch den winzigen Schnitt eingeführt wurde – „wie ein Modellschiff, das sich in einer Flasche entfaltet. Hast du so etwas schon einmal gesehen? Nein? Ein faszinierendes Verfahren." Er steckte sie in den Bereich hinter Harveys rechtem Ohr.

„Das hat die gleiche Materialdichte und Biegsamkeit wie deine Haut. Du wirst überzeugt sein, dass du es wie ein Stück Eisen fühlen kannst, aber du wirst dich irren. Sobald der Schnitt verheilt ist", er fuchtelte mit einem kleinen Pflaster vor Harveys Augen herum, um zu zeigen, wie gut seine Arbeit war, „kann sogar ein Liebhaber auf deine Haut drücken und wird sie nicht mehr spüren."

Harvey fragte sich, ob der Arzt über Helen und ihn Bescheid wusste und ob er sich soeben einen heftigen Schlag auf seine arrogante Nase verdient hatte.

„Du wirst überzeugt sein, dass du das kannst, aber du wirst dich irren. Das wird in ein paar Tagen vorbei sein. Außer der Post-Mission-Sensibilität. Sie ist nicht real, sondern psychosomatisch. Die anderen Piloten sagen, dass es sich nach einem Flug anfühlt, als hätte man ein "Loch im Körper". Ich glaube, das ist ihr krasser Ausdruck. Ein Haufen Blödsinn."

Als ob der Doc das wirklich wissen würde. Harvey würde seinen unbekannten Pilotenkollegen in dieser Sache vertrauen, aber selbst wenn sie Recht hatten, war alles den Preis wert, solange er sich wieder wie ein Pilot fühlen konnte.

„Wenn du dich mit dem Flugobjekt verbindest, platzieren wir eine kleine Klebescheibe direkt über diesem subdermalen Implantat. Es wird deine Gehirnimpulse genau durch die Haut hindurch lesen, ohne dass du Schmerzen oder Empfindungen hast.

„Wann kann ich fliegen?"

„Das Pflaster liegt auf der Seite und stört nicht", sagte General Harrington, während sie ihn vom Stuhl losschnallten.

War er lange genug dort gewesen, um die Angst zu sehen, die Helen so schlecht zu verbergen wusste? Vielleicht hatte der General ihr signalisiert, dass sie gehen sollte, ohne dass Harvey es bemerkte. Dadurch fühlte er sich dem Mann gegenüber freundlicher.

„Lass uns den Simulator ausprobieren, bevor ich dir ein hundert Millionen Dollar teures Flugzeug gebe", wischten die Worte des Generals alle anderen Bedenken beiseite.

Harvey schob sich aus dem Stuhl des Chirurgen. Er zwang sich, sich umzudrehen und dem Arzt zu danken, anstatt ihm eine Tracht Prügel zu verpassen, für den Fall, dass er noch mehr Arbeit an seinem Gehirn brauchte.

Eine zweite Grundregel der Air Force: *Leg dich nie mit dem Mann an, egal wie sehr er ein Arsch war.*

15

VON LAS VEGAS NACH DC. MIRANDA HATTE FAST GENAU vierundzwanzig Stunden gebraucht, um denselben Ort am Himmel zu erreichen, an dem das erste Flugzeug umgedreht worden war - gleich nördlich von Santa Fe.

Diesmal war sie an Bord einer 737-800 in einer Standardkonfiguration mit 162 Sitzen und zwei Klassen. Auf Sitz 2A, wie sie es bevorzugte. Er befand sich direkt in der Reihe mit dem Piloten und war auch der Sitz, auf dem ihre Mutter in der TWA 800 gesessen hatte. Mutter hatte den Fensterplatz immer sehr gemocht und es war ein lustiges Spiel zwischen ihnen gewesen, wer an der Reihe war, dort zu sitzen.

Miranda gefiel auch der Gedanke, dicht hinter dem Flugkapitän zu sitzen, der alles tun würde, um das Flugzeug zu retten, wenn es ein Problem gab. Und wenn sie sterben würde, gefiel ihr die Symmetrie, auf demselben Sitz wie ihre Mutter zu sitzen.

Miranda hatte Mühe, ihre Hände ruhig zu halten, als die Flugbegleiterin sich ihrem Sitz näherte, aber zum Glück wollte sie diesmal nur wissen, ob Miranda einen Mimosa mit dem Frühstücksservice möchte. Da sie wusste, dass es sehr unwahrscheinlich war, dass sie in den nächsten acht Stunden als Pilotin fliegen würde, nahm sie ein Glas an.

Ihre Sitznachbarin war ein schlabbriger Teenager in zerschlissenen Dreihundert-Dollar-Jeans, der praktisch mit seinem Handy verkabelt war. So blieb Miranda eine gesegnete Stille. Das saubere Dröhnen der Motoren war ihre wichtigste Begleitung.

Konnte man einen gebrochenen Lüfterflügel hören, bevor er sich löste und einen der Motoren zerfetzte?

Wie unterschied sich das Knarren des Rumpfes beim Durchqueren eines Temperaturgefälles oder gar eines Luftlochs von dem Knarren und Quietschen einer schadhaften Hautnaht?

Spätestens mit dem 787 Dreamliner hatte Boeing damit begonnen, den Rumpf aus einem Stück zu bauen, was die Anzahl der möglichen Fehlerquellen erheblich reduzierte - obwohl dies die Gefahr einer möglichen Delamination des Verbundstoffs mit sich brachte.

Aber die Dreamliner wurden vor allem auf Langstrecken-Transozean-Routen eingesetzt, was für sie andere Probleme mit sich brachte, seit die TWA 800 über dem Atlantik abgestürzt war.

Sie widerstand dem Drang, in ihrem Notizbuch einen Entscheidungsbaum für die Wahl zwischen Gefahr und Flug zu erstellen. Stattdessen nahm sie den Orangensaft mit Champagner an und nutzte ihn, um ihre Hände ruhig zu halten, während sie über ihre Optionen nachdachte.

In Washington konnte sie sich nicht an den Vorsitzenden des NTSB wenden. Wie der Rest des fünfköpfigen Gremiums war auch er ein politischer Angestellter und nicht für militärische Fluguntersuchungen befugt. Er konnte zwar wissen, dass und wo sie eingesetzt war, aber Clarence Duffy hatte keine ausreichende Sicherheitsfreigabe, um zu wissen, was sie tat oder entdeckte.

Nur zwei leitende Ermittler hatten eine ausreichende Freigabe, um mit ihr zu sprechen.

Obwohl er zehn Jahre jünger war als sie, scherzte er jedes Mal, wenn sie Rafe Zachmann sah, dass sie ihn heiraten müsse, damit sie kleine Top Secret Investigator-in-Charge-Kinder bekommen könnten. Zumindest nahm sie an, dass es ein Scherz war. Da sie sich nicht sicher sein konnte, tat sie ihr Bestes, um nicht zur gleichen Zeit wie Rafe in DC zu sein.

Terence Graham war ein alter Hase. Rafe zog ihn in den Besprechungen immer damit auf, dass er sie daran erinnerte, in welchem der antiken griechischen Kriege er gekämpft hatte. Damals war er wahrscheinlich der erste schwarze IIC gewesen, aber das bestätigte er genauso wenig wie seinen Dienst in den Peloponnesischen oder Trojanischen Kriegen. Nach vierzig Jahren wusste er mehr darüber, wie Flugzeuge flogen und wie sie starben, als die meisten Menschen über ihren eigenen Kleiderschrank wussten.

Im Jahr 2000 hatte er mehr als zwei Jahrzehnte Erfahrung an vorderster Front in die erste Klasse der neu gegründeten NTSB-Schulungsakademie eingebracht - in dem Jahr als sie Mitglied des National Transportation Safety Board wurde. Seine Kurse waren wie ein unbarmherziger Feuerwehrschlauch, der selbst die obskursten Details reinwusch, die so wichtig geworden waren. Die hohe Kunst, das Unerwartete aufzuspüren.

Miranda wusste, dass ihr größtes Manko das Bedürfnis nach einer "eleganten Lösung" war, wie Terence es nannte.

„Manchmal ist die Antwort einfach chaotisch, Mädchen. Daran musst du dich gewöhnen."

Das würde sie nie tun. Spät in der Nacht "kam sie zu sich" und lief in dem großen Haus der Familie auf und ab, immer noch auf der Suche nach einem Unfall, dessen Bericht schon längst zu den Akten gelegt und abgeschlossen worden war, obwohl es keine eindeutigen Ergebnisse gab. "Unbekannte Ursache" war der Fluch ihres Schlafes.

Wenn Terence ihr nicht helfen konnte, würde sie sich an ihre Kontakte im Aircraft Accident Investigation Board der US Air Force wenden - aber da war sie sich nicht so sicher. Bei den vielen Militärflugzeugen, die sie untersucht hatte, hatte sie selten mit demselben Ermittler zu tun.

Ja, sie würde mit Terence Graham anfangen, wenn er in DC war. Es war sowieso schon zu lange her, dass sie ihn gesehen hatte. Vielleicht hatte er die Mischung aus entfernten Flugschreibern und fehlenden militärischen Ermittlungsteams erlebt.

Und sie würde Zeit finden, TWA 800 zu besuchen. Welch eine Ironie, dass ein achtzig Fuß langes Stück des rekonstruierten Flugzeugrumpfes das Zentrum des Trainingsprogramms der NTSB Academy war. Sie kannte jeden Zentimeter des Rumpfes. Auch wenn die Nase nicht dazu gehörte - sie war sauber weggebrochen und war nicht der Hauptteil der Untersuchung, sondern eher eine Folge davon -, besuchte sie es bei jeder Gelegenheit. Es war das, was einem Grabstein am nächsten kam. Der kleine Stein, den sie auf ihrer Insel aufgestellt hatte, nachdem sie die Asche ihrer Eltern verstreut hatte, fühlte sich viel leerer an.

Die zwei Hektar große Gedenkstätte auf Long Island, New York, in der Nähe der Stelle, an der das Flugzeug in den Atlantik gestürzt war, war im Vergleich dazu schlicht, schön und bedeutungslos. Der Anblick der Namen ihrer Eltern, die in die geschwungene Granitwand eingraviert waren, hatte sie kalt gelassen.

Die Überreste des Flugzeugs hatten sich für sie und andere NTSB-Ermittler wie ein Klassenzimmer angefühlt, als wären sie lebendig.

Was nützte das Gedächtnis ohne Handeln?

Sie untersuchte Flugzeuge, damit andere nicht die gleichen Erinnerungen hatten wie sie.

Als sie die Gepäckausgabe am Flughafen Dulles verließ, entdeckte sie ihren Namen auf einem Tablet-Bildschirm, den ein junger Mann in einem adretten Anzug hielt. Sie hatte kein Auto angefordert, obwohl sie das normalerweise tat. Vielleicht hatte es einer von der Crew für sie getan.

Mike vielleicht? Rücksichtsvoll mit Menschen umzugehen, wäre seine Aufgabe.

Sie nickte dem Mann zur Begrüßung zu, der sich nicht vorzustellte. Er nahm ihr einfach den Rucksack ab und führte sie durch die automatischen Türen hinaus.

Erst als die schwarze Limousine vom Bordstein wegfuhr, bemerkte Miranda einen Mann, der sich durch die Menge der aussteigenden Fluggäste schnell auf sie zubewegte.

Sie erkannte ihn nicht, aber auch er hielt ein Tablet in der Hand, auf dessen Bildschirm leuchtend ihr Name zu lesen war. Seine Eile ließ sie daran zweifeln, dass sie bis zu diesem Moment keine Fragen gestellt hatte.

Miranda kniff die Augen zusammen, um ihren Blick auf den Fahrer und seinen Begleiter zu verbergen. Sie sahen normal aus.

Aber würde sie es wissen, wenn sie es nicht täten?

16

„Es ergibt immer noch keinen Sinn." Die verdrehten Stahlteile, von denen Holly so fasziniert schien, waren nicht das Einzige, was keinen Sinn ergab.

Mike hatte mit jedem gesprochen, der mit ihm sprechen wollte - mit allen drei. Keiner von ihnen gab zu, einen General Harrington zu *kennen*.

Drei Wachen umkreisten immer noch das Flugzeug, aber die Dynamik war heute anders. Gestern hatten sie noch nach außen geschaut, um mögliche Eindringlinge im Herzen des Test- und Übungsgeländes von Nevada abzuwehren.

Heute säumten sie den mit grüner Flagge gekennzeichneten Rand des Trümmerfeldes und blickten nach innen. Neun schwer bewaffnete Söldner gestern - Holly hatte ihm versichert, dass es sich nicht um reguläres Air Force-Personal handelte, und er vermutete, dass sie es wissen würde, wenn es jemand wüsste.

Also drei schwer bewaffnete Wachen, um drei unbewaffnete NTSB-Agenten zu bewachen. Die Chancen standen definitiv nicht zu Gunsten der NTSB.

Er vermutete, dass es nicht so sehr Harringtons Schuld war,

dass er unzugänglich war. Die beiden Camo Dudes, die auf ihre Ankunft gewartet hatten, sahen aus, als würden sie nicht zugeben, dass sie ihre eigenen Mütter kannten. Der Pilot des winzigen viersitzigen Helikopters war der dritte des schweigsamen Trios.

Jeremy hatte die angedeutete Bedrohung durch die umstehende Wache nicht bemerkt, die nicht da wäre, wenn es nicht um ihre eigene Crew ginge. Er machte sich daran, die Systeme des Flugzeugs aufzuspüren, oder vielmehr die Überreste davon. Während seiner Arbeit sprach er ständig mit sich selbst, so dass es leicht war, seine Gedanken zu verfolgen.

„Primärhydraulik. Zwölf Gallonen im System möglich, drei Komma zwei noch im Reservetank bei voller Kapazität. Geschätzte Leckage durch fünf bekannte, nach dem Aufprall durchtrennte Leitungen: fünf Komma sechs. An anderen Stellen im System noch zwei bis acht. Der Gesamtverlust liegt unter zwei Litern. Viel zu wenig Verlust für ein hydraulisch bedingtes Versagen. Die Sekundärpumpen im Cockpit wurden von den Piloten nicht eingeschaltet - aus Zeitmangel oder aus Mangel an Notwendigkeit? Höchstwahrscheinlich letzteres. Okay, Treibstoffsystem." Und er begann, tiefer in das Flugzeugwrack zu kriechen.

Holly war auch nicht viel besser. Sie fotografierte die Enden von verdrehten Metallteilen, die für ihn genauso aussahen wie alle anderen verdrehten Metallteile. Wenigstens machte sie es ohne den laufenden Kommentar.

„Was erwartest du zu finden?" fragte er sie, während er einen der wenigen verbliebenen Sitze aus Nylonnetz, die einst den gesamten Rumpf auf beiden Seiten ausgekleidet hatten, herunterklappte. Die meisten anderen waren auf der Länge des sandwichartigen Rumpfes zu seiner Rechten zusammengedrückt. Dies war so ziemlich der einzige Platz auf dem gesamten Gelände, der nicht in der prallen Sonne lag, und vielleicht auch der einzige Sitz, der nicht mit getrocknetem

Blut braun verfärbt war. Er hatte nicht vor, sich jemals wieder aus dem Halbschatten zu bewegen.

Zu seiner Linken stand Holly, dort, wo einst die Nase angebracht gewesen sein musste. Anstatt mehr Flugzeug gab es einen offenen Kreis aus Himmel und Wüste. Er konnte den Groom Lake von hier aus nicht sehen, aber er lag irgendwo hinter Hollys linker Schulter. Ein Bogen der Wüste wurde von der zerknitterten Nase des Flugzeugs rechts von ihr blockiert.

„Nicht viel, wirklich. Sieh mal hier", sie tippte auf ein Stück Metallbalken, das so groß wie eine Aktentasche war. Das zerschundene Ende sah aus, als hätte sich jemand einen Holzstab übers Knie gelegt. Bruchstücke ragten in verschiedenen seltsamen Winkeln heraus. Die Oberfläche sah aus wie ein schlechter Versuch, einen Kuchen zu glasieren - klumpig und unförmig.

„Was sehe ich denn da?"

„Du schaust auf den stärksten Teil des Flugzeugs. Das ist der Hauptkielbalken, wenn du so willst. Hier sind alle Spanten, die den Rumpf bilden, miteinander verbunden."

„Jetzt ist es kaputt, Holly."

„Das kann ich sehen, Mike", sagte sie so giftig, dass er beschloss, seinen Mund zu halten. „Ich kann dir sogar sagen, was es kaputt gemacht hat. Etwas sehr Seltenes und Seltsames namens Bodenaufprall. Anhand des Verformungswinkels und der Tatsache, dass es sich eher um ein sprödes als um ein zähes Versagen handelt, kann ich sogar die Geschwindigkeit und den Winkel des Aufpralls schätzen, sobald ich wieder an meinem Computer bin. Weißt du, was uns das sagt?"

„Klar. Dass das Flugzeug abgestürzt ist."

„Ganz genau. All das", sie winkte mit der Hand auf das Metall, das sie inspiziert hatte, „ist passiert, weil das Flugzeug abgestürzt ist. Was sagt mir das nicht?"

Mike dachte an Mirandas Simulationen von heute Morgen

zurück. „Was war der Grund für den Absturz?" Er wünschte, er hätte es nicht so zaghaft gesagt.

„Gib dem Mann einen Violet Crumble!"

„Einen was?"

„Der beste Schokoriegel der Welt; man muss nur nach Australien gehen, um einen zu bekommen. Nimm einen Hinweis auf, Mike. Ich würde jetzt für einen töten", seufzte Holly und lehnte sich gegen die Überreste eines großen Maschinengewehrs, dessen Lauf fast in zwei Teile geknickt war.

„Welchen Hinweis? Dass du eine Verrückte bist? Das habe ich schon herausgefunden."

„Keiner meiner Ex-Boyos wird dir in diesem Punkt widersprechen."

„Was tust du hier, Holly? Ein australischer SASR-Soldat beim amerikanischen NTSB? Das ergibt doch keinen Sinn."

„Ein weiterer Punkt, den keiner meiner Ex-Boyos bestreiten würde." Sie untersuchte den schmalen Keil des Rumpfes, der sie vor der Sonne schützte. „Ich brauchte eine Abwechslung. Diese Art von Mission ist eine Droge. Du wirst immer verrückter, gehst Risiken ein, die du nie eingehen solltest, und überlebst nur mit Geschick und Glück."

„Du hast überlebt. Ich schätze, da war eine Menge Geschick im Spiel." Denn verdammt, die Frau strahlte Kompetenz aus.

„Das habe *ich*." Dann schluckte sie schwer und sah traurig aus. Er mochte diesen Ausdruck auf ihrem Gesicht nicht. Er passte nicht zu der Frau, die er trotz all ihrer borstigen Kanten zu mögen begann.

„Oh." Mike wusste nicht, was er noch sagen sollte. Er wollte das Thema wechseln, aber es fiel ihm nicht ein.

Hollys Gesichtsausdruck verzog sich zu einem Stirnrunzeln und Mike machte sich darauf gefasst, dass er sich eine neue Bemerkung anhören musste.

„Du weißt schon...", murmelte sie halb zu sich selbst.

„Viele Dinge. Ich bin ein schlauer Kerl. Frag mich einfach."

„Miranda."

„Sie ist so verrückt, dass du fast schon wieder normal scheinst." Mike fragte sich, wie lange er noch hier draußen in der Wüste bleiben musste.

„Ob sie nun authentisch ist oder nicht, sie ist auch sehr schlau. Sie weiß, dass die Antwort nicht hier ist, also hat sie sich auf die Suche gemacht."

„Was zum Teufel machen wir dann hier draußen in der Wüste?"

Holly kam wieder auf die Beine und stellte sich in Position, um weitere Metallknäule zu untersuchen. „Du und ich, Kumpel, wir sind die Ablenkung."

„Oh toll. Vergiss Jeremy nicht."

„Hey, Jeremy", rief sie. Es gab ein Krachen von fallendem Metall, ein paar Geräusche und dann steckte der fragliche Mann seinen Kopf dort hinein, wo wahrscheinlich die Waffe herausgestanden hatte.

„Rate mal, was ich gefunden habe. Du wirst es nie erraten. Ich werde es dir sagen. Es sei denn, du willst raten?"

Holly machte einen ihrer vernichtenden Blicke.

„Okay, dann sage ich es dir einfach." Er zog seinen Kopf wieder aus dem Fenster und trat um den einen verbliebenen Teil des Rumpfes herum, um sich zu ihnen ins Innere des Flugzeugs zu gesellen. „Ich weiß, warum das Flugzeug beim Aufprall nicht explodiert ist."

„Kein Treibstoff", vermutete Mike.

„Nein. Wir konnten es gestern riechen. Das müssen mindestens fünfzig ppm gewesen sein."

„PPM?"

Holly, die jetzt wieder ganz normal war, richtete ihre Abscheu auf Mike, aber zum Glück konnte er sich darauf verlassen, dass Jeremy losplatzte.

„Teile pro Million. Wenn du also fünfzig Teile Kerosin auf eine Million Teile Luft hast, ist das ein ziemlich starker Geruch.

Der Mensch kann ihn bis zu einem halben Teil pro Million wahrnehmen. Kannst du dir vorstellen, wie es für einen Hund riechen muss? Die meisten Rassen sind vierzig Mal so geruchsempfindlich wie wir. Ich glaube, sie müssen..."

„Warum sind wir dann nicht explodiert?" Mike war versucht, Jeremy einfach weiterreden zu lassen, um Holly zu ärgern, aber er beschloss, dem Jungen seine wahrscheinliche Vergeltung zu ersparen.

„Die Flügel der C-130 Hercules sind ganz oben am Rumpf befestigt, richtig? Sie waren also am stärksten dem ausgesetzt, was von oben einschlug. Was auch immer es war, es hat wohl die Flügel *und* die Treibstofftanks durchschlagen. Du hast gesagt, dass der General sagte, dass sie von einer Lieferung zurückkamen, also waren ihre Tanks wahrscheinlich sowieso relativ leer. Wenn der Riss groß genug war, könnte der Großteil des verbliebenen Treibstoffs sogar in den ein bis zwei Sekunden, die Miranda zwischen der Ursache und dem Absturz vermutet, in die Luft geflossen sein. Das Wenige, das noch übrig war, befand sich zum Zeitpunkt des Aufpralls größtenteils in der Luft."

„Deshalb konnten wir es so stark riechen, aber es hat sich nicht entzündet", war Mike froh, dass keiner von ihnen rauchte. Wer wusste schon, was das Anzünden eines Streichholzes bewirkt hätte.

„Nein", sagte Holly und lächelte, als er sich wieder verplappert hatte. „Es gab eine Brise. Sie hätte alles in der Luft weggeblasen. Aber wenn es auf den Boden gesprüht hätte, wäre es weiter verdunstet."

„Außerdem", signalisierte Jeremy einen seiner häufigen Themensprünge, „ist dir aufgefallen, dass die Camo Dudes immer ganz komisch werden, wenn ich in den hinteren Teil des Rumpfes krieche?"

Er und Holly mussten nicht einmal einen Blick austauschen. Sie drehten sich beide gleichzeitig zu Jeremy um.

„Okay, welcher Teil des Rumpfes und wie seltsam waren sie?"

„Wer?"

Eine halbe Sekunde lang überlegte Mike, was er tun könnte, um es ihm heimzuzahlen. Dann wurde ihm klar, dass Jeremy keine Spielchen im Stil von Holly spielte; sein Gehirn hatte einfach weitergemacht. Zum Glück konnte er es genauso schnell wieder zurückholen.

„Oh. Die Camo Dudes. Sie zucken immer zusammen, wenn ich in die Nähe des Scharnierpunkts der Heckrampe komme."

„Sonst noch etwas?" Wenn Holly versuchte, lässig und desinteressiert auszusehen, gelang ihr das nicht besonders gut. Sie lehnte sich bequem zurück, aber sie war still, als würde sie sich auf etwas vorbereiten.

„Nicht wirklich. Ihre Hände wandern zu den Waffen, als wären sie bereit, mich abzuschießen, wenn ich etwas finde, das sie nicht gefunden haben wollen. Verrückt, hm? Das muss ich falsch verstanden haben. Jedenfalls habe ich nichts Seltsames bemerkt. Abgesehen von den Waffen, meine ich. Nichts über das Flugzeug."

Mike brauchte Hollys Training nicht, um zu wissen, dass Jeremy es nicht falsch verstanden hatte.

„Hör zu, Jeremy, warum hältst du dich nicht erst einmal von diesem Teil des Wracks fern?"

„Da bin ich schon fertig. So weit achtern gibt es nicht viele wichtige Systeme, wirklich. Höhen- und Seitenrudersteuerung, Rampenmechanismen und so weiter. Das meiste, was mich interessiert, befindet sich im Heckleitwerk, das abgebrochen ist. Wahrscheinlich gibt es nur eine Menge abgeschnittener Kabel, aber ich will sehen, ob es etwas gibt, das ich bei einem Absturz nicht erwarten würde."

Holly holte eine Handvoll Plastikprobenbeutel und einen Filzstift hervor und hielt sie ihm hin.

Mike nahm sie vorsichtig entgegen: „Was soll ich damit machen?"

„Geh fünfzig Fuß über den mit grüner Flagge markierten Rand des Trümmerfeldes hinaus - das sind etwa zweiundzwanzig Schritte oder elf Schritte bei deinem typischen Schritt."

Mike schaute auf seine Füße hinunter und fragte sich, ob *sie* überhaupt wussten, was sein typischer Schritt war, denn er wusste es ganz sicher nicht. „Warum sollte ich das tun?"

„Ich möchte zwölf Bodenproben, die radial um das ganze Wrack angeordnet sind, wie eine Uhr. Wir können sie im Labor analysieren, um zu sehen, ob wir ein Muster der Bodenverschmutzung erkennen können."

„Du willst, dass ich da draußen in die Sonne mit den Schlangen gehe?" Er hatte die Benzinfrage bereits vergessen.

„Noch besser", sagte Holly und reichte ihm ein paar weitere Taschen und einen schwarzen Seesack, in den er sie packen konnte. „Nimm auch Proben in hundert Fuß Entfernung. Das wären weitere elf Schritte, falls du mit der höheren Mathematik überfordert bist. Brauchst du einen Taschenrechner?"

„Aber..." Dann hielt Mike seinen Mund. Er wollte nicht, dass man ihm sagte, er solle sich noch weiter in diese schlangenverseuchte Wildnis hinauswagen.

„Oh, und halte deine Augen offen für alles, was seltsam ist."

„Seltsam wie was? Seltsamer als du?"

Sie schenkte ihm ein strahlendes Lächeln. „Es gibt nichts Fremderes auf Gottes grüner Erde als mich."

„Halleluja! Vorausgesetzt, wir zählen unsere furchtlose Teamleiterin nicht mit."

„Ist Miranda nicht unglaublich? Wow! Ich kann nicht glauben, dass ich Miranda Chase mit dem Vornamen anspreche." Jeremy verschwand wieder aus dem Blickfeld.

„Und was genau erhoffst du dir zu erfahren? Dass sich in

der Nähe eines abgestürzten Flugzeugs Treibstoff im Boden befindet? Können wir nicht einfach die EPA anrufen?"

„Ich hoffe, *du* bist *meine* Ablenkung", begann Holly und steckte das Werkzeug ein, mit dem sie den zerbrochenen Kielbalken ausgemessen und getestet hatte. „Pass auf, dass du nicht erschossen wirst."

„Du willst, dass ich da rausgehe und absichtlich drei Typen mit großen, gemeinen, fiesen Gewehren reize?"

„Das sind keine Gewehre. Sie sind mit M4A1-Karabinern ausgestattet, die einen kürzeren Lauf haben und leichter sind als Gewehre", betonte Holly. „Dreißig-Schuss-Magazine mit nur einer Insight-Optik - nicht einmal ein Block-I-Upgrade auf ein Trijicon-Visier, das eine echte Verbesserung darstellt."

„Sie werden mich so was von erschießen."

„Nicht mit einem Gewehr, das nicht, Kumpel. Weil sie keins haben."

17

„DAS IST EINE UNGEWÖHNLICHE BITTE, SIR."

„Ich bin ein ungewöhnlicher Mann." Drake lehnte sich in seinem Stuhl zurück und stützte seine Füße auf die Schreibtischschublade, die er zu diesem Zweck immer herauszog.

„Im Ernst, Sir. Wir haben nicht..."

„Du weißt doch, wer ich bin, oder?" Ein Leutnant hätte den Artikel einfach abgegeben. Die Frau mochte eine dieser alterslosen Eurasierinnen sein, aber ihre Reversabzeichen waren leuchtende Vögel, auf denen Oberst stand und die bedeuteten, dass sie Mitte vierzig war, was er kaum glauben konnte.

„Ja, Sir. Sie sind Vier-Sterne-General Drake Nason, CJCS, Vorsitzender der Joint Chiefs of Staff. Aber die NRO hat nicht die Angewohnheit..."

„Es ist mir egal, was das Nationale Aufklärungsbüro so treibt."

„Die Angewohnheit", fuhr Colonel Gray mit dem steifsten Rückgrat fort, seit Christus ans Kreuz genagelt wurde, „die

Überwachung amerikanischer Hochsicherheitsanlagen durchzuführen."

„Doch du *stehst* hier, nicht wahr? Im Pentagon, direkt gegenüber von meinem Schreibtisch? Und du bist tatsächlich hier, falls du es noch nicht bemerkt hast."

„Ja, Sir. Ich habe bemerkt", ihr trockener Tonfall verriet, dass hinter dem steifen Rückgrat tatsächlich ein Mensch steckte.

Drake hatte schon immer eine lässige Haltung gepflegt, wenn er konnte; das brachte die meisten unteren Ränge aus dem Gleichgewicht und führte dazu, dass sie mehr preisgaben, als sie wollten. Als er der Charlie Company, dem 3. Bataillon des 75. Ranger-Regiments beitrat, hatte man ihm den Spitznamen "Renegade" verpasst. Ein Junge aus Georgia, der in Georgia diente, hatte ihm bis auf die Stiefel gepasst. Er musste sich nicht mehr darum sorgen, die höheren Ränge nicht zu verärgern, denn mit vier Sternen an seiner Bürotür gab es keine anderen als den Oberbefehlshaber.

„Und da du hier bist, sagt das dem alten Knaben, dass du die Daten hast, die ich angefordert habe, was bedeutet, dass ihr diese Orte überwacht und etwas zu liefern hast. Sonst hätte Patrick mich angerufen und mir gesagt, ich solle ein Ei lutschen."

„Ich habe gehört, dass er es sich überlegt hat, Sir."

„Patrick war schon immer ein ziemlicher Arsch." Der Mann war bei der Air Force gewesen, bevor er zum NRO wechselte. Es würde Drake keine Sekunde lang überraschen, wenn Patrick versucht hätte, die Anfrage abzulehnen, nur um sich an Drakes eigener Armeeerfahrung zu rächen.

„Ja, Sir." Eine halbe Sekunde lang konnte er nicht sagen, ob der halsstarrige Colonel zustimmend war, oder ob er insgeheim der Meinung war, dass ihr Chef ein Arschloch *war*. Er schaute noch einmal nach, aber er konnte es immer noch nicht sagen.

Drake winkte sie nach vorne.

Sie tat so, als würde sie die letzten beiden Schritte nur widerwillig gehen. Dann öffnete sie ihre Aktentasche und reichte ihm einen Zettel über den Schreibtisch. Darauf stand eine Adresse auf einem sicheren Server.

„Hier gibt es kein Passwort." Er drehte es um, auch da war nichts.

„Es ist...", und dann wurde sie rot. Leuchtend rot.

„Er hat auf etwas Obszönem bestanden."

„Nicht ganz, Sir." Ihre Stimme klang ein wenig erstickt.

„Also..."

„Verzeihen Sie meine Ausdrucksweise, Sir. Offenbar wird deine Meinung über General Patrick voll und ganz geteilt. Es ist..." Sie räusperte sich erneut, aber es schien nicht zu funktionieren.

„Lass mich raten: Du kannst mich mal, Arschloch."

„Jedes Wort in Großbuchstaben, ohne Leerzeichen oder Satzzeichen. Ja, Sir", antwortete sie mit fester Stimme. „Ich bitte um Entschuldigung, so wollte ich den CJCS nicht ansprechen, Sir."

Drake musste darüber lachen. „Grüß deinen Chef von mir und sag ihm, er kann mich mal."

„Ja, Sir", die Röte ließ nicht nach, aber vielleicht versteckte sich ein Lächeln darunter. „Ich muss dich daran erinnern, dass das Passwort nur für einen Tag gilt und um Mitternacht abläuft."

Er schaute auf seine Uhr. Er hatte noch zehn Stunden Zeit.

Sie salutierte höflich, er erwiderte den Gruß und sie ging wieder zur Tür hinaus.

Er beobachtete sie, bis sie außer Sichtweite war. Nicht, weil sie einen süßen Hintern in ihrer Uniform hatte, aber jetzt, wo er sie beobachtete, bemerkte er, dass sie einen hatte. Er musste alt geworden sein, denn das erinnerte ihn nur daran, dass sie etwa zehn Jahre älter war als seine Älteste und er hoffte bei Gott, dass kein Mann seine Tochter ansah und denselben Gedanken hatte. Elsie war Ärztin und glücklich verheiratete Mutter seiner ersten Enkelin, die alt genug war, um über das College nachzudenken, während sie sich mit Jungs beschäftigte, die zweifellos dachten, dass *sie* mit ihren sechzehn Jahren einen süßen Hintern hatte...

Die Zeit verging manchmal einfach zu schnell.

Der scheidende Colonel Gray erinnerte ihn vor allem an einen der Punkte, die er mit dem Präsidenten besprochen hatte, bevor er die Ernennung zum CJCS annahm.

Informationen innerhalb des geheimdienstlich-militärischen Establishments mussten offen ausgetauscht werden. Der Feind befand sich nicht im Gebäude nebenan, aber es fiel ihm verdammt schwer, das vielen der Behörden zu beweisen. Es brauchte mehr Colonel Grays und weniger General Patricks, aber er hatte noch keine Ahnung, wie er das umsetzen sollte.

Er loggte sich auf dem angegebenen sicheren Server ein, wählte den entsprechenden Dateiordner und gab "UpYoursAsshole" ein. „Mistkerl", murmelte er, als er den Inhalt des Ordners überprüfte.

Drake sah sich jede der Bilddateien an.

Sichtbares Licht war nutzlos, weil der Sonnenaufgang in der Wüste zum Zeitpunkt des Absturzes das Zentrum Nevadas noch nicht erreicht hatte.

Infrarot-Satellitenbilder zeigten eine viermotorige C-130 Hercules im Flug. In der unteren rechten Ecke wurden Anzeigen eingefügt: Höhe (geschätzte Meter), Geschwindigkeit über Grund (geschätzte Knoten) und Entfernung zur Landebahn 32 (km). Landebahn 32 war die Himmelsrichtung des einen Endes der Groom Lake Landebahn, ohne die zusätzliche Null. Die Hercules war also von Westen her geflogen, bevor sie für einen geraden Landeanflug von Süden her abdrehte, um auf der 320 Grad geneigten Landebahn zu landen.

Jedes Bild zeigte, wie die Herkules in einem Moment geradeaus flog und im nächsten verschwunden war, als wäre sie einfach vom Bildschirm gewischt worden.

Zehn Minuten lang sah er sich die fünf Zehn-Sekunden-Dateien an, die ihm das NRO zur Verfügung gestellt hatte.

Alles, was er für seine Mühen bekam, war, dass er zehn Minuten älter war.

Er wollte sich selbst ein Bild machen, aber da er nichts erfahren hatte, öffnete er das einzige Textdokument in dem Ordner: *NRO Event Analysis*. Zwei Seiten nutzloses Geschwätz überzeugten ihn schließlich davon, dass die NRO-Bilderanalysten, die Besten und Klügsten auf ihrem Gebiet, genauso wenig gelernt hatten wie er.

Wo war diese verdammte Frau vom NTSB? Sie sollte doch schon längst hier sein. Als er sie ausfindig gemacht hatte, war sie bereits auf dem Weg nach DC - wie praktisch. Er wollte mit ihr sprechen, bevor er ihr erklären musste, was die Hercules transportiert hatte, als sie abstürzte.

18

MIRANDA WUNDERTE SICH ÜBER IHRE EIGENE NAIVITÄT.

Oh, du hast ein Schild mit meinem Namen drauf? Natürlich werde ich dir folgen, ohne Fragen zu stellen.

Weder der Fahrer noch der Mann, der das Schild gehalten hatte und jetzt auf dem Beifahrersitz saß, waren eine Hilfe gewesen.

„Nein, Ma'am. Wir wissen nur, dass wir dich abholen und zu einem Treffen begleiten sollen."

„Nein, Ma'am. Wir wissen nicht, welches Treffen oder mit wem."

„"Nein, Ma'am. Es steht uns nicht frei, zu sagen, wo."

An einer Ampel versuchte sie heimlich, ihre Tür zu öffnen. Sie mussten die Griffe der Hintertür deaktiviert haben, als wäre sie nicht mehr als ein Kind.

Ein Kind? Oder ein Entführungsopfer?

Warum sollte jemand einen NTSB-Agenten entführen wollen? Das könnte das erste Mal sein.

Sie war in Dulles gelandet, und sie fuhren nach Osten in Richtung DC, das war ein gutes Zeichen, aber sonst nichts. Selbst das Festhalten ihrer rechten Hand mit der linken hielt sie nicht davon ab, den Türgriff in den nächsten fünf Minuten noch einige Male zu betätigen.

Das Fahrzeug schien sich zu komprimieren. Die Luft war dick und überklimatisiert, aber das trug nicht dazu bei, das schweißtreibende Gefühl zu verdampfen.

Dann rückte das Bild in den Fokus. Sie hätte den Drink auf dem Flug nicht trinken sollen; er hatte ihr das Denken vernebelt. Aber das war schon vier Stunden her.

Außerdem hast du seit über achtundvierzig Stunden nicht mehr geschlafen.

Das stimmt zwar, aber das war in der Regel nicht relevant. Der unterbrochene frühe Flug aus LA gestern. Dann die ganze letzte Nacht wach, um mit der Modellierungssoftware zu arbeiten. Das hatte dazu geführt, dass der Alkohol einen unverhältnismäßig starken Einfluss auf ihre Denkprozesse hatte.

Ja, das war es. Nicht Angst, sondern Unachtsamkeit.

Kooperation schien im Moment ihre einzige Option zu sein.

Wenn Holly hier wäre, würde sie vielleicht so etwas wie eine Actionheldin sein, die zwei Männer ausschaltete, die deutlich schwerer waren als sie, und dann die Kontrolle über das Auto übernehmen. Aber wir waren hier nicht im Kino und Miranda würde niemals Holly Harper sein...

Kooperation bedeutete, die aktuellen Umstände einfach als normal zu akzeptieren. Nun, wenn sie normal *waren* - oder besser gesagt, wenn sie *so tun wollte, als ob* sie es wären - was würde sie dann tun?

Sie holte ihr Telefon heraus. Diesmal verband es sich sofort mit den örtlichen Mobilfunknetzen.

„Ich melde mich nur bei meinem Team."

Keine Reaktion auf ihre Ankündigung vom Vordersitz aus.

Sie wählte Hollys Nummer, die direkt auf die Mailbox ging, wie sie erwartet hatte, weil Holly in der NTTR-Totzone sein würde.

„Hi Holly. Ich habe es nach DC geschafft. Ich wollte nur mal nachsehen, wie es dir geht. Wie ich dir gesagt habe, werde ich den ganzen Tag in Meetings unterwegs sein." Sie hatte nichts dergleichen gesagt und fühlte sich selbst ein bisschen wie eine Geheimagentin aus einem Film. Holly würde wissen, dass etwas im Busch war. „Ich werde mein Telefon bei mir haben, damit du mich anrufen kannst. Ich brauche dringend die neuen Daten, an denen du vor den Meetings gearbeitet hast." Sie dachte sogar daran, ein "Danke" hinzuzufügen und war zufrieden mit ihrer eigenen Verschleierung.

Immer noch keine Reaktion auf dem Vordersitz.

Sie wählte Terence an.

„Hey, Mädchen. Wo treibst du dich rum?"

„Ich bin gerade in DC gelandet. Wie geht es dir?" Sie beschloss, dass es das Beste wäre, wenn sie nicht sagte, warum sie hier war. Ihre Entführer - oder vielleicht ihre Begleiter - würden bestimmt alles melden, was sie sagte. Wurde dieser Anruf zurückverfolgt? Sie sah zwar keine Anzeichen dafür, aber würde sie es wissen?

„Wow, da muss etwas Großes im Busch sein, wenn du mir zivilisierte Fragen stellst." Er machte sich immer über solche Dinge lustig, deshalb legte sie Wert darauf, sie in Gesprächen mit ihm zu stellen. Und dann brach sie den Kodex, indem sie fortfuhr, bevor er antwortete. Er antwortete immer, wie es ihm ging, wenn sie fragte.

„Ich hatte gehofft, dich heute Nachmittag oder Abend zu treffen." Hoffentlich würde er ihre Dringlichkeit verstehen.

„Ich hatte Pläne, aber die werde ich absagen. Ruf mich einfach an, wenn du in der Stadt bist. Ich bin dann im Büro." Gut. Er hat es verstanden. „Oder wolltest du deine Pilgerreise zur alten 800 machen?" Er war der Einzige, der von ihren regelmäßigen Besuchen des rekonstruierten Wracks in der NTSB-Akademie wusste.

„Oh, ich bezweifle, dass ich auf dieser Reise Zeit haben werde. Und warte nicht auf mich. Ich könnte mich verspäten."

„Ja, klar." Er wusste, dass sie viel pünktlicher war als jede Fluggesellschaft. Dann schien er ihre Bemerkung zu registrieren. „Richtig. Also, ich warte auf deinen Anruf", und legte auf. Das war das, was einem Notruf am Nächsten kam.

Wenn die beiden Männer im vorderen Teil des Wagens etwas von ihren beiden Anrufen hielten, zeigten sie es nicht.

Oder von ihrer plötzlichen unerwarteten Kooperation, die aktuellen Umstände als normal zu akzeptieren. Eine völlige Verirrung.

Sie wäre eine lausige Geheimagentin.

19

„DIESE KLEINE SCHLAMPE!" SCHRIE CLARISSA IN IHR TELEFON.

Miranda Chase sollte eigentlich in Clarissas Büro sitzen und nicht dem Wachmann sagen, dass sie an der Kryptos-Skulptur im zentralen Innenhof der CIA sitzen würde, wenn jemand sie treffen wollte.

„Es tut mir leid, Ma'am", sagte der Agent, der sie vom Flughafen abgeholt hatte. „Sie hat sich geweigert, über die Lobby hinauszugehen, um *Kryptos* zu besuchen, es sei denn, wir sollen sie nach oben tragen. Also hat James sie dorthin gebracht und ich rufe dich an."

Sie knallte das Telefon auf den Tisch.

Die Abteilungsleiter der CIA hüpften *nicht* auf die Befehle von pissigen NTSB-Ermittlern.

Sie starrte auf die Akte der Frau auf ihrem Bildschirm. Sogar auf ihrem offiziellen Foto war sie unansehnlich: kein Make-up, zerzauste Haare, eine schlampige Weste. Dennoch sprachen die Zitate von ihrer Brillanz auf dem Gebiet der Unfalluntersuchung.

Aber warum war sie zu dieser Untersuchung gerufen worden? Es sollte doch still und leise unter den Teppich gekehrt werden. Verdammter Harrington. Er war mitten in der verdammten Wüste Nevadas und konnte nicht einmal das richtig machen. Es bestand keine Chance, dass diese Frau die Wahrheit aufdeckte, aber trotzdem musste Clarissa sicher sein.

Da sie keine andere Wahl hatte, fuhr sie mit dem Aufzug ins Erdgeschoss und ging in den Innenhof hinaus. Ein paar schattenspendende Bäume, ein grüner Rasen mit einem kleinen Pool inmitten von Felsen und die unglaublich frustrierende Kryptos-Skulptur.

Eine kleine Frau, die nicht größer als fünf- vier sein konnte, stand davor. Ihre Akte verriet nichts von ihrer zierlichen Statur. In ihrer zerknitterten Kleidung und den schweren Stiefeln könnte man sie leicht für eine Putzfrau halten. Mit den beiden Wachen, die in der Nähe standen, sah sie noch kleiner aus. Inkompetente Schnecken - sie winkte sie weg zurück zu anderen Aufgaben – sie konnten nicht einmal eine halb so große Frau in Clarissas Büro bringen.

Das? *Diese* flachbrüstige Ausrede für eine Frau war das Beste, was das NTSB zu bieten hatte? Sie hätte sich keine Sorgen machen müssen. Aber in ihrer Akte stand, dass sie eine bessere Aufklärungsrate bei Unfällen hatte als jeder andere in der Geschichte des NTSB.

„Ich habe mir deine Akte angesehen." Clarissa hatte nicht vorgehabt, so anzufangen, aber irgendetwas an dieser Miranda Chase machte sie unsicher, wie sie mit ihr umgehen sollte - und Clarissa wusste *immer,* wie man mit Menschen umging, egal ob Mann oder Frau.

Chase gab keine Antwort. Entweder war sie zu langsam, um zu begreifen, was es bedeutete, wenn ein Abteilungsleiter der CIA ihre Akte las, oder sie hatte es verstanden und war verängstigt. Wenn letzteres der Fall war, war sie die beste Schauspielerin, die Clarissa je getroffen hatte; ihr Gesicht verriet nichts.

„Wundert dich das?"

„Ich finde es ... merkwürdig. Warum hast du sie gelesen?"

Die meisten Menschen, anständige, normale Menschen, wollten wissen, *was* in ihren Akten stand. Es war für die Zielperson von unmittelbarem Nachteil zu fragen, damit sie wusste, wo die Macht in diesem Treffen lag. Clarissa konnte keine Antwort entdecken.

„Ich möchte den Hintergrund von jedem kennen, mit dem ich mich treffe", drängte Clarissa etwas fester.

Chase schaute *Kryptos* einen langen Moment lang an, als ob sie einen Gedanken fassen wollte, aber sie schwieg.

Das verdammte Ding beunruhigte Clarissa jedes Mal ein bisschen mehr, wenn sie daneben stand. James Sanborn hatte sich einen Namen in der Kryptografie gemacht. Er war kein Codebrecher, sondern ein Bildhauer, der dieses rätselhafte Ding entworfen hatte. Die zehn Fuß hohe, sich zur Seite neigende S-Welle aus grünem Kupfer war... irritierend.

Sanborn hatte die kryptografischen Nachrichten in vier Abschnitte verschlüsselt.

Die CIA hatte fünf Jahre gebraucht, bis sie das erste Paneel geknackt hatte (nur um dann herauszufinden, dass ein NSA-Team die ersten drei Paneele in zwei Jahren geknackt hatte). Und niemand hatte das letzte Paneel geknackt, trotz Sanborns zwei veröffentlichten Hinweisen.

Es sei denn, die NSA hatte es und sprach nicht darüber - Mistkerle.

„Mein Vater und ich haben früher an diesen Codes gearbeitet", sagt Chase und strich mit der Hand über die Oberfläche. „Er wäre traurig, wenn er wüsste, dass der Code vor seinem Tod gelöst wurde, aber diese Information wurde erst drei Jahre nach seinem Tod veröffentlicht."

„Du hast im Alter von zwölf Jahren versucht, eines der größten modernen kryptografischen Rätsel zu lösen?"

„Nein", Chase drehte sich um und sah sie an - fast. Ihr Blick schien über die Schulter von Clarissas blassblauem Brooks

Brothers-Jacquard-Hosenanzug zu streifen. „Wir arbeiteten zusammen an Codes, seit ich *fünf Jahre* alt war. Zu meinem siebten Geburtstag schenkte er mir ein viertelgroßes Modell von *Kryptos*, das immer noch in unserem Garten steht. Da habe ich angefangen, ernsthaft daran zu arbeiten. Ich frage mich oft, ob er wollte, dass ich ein Codeknacker werde, aber ich habe nie daran gedacht, ihn zu fragen, als ich noch die Chance dazu hatte. Stattdessen entschied ich mich dafür, die versteckten Codes im Rätsel der Flugzeugunfälle zu lösen. Ich habe schon seit Jahren nicht mehr an der ungeknackten vierten Tafel von *Kryptos* gearbeitet. Ich danke dir. Es ist schön, das Original zu sehen."

„Gern geschehen", Clarissa schaffte es, ihren Tonfall angenehm zu halten. „Sollen wir jetzt in mein Büro gehen? Es gibt ein paar Fragen, die ich dir gerne stellen würde."

Chase trat zu einer der Steinbänke, die um die Skulptur herum angeordnet waren, und setzte sich so, als wäre sie genauso gut wie ein lederner Konferenzstuhl.

Clarissa schaute sich im Innenhof um. Abgesehen von den beiden Wachen, die sie außer Hörweite zurückwinkte, war der Hof im Moment ruhig; die meisten Leute, die zwischen dem Neuen und dem Alten Hauptquartier hin und her eilten, taten dies in den Verbindungstrakten oder im Untergrund. Clarissa seufzte und setzte sich auf den Stein gegenüber.

„Eure Lobby", nickte Chase in Richtung Eingang, „ist fast genau doppelt so lang wie der Laderaum eines C-5 Galaxy Transportjets - der größte des Militärs."

„Ich weiß, was eine C-5 Galaxy ist." Aber Chase ließ sie kaum zu Wort kommen, bevor sie fortfuhr.

„Das ist die größte des US-Militärs. Die ukrainischen Antonov AN-124 und AN-225 sind länger. Der polierte Betonboden deiner Lobby besteht aus abwechselnd hellen und dunklen Abschnitten, die jeweils vier und zwei Fuß lang sind. Achtundzwanzig Paar Bodenbeläge von Schwelle zu Schwelle.

Wenn du die acht Eingangstreppen in das neunundzwanzigste Paar umrechnest und die Schwellen der Eingangs- und Ausgangstüren hinzurechnest, ergibt das eine Länge von einhundertsechsundsiebzig Fuß. Das ist genau die gleiche Länge wie der nutzbare Teil von zwei C-5 Galaxy-Laderäumen. Die C-5 hat eine nutzbare Breite von achtzehn Fuß, und der Mittelteil deiner Lobby ist nur sechzehn Fuß lang, von Säulenvorderseite zu Säulenvorderseite. Deine Lobby ist zwar sechs Fuß höher, das verzerrt den Vergleich, aber es ist interessant, das ähnliche Volumen der Räume für unterschiedliche Zwecke zu vergleichen."

Clarissa konnte die kleine Frau nur anstarren. Welcher Teil ihres vermeintlichen Genies dachte, dass das für irgendetwas relevant sei?

„Du hast meinen Hintergrund gelesen. Was ist deiner?" Chase sprang mindestens zwei Themen zurück, als ob es keine Pause gegeben hätte, obwohl sie immer noch mit Clarissas linker Schulter zu sprechen schien.

„Ich bin Clarissa Reese, Direktorin für Sonderprojekte hier bei der CIA."

„Das ist dein Vordergrund, nicht dein Hintergrund."

Chase richtete ihren Blick auf Clarissas andere Schulter.

„Warum hast du einen NTSB-Inspektor gerufen?" Chase sagte es wie eine Floskel.

20

Dass Clarissa Reese nicht sofort antwortete, hätte Mike etwas gesagt - Miranda sagte es nur, dass sie noch etwas warten musste. Während sie wartete, richtete sie ihre Aufmerksamkeit wieder auf *Kryptos*.

Zwischen subtilen Schattierungen und dem Fehlen von Licht liegt die Nuance der Illusion.

Eigentlich endete die Lösung des ersten Panels mit *iqlusion,* aber der Grund für diesen letzten Rechtschreibfehler wurde noch nicht verraten. Sanborn hatte gesagt, dass es entweder der künstlerischen Ausgewogenheit diente oder das Rätsel schwieriger zu lösen machte. Sie persönlich war der Meinung, dass dies ein tieferer Hinweis auf das fünfte Rätsel von *Kryptos* sein würde - ein Rätsel, das man erst lösen konnte, wenn man die Lösung für die vierte Tafel gefunden hatte. Sie wusste, dass Subtilität und Nuancen nicht ihre Stärke waren, aber sie hatte es sich zum Lebensziel gemacht, Licht ins Dunkel zu bringen und die *Iqlusion zu* bekämpfen, wann immer es möglich war.

Normalerweise war eine Absturzuntersuchung sehr einfach - oft komplex, aber einfach. Es hatte vier Jahre gedauert, die Tausenden von Teilen der TWA 800 aus dreiundsechzig Fuß

Wassertiefe zu bergen, wieder zusammenzusetzen und zu analysieren, bevor ein endgültiges Ergebnis bekannt gegeben werden konnte. Aber es war ein Prozess des Einsammelns, des Zusammensetzens, des Verwerfens verschiedener Möglichkeiten (einschließlich eines Raketeneinschlags) und dann ein Ergebnis. Der genaue Zündpunkt der gewaltigen Explosion war identifiziert worden, und alle 747-Flugzeuge wurden nun auf den neuesten Stand gebracht oder umgestaltet, um eine Wiederholung zu verhindern.

Der Absturz der C-130 in der NTTR würde schließlich seine eigene Wahrheit aus dem Land *zwischen subtilen Schattierungen und der Abwesenheit von Licht* enthüllen. So wie die dritte Tafel übersetzt wurde, um eine Umschreibung von Howard Carters Beschreibung seines Eindringens in das Grab des Tutanchamun im Jahr 1922 zu enthüllen: *Aber jetzt tauchen Details des Raumes im Inneren aus dem Nebel auf.* So würde auch die C-130 schließlich ihre Geheimnisse preisgeben.

„Ich würde gerne über deine aktuellen Ermittlungen sprechen."

Miranda blinzelte überrascht. *Kryptos* war so fesselnd, dass sie kurzzeitig vergessen hatte, wo sie war. „Meine aktuellen Ermittlungen?"

„Ja."

"Welche aktuelle Untersuchung soll das sein?" Sie entschied sich für "Vorsicht". Sie fand es nicht gut, entführt worden zu sein, weil sich dadurch ihr Gespräch mit Terence verzögerte. Außerdem war eine Entführung nicht gerade eine positive Wendung.

„Spiele nicht mit mir, Ms. Chase. Es würde dir nicht gefallen."

„Ich habe drei Untersuchungen, deren Berichte in der Endfassung vorliegen und redigiert werden, zwei befinden sich derzeit im Peer-Review-Verfahren. Eine weitere liegt in der Warteschleife, weil die Metallurgie noch nicht abgeschlossen ist, und zwei weitere liegen aus anderen Gründen, die ich nicht beeinflussen kann, auf Eis."

„Ich spreche von der C-130."

„Es steht mir nicht frei, das mit dir zu besprechen."

„Weißt du, wer ich bin?"

„Laut Ihrer früheren Aussage sind Sie die Direktorin für Sonderprojekte der Central Intelligence Agency. Das ist eine Aussage, die ich für bare Münze nehme."

„Und du weißt, was das bedeutet?" In Clarissas Stimme lag eine zunehmende Festigkeit, die Miranda mit Anspannung in Verbindung bringen konnte. Vielleicht sogar Irritation. Seltsamerweise erinnerte Clarissa Reese sie an einen jungen korsischen Mufflonbock auf ihrer Insel. Schon in seinem ersten Jahr überragte er mit seinen großen gebogenen Hörnern alle anderen Jährlinge und forderte die größeren und eigensinnigeren erwachsenen Schafe unermüdlich heraus - egal, wie oft sie ihn verprügelten.

„Warum sagst du es mir nicht?" Weil Miranda keine Ahnung hatte, was das bedeutete.

„Es bedeutet, dass ich die höchste Sicherheitsstufe habe, die es gibt, also sag es mir."

„Es steht mir nicht frei, das mit dir zu besprechen."

„Dir steht *was*?" Clarissas helle Haut färbte sich tatsächlich ziemlich rot, was durch ihren Hosenanzug deutlich unterstrichen wurde. Das war keine angenehme Farbe für ihren Teint. Dann zuckte Clarissa zusammen, als sich eine Hand auf ihre Schulter legte. Ein hochgewachsener, breitschultriger Mann, dessen Haare gerade anfingen, salz- und pfeffergrau zu werden, war auf sie zugekommen, ohne dass sie es bemerkt hatten.

„Stimmt etwas nicht, Clarissa?" Er wartete nicht auf eine Antwort: „Kommst du zu unserem Ein-Uhr-Treffen mit Franklin?" Er hatte seine Hand nicht weggenommen.

Sie tat ihrerseits nichts, um ihn dazu zu bringen, seine Hand von ihrer Schulter zu nehmen.

Er drückte sie so fest, dass sich der Stoff ihrer Jacke kräuselte.

Wenn sie die einzelnen Handlungen des Neuankömmlings und von Direktor Reese analysieren würde, könnte sie dann deren Motive entschlüsseln? Die Hand des Mannes auf Reeses Schulter war weder zurückhaltend noch mahnend. Sie wirkte ... lässig. Als ob es ganz normal wäre, sie zu berühren. Ihre Reaktion zeigte, dass auch sie sich an diese Art der Berührung gewöhnt hatte.

Sie selbst hatte in ihrem Leben nur wenige Liebhaber und fühlte sich bei gelegentlichen Berührungen nie wohl.

„Diese..." Clarissa fuchtelte mit der Hand in ihre Richtung (ohne die Hand des Direktor loszuwerden), „...*Person!* Sie weigert sich, mir Informationen zu geben, die ich brauche."

„Nicht viele Leute kommen damit durch, unserer Clarissa etwas zu verweigern, was sie will." Schließlich nahm er seine Hand weg und streckte sie aus. „Hallo, ich bin Clark Winston. Ich bin der Direktor der CIA. Vielleicht kann ich hier helfen."

„Es steht mir auch nicht frei, mit dir über meine aktuellen Ermittlungen zu sprechen."

Der Mann blinzelte sie überrascht an.

Miranda seufzte. Es schien, als müsste sie das Offensichtliche erklären.

„Gemäß dem National Security Act von 1947 wurde die Central Intelligence Agency als ziviler *Auslands*nachrichtendienst gegründet. Meine aktuelle Untersuchung, nach der sich Direktor Reese erkundigt, betrifft ein Militärflugzeug, das auf *heimischem Boden* abgestürzt ist. Da sich der Vorfall in einem militärischen Umfeld ereignet hat und als geheim eingestuft wurde, darf ich darüber nicht mit dir oder deinen Mitarbeitern sprechen. Ich freue mich zwar, dass ich *Kryptos* gesehen habe, aber mehr kann ich dazu nicht sagen. Wenn du eine Kopie meines Abschlussberichts in dieser Angelegenheit wünschst, wird dieser *nicht* über die üblichen NTSB-Kanäle erhältlich sein. Alle Anfragen sollten über die zuständigen militärischen Behörden des US Air Force Aircraft Accident Investigation Board geleitet werden."

Miranda stand auf und ging zurück in die Lobby. Sie hatte noch andere Dinge zu tun, die sie erledigen musste. Hoffentlich konnte sie am Haupteingang ein Taxi bekommen.

21

„Wow! Ich schätze, das lief nicht so, wie du es wolltest. Was sollte das denn?" Clarks Lachen stach.

Es kostete Clarissa alles, ihn nicht zu schlagen.

Erstens, weil er ihr in der Öffentlichkeit die Hand auf die Schulter gelegt hatte, als wäre sie nur eine Frau, die er fickte und der es egal war, wer es wusste. Das musste sie ihm schleunigst abgewöhnen.

Zweitens, weil sie jemanden brauchte, den sie angreifen konnte.

„*Das*", spuckte sie das Wort aus, „ist der leitende Absturzermittler für ein kleines Problem, das wir mit unserem Drohnenprojekt hatten."

„Welcher Absturz? Was zum Teufel verschweigst du mir, Clarissa?"

„Nicht jetzt, Clark."

„Das ist Direktor Winston, Ms. Reese, und das solltest du dir besser merken."

Sie vergaß immer wieder, dass Clark eigentlich ein Rückgrat hatte, wenn es ihm passte. Ein gefährlicher Fehler.

„Nichts Wichtiges, Clark. Nur eine C-130, die in einem

sensiblen Gebiet abgestürzt ist, in dem wir nicht wollen, dass ein ziviler Ermittler herumschnüffelt." Das stimmte zumindest teilweise.

„Dann richte es. Das ist ein wichtiges Projekt in deinem Portfolio."

Das würde sie.

Jetzt sofort!

Niemand, aber auch wirklich niemand, ging einfach so von Clarissa Reese weg. Miranda Chase hatte sich gerade mit der falschen Frau angelegt und würde nun herausfinden, wie schmerzhaft diese Erfahrung sein kann.

Sie zückte ihr Handy und wählte.

„Sicherheit", antwortete eine weibliche Stimme.

„Da ist eine Frau namens Miranda Chase, die gerade durch die Lobby gegangen ist. Klein, unglaublich ungepflegt..."

„Ich fand sie irgendwie süß", murmelte Clark. Clarissa ignorierte ihn.

„Sie trägt einen Rucksack. Du musst sie aufhalten."

Es gab eine kurze Pause, dann sagte sie: „Das kann ich nicht tun, Ma'am. Tut mir leid."

„Und warum *nicht?"*

„Sie kletterte in einen schwarzen Chevy Suburban, der nicht zu uns gehört, und rollt gerade durch das Haupttor hinaus.

„Schlampe!" Clarissa beendete den Anruf und steckte ihr Telefon in ihre Jackentasche.

Clark fing wieder an zu lachen.

„Was? Hier ist nichts Lustiges los."

„Natürlich ist es das, Clarissa. Du musst lockerer werden", wieder diese allzu vertraute Hand auf ihrer Schulter. Anstatt sie beiseite zu schlagen, sollte sie sie vielleicht brechen. „Du hast gerade einen unserer Top-Sicherheitsleute eine Schlampe genannt."

„Nein, ich habe diese NTSB-Frau eine Schlampe genannt."

„Ich wette mit dir um ein Steak im Capital Grille, dass ich morgen früh um neun Uhr einen Bericht über unangemessenen Sprachgebrauch auf meinem Schreibtisch habe."

Clarissa seufzte; er hatte wahrscheinlich Recht. Normalerweise ging es Clark um Menschen. „Keine Wette."

Er lachte wieder auf seine lockere Art, die Mitarbeiter und Senatoren gleichermaßen bezauberte. Und wie viele ahnungslose Ausländer hatte er in den Jahrzehnten seiner Tätigkeit im Außendienst bezaubert? Es gibt keinen Grund, warum diese Fähigkeit nicht auch bei der Mehrheit des amerikanischen Volkes funktionieren sollte.

Wenn sie das tun wollte, konnte sie auch gleich ihre Wette festlegen.

„*Du* zahlst für die Steaks im Capital Grille..." Irgendein Nachrichtenjäger würde berichten, dass sie zusammen in der Öffentlichkeit aßen. Und das würde den Stein ins Rollen bringen. Sie könnte seine Geliebte sein, seine Nachfolgerin bei der CIA, seine Frau, wenn er Präsident wurde, und dann selbst für das Amt kandidieren - und damit vielleicht einen neuen Präzedenzfall für eine First Family mit vier Amtszeiten schaffen. Auf jeden Fall war es an der Zeit, das Image zu festigen. „....und ich bezahle das Frühstück im Bett."

„Abgemacht!" Sie schüttelten sich direkt auf dem Hof der CIA die Hand. Er versuchte, es zu einem weichen, sinnlichen Händedruck zu machen und sie vielleicht sogar zu sich heranzuziehen, aber Clarissa setzte ihre ganze Kraft aus dem Fitnessstudio ein, um den Händedruck so fest zu halten, wie es jeder Mann tun würde.

„Zwei Dinge, Clark. Erstens, du kannst mich privat haben...." Nachdem sie im The Capital Grill fotografiert worden waren, konnte er sie in der Öffentlichkeit haben, zumindest an seinem Arm. „Aber du kannst mich nicht in der Öffentlichkeit bei der Arbeit haben. Hier bist du immer noch mein Chef."

Überall sonst? Nun, sie würden einfach sehen müssen, wer das stärkere Blatt spielte.

„Abgemacht. Was ist die zweite Sache?"

„Lache niemals über die Frau, die du fickst. Klar?"

Sein Grinsen war so leicht und gewinnend wie immer. „Ja, Ma'am."

22

„DAS WAR... UNGLAUBLICH!"

„Ich hoffe, du sprichst von mir", sagte Helen und beugte sich hinunter, um ihm eine Himbeere auf die Brust zu pusten, so dass es kitzelte.

Harvey klammerte seine Hände fest an ihre Hüften und hebelte sie von einer Seite zur anderen, um sich noch fester an ihr zu reiben.

Als er vom Simulator in Helens Wohnung zurückkam, war er so aufgeladen wie noch nie in seinem Leben. Sex nach einem Flug war schon immer eine tolle Kombination gewesen - etwas, das er in seinen zwei Jahren als Drohnenpilot zum Auftanken fast vergessen hatte. Und obwohl er die echte Drohne erst nach Einbruch der Dunkelheit fliegen konnte, war er mit dem Simulator synchronisiert, als hätte er einen verlorenen Teil von sich wiederentdeckt. Jede Anweisung wurde so schnell beantwortet, wie er dachte, und die Drohne reagierte auf seinen kleinsten Wink, wie es nicht einmal seine eigene Hand vermochte.

Er hatte Helen mit vollem Körperkontakt begrüßt, ihre

Kleider beiseite gerissen und sich an ihr vergangen wie ein wiedergeborener Mann. Und das war er auch.

Das Gefühl, die Drohne zu fliegen, war nicht, in einem Sessel am Boden zu sitzen, mit Flugkontrollen und einer Tastatur.

Es war sehr emotional.

So real, wie er es sich vorstellen konnte.

Vielleicht nicht ganz so real, wie wenn er sich in Helens Hitze vergrub, aber es war nur ein Simulator gewesen und sie war definitiv das Original.

Sie hatten es nicht über den Teppich hinter ihrer Tür geschafft, aber das war ihm egal. Sie zappelte und bockte und stachelte ihn an, bis ihre endgültige Befreiung wie ein Turbolader mit voller Leistung zündete.

Oder eine Überschall-Tarnkappendrohne.

„Natürlich habe ich von dir gesprochen. Du könntest das Hirn eines Mannes kurzschließen."

Über ihre plötzlichen Sorgenfalten konnte er nur lachen. Nachdem er selbst eine simulierte MQ-45 Casper geflogen war, gab es keinen Raum für Zweifel. Die Schnittstelle zwischen Gehirn und Drohne funktionierte reibungslos.

„Fürchte dich nicht, schöne Helena", sagte er und streichelte ihre Brüste. „Warte, das kommt von irgendwoher." Er ließ sich weiterhin dabei beobachten, wie er ihre herrlichen Brüste neckte. Als reife Frau wusste Helen, was sie mit ihrem Körper anstellen konnte, wie es sich die Jüngeren nicht vorstellen konnten. Und sie waren jetzt so gut aufeinander abgestimmt, dass ihre prächtigen, handtellergroßen Brüste auf die kleinste Berührung von ihm reagierten.

„Er stammt von Helena von Troja", bemerkte sie trocken, als er den Kopf hob, um sie zu kosten.

„Ah ja, die Königin, die tausend Schiffe ins Leben gebaut hat, und ein bescheidener Flugnarr."

„Sie hat auch ein Königreich zerstört."

„Einen *Mann* zu zerstören ist schon eher das Richtige. In dir zu sein", er bewegte seine Hüften, um zu unterstreichen, was er meinte, „ist genau das, wo ich sein will." Wenn es eine Möglichkeit gäbe, sie zu haben *und* gleichzeitig die Geisterdrohne zu fliegen, wäre das wirklich das Nonplusultra. Vielleicht ein Blowjob, *während* er flog? Es mochte lächerlich sein, aber er konnte nicht anders, als es sich vorzustellen, denn auch das war etwas, was Helen besser konnte als jede andere vor ihr. Wie schade, dass bei jedem Flug eine Crew von drei Leuten um ihn herum arbeitete.

„Helena von Troja war jung und schön." Sie verstand immer noch nicht die reife Schönheit, die sie besaß. Sie hatte ihn beschuldigt, vernarrt zu sein, was schwer zu bestreiten war.

„Wie kann ich dir zeigen, was ich meine?"

Helen streckte sich mit einer langen, katzenartigen Geste gegen ihn, sagte aber kein Wort.

„Die Diskretion eines Piloten, was?" Er rollte sie zur Seite, so dass sie nun auf dem Rücken lag und er auf der Seite neben ihr.

„Linke Schräglage." Er kniff in ihre linke Brust, sodass sie sie mit einer schützenden Hand festhielt.

„Rechte Schräglage." Ihre Rechte. Er saugte tief, bis sie ihre andere Hand auf seine Wange legte, um ihn nach unten zu führen.

„Kursabweichung", murmelte er, ohne ihre rechte Brust loszulassen. Er ließ seine Finger von hinten durch die ihren gleiten und führte dann ihre gemeinsamen Hände an der Innenseite ihres rechten Beins entlang, den Oberschenkel hinauf, und sie öffnete sich für seine Berührung. „Größere Kursabweichung", neckte er das andere Bein und öffnete es.

„Jetzt schau zu." Er schob seinen Arm hinter ihren Kopf, um sie auf seinen Bizeps zu stützen, und legte seine Wange an ihre Stirn, so dass sie beide ihre Länge hinunterschauten.

Er ließ sich viel Zeit, um sie Stück für Stück zu erregen,

indem er ihre Hand mit seiner führte und nur seine Fingerspitzen zwischen ihren eigenen ihre Haut berührten. Ohne sie jemals ganz zwischen den Beinen zu berühren, half er ihr, die Linie ihrer schlanken Taille, die Kurve ihrer Hüfte und die Weichheit ihrer Oberschenkelinnenseiten nachzuzeichnen. Ihr Atem beschleunigte sich, als sie gemeinsam ihren flachen Soldatenbauch abtasteten, dann noch einmal über ihre Brust. Schon bald wölbte sie ihre Hüften und stemmte sich gegen seinen Griff, um seine Hand nach unten zu führen.

Als sie nicht mehr sprechen konnte und hilflos stöhnte, beugte er sich zu ihr herunter und flüsterte ihr ins Ohr: „Halt die Augen offen..."

„Drosseln." Und er rollte ihre verschränkten Finger um sie herum und in sie hinein.

Harvey konnte nur fasziniert zusehen, wie Helen sich bei ihrer gemeinsamen Berührung auflöste. In diesem Moment konnte er alles mit ihr machen. Alles, und es würde es nur noch besser machen. Aber alles, was er tat, war, sie fest zu halten und zu beobachten, wie sie sich gegen ihre Hände stemmte.

„Ja, du bist so schön", flüsterte er ihr ins Ohr, als die Erlösung sie erneut durchfuhr.

Oberst Helen Thomas zu fliegen vermittelte ihm ein unglaubliches Gefühl von Kontrolle und Macht. Er sah zu, wie die Tränen eines so starken Orgasmus über ihre Wangen glitten, während ihr verzweifeltes Keuchen in zufriedenes Murmeln und Seufzen überging. Sie krümmte sich um ihre gemeinsamen Hände, die sie fest zwischen ihren Schenkeln umklammerten.

Verliebtheit? Das Wort tauchte wieder auf. Nein. Er hatte es immer genossen, mit dem Körper einer Frau zu spielen. Aber ihr dabei zuzusehen, war etwas mehr... ihr eine Erleichterung zu verschaffen, die sie zum Weinen und Klammern brachte, schien nur ein Teil dessen zu sein, was gerade passiert war.

Wie wäre es, seine Casper-Drohne so weit in die Luft zu bringen?

23

MIRANDA WAR SICH NICHT SICHER, OB SIE AUS DER HÖHLE DES Löwen in den Löwen getreten war. Aber das Auto war in dem Moment vorgefahren, als sie aus der Eingangstür der CIA getreten war, und der zweite Mann vom Flughafen hatte auf sie gewartet.

Er hatte wenigstens den Anstand, sich als Sergeant Oscar Lamont vorzustellen und sie zu fragen, ob sie ihn zu einem Treffen im Pentagon begleiten wollte. Sie hatte zwar nicht vor, dorthin zu gehen, aber wenigstens wurde sie nicht gekidnappt. Und es war näher an Terence' Büro in der Innenstadt von DC als am Hauptsitz der CIA in Langley.

Sie war eingestiegen. Die Geschwindigkeit, mit der sie wegfuhren, schien verblüffend, bis sie sich umdrehte und sah, wie einer der CIA-Wachen aus der Lobby rannte und versuchte, sie anzuhalten. Miranda überprüfte alles, aber sie hatte ihren Rucksack dabei. Sie hatte nichts zurückgelassen.

Der Verkehr am Nachmittag war bereits dicht und langsam. Als sie anhielten, testete sie den Türgriff. Sie spürte, wie die Verriegelung reagierte - es gab keine Verriegelung der Hintertür - also ließ sie sie los, ohne die Tür zu öffnen.

Da sie dieses Mal keine Gefangene war, fiel es ihr leichter, sich in ihrem Sitz zurückzulehnen und sich die Kryptos-Skulptur wieder vorzustellen. Anstelle der großen kupfernen Kurven sah sie nun die hochgewachsene Direktorin für Sonderprojekte. Sie saß so elegant in ihrem blauen Hosenanzug auf ihrer Felsenbank, als wäre auch sie eine Statue, die mit perfekter Sorgfalt geschaffen wurde.

Und die leichte Hand von Direktor Winston auf ihrer Schulter.

Offensichtlich ein Liebespaar, aber sie bezweifelte, dass das wichtig war.

Eine einfache C-130 Hercules lag zerschmettert in der Wüste von Nevada, und das interessierte Clarissa Reese sehr.

Warum sollte sich die CIA für einen solchen Absturz interessieren?

Dann gab es etwas, von dem die CIA nicht wollte, dass es jemand erfuhr.

Etwas, das sie getestet hatten?

Aber was hätte das mit dem Absturz einer bemannten C-130 zu tun? Wenn sie eine Zieldrohne gebraucht hätten, hätten sie sie sicherlich auch ohne Personal an Bord starten können. Das passte also nicht.

Es war etwas mit dem Flugzeug selbst.

Aber sie hatte kein ungewöhnliches Radom oder eine Radarkapsel unter den Flügeln gesehen. Keine Anzeichen von untypischer Elektronik. Wenn sie eine neue Leistungsfähigkeit testeten, dann mit einer C-130J Super Hercules der neuen Generation und nicht mit einem dreißig Jahre alten Flugzeug.

Wenn der Direktor für Sonderprojekte der CIA bereit war, sie zu entführen und dann zu versuchen, Mirandas Abfahrt zu verhindern, was könnte sie dann mit dem NTSB-Team im NTTR anstellen? Sie war sich nicht sicher, aber bis sie mehr Informationen hatte, schien Vorsicht angebracht.

Sie wählte erneut Hollys Nummer. Hier war es sechzehn

Uhr, in Nevada dreizehn Uhr nachmittags. Das Team würde wahrscheinlich noch weitere vier Stunden im Einsatz bleiben, bevor sie ihre Nachrichten abrufen könnten. Nächstes Mal würde sie dafür sorgen, dass sie alle ein Satellitentelefon bekämen.

„Seid bereit, ohne Vorankündigung zu gehen."

Der Sergeant schaute sie im Spiegel an.

Sie legte den Hörer auf. Diesmal konnte sie wieder über *Kryptos* und das ungelöste vierte Panel nachdenken.

24

MIKE WISCHTE SICH ERNEUT DEN SCHWEISS VON SEINER STIRN. ER wünschte, das läge nur daran, dass er in der Hitze Nevadas herumstapfte und die Gefahr bestand, unerwartet von einer Wüstenbestie gefressen zu werden. Bis jetzt hatte er nur drei Spatzen und eine Eidechse von der Länge seines Zeigefingers gesehen.

Die drei Wachen an der Absperrung schienen zu Tode gelangweilt, als er mit einer Handvoll Plastiktüten und einem Satz orangefarbener Flaggen, die Holly ihm als einzige Verteidigung gegeben hatte, aus dem Flugzeug gestiegen war.

Nachdem Mike entschieden hatte, dass die Mitte des Flugzeugwracks dort sein sollte, wo die Flügel einst mit dem Rumpf verbunden waren, holte er seinen Tablet-Computer hervor. Die Wachen hatten sie gestern oft genug durch das Wrack wandern sehen, so dass es offenbar keinen Alarm auslöste.

Jetzt, wo Miranda weg war, wurden sie alle mit Hollys Computer für das Gesamtdiagramm synchronisiert. Sie wusste mehr über Abstürze als er, aber es gefiel ihm trotzdem nicht, dass sie das Sagen hatte. Derjenige, der am besten mit Menschen umgehen konnte, sollte der Anführer sein.

Das war natürlich keine Erklärung für Miranda Chase.

Es war zwar seine erste Untersuchung für das NTSB, aber er *kannte sich* mit Projektmanagement und Teamarbeit aus.

Holly war so abweisend gegenüber etwas, von dem er wusste, dass es für die meisten Abstürze verantwortlich war - dem menschlichen Faktor -, dass er sich fragte, ob sie ein Mensch oder eine Art menschenfeindliche Außerirdische war. Sie *war* ein technisches Mädchen, aber musste sie ihm immer wieder spüren lassen, wie viel er nicht über Flugzeuge wusste? Metallurgie 1.0 als ob er nicht sehen könnte, dass der Aluminiumträger eher geknickt als verdreht war, bis er versagte. Es schien, dass die Hälfte ihres Jargons nur dazu diente, ihn zu verarschen.

Er warf den Kopf zurück und starrte in den strahlend blauen Himmel. *Dummkopf!* Das ist *genau* das, wofür die Hälfte ihres Jargons gedacht war. Nun, dieses Spiel konnten definitiv zwei spielen.

Und jetzt hatte sie ihn losgeschickt, um drei bewaffnete Männer abzulenken.

So ein Mist! Das ist das wahre Problem, Mike. Du bist allergisch gegen das Sterben.

Er konzentrierte sich auf seine Aufgabe und markierte zwölf radiale Linien um das Flugzeugdiagramm. Dann markierte und nummerierte er Punkte in einem Abstand von fünfzig und hundert Fuß hinter der grünen Flagge, und schon war er startklar. Das GPS des Tablets würde ihn nun an die richtige Position führen, egal was seine Schritte sagten.

In dem Moment, in dem er die Begrenzungsfahnen hinter sich gelassen hatte, waren alle drei Tarnmänner auf ihn aufmerksam geworden, wie ein menschlicher Magnet für Böswilligkeit. Die Gewehre, die faul über die Schultern gehängt worden waren, wurden in ihre Hände genommen. Ihre Haltung änderte sich von gelangweilt zu einsatzbereit. Und trotz ihrer Sonnenbrillen verfolgten sie ihn jetzt wie eine Zielscheibe, als wäre er ein bombenschwingender Terrorist.

Das bedeutete, dass er eine gute Ablenkung für Holly sein würde; er hoffte nur, dass ihre Bemerkung, sich nicht erschießen zu lassen, ein Scherz gewesen war.

Es hatte ihn überrascht, wie groß der Bereich war, den er abdeckte, als er hundert Fuß um das Trümmerfeld kreiste. Offensichtlich überraschte es auch die Camo Dudes und schon bald hatte er einen Schatten - einen sechs Fuß drei großen Schatten in einer kugelsicheren Weste, der eine Menge Dinge bei sich trug, von denen Holly zwar wusste, was sie waren, die er aber einfach Waffen nannte.

Der CD trug eine Tarnhose, ein schwarzes T-Shirt und eine Tarn-Baseballmütze ohne Logo. Seine beneidenswerten schweren Lederstiefel reichten ihm bis zu den Waden und sahen ausgesprochen schlangensicher aus.

Mike bot ihm keine Sonnencreme an.

„Hi. Ich bin Mike. Mike Munroe." Er hatte seine Hand ausgestreckt, ohne Miranda die Hand zu schütteln. Das war kein guter Anfang, denn es folgte kein männlicher Händedruck. Das war wahrscheinlich auch gut so, denn der Typ sah aus, als könnte er damit Ziegelsteine zertrümmern.

Nachdem etwa fünf weitere Proben genommen wurden und die Flaggen gesteckt waren, grunzte der Typ schließlich: „Scheiße, Mann. Machst du das beruflich?" Die schnelle Sprache, die abgeschwächten Vokale und sogar das "Scheiße, Mann", das am Ende fast wie eine Frage klang, verrieten, dass er aus Südkalifornien kam. Ein Junge aus seiner Heimat, auch wenn Mike nie zugeben würde, dass er selbst von dort stammte.

„Irgendwie komisch, oder?" Es überraschte Mike immer noch, dass das irgendwie zu seinem Job gehörte.

„Fuckin' A."

"Ich habe nicht beim National Transportation Safety Board angefangen."

„Ihr seid vom NTSB?"

„Was dachtest du, was wir sind?"

„CIA. Das da drüben ist Groom Lake, also dachten wir, ihr müsstet Spione sein. Es hat uns ziemlich erschreckt, dass wir euch beobachten sollen."

„Das *dachten wir* auch." Und Mike behielt für sich, wie ausgeflippt er war.

„Nein. Nur Sicherheit. Ich bin nicht angetreten, um den ganzen Tag in der verdammten Wüste herumzustehen, aber die Bezahlung ist gut. Gute Bezahlung bei der NTSB?"

„Besser als davor." Mike hatte schon früh gelernt, seine Sprache halbwegs von der sorgfältig einstudierten regionalen Neutralität zu lösen und sich der Sprache seines Gesprächspartners anzupassen. Es war der schmale Grat zwischen zugänglich und herablassend. In der High School hatte er mehr als nur ein paar Schläge einstecken müssen, bevor er das begriffen hatte. Außerdem war es nur eine halbe Lüge. Zumindest dieses Mal.

Er folgte ihm schweigend für zwei weitere Paare von Proben und Fahnen.

„Was warst du vorher?" Schweigen wirkte Wunder, wenn man es richtig einsetzte.

„Werbung." Er hielt die Antworten kurz, was dem Muster des Wachmanns zu entsprechen schien.

„Ich dachte, da wäre ein Haufen Geld."

„Kann sein. War's nicht." War es, bis das FBI auftauchte und alles vermasselte.

Es stellte sich heraus, dass die beiden besten Kunden seiner kleinen Firma - anfangs waren es *nur* zwei: ein Lebensmittelgeschäft und ein Hundefriseur - die Fassade für ein kleines syrisches Geldwäschesystem bildeten. Sie hatten ihn benutzt, um Informationen aus seinen Kunden herauszuholen, und mit dem Erfolg der anschließenden Razzia hatten sie seinen gesamten Kundenstamm ausgelöscht. Aber sie haben ihn auf neue Kunden angesetzt: chinesische Banden, mexikanische Menschenschmuggler...

Schon bald war er ihr Plug-and-Play-Typ für all diese Aktionen.

Er ging hin und zog das ganze Werbe-Schmooze-Ding durch. Er gewann ihr Vertrauen, schaltete ein paar gute Werbespots und vertiefte sich, bis er über verwertbare Informationen stolperte. Dann meldete er sie dem FBI als "Privatmann", und sie schritten ein, um ein Rattennest auszuräumen. Es war eine sehr profitable und für beide Seiten vorteilhafte Vereinbarung - er wurde doppelt bezahlt: vom FBI und für die Anzeigen - und das fast zwei Jahre lang.

Sie hatten ihn überprüft und seine Sicherheitsfreigabe im Laufe der Zeit erhöht... bis eine Verhaftung wegen des Schmuggels von Militärgeheimnissen durch eine französische Konditoreikette ohne sein Verschulden schiefging.

An einem Tag hatte er einen stetigen Strom von Arbeit und einen sehr guten Geldfluss. Am nächsten Tag hatte das FBI aufgehört, ihn zurückzurufen, und er war stolzer Besitzer einer Werbefirma ohne Kunden. Keine Backlist. Nicht einmal ein Portfolio mit Arbeiten, die er angeben konnte.

Allerdings hatten sie ihm seine Sicherheitsfreigabe gelassen.

Er war schon immer gerne geflogen, also hatte er sich bei der NTSB gemeldet, um seine Zeit totzuschlagen. Irgendwie war das gleichbedeutend mit einer kostenlosen Reise zum NTTR und der Konfrontation mit paranoiden Camo Dudes.

„Ich bin übrigens Don." *Ding!* Der gesichtslose Camo Dude hat plötzlich einen Namen. Ein großer Fortschritt.

„Hey, Don. Was hast *du* denn vorher gemacht?"

„Ein paar Touren in Afghanistan. Nichts Großes, hauptsächlich Sicherheit auf der Basis in Bagram. Oben im

Korangal-Tal habe ich erfahren, wie es ist, nicht tot zu sein. Ich habe gesehen, wie viele Bahren und Leichensäcke dort herauskamen."

„Nicht tot zu sein, verbessert wirklich die Aussichten auf deinen Tag, nicht wahr?"

„Verdammt gut", gluckste Don. *Zweites Ding!*

„Wie ist das so? Ich meine, du musst gut sein in dem, was du tust, sonst würden sie dich nicht an einem so wichtigen Ort wie diesem einsetzen." *Schmier ihm Honig ums Maul.* „Was macht jemanden gut in einem Job wie diesem?"

„Nun..."

25

„In der nächsten Stunde erzählte Don mir mehr über all die unangenehmen Situationen, die er auf der Basispatrouille erlebt hatte, als ich je wissen wollte. Anscheinend sind betrunkene Marines das größte Problem, denn sie sind immer auf der Suche nach einem Kampf. Sogar auf einem trockenen Stützpunkt bekamen sie ihn geliefert. Einmal in einem Kampfhubschrauber, ich glaube, er sagte, es war eine Viper."

„AH-1Z", sagte Holly, als ob ihm das etwas sagen würde. Mike hatte die Augen offen gehalten, aber Holly nicht einmal im hinteren Teil des Flugzeugs gesehen.

„Ja, so ein Ding", sagte Mike. „Sie haben es mit einem Tank voller Southern Comfort Whiskey nach Afghanistan geschickt."

„Dreihundertsieben Gallonen", bemerkte Jeremy. „Schauen wir mal. Whiskey wiegt etwa 7,411 Pfund pro Gallone, das sind also eine Tonne, zweihundertfünfundsiebzig..."

„Das ist eine Menge Whiskey. Vielleicht hat er keine Lügengeschichten über seine Geschäfte mit betrunkenen Marines erzählt."

„Hast du sonst noch etwas herausgefunden?" Er und Holly hatten sich im Schatten des aufrecht stehenden Triebwerks getroffen, als ob es nicht jeden Moment umfallen und sie zerquetschen könnte. Sie lehnte sich mit dem Rücken an das wohl einzige nicht zerknitterte Stück Blech auf dem ganzen Gelände. Mike setzte sich dorthin, wo er sehen konnte, wenn es zu fallen begann.

„Ja, er mag seine Pizza nur mit kanadischem Speck und Ananas, aber er will vor den anderen Jungs nicht wie ein Weichei dastehen, also isst er sie genauso voll wie sie. Davon bekommt er Sodbrennen."

„Letzte Woche", Jeremy lehnte sich neben Holly gegen den Motor. Mike wich noch einen halben Schritt zurück bis an den Rand des Schattens. „Ich hatte diese Pizza mit knusprigem Hühnchen und weißer Soße. Ich bin mir nicht einmal sicher, ob es ohne Tomatensoße und Käse überhaupt eine Pizza ist, aber sie war lecker."

„Holly?"

„Was?" Als ob sie nicht wüsste, dass er nach dem fragte, was sie im hinteren Teil des Wracks gefunden hatte. Wenn der Motor auf sie stürzte, würde er wenigstens zuerst sie zerquetschen, bevor er ihn aus seinem Elend befreite.

Gut, dieses Spiel konnten zwei spielen. Er *wäre nicht* der Erste, der sie fragt, was sie gelernt hatte, während er in der Wüste von Nevada seine Ablenkung ausschwitzte. „Lieblingspizza?"

„Hast du nicht aufgepasst? Ich habe erst gestern Abend Pizza gegessen."

„Eine beladene, vegetarisch mit zwei Pepperonis."

Sie blinzelte nur einmal überrascht, dass er es bemerkt *hatte*, dann sagte sie: „Da hast du deine Antwort, Kumpel."

„Nein. Das bedeutet entweder, dass Peperoni zweifach dein Favorit ist oder dass du sie essen würdest, wenn ich einen Pizzateig mit Bohnen und Schokoladensoße bestreichen und backen würde."

„Du solltest wirklich lernen, besser zuzuhören. Ich habe dir gesagt: 'Da hast du deine Antwort'."

„Alles von allem", seufzte er. Noch eine Runde für Holly.

„Pilz-Artischocken-Prosciutto für mich", Jeremy schaute einen Moment lang nachdenklich. „Oder vielleicht dreifach Käse und Pilze. Zum Glück habe ich Moms Verdauungsgene geerbt; sie ist Kanadierin, also bin ich nicht laktoseintolerant. Wie viele Vietnamesen kann Dad keine Käsepizza essen." Er fischte einen Energieriegel heraus.

Mike erwog, Jeremy zu erdrosseln, weil er so begriffsstutzig war wie Holly. Mit Jeremy konnte er umgehen.

„Was? Wollt ihr auch einen?" Jeremy hielt den Riegel hin. Ganz unschuldig.

Holly nahm ihn und begann, es auszupacken. Konnte sich die Frau nicht einmal für eine Sekunde auf etwas anderes als Essen konzentrieren, nur eine lausige... Dann seufzte Mike, als Holly ihn angrinste. Vielleicht verstand er jetzt besser, warum die Nonnen in der katholischen Schule immer damit drohten, ihm den Mund mit Seife auszuwaschen. Das würde er auch bei Holly versuchen, wenn er glaubte, dass er eine Chance hätte, den Versuch zu überleben. Präzise Sprache war vielleicht das Einzige, was er von den Nonnen gelernt hatte.

„Holly", gab er schließlich seiner Neugier nach.

Sie sah ihn mit großen, unschuldigen Augen an. Wenigstens klimperte sie nicht mit ihren Wimpern.

„Was hast du gefunden?"

„Ich habe keine Dingo-Scheiße gefunden", sagte sie und ihr Humor verflog. „Ich habe den ganzen Bereich durchkämmt. Nichts ist mir aufgefallen. Ich habe alles fotografiert, in der Hoffnung, dass Miranda etwas findet, was wir nicht gefunden haben. Nichts war auch nur halb so cool wie das, was du gefunden hast."

„Wow, Holly! Das ist ein großes Zugeständnis. Geht es dir gut?"

„Irgendwie ist mir übel, aber nur, wenn ich dich ansehe." Aber alle drehten sich um und sahen auf den Teil des Flügels.

Es war von der Motorgondel abgebrochen und auf den Boden geplumpst. Er hatte eine Idee, während er seine Bodenproben sammelte und Don und seinen Chevy Suburban anheuerte, um ein etwa zwanzig Fuß langes Teilstück umzudrehen. Die gesamte Oberseite des Flügels sah aus, als wäre sie nach innen gefaltet. Die leeren Treibstofftanks waren zerschmettert worden, genau wie Jeremy vermutet hatte. Dann hatten Mike und Don den Rest des fünfzig Fuß langen Flügels, der auf dieser Seite herausragte, umgedreht. Und tatsächlich, das ganze Ding war durchschlagen worden.

„Kein einziger Kratzer, keine Schramme, nichts Verbranntes. Es kann keine Explosion von oben gewesen sein, sonst würden wir die Brandspuren sehen", sagte Holly mit festem Blick.

„Mirandas unbekannte Kraft", Mike versuchte sich vorzustellen, was dies bewirken könnte, aber er hatte kein Glück.

Sie hatten es bereits fotografiert und eine halbe Stunde lang darüber gesprochen, ohne schlauer zu werden.

„Was auch immer es war, die C-130 hat einen harten Schlag abbekommen. Hast du etwas gelernt, Jeremy?"

„Nun, irgendwie schon", verkündete Jeremy, während er kaute. „Draußen unter dem rechten Höhenleitwerk, wo es vom Heck abgebrochen ist." Er nahm einen Schluck Wasser und biss dann noch einmal in seinen Energieriegel. „Es war..."

Don kam um die Motorgondel herumgerannt, der Schweiß tropfte ihm von der Stirn. Er sah mehr als nur ein bisschen panisch aus.

26

„ICH HABE EIN PAAR BILDER, DIE ICH DIR ZEIGEN MÖCHTE."
Miranda gefiel die Einführung.

Die Eskorte durch die Sicherheitskontrolle des Pentagons hatte sie darüber informiert, dass der Vorsitzende der Joint Chiefs of Staff - der ranghöchste Offizier des US-Militärs - auf sie warten würde. Auf dem Schild an seiner Bürotür stand, dass er General Drake Nason war. Eine Wiederholung dieser Information wäre also reine Zeitverschwendung gewesen.

Es hieß, dass jedes Büro in dem riesigen Komplex des Pentagons nur zehn Minuten Fußweg von jedem anderen entfernt war, und das glaubte sie jetzt. Der Weg über die Rampen und langen Flure zu seinem Büro hatte tatsächlich nur sieben Minuten und neunzehn Sekunden gedauert. Das Konzept der fünf ineinander verschachtelten Fünfecke mit abnehmender Größe, die durch häufige Gänge miteinander verbunden waren, war eine geniale architektonische Meisterleistung.

Sobald sie die Lobby hinter sich gelassen hatten, waren die meisten Flure und Rampen zweckmäßig mit weißen Wänden und farbigen Betonböden gestaltet. Als sie wichtigere Bereiche erreichten, wiesen hölzerne Wandverkleidungen auf den Wechsel hin. Im Büro des Generals wich die Vertäfelung einer raumhohen Verkleidung und schließlich einem grauen Teppichboden im Empfangsbereich des Generals.

Die Größe seines Büros - halb Büro, halb Konferenzraum und halb gemütliche Sitzecke mit Sofas und Ohrensesseln - verdeutlichte seine Bedeutung ebenso wie sein Titel. Das und die beiden Navy Captains und ein Vizeadmiral, die gerade aus seinem Büro eilten, als sie ankam.

Der Mann selbst war schlank. Sein Haar war fast zu kurz, um seine graue Farbe zu sehen. Die Einschätzung, die er über ihre eigene Person vornahm, war so kurz, dass die Farbe seiner Augen unbekannt blieb. Es war leicht zu erraten gewesen, was Clarissa von ihr dachte, aber nicht bei General Drake Nason.

Die Türen schnappten hinter ihr zu.

„Ich muss dich wohl nicht daran erinnern, dass diese Bilder streng geheim sind."

Er tat es nicht, also kommentierte sie es nicht. Ihre Tasche lag draußen am Empfang, also setzte sie sich einfach hin und wartete.

„Ich habe mir diese Bilder selbst mehrmals angesehen, aber ich sehe nichts Ungewöhnliches. Vielleicht kannst du als Expertin auf diesem Gebiet etwas erkennen. Danach habe ich noch ein paar Fragen an dich."

Mit einem Schalter an seinem Schreibtisch dämpfte er das Licht im Raum. Dann wandte er sich einem großen Computerbildschirm zu, der hinter seinem Schreibtisch hing.

Sie saß unbeweglich während des zehn Minuten Videoclips.

„Nochmal", ihre ersten Worte schienen seltsam im Raum zu hallen, als sie sich erhob und näher an den Bildschirm herantrat.

Ohne ein Wort zu sagen, startete er die Schleife neu.

Radarverfolgung: Sie hatte Recht mit dem West-Ost-Flug. Und die Geschwindigkeit: 331 Meilen pro Stunde, nur vier weniger als ihre Schätzung. Bei der Höhe lag sie über zwanzig Meter daneben, aber noch innerhalb des Konfidenzintervalls ihrer Schätzung.

Dann verschwand es so abrupt, als ob es sich über den Bildschirm bewegt hätte.

Die Infrarotverfolgung zeigte einen normalen Flug, bis das Flugzeug direkt über den Absturzkoordinaten war.

„Siehst du hier das plötzliche helle Aufflackern aller vier Triebwerke im Infrarotspektrum?"

Sie machte sich nicht die Mühe, nachzusehen, ob der General in der Dunkelheit nickte.

„Das liegt daran, dass das Flugzeug abrupt nach unten neigt, so dass die Kamera die zusätzliche Wärmesignatur der Abgasöffnungen des Triebwerks sehen konnte. Normalerweise sind sie von oben nicht zu sehen, weil sie sich unter den Flügeln befinden. Um diese Ansicht zu erhalten, muss man einen Winkel von über fünfundsiebzig Grad nach unten einnehmen. Ein Winkel, den der Pilot in den eineinhalb Sekunden, die ihm zur Verfügung standen, nicht korrigieren konnte - selbst wenn sein Flugzeug voll funktionsfähig gewesen wäre."

„Was meinst du damit?"

„Hast du noch andere Ansichten von diesem Flugzeug?"

„Sichtbares Licht, aber es gibt nichts zu sehen."

„Spiel es ab." Sie wartete, während der General die Datei in die Warteschlange stellte.

„Ich kann nicht behaupten, dass ich es gewohnt bin, herumkommandiert zu werden", murmelte er mit etwas, das wie ein Glucksen klang. Ohne das Licht im Raum konnte sie nicht sehen, ob diese Einschätzung mit seinem Gesichtsausdruck übereinstimmte. Sie bezweifelte, dass er in dem abgedunkelten Raum die Augen zusammenkniff.

„Das war kein Befehl, Sir. Es war einfach der nächste logische Schritt bei den Ermittlungen."

„Ja, Ma'am." Wieder klang es wie Humor.

Und dann wurde die Sequenz mit dem sichtbaren Licht abgespielt.

Fast perfekt schwarz.

Obwohl sie wusste, wo sie sein mussten, hatte sie Schwierigkeiten, die Flügelspitzen und Rücklichter zu erkennen, da sie nur angedeutet waren. Außerdem glühten die vier Turboprop-Triebwerke im hinteren Teil des Flugzeugs ein wenig auf. Der Flug dauerte einige Sekunden, dann leuchteten die Triebwerke wie erwartet kurz auf, bevor sie erloschen. Sie hatte mit einem helleren Aufleuchten am Heck gerechnet, aber nicht so sehr, dass es sie überraschte. Eine Sekunde später war nichts mehr zu sehen - nur noch Dunkelheit.

„Nochmal."

„Da ist nichts, Lady."

„Nochmal."

Er klang nicht so amüsiert, als er es nochmal laufen ließ.

„Stopp! Geh eine Zehntelsekunde zurück. Noch eine. Das ist gut." Miranda war sich nicht sicher, was sie gesehen hatte, aber es war auf dem Bildschirm zu sehen - irgendwo. „Zoom rein."

Sobald er das tat, erwachten die Pixel zum Leben.

„Nicht gut, zoom weiter raus."

„Es ist ganz herausgezoomt." Er kehrte zur Ausgangsansicht zurück.

„Das macht keinen Sinn. Licht."

„Was macht keinen Sinn?" Er schaltete sie ein und sie setzte sich wieder auf ihren Stuhl.

„Du hast eine stark segmentierte Ansicht des Geländes. Die starke Verpixelung bei der Vergrößerung deutet darauf hin, dass du einen extrem kleinen Ausschnitt eines KH-II Crystal-Satellitenbildes siehst."

„Ich habe nie gesagt, dass es ein KH-11 ist."

„Wenn du nicht mit der russischen oder chinesischen Regierung zusammenarbeitest, kann ich nur vermuten, dass du das Nationale Aufklärungsbüro wegen dieser Bilder kontaktiert hast. Der einzige mir bekannte Raumfahrzeugtyp, der eine so hohe Auflösung hat, dass er die Wärmeschwankungen an den hohen Seitenfenstern des Piloten als sechs getrennte Paneele und nicht als einen einzigen Abschnitt darstellen kann, sind die KH-11 Teleskope. Sie basieren direkt auf dem Design des Hubble-Teleskops und haben eine angebliche Auflösung von sechs Zentimetern."

„Das kann ich nicht sagen, da ich es selbst zusammengestellt habe, aber ich denke, du hast Recht. Wird das jedes Mal passieren, wenn ich der NTSB etwas zeige?"

„Nationale Fähigkeiten aufdecken?"

Als er nickte, dachte sie über seine Frage nach.

„Nein. Ich kenne nur eine andere Person, die zu dieser Schlussfolgerung kommen könnte. Er hat auch die Berechtigung, diese Bilder zu sehen, der Mann, der mich ausgebildet hat. Aber ich glaube nicht, dass er sich über die Hycon TEOC-Kamera der SR-71 Blackbird hinaus mit optischen Systemen beschäftigt hat. Er hat immer Film gegenüber fotooptischen Sensoren bevorzugt. Er nennt sie 'moderne Mystik'."

„Unsere Geheimnisse sind also sicher."

„Ich habe eine Freigabe, Sir. Ich nahm an, dass du das wusstest, bevor du mich hierher gebracht hast."

„Ich bin sicher, dass mein Assistent das getan hat, bevor du das Pentagon betreten hast. Ich wollte eigentlich nur mit dem leitenden Ermittler sprechen, aber du warst schon auf dem Weg von Nevada. Also, was kannst du mir sagen?"

Miranda seufzte. Es sah so aus, als würde sie den ganzen Tag nur diese eine Unterhaltung führen.

„Gar nichts, Sir."

27

DRAKE KONNTE DIE KLEINE FRAU NUR ANSTARREN. „DU HAST eindeutig etwas auf dem Bildschirm gesehen."

„Ja, Sir. Und ich würde gerne eine größere Ansicht dieser Bilder sehen, besonders das mit dem sichtbaren Licht."

Er war schon halb dabei, Colonel Gray anzuwählen, als er sich wieder fing. Sie hatte die Sache mit der Gewandtheit eines erfahrenen politischen Kämpfers auf ihre eigene Agenda gesetzt. Etwas, das Drake an seinem Job hasste. Zu viel Parteipolitik, nicht genug lösungsorientiertes Denken.

„Und was hast du gesehen?"

„Es steht mir nicht frei, darüber zu sprechen, Sir."

Er legte den Hörer auf und starrte sie an.

Die Frau starrte zurück, ohne auch nur zu blinzeln.

„Kannst du mir das erklären? Ist das eine NTSB-Regel, die ich nicht kenne?"

„Nein, Sir. Es ist deine Regel."

„Meine Regel?"

„Nun, die des US-Militärs. Groom Lake ist zwar kein SCIF (Sensitive Compartmented Information Facility), aber..."

„Ich weiß, was ein verdammter SCIF ist." Er war dabei, seinen Sinn für Humor zu verlieren.

„Groom Lake ist zwar kein SCIF", fuhr sie fort, als würde sie einen Fünftklässler belehren, „aber es hat viele der gleichen Eigenschaften. Es ist eine hochsichere Einrichtung. Offensichtlich verstößt sie gegen den Grundsatz, Informationen sicher vor Abhören oder Überwachung zu schützen, wie du mit den Satellitenbildern bewiesen hast..."

„Das habe ich weder genehmigt noch wusste ich davon", und er wollte Patrick deswegen ein neues Arschloch verpassen.

„Wie dem auch sei. Es steht mir nicht frei, mit dir darüber zu sprechen, Sir."

„Glaubst du, ich weiß nicht, was in meiner eigenen verdammten Versuchsanlage vor sich geht?" Er konnte nicht anders, als aufzustehen und hinter seinem Schreibtisch auf und ab zu gehen. Die vielen Kilometer, die er zuerst in West Point und dann in allen Höllenlöchern der Welt zurückgelegt hatte, hatten ihn nie geschüttelt. Der Schreibtisch fühlte sich für ihn immer wie eine Falle an. Er spürte das Gewicht der vierzigtausend Menschen, die wie Ameisen durch das Pentagon-Gebäude krabbelten und jeder sein winziges Stückchen Information abbauten. Gray und Patrick von der NRO, der Nationale Sicherheitsberater, sogar die anderen Stabschefs. Dieser verdammte Vizeadmiral, dem er gerade vor den Augen seiner Captains ein neues Arschloch geschnitten hatte und-

„CJCSGDN", sagte die Frau leise.

„Was ist das?"

„Um deine Frage zu beantworten: Nein, Sir. Das tue ich nicht."

„Welche Frage? Was tust du nicht?" Er blieb neben ihrem Stuhl stehen und starrte die NTSB-Ermittlerin an.

„Ich glaube nicht, dass du weißt, was in deiner 'eigenen verdammten Versuchsanlage' vor sich geht."

„Und wie bist du zu diesem Schluss gekommen?"

„Ich denke an fünf verschiedene Punkte."

„Oh, kläre mich auf." Drake schwankte, ob er sie rausschmeißen oder verhaften lassen sollte. Stattdessen winkte er mit der Hand, damit sie weitermachte.

„Erstens warst du es, der mich mit so hoher Priorität zum NTTR geschickt hat."

„Ich habe nur Duffy als Leiter des NTSB angerufen und ihm gesagt, er solle seinen Besten schicken und das verdammt schnell."

Das schien die Frau zu überraschen.

„Du denkst, dass er dich nicht mag? Da hast du recht. Aber man muss jemanden nicht mögen, um seine Fähigkeiten zu kennen. Dafür, dass er ein politisches Amt bekleidet, ist er ein guter Verwalter."

Sie sah einen langen Moment lang nachdenklich aus, dann fuhr sie fort. „Zweitens stimmt mit diesem Absturz etwas nicht. Etwas, das dich so beunruhigt, dass du ein NTSB-Team geschickt hast, um bei einer eigentlich einfachen militärischen Untersuchung zu helfen. Eine Untersuchung, die das Militär *nicht* in Angriff nimmt, wie ich hinzufügen möchte."

Auf keinen Fall würde Drake irgendjemandem erzählen, warum er den Panikschalter betätigt hatte. Und schon gar nicht dieser Frau. Was die Frage anging, warum keine militärischen Ermittler da draußen waren, so wollte er nicht, dass ein fremdes Team das Schlimmste aufdeckte - auch wenn er das nicht zugeben würde.

„Drittens habe ich gerade festgestellt, dass du, CJCSGDN-Vorsitzender der Generalstabschefs, General Drake Nason, derjenige bist, der General Harrington den Befehl gegeben hat, mit mir zu kooperieren. Das bedeutet, dass du nicht damit gerechnet hast, dass er kooperieren würde, und es für nötig hieltest, ihn dazu zu zwingen."

„So viel dazu, die Wahrheit zu verbergen." Als sie ihn

fragend ansah, winkte er ihr zu, weiter zu sprechen, während er zu seinem Stuhl zurückging und sich setzte.

„Viertens: Du weißt nicht, dass diese Untersuchung mit einem Codewort eingestuft wurde."

„Es ist *was?"* Er stieß sich wieder auf die Beine und drehte sich falsch herum, um wieder um den Schreibtisch herumzukommen. Er knallte mit dem Schienbein gegen das schwere Eichenholz der offenen Schublade. „Au! *Scheiße!"*

„Und fünftens weißt du nicht, dass die CIA ein eigenes Interesse an diesem Absturz hat."

Das und der schreiende Schmerz in seinem Schienbein ließen ihn wieder in seinen Stuhl zurücksinken.

28

„LASS UNS GEHEN! WIR MÜSSEN HIER RAUS. PRONTO!"

"Hey, Don. Was gibt's? Es ist erst drei Uhr, wir haben noch viel zu tun." Mike fiel nichts ein, aber er war sich sicher, dass Holly einen schmutzigen Job für ihn finden würde. Vielleicht sollte er sich nicht streiten.

"Wir gehen jetzt, und das sofort." Don packte Mikes Arm und drehte ihn in Richtung des geparkten Hubschraubers, der sie heute Morgen gebracht hatte.

Mike brauchte sich nicht bei Holly zu erkundigen, was er tun sollte, als er sah, wie Dons Hand um den Griff seines Nicht-Gewehrs glitt.

„Nur ich?" Das hoffte er nicht.

„Ihr alle drei. Jetzt!"

„Okay." Er würde den Nonnen von St. Bernardine's sagen müssen, dass Gebete *funktionieren!* Falls er jemals so dumm sein sollte, diesen Teil der Hölle erneut zu besuchen. „Gib uns noch ein paar Minuten."

„Jetzt!" Dann lenkte Don ein und zeigte, dass er ein Mensch war und hoffentlich kein Erschießungskommando. „Eingehende Kriegsspiele. Sie sollten eigentlich drüben in

172

Coyote A bleiben, das ist ein Teil des NTTR. Aber irgendeine taktische Sache hat sich verschoben und wir haben den Befehl erhalten, das Gebiet zu räumen. Wenn du also nicht willst, dass man dir in den Arsch schießt, und damit meine ich nicht mich, solltest du dich beeilen."

„Holly! Jeremy! Notfall-Evakuierung!" rief er, obwohl sie genau hinter ihm waren. Mike war auf halbem Weg zum Hubschrauber, als er sich an seinen Rucksack und die Probenbeutel erinnerte. Er drehte sich um und holte sie, obwohl Don ihn anbrüllte.

Don konnte ihn nur erschießen.

Wer wusste schon, was Holly tun würde, wenn er etwas zurückließ?

Genau wie heute Morgen war Jeremy auf den Kopilotensitz neben dem Camo Dude-Piloten geklettert und hatte seine übergroße Ausrüstungstasche an seine Brust gepresst. Er und Holly saßen im hinteren Teil des winzigen Hubschraubers, wo ihre gesamte Ausrüstung ihre Füße einkeilten.

Der Pilot startete den Helikopter, der mit einem hohen Heulen und dann mit einem langsamen *Brüllen* des Rotors reagierte, der sich das erste Mal drehte.

Don und die anderen CD-Mitglieder am Boden rasten in ihrem Chevy Suburban davon, so schnell, als ob es wirklich brennen würde - eine große Staubfahne markierte ihren Fluchtweg.

„Kriegsspiele, hm?" Holly drehte sich, um aus dem Fenster zu schauen, dann legte sie ihren Körper auf ihn, um aus dem anderen zu schauen. „Komm nicht auf dumme Gedanken."

Das würde schwer werden, selbst wenn sie an ihm lehnte. Holly trug immer noch ihre Weste und es gab drei verschiedene Größen von Zangen, einen Multibit-Schraubenzieher und ein paar Stifte, die sich anfühlten, als wären sie auf eine Messerspitze geschliffen worden. Sie war eine sehr fitte und wohlgeformte Soldatin, und er war schon immer ein Fan von schlanken und sportlichen Menschen gewesen. Natürlich war er auch ein großer Fan von großen und kurvigen Frauen. Aber er hatte die strikte Regel, niemals mit Frauen zu schlafen, die ihn hassten.

„Siehst du etwas?", fragte sie im Flüsterton.

Er drehte sich um und bekam einen überraschend weichen Pferdeschwanz ins Gesicht. „Nicht viel."

Holly ließ sich in ihren Sitz zurückfallen.

Als sich sein Blick von den Bildern löste, die sie in seinen Kopf gepflanzt hatte - trotz all ihrer scharfen Spitzen - schaute er aus dem Fenster, aber er hatte keine Ahnung, was er suchte.

Sie waren noch nicht einmal vom Boden abgehoben.

Als er zurückblickte, konnte er die gesamte Ausdehnung des Wracks sehen. In der Lücke zwischen dem aufrecht stehenden T-56-Motor und einer zerfetzten Flügelstrebe konnte er immer noch den salzweißen Fleck des Groom Lake sehen, ohne dass ein einziges außerirdisches oder exotisches Flugzeug gesichtet wurde, obwohl er zwei Tage lang Ausschau gehalten hatte.

„Hey", Holly beugte sich vor und rief dem Piloten zu. „Ich habe eine Tasche am Wrack vergessen. Kannst du warten? Ich beeile mich, aber es ist furchtbar wichtig."

„Vergiss es, Lady."

„Aber es könnte mich meinen Job kosten."

Als Antwort hob er ab. Offenbar waren die Rotoren nicht ganz auf der Höhe, denn sie stießen mehr an den Boden, als dass sie ihn verließen. Der Kerl musste sehr verängstigt sein, um diesen Fehler zu machen.

Holly ließ sich wieder auf ihren Sitz fallen. Nur dass sie dieses Mal lächelte.

„Was hast du vergessen?" Mike beugte sich vor, um zu flüstern, und versuchte, nicht zu bemerken, wie nah er ihr war. In dem kleinen Hubschrauber berührten sie sich anfangs nur an den Schultern und als sie sich zueinander lehnten, um über das laute Motorengeräusch hinweg zu flüstern, brachte das ihn praktisch in ihren Schoß.

„Sind alle deine Daten synchronisiert?" Holly antwortete natürlich nie direkt auf eine Frage. Aus einer fremden und sehr ungewöhnlichen Nachdenklichkeit heraus, tat sie es dann doch. „Nein, nichts. Ich prüfe nur."

Ihre Antwort machte ihn nicht schlauer über das, *was* sie prüfte.

Er holte sein Tablet heraus und synchronisierte das letzte Update mit Hollys Computer. „Ist jetzt passiert."

„Ich hoffe nur, dass Jeremy konsequenter ist als du."

Er griff nach vorne, um Jeremy auf die Schulter zu tippen, aber Holly schlug seine Hand so hart, dass es wirklich wehtat.

„Hey! Die benutze ich gelegentlich."

„Ja, und wir wissen genau, wofür."

„Ich lasse die Damen das für mich tun. Welche Damen tun das für dich?" Es war krass, aber irgendetwas musste Holly in die Schranken weisen.

„Boyos, Kumpel. Und sie tun viele gute Dinge für mich."

Sie tippte ein paar Befehle ein und zog dann eine Sim-Karte aus ihrem Tablet. Sie nahm ihr großes Messer und stach es in den Gummiabsatz ihres Stiefels. Während sie ihn aufbrach, schob sie die Sim-Karte in den Spalt. Als sie das Messer zurückzog, schloss sich das Gummi nahtlos. Sie schob das große Messer zurück in ihre Oberschenkelscheide.

„Warum?" Mike murmelte es und hatte plötzlich Angst, laut zu sprechen.

„Sieh lässig aus, aber pass auf deiner Seite auf", konnte er ihren Atem an seinem Ohr spüren. Es kitzelte. Endlich waren sie in der Luft und entfernten sich von dem Wrack.

„Wonach soll ich suchen?"

„Du wirst es erkennen, wenn du es siehst."

„Du bist wirklich keine große Hilfe. Das weißt du doch, oder?"

Holly zwinkerte ihm zu, bevor sie rief: „Fahr zur Hölle, Mike Munroe!" Dann verpasste sie ihm einen schmerzhaften Schlag auf den Arm, während der Pilot und Jeremy sich überrascht umdrehten.

„Au! Verdammt noch mal, Harper!"

Aber Holly hatte ihre Arme unter den schönen, mit scharfen Gegenständen bedeckten Brüsten verschränkt und drehte sich um, um aus dem Fenster zu starren. Er konnte ihr Lachen förmlich spüren.

Und... sie hatten jetzt einen perfekten Grund, warum sie beide auf der anderen Seite des Hubschraubers rausschauen sollten.

„Du kannst mich auch mal, Harper." Er gab sein Bestes und drehte sich dann um, um auf der anderen Seite hinauszublicken. Er wünschte, ihm wäre noch etwas anderes eingefallen, was er hätte sagen können. Inzwischen würde die sexy Alejandra in Denver so wütend darüber sein, dass er sie versetzt hatte - und dass er nicht daran gedacht hatte, sie gestern Abend von der Creech Air Base aus anzurufen -, dass er sie nie wieder zurückbekommen würde. Und das wollte er auf keinen Fall von Holly Harper. Nicht einmal, wenn sie es ihm anbieten würde. Was sie nicht tat.

Nichts zu tun außer die verdammte Wüste von Nevada zu beobachten.

29

„Nun, Harvey. Du hast dich im Simulator sehr gut geschlagen."

„Danke, General." Harvey biss sich auf die Zunge, um nicht die nächste Frage zu stellen. *Wie schnell konnte er mit der echten Casper-Drohne in die Luft gehen?*

Der Konferenzraum befand sich in einer Ecke des Zwischengeschosses des Hangars. Harvey erkannte die Schutzmaßnahmen: keine Wände in direktem Kontakt mit den Wänden des Hangars. Die in den Raum eingebaute Klimaanlage würde die Luft direkt in den Hangar pumpen, aber auch keine Schallüberwachung entlang des Lüftungsweges zulassen. Die eine Tür in den Raum war doppelt vorhanden, eine schwang nach außen und die andere nach innen. Alles isoliert.

In dem Raum standen ein eigenständiger Computer, ein großer Wandbildschirm und ein kleiner Tisch. Sechs Personen hätten in den Raum gepasst, aber es waren nur die drei: er, Harrington und Helen an der Tastatur.

General Harrington nickte seiner Assistentin zu.

Helen holte tief Luft.

Harvey konnte sich genau vorstellen, was das mit ihrem Brustkorb und ihren Brüsten anstellen würde, aber sie war voll im Colonel-Modus, also beließ er es bei diesem Bild in seiner Vorstellung. Sie zeigte ihm ein Bild von einem U-Boot. So etwas hatte er noch nie gesehen.

„Die Narco-U-Boote werden immer raffinierter. Rümpfe aus Fiberglas, um das Sonar zu umgehen." Helen zeigte verschiedene Bilder, während sie sprach. „Sie tauchen tagsüber ab und tauchen nur nachts auf. Dank Radar tauchen sie wieder ab, selbst wenn wir uns ihnen nachts nähern. Sie können leicht zehn Tonnen Kokain transportieren, mit einem Straßenwert von über einer Milliarde Dollar. Was kümmert es sie, wenn sie fünf Millionen in den Bau eines Einweg-U-Boots investieren. Sie sind sehr schwer zu verfolgen. Selbst wenn wir uns ihnen nähern, hören sie unsere Flugzeuge oder Schiffe und tauchen außer Reichweite ab. Die MQ-45 kann fast lautlos ankommen und sich schneller nähern, als sie abtauchen können."

Das letzte Bild zeigte ein gestrandetes Fünfzig-Fuß-U-Boot in einer gesprenkelten Tarnfarbe, die wie Wellen und Sonnenreflexe auf dem Meer aussah. Eine Gruppe der Küstenwache stand um das U-Boot herum, aber es gab keinen passenden Haufen von Kokainsteinen. Sie hatten sich mit der Ladung aus dem Staub gemacht, bevor die Küstenwache eintraf.

„Und du möchtest, dass ich nachsehe, ob ich welche finde." Im Tiefflug über den Pazifik mit Mach 2. Wie tief müsste er fliegen, um eine hahnschwanzförmige Wasserfahne hinter sich aufsteigen zu lassen? Das würde Spaß machen, herauszufinden.

„Ja. Du kannst zwei Hin- und Rückflüge von hier aus die Küste hinunter nach Kolumbien und zurück machen. Vor Baja wartet eine Betankungsdrohne auf dich."

Geflogen von einem armen Trottel, so wie Harvey es noch vor achtundvierzig Stunden gewesen war - vom richtigen

Fliegen träumend und keine Hoffnung für die Zukunft. Und jetzt war die Zukunft da, und sie sah fantastisch aus!

Der General beugte sich vor. „Wir haben diese Art von Mission noch nie ausprobiert. Wir sind nicht einmal sicher, ob dein Seitenradar sie aufspüren kann. Wir schätzen, dass über hundert von ihnen pro Jahr an der Küste unterwegs sind. Unser Rekordfang waren dreizehn von ihnen in einem einzigen Jahr. Sie können jetzt vollständig untergetaucht fahren; sie lassen sogar ihre Dieselabgase unten aus dem Rumpf ab, um ihn zu kühlen und ihre Wärmesignatur zu verringern. Und wenn wir an ihnen vorbeikommen, versenken sie das Boot und die Beweise verschwinden auf dem Meeresgrund."

„Und was soll ich tun, wenn ich eins sehe?"

Der General lehnte sich zurück und Helen lächelte sanft.

„Ich glaube, wir nennen das die Diskretion des Piloten."

30

„WAS ZUM TEUFEL HAST DU DER CIA ERZÄHLT?"
Miranda fragte sich, was es mit Generälen und diesem
Projekt auf sich hatte. Sie hatte im Laufe der Jahre nicht viele
von ihnen getroffen, vielleicht waren sie alle wütend, wenn sie
diesen Rang erreicht hatten.

Das schien unwahrscheinlich zu sein.

Vielleicht war es nur dieser Vorfall.

„Das Gleiche, was du mir gesagt hast?" General Nason
knurrte, als sie nicht antwortete.

„Geheimes Codewort" ist meiner Erfahrung nach ein
ziemlich selbsterklärender Begriff. Ich habe ihnen nichts
gesagt. Einer der Abteilungsleiter schien darüber ziemlich
verärgert zu sein. Der Direktor selbst schien eher amüsiert zu
sein."

„Amüsiert, wie konntest du das wissen?"

„Er schien eine seiner Abteilungsleiterinnen zu necken,
während er seine Hand auf ihrer Schulter hielt."

„Auf ihrer Schulter?"

„Eine Frau Clarissa Reese, Leiterin der Sonderprojekte. Es
hatte den Anschein, dass er eine intime Beziehung zu ihr hatte;

ich bin nicht der beste Richter in solchen Dingen, aber die Anzeichen waren da." Miranda dachte einen Moment lang darüber nach. Sah Mike die Menschen so, wie sie einen Unfall sah?

Der General blinzelte überrascht. „Clark Winston schläft mit einem seiner Direktoren?"

„Ja, ich würde sagen, die Anzeichen waren definitiv da." Vielleicht wäre es sinnvoll, diesen neuen Gedanken mit Mike zu besprechen und seine Meinung einzuholen. Das erklärte aber immer noch nicht die Wut der beiden Generäle. Sie hatte keine Erfahrung, um General Harringtons auf sie gerichtetes Gewehr mit General Nasons wütendem Blick zu vergleichen. Dennoch waren alle drei unbestreitbar wütend über die abgestürzte C-130.

„Nun, du hast nicht mit ihnen geredet, das ist wenigstens etwas. Und welches Arschloch hat einen Flugzeugabsturz als geheim eingestuft?"

„Ich könnte dich fragen, warum du mich mit der Untersuchung beauftragt hast, ohne zu wissen, wie sensibel sie ist."

„Beantworte einfach die verdammte Frage, Lady."

„Du wirst mit General Harrington sprechen wollen. Bis dahin habe ich seit über achtundvierzig Stunden nicht mehr geschlafen und das in einer ganz anderen Zeitzone. Wenn du mich entschuldigen würdest." Wieder setzte sie die Erlaubnis voraus, anstatt zu fragen, und stand auf, um zu gehen.

„Setz dich wieder hin, Frau."

„Bin ich verhaftet?" Das wäre eine neue Erfahrung, die sie lieber nicht erforschen würde. „Oder ist das eine andere Form der Inhaftierung ohne meine Erlaubnis - so wie es die CIA versucht hat?

„Jetzt", der General schrubbte sich das Gesicht, dann seufzte er. „Setz dich einen Moment hin. Bitte." Letzteres sah aus, als würde es ihn so sehr schmerzen, dass sie sich setzte.

Er drückte eine Taste auf seinem Telefon. „Hol mir General Harrington ans Telefon."

Während sie warteten, lehnte er sich in seinem Stuhl zurück und blickte sie mit verschränkten Fingern an.

„General Harrington ist nicht erreichbar, Sir", meldete sich eine Frauenstimme über die Sprechanlage.

„Finde ihn, bevor ich die 1st Armored aus Fort Bliss schicke, um ihn aufzumischen!" Er schaltete die Sprechanlage aus und starrte sie wieder über den Schreibtisch hinweg an.

Miranda versuchte so zu tun, als wäre es der neutrale Gesichtsausdruck ihres Vaters, wenn er darauf wartete, dass sie das neueste Code-Rätsel, das er stellte, löste. Als sie zehn Jahre alt war, gab er ihr nicht einmal mehr die einfachsten Hinweise. Nicht: "Überlege dir eine Würfelchiffre" (eine ihrer ersten, bei der der Buchstabe auf der Zahl und der Ausrichtung der Würfelseite basierte) oder "Hast du an die Playfair-Chiffre gedacht" (mit ihrem fehlenden Buchstaben und der Ersetzungsmatrix).

Als sie noch aktiv an den Kryptos-Chiffren gearbeitet hatte, hatte sie sich darauf vorbereitet, indem sie sich vorstellte, ihr Vater säße ihr immer noch gegenüber während sie sich durch die verschiedenen Arten von Chiffren arbeitete, die er ihr beigebracht hatte, vom einfachsten Substitutionssystem aufwärts.

Als sie *Kryptos* heute ohne ihn an ihrer Seite sah, machte sie das nur noch traurig.

Sam Chase dachte vielleicht, sein Gesichtsausdruck sei neutral, aber Miranda konnte jetzt die Ermutigung dahinter sehen. Sie konnte sehen, wie er ihr Wissen Schicht für Schicht aufgebaut hatte, bis sie die Lösung für die meisten Grundchiffren und einige der mittleren Chiffren einfach sehen konnte. Bis ihr Verstand für die Herausforderungen beim Lösen von Rätseln *jeglicher Art* geschärft war.

Das hatte ihr in der Schule allerdings nicht gut getan.

Sie hatte Terry Smits gesehen, wie er an einem Rubik's Cube herumgebastelt hatte. Sie hätte nie sagen dürfen, dass er einfach aussah, und schon gar nicht hätte sie beweisen dürfen, dass er es war, als er ihn ihr zuwarf. Es war ihr erster Einblick in dreidimensionale Kodiersequenzen gewesen. Offenbar hatte es ihn besonders aufgeregt, dass sie es so schnell vor seinen Freunden gelöst hatte. Der blaue Fleck, den sie sich zugezogen hatte, nachdem sie hart in einen Spind gestoßen worden war, hatte ein faszinierendes Mosaik entwickelt.

Das war nur das erste von einem Dutzend Beispielen, bevor sie endlich lernte, für sich zu bleiben.

War das der Trick bei *Kryptos'* viertem Panel? Konnte man es in eine mehrdimensionale Matrix aufteilen? Vierzehn Zeilen. Die erste von zweiunddreißig Zeichen, die nächsten zwölf von einunddreißig Zeichen und die letzte von entweder neunundzwanzig oder dreißig Zeichen mit einem führenden Leerzeichen. Mögliche Indexzeilen von-

Das Telefon des Generals klingelte zu laut, um sich zu konzentrieren.

Sie holte ihr kleines persönliches Code-Notizbuch hervor und fügte den Begriff hinzu, um sicherzugehen, dass sie ihn nicht vergaß.

Der General stellt das Telefon auf Lautsprecher.

„Hier ist Harrington."

„Warum haben Sie ein Flugzeugwrack mit einem Codewort klassifiziert?" General Nasons Knurren erinnerte sie an Terrys Knurren, als sie versucht hatte zu erklären, wie sie seinen Rubik's Cube so schnell gelöst hatte. Er hatte ihr den Würfel so heftig entrissen, dass er ihr fast einen Finger gebrochen hatte - sie hatte tagelang keinen Stift mehr richtig halten können. Das war, bevor er sie in den Spind gestoßen hatte.

General Harringtons Schweigen war genauso tief wie das von Terry, der sie schließlich sowohl aus dem Schach- als auch aus dem Matheclub vertrieben hatte. Seitdem hatte sie nicht mehr viel mitgemacht. Aus Gründen, die sie nicht verstand, war er noch wütender geworden, als sie es zum ersten Mal in den drei Jahren seit ihrem Beitritt nicht über die Wettbewerbe auf Stadtebene hinausgeschafft hatten.

„Harrington", Nason stand auf, stemmte die Fäuste auf den Schreibtisch und starrte auf das Telefon, als ob Harrington ihn sehen könnte. „Wenn du nicht das Depot leiten willst, das erbeutete AK-47 in Libyen wiederaufbaut, wirst du mir das verdammte Codewort sagen. *Und zwar sofort!"*

Die Stille dehnte sich aus, bis sie so dünn war, dass sie jeder Physik trotzte, weil sie immer noch eine Verbindung beinhaltete.

„Oder möchtest du lieber vor ein Kriegsgericht gestellt werden, weil du einen direkten Befehl eines vorgesetzten Offiziers nicht befolgt hast?"

„Du bist nicht in der Befehlskette."

Eine scharfsinnige Beobachtung, wie Miranda fand. Den Generalstabschefs, einschließlich des Vorsitzenden selbst, war es gesetzlich untersagt, direkte Befehle zu erteilen. Sie waren zwar die ranghöchsten Offiziere des Militärs, aber ihre Rolle war rein beratend.

„Du zweifelst an meiner Fähigkeit, dir diese letzte Aussage so lange in den Hals zu rammen, bis du daran erstickst?"

„Nein, Sir." Harrington klang in Mirandas Ohren nicht erfreut.

„Und?" Die nächste Pause war genauso lang.

„Ich kann mich nicht daran erinnern, Sir." Holly hatte also doch recht gehabt; General Harrington hatte es sich an Ort und Stelle ausgedacht.

„Die Sicherheit ist so effektiv, dass nicht einmal du dafür zugelassen bist", sagte General Nason und lächelte dabei fast. „Nun, in meinem Büro sitzt eine Frau, die offensichtlich ein viel besseres Gedächtnis hat als du. Vielleicht übertrage ich *ihr* deinen Job."

„Diese NTSB-Schlampe konnte nicht..."

General Nason unterbrach die Verbindung, schaukelte dann in seinem Stuhl zurück und sah sie mit verschränkten Fingern an. „Er scheint dich nicht besonders zu mögen."

„Nein, das tut er nicht." Aber das wusste Miranda bereits. Noch ein Mann, der gerne das Offensichtliche feststellte. Vielleicht war das eine Eigenschaft des Y-Chromosoms.

31

Sie waren jetzt hundert Fuß hoch, aber da das Wrack direkt hinter ihnen lag, gab es nicht viel zu sehen. Mike beobachtete die Wüste aufmerksam und wünschte sich, sein Arm würde aufhören zu pochen, wo Holly ihn geschlagen hatte.

Sie war ihm körperlich klar überlegen, also konnte er sich nicht auf diese Weise rächen - außerdem war das nicht seine Art, sondern ihre. Er würde sich einen anderen hinterhältigen Trick ausdenken ... später.

Im Moment schätzte er ihren misstrauischen Verstand. Nachdem sie ohne Vorwarnung von der Absturzstelle abgezogen worden war, hatte sie sich in vorsichtiges Schweigen gehüllt, eine Sicherungskopie ihrer Daten in ihren Stiefelabsatz gesteckt und nun hinterhergeschaut.

Wenn er wüsste, worauf er achten musste...

Würde er ein Kriegsspiel erkennen, wenn er eines sehen würde?

Aber auch das war Holly verdächtig vorgekommen. Wenn es kein Kriegsspiel war...

Er entdeckte ein einzelnes Flugzeug, das von Osten

heranflog. Es bewegte sich schnell und niedrig und würde dicht hinter ihnen kreuzen.

Er klopfte Holly warnend auf den Oberschenkel - in der Hoffnung, dass sie ihn für seine Vermutung nicht umbringen würde - und wagte es nicht, den Blick abzuwenden, damit er es nicht aus den Augen verlor. Mike vermutete, dass bei einem Kriegsspiel kein einzelner Jet abheben würde.

Eine halbe Sekunde lang stieß ihre Weste mit den Werkzeugen in seinen Rücken, während sie sich gegen ihn lehnte.

„Gas!" rief Holly so laut, dass sein Trommelfell platzte. „Wir brauchen mehr Geschwindigkeit!"

Der Hubschrauber sackte ab und sprang nach vorne.

Der Jet verschwand hinter ihnen. Und Holly war weg, um aus ihrem Seitenfenster zu schauen.

Er schwang sich ebenfalls rüber, bis er gegen ihren Rücken gedrückt wurde. Er hatte ein Notizbuch und einen kleinen Taschenrecorder dabei, aber das war alles. Er würde keine stachelige Rache üben.

Der Jet tauchte hinter ihrer Seite des Hubschraubers auf und entfernte sich. Er hatte noch nie etwas so schnell fliegen sehen.

„Halt dich fest!" schrie Holly erneut.

Er wünschte, sie würde damit aufhören. Sie saßen alle nur eine Armlänge von einander entfernt.

Eine Schockwelle prallte mit voller Wucht auf sie ein, begleitet von einem gewaltigen Knall, der noch lauter war als das Turbinentriebwerk.

Der Hubschrauber schlingerte, als ob er über etwas im leeren Himmel gestolpert wäre.

„Sonic boom", rief Holly. „Jetzt kommt der Knaller."

„Was...?" Mehr konnte er nicht sagen, bevor es einen weiteren Knall gab. Dieser schlug sowohl akustisch als auch physisch in sie ein.

Der Hubschrauber schien einen Moment lang vorwärts zu taumeln... dann blieb er stehen.

Es fiel wie ein Bleigewicht.

Während der Pilot darum kämpfte, die Kontrolle über den Helikopter wiederzuerlangen - bei dem eine alarmierende Anzahl von Buzzern und roten Lichtern aufleuchtete - fragte sich Mike, was sein letzter Gedanke sein würde. Wenn er die Wahl hätte, würde er sein Leben lieber nicht wiederholen.

Was auch immer seine letzten Gedanken vor dem Tod waren, er hatte keine Gelegenheit, darüber nachzudenken.

Während der Hubschrauber ums Überleben kämpfte, drehte er sich zur Seite.

Hinter Hollys Schulter hatte er einen freien Blick auf etwas, das wie aus einem Kriegsfilm aussah. Eine aufgewühlte Wolke aus überhitztem Orange und Gelb unten und eine riesige Doppelwolke aus Rauch oben, die wie ein Paar riesiger grauer Chrysanthemen aussah. Sie blühte genau dort, wo sie die letzten zwei Tage verbracht hatten.

Im nächsten Moment blickte er in den Himmel.

Er schaute aus seinem eigenen Fenster - direkt auf die sich schnell nähernde Oberfläche der Wüste von Nevada.

32

„Es scheint also, dass du der einzige bist, der das geheime Codewort für dieses Projekt hat."

Miranda war es nicht, aber sie war die IIC des Teams. Wer das Sagen hatte, durfte sein Team nicht unnötigen Ablenkungen aussetzen. Holly Harper hatte das Codewort ebenfalls gehört und Miranda hatte keine Zweifel an ihrem Gedächtnis.

Das Wissen, dass General Harrington ses an Ort und Stelle erfunden und dann in der unkontrollierten Hitze seines Zorns vergessen hatte, machte seine Existenz nicht ungültig. Oder vielleicht doch.

Sie stand auf und ging im Büro umher. Bewegung war förderlich für Denkprozesse, die mit Chiffren zu tun hatten, und vielleicht würde sie das auch bei der Lösung dieses Rätsels sein. Ein großer Teil seines Büros war mit verschiedenen Karten gefüllt. Einige davon ergaben für seine aktuelle Position Sinn: Mittelamerika, Ostafrika und die arabischen Staaten, Südwestasien und ein Großteil der russischen Grenze mit den ehemaligen sowjetischen Protektoraten.

Neben dem Schreibtisch des Generals gab es eine

Sammlung von Fotos, die sie um den großen Schreibtisch kreisen ließ.

Es waren Fotos von Berufsoffizieren.

„Grenada war mein erster Einsatz '83", sagte General Nason und stellte sich neben sie. „Das bin ich, der eingebildete Leutnant, der dachte, er wüsste einen Scheiß." Schon damals fiel er durch seine schlanke Statur auf und überragte die anderen Mitglieder seiner Truppe, die dicht vor einem Hubschrauber versammelt waren, um einige Inch.

„Es ist das Jahr, in dem ich geboren wurde."

„Eine ganze Menge Meilen liegen hinter uns beiden, Ms. Chase."

Sie sah sich die Fotos an.

„Mein letzter Einsatz", tippte er auf das Foto, auf dem er mit einem Team vor einer kleinen Drohne stand, die zwar eine flache Nase, aber das charakteristische V-Leitwerk und den hinteren Propeller der MQ-1 Predator hatte. „Operation Joint Guard in Bosnien. Das war '95, glaube ich."

„Es war 1996, der Monat, nachdem meine Eltern in TWA 800 ums Leben gekommen waren."

„Tut mir leid, das wusste ich nicht. Aber ich erinnere mich an den Absturz der 747. Eine ganze Klasse französischer Schüler ist mit ihr abgestürzt, nicht wahr?"

„Sechzehn Schüler und fünf erwachsene Betreuer. Meine Eltern waren nicht dabei."

„Warum waren sie an Bord?"

„Urlaub machen in Frankreich. Ich sollte in der nächsten Woche nachkommen. Wenn ich doch nur dabei gewesen wäre."

„Dann wärst du tot."

„Das wurde mir auch schon gesagt. Vielleicht hätten sie warten sollen, bis mein Pferdelager vorbei ist, aber sie sagten, sie könnten nicht warten."

„Hatten sie da drüben etwas zu tun?"

Miranda konnte ihm nur überrascht anblinzeln. Sie hatte

sich nie gefragt, *warum* sie nicht auf sie warten konnten. Sie waren nach Frankreich aufgebrochen und auf dem Weg dorthin gestorben. Nie die nächste logische Frage nach dem Warum zu stellen, war... verwirrend. Sie überlegte, ob sie Tante Daniels jetzt anrufen sollte, aber sie vermutete, dass das unhöflich wäre und entschied sich dagegen.

Der General räusperte sich auf Grund ihres Schweigens. „Wir waren ein gemeinsames Team von Air Force, Armee und CIA, das von Albanien aus die GNAT 750 flog, den Vorgänger der Predator-Drohne, die uns die Satellitenkontrolle ermöglichte."

„Alle stammen aus der Feder von Abraham Karem, dem Vater der Drohne. Er begann mit dem Albatross und dann mit der Amber." Miranda fühlte sich, als wäre sie gerade gestolpert und gefallen.

„Was ist es?"

Miranda versuchte zu überlegen, wie sie das Wort, das sie gerade gesagt hatte, wieder rückgängig machen konnte, aber jetzt war es da. Einen Moment lang stellte sie sich vor, ihre Worte zu verschlingen, sobald sie ausgesprochen waren, und fühlte sich plötzlich in das Kinderbuch *The Phantom Tollbooth* zurückversetzt, in dem das möglich war. Ihre Mutter hatte es ihr für das Ferienlager zum Lesen gegeben. Sie hatte es in derselben Nacht beendet, in der Tante Daniels gekommen war, um ihr die schlechte Nachricht persönlich zu überbringen. Das letzte Buch ihrer Kindheit.

Sie konnte ihre eigenen Worte nicht mehr essen - zumindest nicht wörtlich.

„Was ist mit Amber?" Die Augen des Generals verengten sich langsam, bis er sie blinzelnd ansah.

Sie blinzelte zurück, aber alles, was sie tat, war, seine Gesichtszüge mit einem verschwommenen Fokus auf ihren Wimpern zu beschatten.

„Ms. Chase?"

„Amber", schaffte sie es und stellte sich das frühe unbemannte Luftfahrzeug vor, „ist auch ein sehr interessantes Wort." Ganz und gar nicht *Jurassic Park*. Holly würde enttäuscht sein, wenn sie das erfuhr.

„Wie bei einem geheimen Codewort."

Miranda wusste, dass sie nicht gut darin war, solche Dinge zu verbergen und seufzte. Dann versuchte sie es noch einmal und ignorierte General Nasons Lächeln: „Es ist die erste Überwachungsdrohne in voller Größe mit einem hohen Zuverlässigkeitsfaktor. In vielerlei Hinsicht der Ursprung der Spezies."

„Und ein geheimes Codewort."

Resigniert gab sie nach. „Und ein geheimes Codewort."

„Dann sag mir, was es mit dem Absturz auf sich hat." Der General sah selbstgefällig aus, als er zu seinem Stuhl zurückkehrte und ihr zuwinkte, sich noch einmal gegenüber dem Schreibtisch zu setzen.

„Das kann ich nicht, Sir. Du hast mir das Codewort noch nicht gegeben."

Er lachte sogar: „Ich könnte dich mögen, Ms. Chase."

„Du gehörst zu den wenigen Auserwählten." Abgesehen von ihrem Mentor Terence und ihrer Kindheitstherapeutin, die zu einer Tante geworden war, war sie sich nicht sicher, ob sie überhaupt Freunde hatte.

„Was kannst du mir über den Absturz der C-130 Hercules in der Nähe von Groom Lake sagen, der unter dem Codewort Amber bekannt ist?"

Miranda öffnete den Mund, aber das scharfe Klingeln ihres Telefons unterbrach sie.

33

———————

„SIE HABEN ES IN DIE LUFT GEJAGT."

„Sie haben uns fast mit in die Luft gejagt", hörte Miranda Mike im Hintergrund von Hollys Anruf rufen.

„In die Luft gejagt?"

General Nason zuckte bei ihren Worten zusammen und sie schaltete ihr Telefon auf den Lautsprecher, da er, wie auch immer, jetzt für diese Untersuchung freigegeben war.

Jeremys Stimme ertönte über das Telefon. „Sie schickten einen F-35 Lightning II Tarnkappenjäger mit Überschallgeschwindigkeit rein, was ziemlich cool war, und haben es in die Luft gejagt. Der Druckwelle nach zu urteilen, die unseren Hubschrauber zum Taumeln brachte, waren es wahrscheinlich zwei GBU-12 Paveway II, was durch die Treffsicherheit bestätigt wird. Sie hatten zusammen mindestens tausend Pfund Sprengstoff und waren definitiv gelenkt."

Der General sah sie verwirrt an. „Was getroffen?"

„Unser verdammtes Wrack!" Holly klang wütend. „Habt ihr nicht aufgepasst? Erst pisst sich Mike fast in die Hose, weil..."

„Habe ich nicht! Außerdem wurden wir fast getötet!" rief Mike.

„Aber du hast geschrien wie ein kleines Mädchen. Wir haben es alle gehört, also versuch nicht, die Geschichte zu ändern. Und dann gefilzt und abgetastet, bevor sie alle unsere Daten in Creech beschlagnahmt haben", fuhr Holly fort.

„Ich war in Groom Lake und alles, was ich bekam, war eine Rektalsonde. Ich will ein verdammtes T-Shirt, auf dem das steht!" Mike wütete immer noch im Hintergrund.

„Wer würde so etwas tun?" Miranda konnte sich so etwas nicht vorstellen. Oder konnte es vor ihrem Besuch bei der CIA heute Nachmittag nicht.

„Wer hat uns gestern Morgen eine Waffe vor die Nase gehalten? Ihr dürft zweimal raten, aber ich war es nicht." Holly klang völlig ruhig, aber ohne Sinn für Humor und nur mit dem kleinsten Anflug eines australischen Akzents. Sie befand sich in einem seltsamen Soldatenmodus, den Miranda nicht kannte.

Der General sah Miranda mit zusammengekniffenen Augen an, was nun wie eine Frage aussah.

„Harrington", schlug sie vor.

Er wechselte von zusammengekniffenen Augen zu zusammengekniffenen Augen mit einer gerunzelten Stirn, die wieder einmal Wut sein könnte. Wenigstens hatte sie den fragenden Teil seines Blicks richtig eingeschätzt. Er stieß sich auf die Füße.

„Vergiss deine Schreibtischschublade nicht."

„Was war das?" sagten er und Holly unisono.

Dann sah der General zu seiner Seite hinunter und schlug die Schublade mit einem Fluch zu. „Wer hat eure Daten beschlagnahmt?"

„Kommt drauf an", antwortete Holly dem General. „Mit wem spreche ich?"

„Hier ist der Vorsitzende der Generalstabschefs, General Drake Nason."

„CJCSGDN", fügte Miranda hinzu, um Holly den Zusammenhang zu verdeutlichen.

„Oh, der Kerl, der die Befehle unterschrieben hat, wegen denen wir fast ein zweites Mal erschossen wurden."

„Sie haben *was?*", das Gesicht des fragenden Generals lief rot an.

„Lass dir was einfallen, Kumpel. Miranda, ich weiß, dass du der verantwortliche Ermittler bist und so, aber du musst dir wirklich jemanden suchen, der schneller auf den Punkt kommt. Nichts für ungut, General." Die Holly, die sie kannte, war jetzt wieder da und genoss es, den ranghöchsten Offizier des US-Militärs zu ärgern. Ihr australisches Englisch war fast wie das einer Karikatur.

„Das war echt cool", mischte sich Jeremy ein. „Erst der Überschallknall und dann die doppelte Explosion der beiden Bomben. Ich wette, wir waren keine tausend Fuß weit draußen. Der Pilot ist so hart auf die Wüste aufgeschlagen, dass er eine Kufe verbogen hat, aber er hat sich kein Blatt gebrochen. Ein toller Flug. Ich *muss* lernen, wie man einen Hubschrauber fliegt."

Nason tippte auf sein Telefon. „Gib mir noch mal Harrington."

„Warum sollte ich ihn für dich holen? Wir sind gerade erst von seinen Leuten weggekommen. Miranda, ich habe deine Nachrichten erhalten. Wir haben beschlossen, nicht zu warten und sind abgehauen. Wir sind mit dem Auto auf dem Weg nach Vegas. Du willst uns in DC?"

Sie warf einen Blick auf den General, der ins Telefon brüllte, dass jemand Harrington für ihn suchen sollte, und dachte dann an die CIA, die am Flughafen auf sie gewartet hatte.

„Ja", sagte sie und schrieb eine kurze Nachricht, während

sie sprach. „Das wäre gut. Warum treffen wir uns nicht hier in DC in der NTSB-Zentrale?" Manche Dinge sollte man besser nicht laut sagen.

„Verstanden." Sie hörte, wie Hollys Telefon mit ganz anderen Anweisungen klingelte. „Habe deine Nachricht laut und deutlich verstanden."

Eine Nachricht von Holly ploppte auf. *Wir haben die Daten und Fotos gespeichert, keine Proben, aber wir sind nicht sicher, ob irgendetwas davon eine Bedeutung hat.*

„Gut", antwortete Miranda laut. „Ich komme nach, wenn ihr da seid."

„Verstanden und Ende." Der Anruf wurde von Hollys Seite aus beendet.

Die CIA, die Begegnung mit *Kryptos* und jetzt das. Sie waren wie Geheimagenten zusammen. Vielleicht sollte sich ihr Team (Gott, sie hatte tatsächlich ein Team?) passende Hüte besorgen oder so.

Nason schaltete sein Telefon auf den Lautsprecher. „Was soll das heißen, du hast den Flug nicht angeordnet?"

„Ich meine, dass ich den Flug nicht angeordnet habe", antwortete General Harrington.

„Wer zum Teufel hat dann eine F-35 Lightning II in die Nähe von Groom Lake geflogen und meine Flugabsturzstelle in die Luft gejagt?"

„Bist du sicher, dass jemand das Flugzeug gesprengt hat? Es war doch nur ein Wrack, warum sollte das jemand tun?"

Miranda konnte sehen, dass General Nason sich wieder aufrichtete. Diesmal waren nicht nur seine geballten Fäuste fest auf beiden Seiten seines Telefons, sondern auch sein Gesicht war noch immer hochrot.

War Wut eine Chance? Das Konzept hatte schon einmal funktioniert, als sie mit einer alten Sikorsky-Kompassscheibe, auf die General Harrington versehentlich getreten war, die Oberhand gewonnen hatte.

Bevor der Vorsitzende des Generalstabs vor Wut explodieren oder den Hörer auflegen konnte, beugte sich Miranda mit ihrer Frage vor.

„Vielleicht dieselbe Person, die vor meiner Ankunft die Flugschreiber aus dem Absturzgebiet entfernt hat, General Harrington?"

„Nein. Das war ich. Aber ich habe die Bombardierung nicht befohlen."

„Gab es Flugschreiber auf diesem Flug?" Nason knurrte. Wie ein Hund, ein richtiges Knurren.

„Cockpit und Daten", antwortete Harrington nach langem Zögern.

„Und sie wurden entfernt?"

„Ja, Sir." Ein bisschen schneller, als ob er endlich nachgeben würde.

„Wenigstens antwortet er jetzt auf meine Fragen", murmelte der Vorsitzende in ihre Richtung. „Wo sind sie?", fragte er laut.

„Nicht sie, es. Es war eine einzige kombinierte Einheit."

„Wir nennen es CVDR - Cockpit Voice and Data Recorder", erklärte Miranda für General Nason. „Gelegentlich auch FVDR - Flight Voice and Data Recorder."

„Ich kann dir gar nicht sagen, wie wenig mich das interessiert. Wo zum Teufel ist *es?"*

„Es wurde zur Absturzstelle zurückgebracht, Sir. Ich fürchte, es wäre bei der Bombardierung zerstört worden, wenn das tatsächlich passiert wäre."

Holly hatte nicht erwähnt, dass sie einen Rekorder gefunden hatte, also war er wahrscheinlich weg. Das erklärte zumindest, warum sie ihn am Vortag nicht finden konnten.

„Hast du sie angehört? Hat jemand sie angehört?" General Nasons Stimme war genauso leise und gefährlich geworden wie die von Harrington gestern, als sie das Wrack fotografiert hatte. Vielleicht war es gut, dass Nason im Moment keine Waffe dabei hatte, auch wenn Harrington so weit weg war.

„Nein, Sir. Sie waren von kurz nach dem Absturz bis zur Rückgabe heute Morgen sicher in meinem Safe eingeschlossen."

„Und die Bombardierung. Du weißt nicht, ob ein Absturz, für den du verantwortlich warst, in einem Umkreis von zehn Kilometern um einen Luftwaffenstützpunkt, für den du ebenfalls verantwortlich bist, bombardiert wurde?" Nason brüllte.

„Es war ein anstrengender Tag, Sir."

„Dann entspanne deinen Arsch, geh persönlich zu der Stelle und sieh nach, ob der Rekorder wie durch ein Wunder zusammen mit deiner Karriere überlebt hat, oder ob beide zum Teufel gegangen sind! Und finde heraus, wer dieses verdammte Flugzeug bestellt hat. Fang damit an, wie es durch den NTTR-Luftraum geschleust wurde. Ich erwarte alle dreißig Minuten einen vollständigen Bericht, bis die Sache geklärt ist."

Es war eine beeindruckende technische Leistung, dass General Nason das Telefon nicht zerstörte, als er die Verbindung beendete.

34

GENERAL ZHANG RU SAß IN SEINEM PRIVATBÜRO IN DER
Wohnung von Chen Mei-Li. Es war einer der wenigen Orte, an
denen er ungestört nachdenken konnte. Er hatte dem
Mädchen sogar tausend Yuan gegeben, damit sie mit ihren
Freundinnen shoppen oder ins Kino gehen konnte oder was
Mädchen in ihrem Alter sonst noch so machten.

Hier wimmelte es nicht von Ermittlern, die irrelevanten
und belanglosen Informationen darüber nachgingen, was mit
dem wertvollen Gut Shenyang J-31 geschehen war.

Auch kein Sündenbockjäger, der fragte, was sein Neffe
falsch gemacht hatte. Zum Glück hatte er bereits eine
Ersatzpersonalakte für Wang Fan vorbereitet. Darin stand, dass
er sich von Anfang an bei allen Beförderungsentscheidungen,
die den Jungen betrafen, zurückgehalten hatte.

Trotzdem bereitete ihm die Begegnung mit der CDI eine
Gänsehaut. Zum Glück war es ihm gelungen, die Kommission
für Disziplinaruntersuchungen auf den Drei-Sterne-General
Liu Huan zu lenken, der nicht so sehr der "glückliche Zerstörer"
war, wie sein Name versprach. Seine Dienstakte war bereits
ebenso gründlich gelöscht worden wie alle anderen Hinweise

auf seine Existenz in der Luftwaffe. Gut so! Er hatte Huan nie gemocht, und niemand war besser für die Beförderung geeignet als er selbst, um Huan zu ersetzen.

Aber um es zu festigen, muss er verstehen, was mit seinem Flugzeug passiert war.

Wenn er derjenige sein könnte, der die Lösung aufdeckte, dann wäre er unantastbar und sein Aufstieg in die Zentrale Militärkommission käme einen Schritt näher. Und wenn er das endlich geschafft hätte, könnte er die Ermittlungen des CDI *anordnen*, anstatt selbst fast zu Fall zu kommen.

Zum hundertsten Mal überprüfte er die Telemetrie- und Satellitenbilder, die er aus der Basis geschmuggelt hatte. Zuerst hatte er das getan, weil er befürchtete, dass sie etwas verraten würden - indem er sie von der Basis mitnahm, konnte er sie sogar studieren, während er sich auf die Flucht vorbereitete.

Als sich die Flucht als unnötig erwiesen hatte, studierte er sie in der Hoffnung, sie zu verstehen, aber es strahlte keine große Erleuchtung vom Himmel, wie die Buddhisten es versprochen hatten. Das Mädchen hatte sich an der aktuellen kulturellen Freizügigkeit festgebissen und mehrere buddhistische Ikonen und Bilder waren in ihrer Wohnung aufgetaucht. Wenn sie behaupten wollte, dass Meditation und das Studium von tantrischem Yoga die Geheimnisse ihrer Fähigkeiten im Bett waren, würde er sie sicher nicht anzeigen.

Er hatte die Aufzeichnungen des Fluges so oft gesehen, dass er jede Bewegung spüren konnte. Sein Neffe *war* ein sehr guter Pilot. Seine sich steigernden Manöver während des ersten Teils des Fluges waren sehr gut - fantasielos, aber so präzise, dass sie in ihm den Wunsch weckten, wieder in ein Cockpit zu steigen und sich erneut mit der Luft und den G-Kräften zu messen.

Aber was Wang Fan in den letzten Minuten seines Fluges erreicht hatte, war fast ein Wunder.

Zuerst schien es Chaos zu sein.

Aber je mehr Ru die Bilder beobachtete, wie der Junge

zwischen den Berggipfeln ein- und auswich, bevor er endgültig verschwand, desto mehr war er überzeugt, dass jede Bewegung beabsichtigt war.

So!

Er konnte sich nicht vorstellen, dass ein Ausfall des Düsens dazu führen würde, dass eine Fassrolle in einen flachen Trudeln einrastete und mit einem gebrochenen Looping zurückkam. Es war eher so, als ob Hēidì, der Schwarze Drachengott des Winters, seinen Neffen über den Himmel gejagt hätte. Konnte selbst der Schwarze Drache Wang Fan zu einer solchen Perfektion im Flug treiben?

Das Mädchen hatte Wang Fans Ängste vor dem letzten Flugtag angedeutet, bevor sie weinend in seinem Schoß zusammengesunken war. Was wäre, wenn Fans Ängste nicht mit dem Shenyang J-31 zu tun hätten, wie er es dem Mädchen gegenüber angedeutet hatte, sondern mit einer imaginären Begegnung mit einem unsichtbaren Gott? Es gab keinen Zweifel an der Aufrichtigkeit des Mädchens - der Tod von Wang Fan hatte sie fast gebrochen.

Hatte sich Wahnsinn über seinen Neffen gelegt, wie die Analysten vermutet hatten?

Wenn ja, dann war es ein Wahnsinn mit einer intensiven Brillanz.

Wieder sah Ru sich die Flugbänder auf dem Bildschirm an. Aber was wäre, wenn Fans Verstand nicht zusammengebrochen wäre? Was, wenn dies der Flug eines Piloten war, der in seinem letzten Akt seine wahre Meisterschaft entdeckte?

Die G-Kräfte des Loops schienen Ru durch die Unterseite des Stuhls zu treiben. Die Fassrolle knallte seinen Brustkorb schmerzhaft in den Arm, bevor er seinen Stuhl durch die Schwerelosigkeit am oberen Ende eines Immelmann-Loops fast nach hinten umwarf - er stieg unten schnell ein und kletterte, vorbei an der Geraden, bis er kopfüber flog.

Aber Fan hatte das nicht korrigiert, indem er sich auf die rechte Seite rollte. Stattdessen steuerte er so scharf in eine bösartige und notorisch gefährliche flache Drehung, dass Rus Knochen vor Mitgefühl schmerzten. Mit acht G kam er aus dem Flat Spin heraus und verschwand für sechs quälend lange Sekunden tief in der Schlucht des Dadu-Flusses.

Jedes Mal, wenn er zusah, konnte Ru nicht mehr atmen, bis...

Der Gyrfalcon-Jet tauchte mit vollem Nachbrenner wieder auf, schoss direkt in den Himmel und trieb das ganze Blut aus seinem Kopf in eine der stärksten Erregungen, die Ru je hatte.

Er hörte, wie das Mädchen durch die Vordertür der Wohnung hereinkam und zaghaft seinen Namen rief.

„Hier rein. Komm."

Sie schaute zögernd zur Tür herein. Sie wurde nie in diesen Raum eingeladen; er hatte den einzigen Schlüssel zu diesem Büro und hielt es immer verschlossen. Es enthielt nicht viel mehr als einen Schreibtisch, einen Stuhl, einen Computer und die Ruhe, um nachzudenken. Das Mädchen hätte es wohl Zen oder so genannt. Hier gab es nur wenige Geheimnisse, aber er wollte nicht, dass sie es aufhübschte, wie sie es mit dem Rest der Wohnung so gerne zu tun schien.

„Hier. Jetzt!" Ru schaffte es, das Wort gegen sein verzweifeltes Bedürfnis zu bellen.

„Ich habe dir ein Geschenk mitgebracht", begann sie und griff in eine ihrer Taschen.

„Später!" Er machte seine Hose auf und hob sich so weit vom Stuhl, dass sie sie herunterschieben konnte. „Jetzt!" Durch den Dunst, der ihn umgab, konnte er sich nicht einmal an ihren Namen erinnern.

Als sie nah genug war, packte er ihr Handgelenk und zog sie auf die Knie. Eine Handvoll Haare, so dick und üppig, und schon hatte sie ihren Mund auf ihm.

Er beobachtete den Bildschirm, während sie ihre Arbeit machte.

Von dem verzweifelten Aufstieg ging es mit Vollgas hinunter in die Berge. Die scharfen Zähne und die weise Zunge des Mädchens verfolgten jeden Schlag seines rasenden Pulses, als er mit seinem Neffen im Jet hinunter zur wartenden Erde ritt.

„Hast du das für ihn getan?" Er ließ sie nicht so weit los, dass sie sprechen konnte. Stattdessen spürte er, wie sie nickte, während er seinem Neffen dabei zusah, wie er eine dreifache Drehung mit so viel Kraft vollführte, dass es ein Wunder war, dass die Flügel nicht von alleine wegflogen.

„Gut. Mehr! Härter! Mehr als du für ihn getan hast." Er lenkte sie mit ihren Haaren, so wie sein Neffe den Jet gesteuert hatte, der immer tiefer in die Berge flog, bis Ru tatsächlich glaubte, dass in Wahrheit der Schwarze Drache hinter Fan her war - er spürte, wie der Drache über seine Schulter schaute.

Ein letztes Satellitenbild. Ein letztes Flackern von Schatten und Licht.

Dann waren Wang Fan und der Shenyang J-31 verschwunden. Weg zu dem Schicksal, das ihn in den Bergen erwartete, außerhalb der Sichtweite von Satelliten und Sensoren. Ein Schicksal, von dem er nie mehr zurückkehren würde.

Ru ließ die Erleichterung durch ihn hämmern. Sein Körper war noch nicht so alt, dass er vergessen hatte, wie es sich anfühlte zu fliegen. Das Mädchen war jeden Yuan wert, den er für sie bezahlt hatte: die Wohnung, ihr Taschengeld, ihr Einsatz als Werkzeug, um Wang Fan und andere zu kontrollieren - all das. Er hielt sie so lange fest, bis auch der letzte Rest des Fluges aus ihm herausgeflossen war und er wieder auf dem Stuhl in seinem Privatbüro saß.

Die besten Analysten der PLAAF hatten sich das Band

angesehen und konnten ihm nicht sagen, was mit dem Flugzeug schief gelaufen war.

Was wäre, wenn nichts gewesen wäre?

Und was wäre, wenn sein Neffe wirklich ein so guter Pilot wie ein Liebhaber gewesen wäre? Ru gab sich keinen Illusionen hin, dass das Mädchen jemals über seinen eigenen Tod weinen würde, aber sie hatte nach einer einzigen gemeinsamen Nacht über den von Fan geweint.

Ru musste jemanden finden, der über die zu erwartenden Misserfolge hinwegsehen und die eigentliche Lösung finden konnte. War es das wert, einen großen Gefallen zu tun?

Vielleicht war es das. Vielleicht war es das.

Er strich dem Mädchen beruhigend mit der Hand über das Haar und glättete es auf ihrem Rücken, während sie weiterhin auf ihrem Platz kniete und ihn mit ihrem weichen Atem und ihren geschickten Fingern wärmte.

35

„ICH HASSE ZAHNARZTSTÜHLE", BRUMMTE HARVEY, ALS ER SICH IN den Steuersitz der MQ-45 Casper-Drohne zurücklegte. Er sah beunruhigend aus wie einer... der sich mit einem gut gepolsterten Barcalounger gepaart hatte.

Helen hatte ihm nie ein Foto ihrer Familie gezeigt. Sahen ihre Kinder ihr ähnlich? Strahlte das gleiche schüchterne Lächeln in ihren intelligenten Augen? Hatten ihre Haare dasselbe flüssige Braun von fließender dunkler Schokolade wie ihre, oder kamen sie nach ihrem Vater mit seinem eingebildeten teutonisch blonden Aussehen und zu vielen Zähnen, wenn er lächelte?

„Was hältst du von elektrischen Stühlen?" Helen neckte ihn, während der Techniker ihn an den Knöcheln, Handgelenken und an der Stirn festschnallte.

„Ich habe noch nie einen getroffen, aber ich wette, dass er mir besser gefallen würde als ein Zahnarztstuhl."

„Der mächtige Pilot hat Angst vor einem kleinen Mann mit einem Bohrer. Meine Fantasie ist ruiniert." Es war nicht Helens Art, ihn vor anderen zu necken.

Ein Simulator war kein hundert Millionen Dollar teurer

Raubvogel und er hatte so Angst, dass er es vielleicht vermasselte und nie wieder fliegen konnte. Aber das würde er nie zeigen, also schenkte er ihr das Lachen, das sie verdient hatte.

Die Techniker legten auch breite Klettbänder um seine Oberschenkel.

„Hey!"

„Die Verbindung zur Drohne ist viel intensiver, als wir es im Simulator erreichen können. Uns wäre es lieber, du kämst nicht blau und grün von deinem Flug zurück."

Er betrachtete die dicke Polsterung um ihn herum und fragte sich, was er seinem Körper zumuten würde, während er in der Luft war.

„Lass es am Anfang ruhig angehen", sagte sie ernst - ein bisschen zu ernst, als dass er darüber scherzen könnte, dass sie heute schon mit dem Sex angefangen hatten. „Wir haben einen Standby-Piloten an der manuellen Konsole, der das Fahrzeug in den meisten Fällen retten kann. Wenn es nötig ist, hörst du einfach auf, es zu versuchen, und er wird versuchen, zu übernehmen."

„Versuchen." Harvey dachte über das Wort nach. Er überlegte, ob er Yoda aus *Star Wars* zitieren sollte: „Tun oder nicht tun. Es gibt keinen Versuch." Stattdessen sah er, dass die Techniker außer Hörweite damit beschäftigt waren, die Anzeigen zu überprüfen, und warf ihr einen hungrigen Blick zu. „Versuchen ist *nicht* das, was ich gerade mit dir in deinem Bett gemacht habe. Ich *tue es* - hundertprozentig."

Ihr Erröten bestätigte nur, dass er sich hundertprozentig für sie verausgabt hatte.

„Sag deinem Ersatzpiloten, dass er nach Hause gehen soll; ich werde ihn nicht brauchen."

Einer der Techniker kam zurück und schmierte einen kleinen Fleck Salbe hinter sein rechtes Ohr - eine Salbe, von der er jetzt wusste, dass sie schnell zu einem klebrigen

Klebstoff aushärten würde. Sie drückten den Aufnahmesensor in den Kleber und begannen, ihn auf seine Ausrichtung zu testen.

„Oben. Unten. Links. Rechts. Gleichmäßiger Flug..." Während sie jedes Wort sagten, stellte er sich die dazugehörigen Empfindungen vor. Nachdem sie seine Augen mit weichen Pads und dann mit einer Verdunklungsbrille abgedeckt hatten, gingen sie bald zu den visuellen Hinweisen über. Während sie die Ausrichtung der Patches unter und auf seiner Haut kalibrierten, schaltete sich das Bild der Drohne ein.

„Helligkeit. Fokus. Nah. Weit. Nach oben schauen. Schau nach links..." Ein helles Ziel war sorgfältig genau vor der Drohne im Hangar ausgerichtet worden, genau auf der anderen Seite der dünnen Wand hinter seinen Füßen. Er beendete gerade die Kalibrierung des Spektrums, als ein Objekt, das so groß wie ein unerwarteter Mond war, in seinen Sichtbereich geriet. Er stellte es so weit wie möglich scharf, aber das war nicht genug. Trotzdem war der Umriss vertraut. Die Kurve von Helens Kinn, verschwommen, aber wohlbekannt.

Er streckte die Hand aus, um sie zu berühren, aber die Fesseln hielten seine Hand fest. Stattdessen ruckte die Drohne einen unsicheren Fuß vorwärts, als er das Vorderrad drehte und sie aus dem Unterlegkeil fiel. Das Bild von Helen, das ihn durch die Kamera der Drohne begrüßte, sprang zur Seite.

„Tut mir leid." Eine Stimme, an die er sich halb erinnerte, hallte durch die offene Hangartür zu ihm zurück. Dann verdrängte er sie.

Alles, was jetzt noch existierte, war die Drohne. Er konnte ihre Verbindung durch das Pflaster hinter seinem Ohr spüren, als wäre es ein Loch. Nein, kein Loch. Der Arzt hatte sich geirrt: Das Leben floss nicht durch die Verbindung ab. Es wurde auch nicht hineingepumpt. Es war ein weit geöffneter Kanal zu einer neuen Welt.

„Motor starten", dachte er an die Hitze in seinem Bauch und ließ die Wärme aufsteigen. Die Daten auf dem Display wurden über seine Sehnerven angezeigt. Die Temperatur im Motor stieg. Er konnte die letzten Abtrennungen der Treibstoff- und Stromleitungen fast spüren.

Das Ziel der visuellen Ausrichtung teilte sich in der Mitte, als die Hangartore zur Seite rollten und die Nacht freigaben.

Es waren so viele Daten überlagert, dass er die Sterne kaum sehen konnte. Es war wie eine Nacht in New York City: Du weißt, dass die Sterne da sind, aber mehr als ein paar Dutzend zwischen den Straßenlaternen, dem Neonlicht der Restaurants und den hoch aufragenden Wohnhäusern zu entdecken, war eine Seltenheit. Die Nacht war über die Wüste von Nevada hereingebrochen und es war Zeit, auf Beutezug zu gehen.

36

MIRANDA WURDE WACHGERÜTTELT. „WO BIN ICH?"

„Genau dort, wo du es wolltest, Ma'am."

Sie konnte nur unsicher blinzeln. Es war ein unscheinbares Haus im Hinterland von Georgetown. Es war ihr vertraut, auch wenn sie nicht wusste, wie sie hierher gekommen war.

General Nason hatte endlich einen Wagen für sie gerufen. Stundenlang hatten sie über das Wenige gerätselt, das sie über den Unfall wusste.

Es hätte nicht annähernd so lange gedauert, wenn er nicht ständig von einer ganzen Reihe von Anrufen und Leuten unterbrochen worden wäre, die irgendeine globale Krise besprechen wollten, für die sie nicht freigegeben war. Ihre Beine taten ihr weh, weil sie so oft aufstehen und ins Außenbüro gehen musste, nur um Minuten später zurückgerufen zu werden.

Sie zeigte ihm das von ihr berechnete Absturzprofil und musste ihm dann, da er kein Flieger war, erklären, warum es so anomal war. Auf ihre Bitte hin hatte er ihr immer wieder die NRO-Bilder von der Absturzstelle gezeigt, aber sie hatte kaum mehr Erkenntnisse gewonnen.

Sie hatten beide das einzelne Bild studiert, in dem ein unscharfes Licht flackerte, wo keines sein sollte.

Es machte keinen Sinn, dass es weder im vorhergehenden noch im nachfolgenden Frame vorhanden war.

Nur ein winziges Flackern, dann war es weg.

Alles, womit sie es vergleichen konnte, war der Absturz des Challenger Space Shuttles. Unscheinbare kleine Rauchwölkchen, die beim Start an einem gefrorenen O-Ring vorbeizogen, wurden siebenundfünfzig Sekunden später zu einer gewaltigen Explosion, die das Shuttle zerfetzt hatte.

Auf den Aufnahmen des Absturzes der C-130 im sichtbaren Spektralbereich war ein winziger Lichtschein zu sehen, aber was bedeutete er? Es war weit hinter dem äußeren Rand der Hercules-Flügelspitze erschienen und konnte nicht von dem Flugzeug stammen.

Sie wiederholte, dass man ihnen zu wenig gezeigt hatte - das Überwachungsgebiet war kaum doppelt so groß wie das Hercules-Flugzeug selbst. „Die Bildgebungsfähigkeiten einer KH-11 hätten nicht nur das Flugzeug, sondern ein Gebiet von einem Dutzend Quadratmeilen oder mehr überwacht. Wir brauchen den Gesamtüberblick, nicht nur den winzigen Ausschnitt, den sie dir gegeben haben."

Schließlich hatte die Erschöpfung gesiegt und sie war fast mit dem Kopf auf dem Schreibtisch des Generals eingeschlafen, während er die NRO um neue Bilder bat.

Ein Auto.

Er ließ sie zu einem Auto bringen, das sie dorthin brachte, wo sie hinwollte.

Sie hatte eine Adresse gemurmelt, diese Adresse, und war auf dem Rücksitz ohnmächtig geworden.

Sie riss sich zusammen und schaffte es, mit einem Anflug von Würde aus dem Rücksitz zu klettern. Die Ordonanz übergab ihr den Rucksack, der sie fast zu Boden riss. Das Licht auf der Veranda war an und sie folgte ihm wie ein Flugzeug, das den Anzeigelichtern der Gleitpiste im kurzen Endanflug folgte. Der Weg führte sie unter Rosenlauben hindurch, die dicht mit Blättern und Knospen bewachsen waren, aber noch nicht die erste Blüte zeigten. Terence' Frau hatte schon immer Rosen geliebt und sie kurz vor ihrem Weggang gepflanzt. Jetzt bildeten sie große, üppige Bögen, von denen jeder eine Schicht ihrer Sorgen und Erschöpfung abzuschälen schien.

Sie hob den Messing-Türklopfer an, als sich die Tür öffnete. Da sie ihren Griff nicht schnell genug loslassen konnte, stolperte sie nach vorne. Terence fing sie auf, bevor sie mit dem Gesicht auf den Flurteppich plumpste.

37

„Colonel Gray, wir müssen wirklich aufhören, uns so zu treffen." Drake unterstrich dies ungewollt mit einem großen Gähnen. „Syrien geht mir heute Abend ganz schön auf den Sack." Bedauerlicherweise war der Absturz der C-130 im Moment nicht seine größte Sorge - aber er war nah dran.

„Ja, Sir."

„Ich entschuldige mich für die späte Stunde, Gray."

Sie zuckte mit den Schultern: „Es ist nach Mitternacht. Das ist der Beginn eines weiteren schönen Tages bei der NRO. Und offenbar auch im Büro des CJCS." Ihr aufflackerndes Lächeln verriet einen Hauch von Mitgefühl und eine überraschende Menge an Menschlichkeit.

Drake beschloss, dass er sich mit ihr anfreunden könnte. Er hatte die Leute so satt, die sich vor seinem Schreibtisch duckten oder versuchten, sich beliebt zu machen. Gray war anscheinend einfach sie selbst.

Er winkte ihr einen Sitzplatz zu und zu seiner Überraschung nahm sie ihn dieses Mal tatsächlich ein.

„Warum bist du wieder hier und nicht irgendein Schichtleiter?"

„Es ist meine Pflicht, zu dienen."

„Genau. Versuch jetzt, die Frage zu beantworten."

Sie rieb sich einen Moment lang die Augen und seufzte dann. „Ich bin Leiterin der Abteilung für Inlandsaufnahmen und unterstehe direkt General Patrick."

„Das heißt, du hast den Scheißjob, dich um zwei Uhr morgens mit mir zu beschäftigen."

„Ja, Sir."

Drake mochte Offiziere, die ihre Verantwortung nicht an Untergebene weitergaben. Er schätzte den Respekt, die sie seinem Amt entgegenbrachte. „Also, was hast du für mich?"

Wieder übergab sie einen Zettel mit einer sicheren Adresse.

„Dasselbe Passwort?"

„Unser System lässt keine doppelten Passwörter zu."

Drake konnte nur lächeln. „Wie nennt er mich dieses Mal?"

Wieder der Seufzer. "'Fick dich zweimal, Arschloch!' Sir. Inklusive Ausrufezeichen, nur das zweite Wort groß geschrieben."

Wenn dieser Bastard nicht zwanzig Prozent des Budgets des US-Geheimdienstes kontrollieren würde, könnte Drake sich mit ihm anlegen. Das könnte er immer noch.

Er tippte das Passwort ein und die Dateien öffneten sich. Er dämpfte die Bürobeleuchtung und begann, die Clips laufen zu lassen.

„Kino um zwei Uhr nachts. Sollten wir nicht Popcorn haben?"

Er schätzte den Humor, war aber zu müde, um mehr als ein kurzes Lächeln in der Dunkelheit zu zeigen.

Er begann mit der Ansicht im sichtbaren Licht, die die Chase-Frau so interessiert hatte.

Das Gebiet war so groß, dass er einige Zeit brauchte, um die verunglückte C-130 Hercules zu finden - erkennbar an ihren blinkenden Navigationslichtern. Er verlor sie zweimal, als er versuchte, heranzuzoomen.

„Darf ich?"

„Warum nicht? Schließlich bist du der Bildspezialist in diesem Raum. Ich bin nur der Vorsitzende der Generalstabschefs und habe keine Ahnung." Drake schob die Tastatur und die Maus über den Schreibtisch.

Gray gab keinen Kommentar ab. In wenigen Augenblicken hatte sie die C-130 in der Mitte und die unsichtbare nächtliche Landschaft glitt an ihr vorbei, nur angezeigt durch die wechselnden Breiten- und Längengrade in der Ecke des Bildschirms. In der Mitte des Test- und Übungsgeländes in Nevada gab es keine Lichter, außer auf den wenigen verstreuten Flugplätzen selbst.

Sie begann zu zoomen.

„Nicht zu nah", rief er.

Sie stoppte den Zoom bei etwa dem Zehnfachen der Ansicht, die er vorher hatte.

Im einen Moment war die Hercules genau in der Mitte des Bildschirms zu sehen: rote und grüne Lichter an den Flügelspitzen, ein weißes Rücklicht und ein rotes Antikollisionslicht an der Spitze.

Im nächsten Moment war sie weg.

„Langsam zurückfahren, Bild für Bild." War es nicht das, was Chase getan hatte? Ja, das war es.

Als sie in der Zeit zurückspulte, erreichte sie den Absturz - alle Lichter der Hercules blinkten auf. Die weißen Lichter am Heck und an den hinteren Flügelspitzen verrieten, dass er fast direkt auf das Heck des Flugzeugs blickte, als es mit der Nase voran auf den Boden stürzte.

„Geh weiter zurück."

Augenblick für Augenblick änderte sich die Ausrichtung der Lichter, während das Flugzeug die eineinhalb Sekunden verbrachte, die Chase als Übergang vom Flug zum Absturz bezeichnet hatte.

Gerade als es den regulären Flug erreichte, wie er es von

den vergrößerten Bildern kannte, die das NRO zuvor veröffentlicht hatte, gab es einen winzigen Lichtblitz an der Spitze des Flügels.

„Da. Was ist das?"

„Was ist was, Sir?"

"Lass den Sir fallen, Gray. Mein Name ist Drake. Geh ein Bild weiter. Dort. Ich spreche von dem kleinen Blitz auf dem Backbordflügel."

Sie zoomte heran, aber der schwache Fleck wurde nur ein größerer Fleck.

„Wie konnte ich das übersehen? Es ist weder auf dem vorherigen noch auf dem folgenden Bild zu sehen", sagte sie und flackerte mit hellen Klicks auf der Tastatur einige Regler hin und her.

„Vielleicht habt ihr es alle als ein verirrtes Signal abgetan. Ich habe es nicht einmal gesehen, bis ich darauf aufmerksam gemacht wurde. Deshalb wollte ich den größeren Bereich sehen."

Aber egal, was sie taten, keiner von ihnen konnte sehen, wie es auf das Wrack traf oder wo es herkam.

„Was können wir an der Form der Fackel erkennen?"

„Wenn es das ist, Sir, dann nichts. Es passt in kein Profil, das ich kenne."

Drake wünschte sich, er hätte Miranda Chase nicht gehen lassen, auch wenn sie nicht mehr auf den Beinen war. „Geh ein Bild zurück."

Die Fackel verschwand.

„Zoom raus." Das Flugzeug wurde kleiner.

„Mehr."

„Nochmal." Nichts.

„Verdammt noch mal, wie weit kann es zwischen den Frames reisen?"

„Das hängt von der Geschwindigkeit des Geschosses ab, das die Explosion verursacht hat. Ein Railgun-Geschoss, das mit einer Geschwindigkeit von 2,4 Kilometern pro Sekunde, also etwa Mach 7, abgefeuert wird, würde zwischen den Bildern etwa vierhundert Meter zurücklegen, aber es würde einen heißen Lichtstreifen hinterlassen, der die Luft um sich herum verbrennt. Dieses Bild ist breit genug, um auch das zu erfassen."

„Könnte es aus dem Flugzeug gekommen sein? Nein, Chase hat mir gesagt, dass es nicht so ist."

„Wer ist Chase, Sir?"

„Miranda Chase, NTSB. Sie kennt sich eindeutig mit ihren Flugzeugen aus."

„Was bedeutet, dass wir bei der NRO das nicht wissen. Darf ich dich daran erinnern, dass ich als Kampfpilot angefangen habe und dann fünfzehn Jahre als Linienoffizier mit Spezialisierung auf Taktik bei der US Air Force gearbeitet habe, bevor ich zur NRO kam, Sir."

Du kannst mich so viel erinnern, wie du willst, aber du hast noch nie jemanden wie diese NTSB-Frau getroffen. Halt dich zurück, Gray. Ich mache dir keine Vorwürfe. Die Frau könnte sich wahrscheinlich nicht aus einem Papiersack befreien, aber sie kennt ihre Flugzeuge wie ihre Westentasche. Sie ist auch diejenige, die das verdammte Leuchtfeuer oder was auch immer es ist, entdeckt hat."

„Ja, Sir." Sie klang nicht glücklich darüber und es war kein Ausdruck zu lesen, als sie im Dunkeln saßen.

Drake schaltete die Schreibtischlampe ein, woraufhin sie beide wie verwirrte Eulen blinzelten. Er lehnte sich in seinem Stuhl zurück, faltete die Hände über seinem Bauch und musterte sie.

„Fünfzehn Jahre an der Front?"

„Ja, Sir."

„Wenn ich mich recht erinnere, hat dein Chef weniger als zwei."

„Er war nie ein Linienoffizier - er war nie für ein

Kampfkommando geeignet. Er flog als RIO in einer F-14 Tomcat, kam aber auch nicht zum Einsatz. Bei einem Motorradunfall verletzte er sich das Knie. Man munkelt, dass es noch weniger glamourös ist, als es klingt. Anscheinend hat er das Motorrad eines anderen umgeworfen, als er aus einer Bar taumelte, und es landete auf ihm. Deshalb hinkt er immer noch."

„Radar Intercept Officer, ein Rücksitzfahrer. Ein NFO." Technisch gesehen ein "nicht fliegender Offizier" - Radar Intercept Officers waren keine Piloten - aber jeder kannte die zweite Definition von "kein zukünftiger Beruf", so dass es nicht nötig war, es laut auszusprechen. NFO bedeutete so viel wie, dass die Person für *keinen* anderen Job qualifiziert war als für ihren derzeitigen. Da er zu verletzt war, um RIO zu werden, hatte er stattdessen Politik gemacht.

Grays Lippen verzogen sich leicht: „Ja, Sir. Ein totaler NFO." Er wettete, dass sie ein gutes Lächeln hatte, wenn sie jemals ihre Stangenwirbelsäule entspannte.

„Lass mich raten, er hat ein großes F-14-Poster neben seinem Schreibtisch."

„Nein, Sir", und dann blitzte ihr Lächeln auf und es war ein Schock. „Aber er hat ein zwei Fuß großes Modell davon, auf dem sogar sein Name steht. Es hat sogar einen eigenen Scheinwerfer."

Sie lachten gemeinsam. „Er wird uns also nicht weiterhelfen können. Irgendwelche anderen Vorschläge?"

„Es wäre hilfreich, wenn ich wüsste, warum dich dieser Absturz so sehr interessiert, Sir. Ich bin überrascht, dass..."

„Dass ich mich in einer so geschäftigen Nacht so sehr darum kümmern muss", seufzte Drake. Er wünschte sich, dass es nicht so wäre und er konnte nur beten, dass er sich irrte, was da draußen in der Wüste von Nevada passiert war. Und warum.

38

MIRANDA LAG IN TERENCE' GÄSTEZIMMER, KONNTE ABER NICHT schlafen, so sehr sie es auch wollte. Zwei Nächte und drei Tage lang wach zu sein, hätte sie eigentlich umhauen müssen.

Sie und Terence trafen sich normalerweise, wenn sie nach Washington kam - was nicht allzu oft der Fall war. Sie tat ihr Bestes, um vom Büro in Seattle aus zu arbeiten, wenn sie sich überhaupt dort melden musste. Meistens lebte sie draußen auf dem Feld oder auf der Familieninsel im Bundesstaat Washington.

Seine Frau hatte ihn vor zwanzig Jahren verlassen, noch bevor Miranda beim NTSB anfing, und er schien die Gesellschaft zu schätzen. Sie schätzte es, an einen sicheren und vertrauten Ort zu kommen, wann immer sie in DC war.

Das Leben eines Top-Ermittlers der NTSB beinhaltete naturgemäß viele unvorhersehbare Reisen, die ohne Vorankündigung stattfanden und für eine unabsehbare Zeit andauerten. Seine Frau hatte das geduldet, bis die Kinder im Teenageralter waren, und dann hart Schluss gemacht.

Terence sprach nicht viel darüber. Er bekam das Haus, als

sie schließlich bei einem Juraprofessor an der Howard University einzog.

Miranda tat ihr Bestes, um jeden Abend nach Hause zu kommen, was ihr weniger als die Hälfte der Zeit gelang. Sie wusste, dass Terence' Zeitplan derselbe gewesen sein musste - obwohl er jetzt mehr unterrichtete als ermittelte.

Er würde bald in den Ruhestand gehen, was ihr nicht gefiel, aber er blieb in Washington, DC, um in der Nähe seiner Kinder zu sein: eines auf dem College, das andere als Angestellter eines US-Senators. Terence sagte, dass er sich darauf freute, wieder zu Hause zu bleiben.

Ihr kürzester Einsatz war ein Vorfall mit Kontrollverlust auf dem Tacoma Narrows Airport in der Nähe des NTSB-Büros an der Westküste gewesen, wo sie ihr eigenes Flugzeug unterhielt.

Ein zweisitziges Trainingsflugzeug vom Typ Piper Tomahawk war mit Seitenwind gelandet, hatte den Rand der Landebahn verfehlt und war nach einem typischen Regenschauer im Pazifischen Nordwesten mit einem Rad fest im schlammigen Mittelstreifen gelandet. Das Flugzeug hatte sich im Sturzflug überschlagen, den Propeller verbogen und sich auf den Rücken gedreht, um auf seiner Kabinenhaube und dem hohen T-Leitwerk zu balancieren.

Sie war auf dem Heimweg von der Arbeit, aber die Landebahn war gesperrt, während sie das Flugzeug so weit kippten, dass sie die Tür öffnen und den unverletzten Piloten herauslassen konnten. Als sie das Flugzeug wieder umgedreht und zum Wartungshangar geschleppt hatten, hatte sie bereits den Piloten und den Tower-Operator befragt. Beide bestätigten, dass er ordnungsgemäß über die Windverhältnisse informiert worden war.

Pilotenfehler, weil nicht richtig für den gemeldeten Seitenwind geplant wurde.

Die Tatsache, dass eine leichte Brise das winzige Flugzeug leicht zur Seite fegen konnte, spielte ebenfalls eine Rolle, war aber nicht relevant, da es der einzige Flugzeugtyp war, den der Pilot je geflogen war und er es hätte besser wissen müssen.

Sie war nur eine Stunde zu spät in ihren Jet gestiegen, um die neunzig Meilen nach Hause zu fliegen. Der nächstkürzere betrug drei Tage, weil man sich die einfachen Fälle für die neueren IICs aufgespart hatte, was man bei ihr nie getan hatte. Ihr längster hatte Monate gedauert, um ihn zu lösen.

Im Laufe der Jahre hatte sich Mirandas Beziehung zu Terence vom Mentee/Mentor zum Kollegen gewandelt. Ein paar Jahre nach ihrem Abschluss hatte er ihr das Gästezimmer angeboten. Sie nahm an, dass das bedeutete, dass sie Freunde waren - ihr einziger echter Freund.

„Du denkst ganz schön viel nach, Mirrie." Terence klopfte leicht an die Tür und trat dann mit einem großen Becher heißer Schokolade ins Zimmer. Er hatte immer die Sorte mit Marshmallows für sie - dieselbe Mischung, die ihre Mutter immer aufbewahrt hatte.

Als er sie auf dem Nachttisch abstellte, zupfte er an einer Haarsträhne, als ob er leicht an einer Glocke ziehen würde. Sie musste ein wenig geschlafen haben, denn sie hatte die Ankunft des Tageslichts nicht bemerkt.

Er hatte sie seit dem ersten Tag bei der NTSB Mirrie genannt. Damals war er ein weiser Fünfundvierziger, sie zweiundzwanzig. Sie war die einzige weibliche Studentin unter den zwanzig dort - frisch von ihrem Doppelmaster an der University of Washington in Material- und Luft- und Raumfahrttechnik mit einem Bachelor in Maschinenbau. Sie war auch die Einzige, der er jemals einen Spitznamen gegeben hatte.

„Ich habe über meine Eltern nachgedacht."

„Da muss ein schlechtes Juju im Spiel sein, wenn du darauf zurückgreifst."

„Für einen der gebildetsten Männer, die ich kenne, triffst du eine seltsame Entscheidung, wenn es darum geht, zu den jamaikanischen Wurzeln zurückzukehren, die dein Volk vor anderthalb Jahrhunderten zurückgelassen hat."

„Die westafrikanischen Wurzeln haben wir vor mehr als drei Jahrhunderten hinter uns gelassen, Mädchen, und die lassen wir nie wirklich hinter uns. Ich wollte dich nur ein bisschen ärgern."

Necken als eine Form der Zuneigung. Holly hatte Mike in der kurzen Zeit, in der Miranda die beiden kannte, sicherlich oft geneckt, aber sie schienen sich nicht besonders zu mögen. Sie ließ das Thema fallen.

„Bei diesem Absturz muss ich oft an meine Eltern denken."

„Erzähle mir davon."

„Ich kann nicht. Das sollte ich auch nicht. Sie haben die Untersuchung mit einem Codewort klassifiziert, aber nicht wirklich."

„Hm", er setzte sich auf das Fußende des Bettes. „Das ist neu für mich."

„Mir auch. Ich hatte gehofft, dass du weißt, was man dagegen tun kann."

„Bist du deshalb nach DC gekommen, um mit mir zu reden?"

„Ja. Es gibt etwas an diesem Absturz, das viele Menschen aufregt."

„Die Familien der Opfer..."

„Nein. Es ist ein Militärflug mit nur fünf Personen an Bord. Ich nehme an, mit deiner Freigabe und dem General, der das Codewort fälschte, ist das eigentlich egal." Sie nippte an dem heißen Kakao und versengte sich die Zunge an einem halb geschmolzenen Marshmallow, so wie es sein sollte. „Eine C-130 ist in der NTTR ungewöhnlich hart abgestürzt."

„Und die Ermittler der Air Force haben dich hinzugezogen?"

„Der Vorsitzende der Generalstabschefs. Er ist einer von denen, die sich aufregen." Er hatte oft genug aus Frustration auf seinen Schreibtisch geklopft, so dass sie sich dessen sehr sicher sein konnte.

„Wow, Mirrie. Das übersteigt bei weitem die Gehaltsklasse dieses alten Knaben. Das macht keinen Sinn."

Miranda sackte zusammen. Sie hatte so gehofft, dass Terence ein paar Antworten hatte.

„Hast du schon einen Grund?"

Sie konnte nur den Kopf schütteln. „Nächtlicher Absturz. Ich habe ein Lichtflackern, vielleicht einen Meter im Quadrat und zwanzig Meter von der Flügelspitze entfernt, auf einem Satellitenbild. Ein Flackern ohne erkennbare Radar- oder Infrarotsignatur."

Terence starrte schweigend aus dem Fenster, während er darüber nachdachte. Er erinnerte sie immer an einen Prediger, wenn er das tat - plötzlich so ruhig und weise. Sie konnte sich immer auf ihn verlassen.

„Nö. Keinen Schimmer. Wer hat außer dem Vorsitzenden noch ein Problem mit dieser Sache?"

„Der Kommandant von Groom Lake und ein Abteilungsleiter bei der CIA, der mich entführen ließ."

„Gekidnappt?" Er kam ruckartig auf die Beine und sah dann zu ihr hinunter. „Bist du okay?" Seine dunklen Augen waren vor Sorge verengt. Wie viele Emotionen wurden von zusammengekniffenen Augen begleitet?

„Sie haben keine Gewalt angewendet. Und ich konnte Kryptos sehen. Du weißt, wie lange ich das schon tun wollte. Aber ich konnte nie die Erlaubnis bekommen, das Gelände der CIA zu betreten."

„Gekidnappt? Du hattest mich am Telefon und hast das nicht einfach gesagt? Ich hätte die Kavallerie gerufen." Er sah so verärgert aus, dass er so etwas vielleicht getan hätte.

„Mir ging es gut. Vielleicht wäre 'gegen meinen Willen zu einem Treffen eskortiert' zutreffender. Allerdings war es ein gewisser Trost für mich zu wissen, dass du auf mich warten würdest. Ich konnte zu einem Zeitpunkt meiner Wahl gehen. Im Nachhinein bin ich allerdings überrascht, dass meine Taktik funktioniert hat. Das wäre sie vielleicht nicht, wenn die Armee nicht auf mich gewartet hätte. Sie brachten mich dann zu einem Treffen mit Drake."

„Du sprichst den Vorsitzenden der Generalstabschefs mit Vornamen an?"

„Seine Bitte. Er ist derjenige, der mich auf diesen Unfall angesetzt hat. Ich kann mich selbst um das Wrack kümmern. Aber da ist noch etwas anderes im Spiel und du weißt, wie schlecht ich in politischen Dingen bin."

„Ja, du bist wirklich schlecht darin." Wieder starrte er aus dem Fenster. „Ich war auch nur einmal auf dem Test- und Übungsgelände in Nevada."

„Es ist mein drittes Mal."

„Du warst schon immer ein heißer Feger." Ein Satz, dessen Etymologie sie schon immer mal nachschlagen wollte, weil die wörtliche Interpretation so... widerwärtig war.

Sie fuhr fort, das Gerangel um das Wrack zu beschreiben: die CIA, das CJCS und nun die Bombardierung des Wracks.

„Sie haben das Wrack in die Luft gejagt, bevor deine Untersuchung abgeschlossen war."

„Ja, offenbar von jemand anderem als dem Kommandanten von Groom Lake, der dafür verantwortlich war. Er klang ziemlich überrascht, dass es passiert war."

„Es waren also Außerirdische an Bord und sie wollten alle Beweise vernichten." Terence lachte laut auf.

Es war ein guter, tiefer Klang, durch den sie sich viel besser fühlte.

„Mirrie", kicherte er immer noch. „Du hast ein paar ernsthafte Probleme."

„Ist es ein männlicher Charakterzug, immer wieder das Offensichtliche zu sagen?"

„Wechsle nicht das Thema, Schatz. Die CIA und der

Vorsitzende der Generalstabschefs sind beide an diesem Wrack interessiert. Du hast eine unbekannte dritte Partei, die in der Wüste alles in die Luft jagt. Gibt es noch irgendetwas, das ich nicht weiß, was los ist?"

„Vergiss deine Aliens nicht."

Wieder dieser überraschende Ausbruch von Gelächter. „Das muss ja ein ganz schönes Wrack gewesen sein."

„Es hatte ein sehr untypisches Endflugprofil. Es war, als hätte eine große Hand nach unten gegriffen und ihn vom Himmel gefegt.

Er brummte daraufhin und drehte sich dann zu ihr um.

„Mein Vorschlag, Mirrie? Jage nicht dem Was hinterher. Darin bist du die Beste, aber das wird dir hier nicht helfen. Verfolge das "Wer", dann kannst du das "Warum" herausfinden. "

„Ich war nie sehr gut im Wer."

„Ich weiß", sagte er und strich ihr beruhigend über das Haar und den Rücken. Er küsste sie sanft auf den Kopf. „Ich weiß, Mädchen. Es ist alles gut. Du wirst es schon schaffen."

39

HARVEY GING BEI HARMONY ÜBER DIE KALIFORNISCHE KÜSTE. DIE Stadt hatte achtzehn Einwohner, eine bankrotte Molkerei und eine Kapelle, die eher nach Hobbiton als nach Südkalifornien gehörte. Er war dort aufgewachsen.

Sie hatten Dad nie gefunden, nachdem er mit seiner F-14 vor Honolulu abgestürzt war. Keine Asche für ihn. Wahrscheinlich Haifischfutter.

Mutter war dort... ihre Asche als Dünger in einem Rosengarten, aber sie zählte nicht mehr wirklich als Bewohnerin. Er war seit zwanzig Jahren nicht mehr dort gewesen.

Harvey wackelte trotzdem mit den Flügeln und winkte. Nicht, dass sie ihn bei sechzigtausend Fuß und einer Geschwindigkeit von Mach 0,99 überhaupt gehört hätte.

Sobald er das Ufer hinter sich gelassen hatte, ließ er sich fallen und drehte nach Süden. Er brauchte nicht einmal darüber nachzudenken - sein Verlangen und die Drohne waren eins. Das nächtliche Meer rauschte ihm entgegen, als er nur noch hundert Meter über der Oberfläche schwebte.

Im Supercruise mit Mach 2,1 raste er an Ölplattformen und

Supertankern, Containerschiffen und Kreuzfahrtschiffen vorbei. Er hatte nie geschätzt, wie viel Schiffsverkehr an der kalifornischen Küste herrschte, bis er darauf achten musste, mindestens zwei Kilometer Abstand zu allen Schiffen zu halten.

Die Wirbel an den Flügelspitzen, die sich wie seitliche Tornados hinter ihm drehten, konnten für Bodenfahrzeuge genauso gefährlich sein wie für andere Flugzeuge im Flug. Nachdem er sie erzeugt hatte, sanken sie mit einer Geschwindigkeit von hundert Metern pro Minute durch die Luft. Solange die kreisförmigen Windströme, die er erzeugte, auf das Wasser auftrafen und sich auflösten, bevor ein Überwasserfahrzeug in sie stolpern konnte, sollte alles in Ordnung sein.

Er beobachtete achtern, wie er zwei prächtige Wasserspiralen über die Wasseroberfläche hinter sich her zog. In der Nacht unsichtbar für alles, was nicht sein sorgfältig entwickeltes Radar war, war es eine Sache der Schönheit.

Ein Blick in den Himmel offenbarte Sterne von einer Leuchtkraft, die man nur mit Nachtsichtgeräten sehen konnte.

Helen hatte versucht, ihm zu erklären, dass das Fliegen der Drohne etwas ganz anderes war als das Steuern eines Jets. Aber als Nicht-Pilotin hatte sie keine Möglichkeit, es zu erklären.

Harvey *flog* die Drohne nicht.

Harvey *war* die Drohne.

Es war der ultimative Handjob: Seine kleinste Laune wurde von der Drohne mit unglaublicher Perfektion beantwortet.

Keine Drohne.

Auf jeden Fall keine Drohne.

Ein unbemanntes Luftfahrzeug.

Nur war es nicht unbemannt, denn er war hier, eins mit dem Flugzeug, und flog viel sicherer als irgendein Stück Fleisch in einem Stuhl in Nevada. Oder sogar als ein Stück Fleisch im Cockpit einer F-35 Lightning II. All die

Pilotenbrüder, die er so sehr um ihre Fähigkeit zu fliegen beneidet hatte, waren wie Schlamm auf dem Boden.

Das war eine Zukunft.

Hier beherrschte er den Himmel.

Hundert Meter über dem Meer liegend, lag der Horizont über dreißig Kilometer zu beiden Seiten. Seine "Sicht" umfasste alles, was groß genug war, um eine Radarsignatur zurückzuwerfen.

Vor der Grenze zwischen den USA und Mexiko, die sich wie eine rote Linie durch sein Blickfeld zog, ging der Schiffsverkehr deutlich zurück. Die wichtigsten Überwasserfahrzeuge waren nun die riesigen Containerschiffe, die Produkte aus Chile in den Westen der USA brachten.

Auf der ganzen Strecke entlang Baja sah er nichts Ungewöhnliches. Entlang der Küste nach Kolumbien flog er sogar die zusätzlichen achthundert Meilen bis nach Ecuador. So weit südlich waren noch keine Narco-Subs gesichtet worden, aber das hieß nicht, dass sie nicht da waren. Es stellte sich heraus, dass er damit eine weitere halbe Stunde seiner Zeit verschwendet hatte.

Aber auf seinem Flug nach Norden entdeckte er ein Trio von Hochsee-Fischerbooten, die in einer lockeren Formation in einigen Kilometern Abstand aufs Meer hinausfuhren. Aus einer Laune heraus stieg er in einer Spirale nach oben, ließ sich Zeit, als er auf sechzigtausend Fuß stieg, und beobachtete, wie sie nach Westen glitten. Drei Fischerboote, die mitten in der Nacht aufs Meer hinausfuhren.

Er malte sich aus, wo sich ihre Kurse treffen könnten, und begann dann, das Gebiet zu durchsuchen. Es dauerte nicht lange, bis er die Anomalie entdeckte - ein geradliniges Radarmuster, das von keinem Schiff gebildet wurde.

Jemand hatte ihm gesagt, dass die Natur gerade Linien verabscheute. Wahrscheinlich Old Man Tucker, der die Hochzeitskapelle in Harmony mit ihren runden Türen mitbetreute. Natürlich könnte er auch Harveys Mutter gemeint haben, denn alleinstehende Frauen in Harmony konnte man an zwei Fingern abzählen. Wenn ja, wollte Harvey es nicht wissen - die Vorstellung, dass der alte Mann und seine Mutter jemals etwas Schmutziges taten, war viel zu seltsam.

Die gerade Linie darunter war eine Reflexion von seinem Radar. Er überflog sie dreimal und stellte fest, dass sie sich tatsächlich unter der Wasseroberfläche befand. Es war die Linie der Luftblasen aus dem Auspuff des Dieselmotors, der die Turbulenzen, die er unter Wasser verursachte, nach oben reflektierte.

„Na, ist das nicht praktisch?"

„Ist was nicht praktisch?"

Harvey stolperte fast in der Luft. Er hatte vergessen, wie Kommunikation funktionierte.

Es gab kein Funkgerät - das war bei einer Drohne auch nicht nötig.

Er brauchte nur laut zu sprechen, und der Operator, der neben ihm in Groom Lake saß, konnte sofort antworten, ohne dass ihm ein Wort entging oder der Funk gestört wurde. Sie sprachen einfach von Mensch zu Mensch, zweitausend Meilen entfernt vom Rest seines Bewusstseins.

Für eine Sekunde durchbrach es die Illusion und er konnte den gepolsterten Stuhl im Bunker und den Druck der Verdunklungsbrille auf seinem Gesicht spüren. Plötzlich schmerzte die Informationsleitung durch den Kontakt hinter seinem rechten Ohr. Er griff nach oben, um es zu reiben, und spürte den Druck der Armschlaufen, als seine schöne Drohne abrupt umkippte.

Er zwang sich zurück in die Verbindung. Er spürte, wie er zu dem Satelliten in der Umlaufbahn aufstieg und schließlich wieder zu der taumelnden Casper hinunterging. Beinahe bösartig ergriff er die Kontrolle und richtete das Flugzeug auf.

„Sprich mich *nicht* an, während ich fliege, es sei denn, ich bitte dich ausdrücklich um etwas."

Er hörte nur Stille im Bunker in Groom Lake.

Gut.

Verdammt, aber die Situation war praktisch, auch wenn er nicht laut erklären wollte, warum.

Eine halbe Stunde lang kreiste er und wartete.

Keine anderen Schiffe in der Gegend - sie hatten einen Platz weit weg von den Schifffahrtswegen gefunden.

Auf ein Signal hin tauchte das U-Boot auf, während die drei Hochsee-Fischerboote eintrafen. Laut Harveys Briefing würden sie das U-Boot entladen und dann im tiefen Wasser versenken. Ein Schiff im Wert von vier Millionen Dollar wurde weggeworfen, nachdem es einmal eine Milliarde Dollar Kokain transportiert hatte. Die drei Fischerboote würden dann auf drei verschiedenen Routen zu drei verschiedenen Häfen zurückkehren.

Er kippte seine Nase nach vorne und zeigte direkt auf die versammelten Boote und das U-Boot.

Sie schnell zu töten war zu einfach.

Er ließ die Geschwindigkeit in der Stille eines unmotorisierten Sturzfluges ansteigen.

Bei fünftausend Fuß warf er eine Reihe von Leuchtraketen ab und begann, eine Schleife zu ziehen. Die Leuchtraketen explodierten bei tausend Fuß und die Boote befanden sich plötzlich in einem riesigen Lichtkegel. In wenigen Augenblicken feuerten sie mit ihren Waffen auf die treibenden Fackeln.

Aber jetzt hatte er die Casper auf Meereshöhe, immer noch lautlos, in einem weiten Bogen um sie herum, knapp unter der Schallgeschwindigkeit. Er stellte sich die Namen der Schiffe, die Anlaufhäfen und die Gesichter der Menschen an Bord vor.

Sie schossen nicht einmal in seine Nähe und seine

Geschwindigkeit nahm ab. Er war unter sechshundert Meilen pro Stunde, als er direkt auf sie zusteuerte.

Hundert Meter, bevor er die Gruppe überflog, zündete er die vollen Nachbrenner und richtete seine Nase gerade nach oben. Fünfundvierzigtausend Pfund Schub schossen direkt auf die versammelten Boote herab.

Im Rückspiegel konnte er sehen, dass die drei Fischerboote sofort gekentert waren. Er warf eine AGM-114 Hellfire ab, die nach achtern feuerte und das U-Boot lancierte. Bevor die Rakete Zeit hatte, auf Mach 1,3 zu beschleunigen, schlug sie in das U-Boot ein.

Es spielte keine Rolle, dass es ein Volltreffer war, denn die achtzehn Pfund Sprengstoff würden jeden im Wasser allein durch den Schock der Explosion töten.

Aber er *hatte* das U-Boot genau getroffen. Der Sprengkopf durchschlug die Kevlarhaut des U-Boots und detonierte im Inneren. Zwanzig Meter Narco-Sub und wahrscheinlich zehn Tonnen Kokain entfalteten sich wie Blütenblätter, die von innen aufgesprengt wurden.

Er wünschte, er könnte sein Gehör abschalten; die Techniker in Groom Lake applaudierten.

Harvey ignorierte sie, breitete seine metaphorischen Flügel aus und machte sich auf die Suche nach einem anderen Ziel.

40

MEL DAVIS BOG MIT SEINEM FORD F-150 PICKUP VON DER SE
Covington Sawyer Road auf die 179th Ave SE ab, als sein
Bruder gerade ein falsches Falsett anstimmte, um Carrie
Underwoods hohen Ton zu treffen. Sie sang gerade "Cowboy
Casanova" auf KMPS Radio.

Danny verstand nicht, dass sie über Arschlöcher-zu-allen-
Frauen wie ihn sang, oder vielleicht wusste er es, aber es war
ihm egal. Zum Glück war sein Bruder ein besserer
Flugzeugmechaniker als ein Mann ... oder ein Sänger.
Außerdem war er Blut. Mel wollte ihm auf keinen Fall noch
mehr geeignete Frauen vorstellen - zumindest keine, mit denen
er oder seine Frau jemals wieder befreundet sein wollten.

Als er nach links auf die 179. abbog, erinnerte er sich noch
einmal daran, das kleine grün-weiße Flughafenschild zu
reparieren, das nach dem Winterregen, der den Boden an der
Kurve aufgeweicht hatte, schief stand. Der Crest Airpark lag auf
der schmalen einspurigen Straße, die zwischen den dicken
Douglasien zum Flugplatz hinaufführte. Sie mussten heute
früh aufbrechen, denn sie hatten Unterricht und die Cessna 152
brauchte vor dem Flug noch einen Ölwechsel. Dann musste er

noch Ersatzteile für Erins Piper bestellen - Mist, das hätte er schon gestern tun sollen.

Der DJ hatte eindeutig eine "Danny-Retrospektive", als er "Better Man" von Little Big Town auflegte, auch wenn alle Wünsche der Welt Danny nicht zu einem machen würden.

Als er die Anhöhe überquert hatte, war Mel schon auf halbem Weg zum ersten Hangar, als er den Truck zum Stehen brachte.

„Was?" Danny brach mitten im schiefen A ab, während er davon sang, dass er gerne mit Frauen redete.

Mel konnte nur auf die Landebahn hinausstarren.

Das größte Flugzeug, das jemals in Crest gelandet war, parkte dicht neben den hohen Bäumen am nördlichen Ende der einsamen Start- und Landebahn und war noch nicht einmal auf die Rollbahn gefahren.

„das..." Mel konnte einfach nicht begreifen, was er da sah.

„Ist das nicht einer dieser neuen Kampfjets?"

„Die F-35 Lightning II", spuckte ein Teil von Mels Gehirn aus. Er konnte auf der anderen Seite des Weges sehen, dass ein paar Leute, die Häuser auf der anderen Seite des Flughafens hatten, in ihren Gärten waren. Obwohl es kurz nach Sonnenaufgang war, waren einige zur Arbeit gekleidet, andere trugen Bademäntel. Tom Jenks hatte die Fäuste in die Hüften gestemmt und trug nichts weiter als eine enge, weiße Unterhose, die auf seinem korpulenten Körper ein echter Schandfleck war. Mit seinem grauen Brusthaar sah er aus wie ein Goodyear-Luftschiff.

Aber das änderte nichts an dem, was in der Mitte seiner Landebahn stand. Ein hundert Millionen Dollar teurer Jet war mit geöffneter Kabinenhaube auf seinem Flughafen geparkt.

Er fuhr über den Grünstreifen, schnitt zwischen Simons Beech Bonanza und Tammys Cessna 172 hindurch und hielt dicht neben dem Jet an. Das Flugzeug war nicht viel höher als sein Truck, also fuhr er dicht an das Cockpit heran und kletterte dann auf die Ladefläche seines Pickups. So war er hoch genug, um zu sehen, dass das Cockpit unbesetzt war.

„Glaubst du, die Schlüssel stecken noch?" Danny schaute über seine Schulter.

„Nein! Einfach...nein!" Danny konnte Frauen in den Wahnsinn treiben und Mel Freunde kosten, aber er ließ auf keinen Fall zu, dass sein Bruder einen hundert Millionen Dollar teuren Kampfjet der Regierung zerstörte.

Außerdem würde Danny bei seinem Glück eine Bombe abwerfen oder den halben Flugplatz mit einem getarnten Maschinengewehr kaputt schießen.

„Wen zum Teufel soll ich überhaupt anrufen?"

41

„Du *bist* wirklich ein heißer Feger, Mirrie."

Terence schaute nicht mehr auf sie herab. Stattdessen stand er am Fenster und spähte zwischen den Vorhängen hinaus.

„Es scheint, dass die Leute auf dich warten."

„Welche Leute?" Miranda schirmte ihre Augen ab, denn sie waren nicht bereit für viel Helligkeit.

„Warte mal..." Er hielt einen Finger hoch, als er jemanden draußen beobachtete, und senkte dann seinen Arm, als es unten an der Haustür klopfte. „Ich weiß nicht, wer sie sind. Manche tragen Uniformen, manche nicht so sehr. Ich glaube nicht, dass ich so beliebt bin."

Das Klopfen ertönte erneut, während Terence auf die Treppe zuging.

Dann klingelte ihr Telefon mit einer Nummer, die sie nicht kannte, und noch bevor sie antworten konnte, kam eine SMS.

„Wartet doch mal! Hört einfach alle auf!"

„Ich mache die Tür auf. Du antwortest besser... irgendwas."

„Aber ich bin doch gar nicht angezogen!" Sie zog ihr Laken und ihre Decke fester um sich.

„Du kannst nackt ans Telefon gehen, weißt du.

Textnachrichten auch. Wie auch immer, du solltest dich beeilen, Mädchen. Es sieht nicht so aus, als würde der Tag noch länger warten, bis die Königin auftaucht." Er schloss die Tür, als er ging.

Die SMS war von Holly. *Wir sind da.*

Miranda beantwortete den Anruf mit einem "Einen Moment bitte". Dann schickte sie den sechsstelligen Code, den Holly brauchen würde.

Unten hörte sie Stimmen, während Terence sich um denjenigen kümmerte, der an der Tür stand.

„Danke fürs Warten." Höflichkeit aus dem Stegreif hatte ihre Berechtigung. „Wie kann ich dir helfen?"

„Ich habe ein Problem." General Drake Nasons Stimme klang rau vor Erschöpfung. „Ich glaube, ich habe den Jet gefunden, der dein Wrack bombardiert hat."

„Oh." Sie war sich nicht sicher, was sie noch sagen sollte.

„Es landete im pazifischen Nordwesten."

„Oh?" Das schien unwahrscheinlich. „Auf JBLM?" Das war der einzige große Militärflugplatz in der Gegend.

„Ein Ort namens Crest Airpark."

„Nein. Wirklich, wo?"

„Crest Airpark", wiederholte der General, als ob er sich amüsieren würde.

„Aber..." Sie war schon ein paar Mal dorthin geflogen. Es war ein winziger Flugplatz mit nur einer Start- und Landebahn, versteckt zwischen hohen Bäumen in den Hügeln über Kent, Washington. Es war ein Übungsplatz für Pilotenanfänger und ein bequeme ländliche Bahn für Leute, die dort ihre Privatflugzeuge abstellen oder Privatstunden nehmen wollten. „Du hast also den Piloten."

„Nö. Es war eine Dead-Stick-Landung. Das heißt, kein Benzin."

„Ich weiß, was es bedeutet."

„Oh, natürlich tust du das. Ohne Motor, im Gleitflug. Es

braucht einen wirklich außergewöhnlichen Piloten, um das in einer F-35 Lightning II zu tun."

Die Stimmen unten wurden immer lauter und Miranda war immer noch nackt.

„Warum ist jemand unten? Sind das deine Leute?"

„Unten? Nein. Ich weiß nicht einmal, wo du gestern Abend hin bist."

Sie schob sich zum Fenster und spähte hinaus, wobei sie die Elastizität des Vorhangs falsch einschätzte und den Leuten, die zu ihr hinaufschauten, kurzzeitig eine nackte Brust zeigte. Sie entdeckte das breite Grinsen eines Mannes, bevor sie den Stoff wieder an seinen Platz fallen ließ. „Vier Chevy Suburbans. Zwei Polizeiautos. Und eine Menge Leute in dunklen Anzügen."

„Was zum Teufel?" General Nason klang überhaupt nicht glücklich. „Verzögert es so lange wie möglich. Ich werde versuchen, Leute dorthin zu schicken. Gib mir die Adresse." Kaum hatte sie das getan, war er auch schon weg.

Schwere Schritte auf der Treppe.

Sie schnappte sich ihre Kleidung und ihren Rucksack, zog sich dann ins Badezimmer zurück und schloss die Tür ab.

Es klopfte an der Tür: „Ms. Chase. Ich wurde gebeten, Sie zu einem Treffen zu begleiten."

Sie zog sich ihre Unterwäsche an, während sie ihre Möglichkeiten durchging. Sie spülte die Toilette, während sie ihre Hose hochzog und ihre Stiefel schnürte. Sie war immer noch von der Hüfte aufwärts nackt, aber das schien ihr einen Moment zu verschaffen.

Abgesehen von der Toilettenspülung hatte sie nur wenige Möglichkeiten, aber sie hatte ein Fenster.

Als sie es öffnete, blickte sie in Terence' kleinen Garten, in dem sie manchmal in aller Ruhe unter der blühenden Magnolie zu Abend aßen. An der Seite befand sich ein Dachvorsprung.

Das Klopfen kam erneut und schnell eindringlicher.

In einem Moment der Inspiration warf sie ein Handtuch und eines ihrer T-Shirts aus dem Fenster, bevor sie sich ein weiteres anzog. Sie flatterten herunter und landeten auf einem der Terrassenstühle und dem schmiedeeisernen Tisch.

Sie schwang sich aus dem Fenster und stellte einen Fuß auf den Rand des Daches. Indem sie sich an der Eckleiste festhielt, konnte sie sich auf den Schindeln abstützen und das steile Dach hinaufklettern, bis sie den First erreicht hatte.

Es gab ein krachendes Geräusch, als ob die Badezimmertür aufgebrochen worden wäre. Verstanden die Leute nicht, wozu das kleine Loch in der Badezimmertürklinke diente? Man musste nur einen schlanken Gegenstand in das Loch stecken, um die Tür zu entriegeln.

Der Mann fiel auf die List herein und schrie, dass sie aus dem hinteren Fenster gesprungen sei. Die Leute rannten um das Haus herum. Aber das hier war Georgetown und die Höfe waren sehr privat. Jemand kletterte über ein Tor, die nächste Person trat es ein.

Sie schob sich bis zur Spitze vor und sah gerade noch rechtzeitig auf die Straße hinunter, um einen SWAT Einsatzwagen vorfahren zu sehen.

Ihr Telefon klingelte wieder. Sie ging schnell ran, aber jedes Gesicht drehte sich um und sah zu ihr auf.

„*Was?*" Sie schaute nicht einmal, wer angerufen und ihren Plan ruiniert hatte.

„Der Transport ist fast da." Es war der General. „Sie werden dich ins Pentagon bringen."

„Was ist mit den anderen Leuten? Es gibt auch ein neu eingetroffenes SWAT-Team."

„Anscheinend hat die CIA dich zum Verdächtigen in einem terroristischen Bombenanschlag erklärt und lokale Kräfte angeworben, um dich festzunehmen. Willst du mir irgendetwas sagen?" Er lachte ein Lachen, das in diesem Moment völlig unangebracht war.

Die Polizisten hatten ihre Waffen auf sie gerichtet, ebenso wie die Mitglieder der CIA - denn sie nahm an, dass es sich bei den Männern in den schwarzen Anzügen um solche handelte. Die Männer, die aus dem SWAT-Van kamen, waren schwer bewaffnet und gepanzert.

Jemand packte sie am Knöchel. Sie hielt sich fester an der Dachspitze fest und trat instinktiv aus. Sie traf etwas.

Eine männliche Stimme schrie auf und er ließ ihren Knöchel los.

Sie drehte sich rechtzeitig um und sah, wie ein Mann, dem Blut aus der Nase lief, auf den Rand des Daches zu rutschte. Bevor sie auch nur eine Warnung aussprechen konnte, war er schon über die Kante gerutscht.

Er hielt sich kurz auf, indem er nach der Regenrinne griff. An der Biegung des Materials konnte sie erkennen, dass Terence robuste Stahlrinnen hatte und nicht die aus Aluminium.

Einen Moment lang blieben die weißen Fingerknöchel des Mannes im Blickfeld.

Dann löste sich die Dachrinne von der Dachkante. Der Mann fluchte, als seine Knöchel aus dem Blickfeld verschwanden, und grunzte, als er im Hinterhof landete. Die CIA schuldete Terence jetzt eine neue Dachrinne.

Als sie einen Blick über das Dach warf, sah sie, dass ein Scharfschütze des SWAT-Teams hinter seinem Wagen hockte; sein langes Gewehr war so genau auf ihr Gesicht gerichtet, dass sie glaubte, ihr eigenes Spiegelbild im Zielfernrohr zu sehen.

„Bist du noch bei mir, Miranda?" Sie hatte den General am Telefon vergessen.

„Da draußen ist ein Scharfschütze. Und das SWAT-Team rast jetzt in das Haus meines Freundes."

„Ich hoffe, dein Freund hat seine Haustür wieder verriegelt, als er sie geschlossen hat."

„Du hast *was?"* Noch während sie protestierte, sah sie, wie sich das SWAT-Team über den Vorgarten verteilte und in Deckung ging. Es gab eine heftige Explosion, als sie Terence' Haustür in die Luft jagten.

„Schau nach links."

Unten auf der Straße konnte Miranda einen Fernsehwagen sehen, der über die Straße fuhr. Ein Kameramann und ein Reporter hockten in der offenen Tür und filmten sie.

„Mein Hinscheiden ist also im nationalen Fernsehen zu sehen."

„Ich würde vorschlagen, dass du winkst, aber wie ich sehe, brauchst du deine freie Hand, um auf dem Dach zu bleiben. Das gibt übrigens tolle Aufnahmen."

Miranda mochte ihren derzeitigen Sitzplatz nicht einmal einhändig, aber sie musste das Telefon irgendwie halten.

„Sie berichten gerade über den Einmarsch von Polizei und CIA in Georgetown. Im Moment verkündet der Reporter, dass sie zwei unbewaffnete und hoch angesehene NTSB-Beamte angreifen. Oh, jetzt kommt das Beste", gluckste Drake fast, was sich für einen erwachsenen General seltsam anhörte.

Miranda hockte auf einem Dach im Zentrum von Georgetown und versuchte, sich nicht bewusst zu sein, dass sie von allen beobachtet wurde. Dann warf sie einen Blick auf die große Kamera und duckte sich tiefer hinter die Dachkante. *Alle!*

„Anscheinend hat ein General Patrick", fuhr der General fröhlich fort, „er ist übrigens der Direktor des NRO und ein kompletter Idiot, der es in einem persönlichen Rachefeldzug auf euch beide abgesehen hat und damit eure streng geheimen Ermittlungen für die höchsten Regierungsebenen gefährdet hat - ohne Namen, aber das bin ich. Es ist so überraschend, dass solche Informationen in der heutigen Zeit, in der Geheimnisse so gut gehütet werden, durchsickern."

War das Sarkasmus? Das war eine ihrer größten Schwächen. Es klang wie Terence, wenn er sie aufzog, also nahm sie an, dass es das war.

„Es scheint, dass jemand dem lokalen Sender einen anonymen Insider-Tipp gegeben hat - das könnte auch ich gewesen sein, aber ich verrate es nicht -, dass die Razzia auf schlechten Informationen beruht, die illegal beschafft und von dem bereits erwähnten General Patrick ohne ordnungsgemäße Überprüfung und ohne ein ordentliches Verfahren veröffentlicht wurden. Er wird noch vor dem Ende des Tages in der Klemme sitzen. Schau mal nach rechts."

Sie entdeckte vier schwarze Punkte, die sich schnell zu Hubschraubern auflösten und in ihre Richtung rasten. Sie waren dunkelgrün lackiert und hatten goldene Aufsätze.

„Nur eine kleine QRF - das heißt Quick Reaction Force -, die wir immer griffbereit haben. Das 12. Fliegerbataillon der US-Armee hat den Auftrag, im Falle eines Terroranschlags auf DC hochrangiges politisches Personal zu evakuieren, aber ich habe improvisiert."

Sie konnte ihn wegen des Dröhnens der langsamer werdenden Hubschrauber kaum hören.

„Obwohl du anscheinend Spaß an Semantik hast und du eine wichtige Informationsquelle in einer laufenden Untersuchung bist, die fälschlicherweise beschuldigt wird, ein Terrorist zu sein, denke ich, dass mein Einsatz der QRF gerechtfertigt ist."

Drei der Hubschrauber schwebten hoch über der von Bäumen gesäumten Straße. Von ihrer Position auf dem Dach aus konnte sie die Piloten und die Kanoniere, die direkt hinter ihnen saßen, auf Augenhöhe sehen. Ihre massiven, sechsläufigen Gatling-Maschinengewehre sahen so nah aus, dass sie das Gefühl hatte, sie berühren zu können, aber sie waren auf die erschrockenen Menschen auf der Straße gerichtet - selbst das SWAT-Team schien in seiner Überraschung wie gelähmt zu sein. An beiden Seiten der schwebenden Hubschrauber wurden Seile ausgeworfen, an denen Army Ranger hinunterrutschten.

„Ich habe eine Ranger-Staffel für diese Aktion an die 12. zugeteilt. Das sieht im Fernsehen wirklich toll aus; ich hätte es für dich aufzeichnen sollen. Aber ich bin mir sicher, dass es noch tagelang in den Nachrichten zu sehen sein wird. Von Bäumen gesäumte Straße. Nur einen Block vom Haus des Parlamentspräsidenten entfernt. Du weißt, dass die Jungs so etwas sehr gerne machen. Wenn es eine Untersuchung gibt, werde ich behaupten, dass es eine Bereitschaftsübung war. Aber ich sehe keine Probleme." Der General genoss die Situation ihrer Meinung nach viel zu sehr.

Er mochte Recht haben, was ihren Spaß anging, aber sie waren sehr effektiv in dem, was sie taten. Die Army Rangers schwangen ihre Waffen und unterwarfen die Teams, die Terence' Haus angegriffen hatten, mit der lässigen Leichtigkeit eines langen Trainings.

Weniger als dreißig Sekunden nach ihrer Ankunft lagen alle auf dem Boden, auch das SWAT-Team.

Eine schwarze Limousine versuchte wegzufahren, aber die Rangers zerschossen fast beiläufig ihre Reifen.

Es versuchte, auf seinen Felgen wegzufahren.

Jemand pumpte ein paar Kugeln in den Motor.

Er kam dicht vor dem Nachrichtenwagen zum Stehen und eine Dampfwolke trat an den Rändern der Motorhaube aus.

Ein vierter Hubschrauber schwebte neben ihr und bewegte sich auf sie zu, bis er fast auf der anderen Seite der Dachspitze ruhte, nur einen Meter von ihren Fingerspitzen entfernt.

Der Copilot öffnete seine Tür, klappte aber das Visier nicht hoch, das den größten Teil seines Gesichts verbarg, als er zu ihr hinunterschaute. „Ms. Chase?"

„Ja?" Sie schaffte es, zu schreien.

„General Nason fragt, ob du dich ihm anschließen möchtest?"

„Sag ja", riet ihr das Telefon, das immer noch an ihrem Ohr hing.

„Was ist mit meinem Freund?"

„Die Rangers haben ihn bereits in Sicherheit. Jetzt sag ja."

„Ja", antwortete sie und der Kopilot winkte ihr, die Hintertür zu öffnen und einzusteigen.

Als der große grün-goldene Black-Hawk-Hubschrauber sich vom Dach entfernte und auf das Pentagon zusteuerte, konnte Miranda sehen, wie die Ranger den Fahrer aus der kaputten Limousine zogen. Dann zerrten sie einen Passagier aus dem Rücksitz.

Eine große Frau mit langen blonden Haaren in einem unordentlichen Pferdeschwanz blickte zu ihr auf.

Clarissa sah mehr als wütend aus, als die Kamera und der Reporter sich für eine Nahaufnahme näherten.

42

„Was zum Teufel?" Mike schaute sich in dem gemütlichen Hangar am Ende des Tacoma Narrows Airport um und wünschte sich, er wäre irgendwo anders. „Warum hat Miranda uns hierher geschickt?"

Aber es war definitiv der richtige Ort, denn der Code, den sie ohne Erklärung geschickt hatte, hatte die Tür entriegelt.

Der Sonnenaufgang schickte einen schmalen, blendenden Lichtstrahl durch die angelehnte Außentür. Staubmotten tanzten in der Luft, aber sonst war nicht viel zu sehen. Der Hangar war makellos sauber und gerade groß genug für zwei Flugzeuge: eine süße Mooney M20V Ultra - das schnellste einmotorige Leichtflugzeug, das es gab - und ein kleines Düsenflugzeug aus glänzendem Aluminium, das er nicht erkannte.

Es gab einen kleinen Arbeitsbereich und zwei alte Couches.

„Sie hat uns hierher geschickt, weil niemand, der bei Verstand ist, hier nach uns suchen würde. Ich kann mir nicht vorstellen, dass jemand diesen Ort bombardieren will." Hollys Bemerkung jagte ihm einen Schauer über den Rücken. Noch nie war er dem Tod so nahe gekommen wie bei der stürzenden Landung des Hubschraubers im Kielwasser der Explosion.

„Siehst du dir das an?" Jeremy klang so, wie er es immer tat: über alle Maßen begeistert. Er eilte zu dem glänzenden Aluminiumjet und sah ihn an, als wollte er auf die Knie fallen und beten.

„Was ist denn so tolles daran? Sieht aus, als gehöre es in ein Museum. Vielleicht in eine Ausstellung *über die Geschichte des Fliegens*." Er schaute Holly an, die ausnahmsweise mal nicht auf alles eine Antwort hatte, was unter der Sonne passierte.

„Ja, das ist ja das Erstaunliche daran. Erkennst du es nicht?" Jeremy wartete nicht auf eine Antwort. „Es ist eine Canadair CL-13. In den USA wurde sie F-86 Sabrejet genannt. Es ist der meistproduzierte Militärjet der Geschichte. Die USA und Kanada haben fast zehntausend Stück davon für den Korea- und den frühen Vietnamkrieg gebaut. Warum er überhaupt...oh!" Jeremy hörte sich an, als wäre er gerade gestorben und in den Himmel gekommen.

„Was?" Sagten er und Holly unisono.

Es sah wirklich nicht nach viel aus. Es war rund, wo moderne Kampfjets eckig waren. Die Außenhaut war aus hellem Aluminium und nicht grau oder schwarz, und statt einer Nase hatte es nur ein Loch, das wie ein hungriger Schlund aussah, um Luft einzulassen. Das Heck hatte eine einzige Auslassöffnung. Es hatte nach hinten gebogene Flügel und eine dieser Kuppelhauben. Er war nicht einmal besonders groß, nicht viel länger als der Chevy Suburban, den Holly gemietet hatte, um sie vom Flughafen SeaTac zu fahren - anscheinend waren so banale Dinge wie eine bequeme Limousine nichts für "normale Leute mit einem halben Gehirn".

„Rate mal!" Jeremy drehte sich zu den beiden um.

„Es kam als Preis in einer Cracker Jack Box?"

„Nein. Was ist das?"

Holly wusste es offensichtlich auch nicht.

„Oh mein Gott, ich bin von Heiden umgeben!"

„1952", konnte Jeremy nicht anders und beantwortete die Frage, die er selbst gestellt hatte, „durchbrach Jacqueline Cochran als erste Frau die Schallmauer. Sie durchbrach die Schallmauer in einer Canadair Mark 3, die speziell für sie modifiziert worden war und die einzige ihrer Art war. Ihr Flügelmann bei den Tests war Chuck Yeager. Du weißt doch, dass er derjenige war, der als Erster die Schallmauer durchbrochen hat, oder? Dieses Flugzeug", er streichelte es, als wäre es ein Hundebaby, „ist die Mark 5! Sie kommt dem Flugzeug, das Jackie Cochran geflogen ist, am nächsten."

„Was bedeutet das?"

„Das bedeutet, dass dies der Privatjet von Miranda Chase sein muss. Jackie Cochran war die erfolgreichste Pilotin ihrer Zeit - und ich glaube, das ist sie immer noch. Sie hält eine ganze Reihe von Rekorden, die noch niemand gebrochen hat. Sie war sogar im ersten weiblichen Astronautenprogramm, das sie mitorganisiert hat - nicht, dass die NASA sie akzeptiert hätte, obwohl sie die gleichen strengen Tests wie die Mercury-Jungs bestanden."

„Und das macht Miranda..."

„Zu cool für Worte!" Jeremy seufzte glücklich, bevor er dahinter verschwand, um das Flugzeug weiter zu untersuchen.

„Weißt du, was ich brauche?" Mike wandte sich an Holly.

„Was?"

„Ein Drink."

Ich brauche Frühstück."

„Beides schließt sich nicht gegenseitig aus; eine Bloody Mary klingt im Moment ziemlich gut. Wo zum Teufel sind wir? Tacoma, Washington? Weißt du überhaupt, was in der Nähe von Tacoma, Washington ist?"

„Eigentlich schon", sagte Holly, als sie in das Sonnenlicht trat, das sie zu leuchten schien.

„Nun, was?" Mike konnte nicht anders, als zu fragen, als sie nicht weitersprach.

„Seattle-Tacoma Airport, der verkehrsreichste zivile Flugplatz im pazifischen Nordwesten. JBLM, Joint Base Lewis-McChord, einer der größten Militärflughäfen des Landes, der sowohl flächenmäßig als auch personell zu den zehn größten US-Militärstützpunkten gehört. Drei Flughäfen - Boeing Field, Renton und Paine Field im Norden - sind die Standorte, an denen alle Boeing-Flugzeuge gebaut und getestet werden. Außerdem gibt es ein halbes Dutzend städtische Flugplätze wie diesen. Und das NTSB-Büro für den gesamten Westen der USA ist gleich am anderen Ende der Stadt."

„Ich komme aus New Jersey." (Denn Mike würde nie zugegeben, dass er in Kalifornien aufgewachsen war).

Er überlegte. Das Büro in Denver deckte alles von Colorado bis Ohio und von Minnesota bis Louisiana ab. Das Büro an der Westküste reichte von Washington bis Kalifornien und von Montana bis...

„Gilt das auch für Hawaii?"

„Das tut es. Und denk nicht mal dran, Kumpel."

„Wenn du nichts gesagt hättest, hätte ich es auch nicht getan." Obwohl Holly Harper in einem Bikini ein toller Anblick *wäre*. Aber er hatte an die üppige Auswahl in Santa Monica, Waikiki und Sun Valley, Idaho, gedacht, an Skihasen. „Fährst du Ski?"

Holly spottete nur über ihn.

„Sollten wir nicht zu den NTSB-Büros gehen?"

„Miranda sagte, wir sollen hierher kommen."

„Oh, hey!" rief Jeremy, als er eine neue Entdeckung machte. „Das ist eine ernste Sache."

Sie gingen zu ihm hinüber. Die Schränke um die kleine Werkbank öffneten sich und enthüllten eine ganze Reihe von Hightech-Geräten.

„Miranda Chase ist so *fantastisch!* Ich dachte, wir müssten

warten, bis wir dafür nach DC kommen. Anscheinend nicht."
Er holte seine Ausrüstungstasche herüber und begann, sie am
anderen Ende der Bank zu leeren. Messgeräte, Sägen,
Messinstrumente vom Mikrometer bis zum Meterstab,
Lasernivelliergeräte und eine Vielzahl anderer Werkzeuge
wurden ausgegraben.

„Wie viel Scheiße trägst du, Jeremy?"

„Nur die Sachen, die ich wirklich brauche."

Noch mehr tauchte auf: Bohrer, Probenflaschen und -
beutel, und zuletzt zog er eine leuchtend orangefarbene
Maschine heraus, die etwa achtzehn Inch lang war und
weniger als einen Fuß in den anderen beiden Dimensionen.

Ein großer Aufkleber an der Seite verkündete: "Nicht
öffnen".

„Was zum Teufel ist das?"

Holly wusste es, war aber zu überrascht, um es ihm unter
die Nase zu reiben. „Du hast die Black Box geborgen und nicht
daran gedacht, es uns zu sagen?"

„Nun, es war seltsam. Ich meine, ich war am ersten Tag
überall in der Hecksektion. Kein Rekorder. Gestern
Nachmittag, kurz bevor sie uns evakuiert haben, war er da. Ich
hatte es ganz unten in meine Tasche gelegt, weil ich Zugang zu
meinen anderen Werkzeugen haben wollte. Ich wollte es euch
eigentlich sagen, aber dann haben sie uns von der
Absturzstelle gejagt und all unsere Daten beschlagnahmt. Sie
haben die Hälfte meiner Ausrüstung herausgenommen und
alles wieder in den Sack gestopft; sie sind nie tief genug
gegangen."

Mike reichte ihm seine Sachen, um seine Tasche wieder
vollzupacken.

„Ich dachte mir, dass es das Beste ist, den Mund zu halten.
Aber Miranda hat die ganze Ausrüstung hier, um einen zu
lesen. Nur das Labor in Washington, D.C., soll so etwas haben.
Aber diese Untersuchung ist so seltsam, dass ich dachte, was

soll's." Noch während er sprach, schraubte er Platten ab und zog Drähte heraus.

Von draußen ertönte ein leises Brummen, das sich steigerte, bis es den fast leeren Hangar zu erschüttern schien.

„Mike, sieh nach, was das ist."

„Ja, ja. Das ist alles, wofür ich gut bin, und das weiß ich auch." Durch die schmale Öffnung in der Hangartür sah er einen Hubschrauber, der auf dem kleinen zivilen Flughafen landen wollte - nur war er groß, schwarz und sah sehr militärisch aus. Ein unangenehmes Jucken verriet ihm, wo sie landen würden.

„Wir haben Besuch! Unmarkiertes Militär", rief er zurück in den Hangar.

Er hörte ein gedämpftes "Oh Scheiße!" hinter sich. Er drehte sich um und sah, wie sie die Teile der orangefarbenen Black Box in einen der Laderäume des silbernen Jets stopften und die Schränke so schnell wie möglich schlossen.

Da er dachte, dass Jeremy und Holly einen Moment Zeit brauchten, ging er hinaus und lehnte er sich mit dem Rücken gegen die Tür und verschaffte ihnen so ein wenig Luft.

Ein weiterer großartiger Tag, Mike. Wieder einmal bist du der verdammte Lockvogel.

43

MIKE ÜBERBLICKTE DIE LANDSCHAFT, WÄHREND DER Hubschrauber die Anflugschneise des Flughafens abflog und dann über die gesamte Länge der Landebahn schwebte. Er verstand nie, warum sie das taten, da ein Hubschrauber einfach landen konnte, wo er wollte, aber sie taten es immer.

Da er nicht wusste, was auf ihn zukommen würde, tat er seine übliche Routine, die Situation völlig zu ignorieren, bis sie vor ihm auftauchte. Alle Sorgen der Welt brachten nichts. Und die Kunden wussten es immer.

Sei lässig.

Denke an andere Dinge.

Die Sonne schien tatsächlich. Er fragte sich, ob das so ungewöhnlich war, wie er gehört hatte, oder ob die Bewohner des pazifischen Nordwestens Gerüchte darüber verbreiteten, wie schrecklich der Regen hier sei, um die Horden fernzuhalten.

Der Blick nach Osten war großartig. Kurz hinter dem Flughafen wölbte sich die anmutige Doppelbrücke der Tacoma Narrows Bridge hoch über die gleichnamige Wasserstraße, die man weit unten nicht mehr sehen konnte.

Die mit Inseln übersäten Gewässer des Puget Sound erstreckten sich nördlich und südlich der versteckten Narrows. Die Stadt Tacoma lag auf der anderen Seite und die hellblaue Kuppel einer Sporthalle war am anderen Ende der kleinen Stadt zu sehen.

Im Hintergrund erhoben sich die Cascade Mountains mit ihren scharfen Gipfeln und eisigen Kanten, die an die Colorado Rockies erinnerten. Dort oben gab es definitiv gute Skimöglichkeiten. Und über allem thronte der schlafende Vulkangipfel des Mount Rainier, der mindestens doppelt so hoch war wie alle anderen Gipfel. Im Süden konnte er die abgesprengte, ebenfalls schneebedeckte Spitze des Mount St. Helens sehen.

Die Temperaturen hier waren mild. Segelboote fuhren auf den inselgesprenkelten Gewässern und Flugzeuge aller Größen flogen durch die Luft. Noch während er zusah, setzte ein kleines Flugzeug auf der Landebahn des Flughafens auf. Über ihm stiegen Verkehrsflugzeuge aus SeaTac auf und ein großer Militärjet ließ alle vier Triebwerke auf Hochtouren laufen, als er von der Joint Base Lewis-McChord in Richtung Süden aufstieg.

Es könnte schlimmer sein, Mike. Es könnte definitiv schlimmer sein. Er wollte auf keinen Fall zurück nach New Jersey, wo er seine Werbefirma hochgezogen hatte und die dann vom FBI getötet worden war. Denver war ein schöner Auftrag, auch wenn es im Winter verdammt kalt war. Er beschloss, dass es kein schlechtes Spiel war, die Situation eine Zeit lang auszusitzen und zu sehen, wie gut es sich auszahlte.

Der unmarkierte schwarze Hubschrauber landete dicht vor ihm. Einer der Piloten sprang gerade ab, als Holly zu ihm stieß.

„Heißt eine von euch Holly?" rief der Pilot über das Dröhnen der noch laufenden Motoren und des drehenden Rotors hinweg.

Warum machte das so einen schrecklichen Sinn? Er dachte,

dass sich die Zukunft endlich zum Besseren wenden würde, aber plötzlich hatte Holly das Sagen.

„Ich gebe dir einen Tipp, Kumpel", sagte Holly mit einem Daumen in Mikes Richtung. „Er ist es nicht. Sein Name ist Evelyn."

Mike seufzte.

„Was kann ich für die Night Stalkers tun?"

„Wer sind die Night Stalker?" Mike musste wirklich lernen, wann er seinen Mund halten sollte.

Holly verdrehte die Augen in seine Richtung, als Jeremy auftauchte und antwortete. „Sie sind das geheime Hubschrauberregiment der Armee, das 160th Special Operations Aviation Regiment, kurz SOAR. Sie fliegen SEALs, Delta Force und US Rangers an alle möglichen Orte, an die niemand sonst darf. Das 4. Bataillon ist genau hier auf dem JBLM stationiert. Sie sind das Nonplusultra der Coolness."

Der Pilot klopfte Jeremy freundlich auf die Schulter, als ob er nach Holly die zweitcoolste Person dort wäre. *Verdammt!*

„Sind sie cooler als Miranda Chase?" stichelte Mike.

„Niemand ist cooler als sie." Wenigstens war der Junge in seiner Heldenverehrung engagiert.

„Was kann ich für Sie tun, Chief Warrant?" Mike wollte nicht zulassen, dass Holly ihn ewig übertrumpfte. Die Rangabzeichen zu lernen, war gelegentlich sehr nützlich gewesen. Er hatte es zu einem der ersten Dinge gemacht, die er über das Militär auswendig lernen musste. Der Pilot trug einen silbernen Balken, der fast vollständig von vier grünen Quadraten bedeckt war. Chief Warrant Four bedeutete, dass er sehr hochrangig und ein besonderer Spezialist für Drehflügler war.

„Sie haben etwas gefunden und wollen, dass ihr drei es euch anseht."

„Etwas?" Mike hielt seinen Tonfall amüsiert und freundlich.

„Hey, heute bin ich nur der Laufbursche. Ich weiß nur, dass

jemand auf dem Kommandobaum möchte, dass ihr drei zu einem kleinen Flughafen in der Nähe gebracht werdet. Ich soll euch zur Verfügung stehen."

„Das klingt nicht nach einer normalen Night Stalker-Mission", stocherte er wild im Dunkeln herum. Jeremy hatte es so klingen lassen, als ob es sich um sehr hochkarätige Typen handeln würde.

„Ohne Scheiß, Sherlock. Kommst du, oder kann ich zurück in mein richtiges Leben?"

Mike winkte ihn voraus, ohne sich noch einmal bei Holly zu erkundigen, bevor er an Bord des Hubschraubers stieg. Sie schloss und verriegelte die Hangartür, bevor sie ihm folgte.

Als sie im hinteren Teil der Kabine waren und die beiden Crew Chiefs die Seitentür gesichert hatten, bevor sie zu ihren seitlich angebrachten Maschinengewehren zurückkehrten, zeigte Holly ihm eine Nachricht auf ihrem Handy.

Vertraue niemandem. Es war von Miranda.

„Warum hast du mich dann nicht aufgehalten?", flüsterte er ihr so leise zu, wie es die heulenden Motoren und schlagenden Rotoren zuließen.

„Manchmal muss man einfach das Szenario durchspielen und sehen, wohin es führt."

Sie hatte Recht... und genau so hatte er sein Werbegeschäft an die Launen des FBI verloren.

Vielleicht war es noch nicht zu spät, zurück nach Denver zu wechseln.

44

DRAKE SPÜRTE, WIE IHM DAS BLUT AUS DEM GESICHT WICH, ALS er auf sein Telefon starrte. Es gab einige Anrufe, die nie hätten stattfinden sollen.

Sein persönliches Handy war ein Überbleibsel aus einer glücklicheren Zeit, als er mit seiner Frau heiße und heftige SMS austauschte, egal wo sie gerade waren. Eine Ärztin ohne Grenzen sollte nicht von einer der Krankheiten, die sie verfolgte, getötet werden, und das wurde sie auch nicht. Stattdessen hatte es ein Mordkommando der Al-Qaida getan, weil sie eine Gruppe von Kindern geimpft hatte. Die Wahrscheinlichkeit, dass sich seine beiden Jungs über ihre ständig wechselnde Auswahl an Video-Face-to-Face-Apps meldeten, war weitaus größer - er hatte etwa ein Dutzend davon installiert und antwortete einfach auf jede, die ihm ins Ohr brummte.

Es gab nur vier weitere Personen, die seine persönliche Nummer hatten und nicht die von der Regierung ausgegebene. Dass die eingehende Nummer blockiert war, sagte ihm genau, wer es war.

„Geht es Ihnen gut, Sir?" Colonel Gray beugte sich besorgt vor.

„Kannst du mir eine Minute geben?" Sie waren beide zugedröhnt von Kaffee und einer Schachtel Krispy-Kreme-Donuts, die jemand im Pausenraum nebenan vergessen hatte und die sie schon vor Stunden vertilgt hatten.

Er war zu abgelenkt, um ihrem süßen Hintern Beachtung zu schenken, als sie aus seinem Büro trat und die Tür schloss. Trotz der Überprüfung des Absturzmaterials und der Übermittlung der Radaraufzeichnungen von Groom Lake durch Harrington hatten sie nicht viel mehr herausgefunden. Drake war kurz davor gewesen, Gray nach Hause zu schicken, als sie den vermissten F-35-Kampfjet im Bundesstaat Washington gefunden hatten, dicht gefolgt von seinem Anruf, der Chase während ihrer panischen Flucht auf dem Dach erreichte.

Und Syrien hatte sich, wie üblich, nach einer ganzen Nacht, in der darüber entschieden wurde, ob ein massiver Angriff von einem Flugzeugträger aus empfohlen werden sollte oder nicht, als ein weiteres von den Russen inszeniertes Fiasko erwiesen, vor dem alle zurückschreckten.

„Ja?" Drake nahm den Anruf an, aber es war nicht nötig, Namen zu nennen.

„Ich habe ein Problem. Ich brauche dringend deinen besten Image-Analysten." Die Stimme sprach in einem Englisch mit starkem Mandarin-Akzent.

„Um was zu tun?"

„Es gibt einen Flug, den du nicht sehen darfst, aber ich muss wissen, was schief gelaufen ist. Meine Leute denken, es war das Flugzeug oder der Pilot. Sie irren sich. Ich weiß das. Aber ich muss erklären, was passiert ist."

Drake suchte nach einer Möglichkeit, Nein zu sagen, aber das war ein Riss in der Rüstung des chinesischen Militärs.

Er hatte den damaligen Militärattaché Oberstleutnant

Zhang Ru vor fast zwanzig Jahren zufällig während eines G-20-Treffens in einer Genfer Schaschlikbude getroffen. Er wusste von Zhangs Aufstieg zur Macht genauso viel wie Zhang von seinem eigenen.

Es war unmöglich, die Fähigkeiten des Mannes nicht zu respektieren.

Außerdem waren sie beide glühende Patrioten.

In den zehn Jahren, die seit ihrem ersten Treffen vergangen waren, war es erst das fünfte Mal, dass sie miteinander in Kontakt standen. Beim letzten Mal ging es darum, die Chinesen davor zu warnen, sich in eine politische Auseinandersetzung jenseits der burmesischen Grenze einzumischen. Davor hatte Zhang eine US-Kampftruppe davor gewarnt, in ein Gebiet einzudringen, das von einem chinesischen General befehligt wurde, der einen Vorwand suchte, um den Dritten Weltkrieg zu beginnen. Indem er die Durchfahrt der Gruppe durch die Straße von Taiwan um eine einzige Woche verzögerte, hatte Zhang Zeit, den Mann in Ungnade fallen zu lassen.

Aber dieses Mal wurde Drake gebeten, technische Hilfe anzubieten. Die Frage war, ob diese Art von Hilfe eine ernsthafte Gefahr für die Sicherheit der Vereinigten Staaten darstellte.

Das sollte eigentlich CIA-Scheiße sein. Niemand hat den Joint Chiefs beigebracht, wie man einen Doppelagenten führt, ohne selbst ein Doppelagent zu werden. Wo war diese Grenze? Andererseits war es nicht nur sein Job, Kriege zu gewinnen, sondern auch, sie zu vermeiden.

„Du darfst dir das nicht ansehen", wiederholte Zhang in Drakes Schweigen. „Nur Analysten. Du darfst den Bericht nicht lesen. Wir müssen uns beide darüber im Klaren sein."

Drake wunderte sich über das "im Klaren". Zhangs Englisch war so schlecht, dass er vielleicht "einig" meinte, um Klarheit zu schaffen. Aber vielleicht waren seine Sprachkenntnisse korrekt und sie brauchten beide eine Leugnungsmöglichkeit, was bedeutete, dass dies eine noch heiklere Bitte war.

„Das ist eine ganz schön große Bitte."

„Ja." Zhangs flache Aussage verriet Drake, wie wichtig dies war.

Drake hoffte, dass Zhang wusste, was er tat, und dass er nicht ihre beiden Karrieren beendete. Oder ihr beider Leben.

„Warum?" Drake brauchte *etwas* mehr.

„Es gibt Momente, in denen selbst die vorsichtigste Person ein großes Spiel wagen muss. Das ist der Fall..."

Drake grunzte. Er war nicht Vorsitzender der Joint Chiefs geworden, weil er auf Nummer sicher gegangen war. Zhang war nur einen Schritt von der CDI entfernt. Eine Verbindung zur Commission for Discipline Investigation zu haben, und sei sie noch so dünn, war eine unerreichbare Karte, selbst wenn es ein Joker war.

„*Das* ist mein Glücksspiel. Erinnerst du dich an den Namen des Restaurants?" fragte Zhang in sein eigenes Schweigen hinein.

Drake tat es. Das musste das Passwort sein. Zum ersten Mal bereute er es, überhaupt in die Nähe des Lokals gegangen zu sein, auch wenn das Schaschlik verdammt gut gewesen war. „Schick es!"

Sein Telefon piepte mit einer Nachricht. Es war ein Link zu einer sicheren Dateiübertragungsseite im Internet, die für Omas schmutzige Fotos gedacht war, nicht für internationale Militärgeheimnisse. Vielleicht war es in diesem Fall besser, nicht aufzufallen. Noch während er auf die Adresse starrte, konnte er sehen, dass der Anruf auf der anderen Seite beendet wurde.

Auf ein leises Klopfen hin, rief er: „Herein!"

Sein Assistent schaute herein. „Ms. Chase ist hier, Sir."

45

D<small>AS</small> <small>WIRD</small> <small>DIR</small> <small>GEFALLEN</small>! A<small>UF</small> H<small>OLLYS</small> T<small>EXT</small> <small>FOLGTE</small> <small>EIN</small> Overhead-Video einer F-35A Lightning II, die auf einem sehr kleinen Flugplatz geparkt und von dichten Nadelbäumen umgeben war.

Miranda erkannte den Crest Airpark auf Anhieb. Mindestens einmal im Jahr schätzte jemand falsch ein, wie kurz eine tausend Meter lange Start- und Landebahn wirklich war, wenn sie von hohen Bäumen umgeben war. Sowohl das Starten als auch das Landen auf dem Crest Airpark erforderte ein überdurchschnittlich hohes Maß an Situationsbewusstsein.

Niemand hat es gestern Abend gehört.

Wirklich eine Landung ohne Motor? schickte Miranda zurück. Um eine F-35 ohne Antrieb auf einem so kurzen Feld wie dem Crest Airpark zu landen, brauchte man einen außergewöhnlichen Piloten. Oder einen mit Todessehnsucht.

Anscheinend. Jeremy öffnete den Bombenschacht und es gab zwei leere Hardpoints. Das bestätigte, dass dies der Jet war, der ihre C-130 in die Luft gesprengt hatte.

Nimm die Rekorder.

Ich habe sie bereits an Bord eines Night Stalkers Black Hawk. Genauso wie den QAR.

Gute Arbeit. Der Schnellzugriffsrekorder im Cockpit zeichnete oft Informationen auf, die nicht im Datenrekorder enthalten waren. Im Gegensatz zu den stark geschützten Sprach- und Datenrekordern sollte er leicht heruntergeladen und überprüft werden können. Und sie nahm an, dass es eine vernünftige Entscheidung war, den Night Stalkern zu vertrauen. Auf jeden Fall besser als der CIA.

Das Cockpit ist sauber. Zu sauber.

Miranda rätselte, was das zu bedeuten hatte, als sie einer Frau in ihrer Größe und mit einer Uniform der Air Force in den Rücken lief. Die Frau reagierte übertrieben, stolperte nach vorne und landete unbeholfen auf einem schweren Stuhl in Drakes Wartebereich.

„Äh, sorry."

„Es ist okay", schaffte es die Frau, sich umzudrehen und sich zu setzen. „Ich schlafe auf meinen Füßen. Fast wortwörtlich, fürchte ich. Ich habe dich nicht kommen sehen."

Miranda hielt ihr Handy als Entschuldigung hoch, als es erneut piepte.

Hier gibt es nichts weiter rauszufinden, wir gehen zurück zu TNA.

Gut. Der Tacoma Narrows Airport sollte weit vom Radar der CIA sein.

„Du bist sie."

Miranda blickte von ihrem Telefon auf und überlegte, ob sie eine andere Anweisung schicken sollte, aber sie wusste nicht, wie sie das heute Morgen erklären sollte. „Ich bin wer?"

„Du bist diejenige", sie schaute sich um, um sicherzugehen, dass niemand in der Nähe war, „... die das Leuchtsignal an der Flügelspitze entdeckt hat."

„Ich glaube, Leuchtsignal ist eine falsche Bezeichnung. Es gab eine unbestreitbare Lichtquelle. Es folgte nicht den

Mustern, die ich erwarten würde, wenn es sich um andere Interferenzen auf dem Objektiv einer Kamera handeln würde."

Die Offizierin lächelte schief: „Nicht mit dieser Kamera. Vertrau mir. Es ist an der Quelle."

„Das wissen wir nur in horizontaler Richtung. Es könnte eine vertikale Verschiebung geben. Ein vorbeifliegendes Verkehrsflugzeug oder-"

„Das war es nicht. Ich habe bereits den gesamten Flugverkehr und die unteren Umlaufbahnen überprüft."

„Orbits." Sie hatte es vorher nicht richtig begriffen, vielleicht weil sie so müde war. Sie hatten vom Weltraum aus nach unten geschaut, aber die einzelnen Navigationslichter des Flugzeugs waren sehr klar und deutlich zu erkennen. „Eure KH-11-Kameras haben eine außergewöhnliche Auflösung, unter zehn Zentimeter aus dreihundert Kilometern."

Der Oberst der Air Force nickte, als ob sie sich selbst etwas bestätigen würde. „Das tun sie. Und du bist definitiv sie. Ich bin Colonel Elizabeth Gray von der NRO."

Miranda schüttelte die angebotene Hand.

Als Elizabeth sie losließ, untersuchte Miranda ihre eigene Hand. Die Kamera hatte die Fähigkeit, diese Breite aus dem Orbit aufzulösen.

„Meine Hände sind sauber", sagte Elizabeth in einem seltsamen Ton.

„Das sind meine auch", antwortete Miranda in Ermangelung einer besseren Antwort.

Drakes Assistent kam aus Drakes Büro. „Der General ist bereit für Sie, Ms. Chase, Colonel Gray." Er winkte sie zur Tür.

„Aber deine KH-11", fuhr Miranda fort und betrachtete ihre Hand, „das die Breite meiner Handfläche sehen kann, war nicht in der Lage, eine Lichtquelle mit einem Durchmesser von bis zu einem Meter klar aufzulösen. Das finde ich sehr interessant."

46

„WARTE MAL." MIKE WAR NOCH NICHT BEREIT, DEN CREST Airpark zu verlassen.

Hier war etwas los, auch wenn weder Holly noch Jeremy sich für etwas anderes als das Flugzeug zu interessieren schienen.

„Mike! Ich will hier raus, bevor sie den Ersatzpiloten rüberschicken."

„Sag ihnen, sie sollen ein Inspektionsteam schicken, um sicherzustellen, dass es keine Sprengfallen gibt."

Holly warf ihm einen fragenden Blick zu.

„Ich sage nicht, dass es sie gibt, aber es wird sie verlangsamen. Wir wurden nicht in die Luft gesprengt, als wir uns die Flugschreiber geschnappt und den Bombenschacht überprüft haben. Glück, oder ist das Flugzeug sauber? Weißt du, wie viele Möglichkeiten es geben muss, ein so komplexes Flugzeug zu sabotieren?" Er wusste es nicht, aber sie wahrscheinlich schon.

Diesmal nickte sie scharf und hielt Gott sei Dank den Mund, als sie ging, um mit den Night Stalker-Piloten zu sprechen. Es schien unwahrscheinlich, dass es eine Falle gab;

es wäre einfacher gewesen, das Flugzeug nach der Landung in die Luft zu jagen. Oder nach dem Bombenanschlag über dem Meer auszusteigen, anstatt das Flugzeug abzustellen, um entdeckt zu werden.

Nein, es war nicht mit einer Sprengfalle versehen. Derjenige, der es geflogen hatte, brauchte es nur eine Weile aus dem Weg.

Das spielte keine Rolle; Mike brauchte nur ein paar Minuten ohne Ablenkung durch Holly oder Jeremy.

Zunächst schritt er auf den Besitzer des Flughafens zu, doch dann bemerkte er, dass die Menschen um ihn herum ein sonntägliches Zeitgefühl zu haben schienen - sie waren neugierig, aber nicht in Eile. Er verlangsamte seinen Schritt und seine Gangart, um sich anzupassen.

„Hey, Mel. Wie geht's denn so?" Er setzte sich neben den Flughafenbesitzer, der den Fund gemeldet hatte.

„Du meinst, abgesehen davon, dass ein Militärjet mitten auf meiner Landebahn geparkt ist? Bist du sicher, dass ich das Ding nicht zur Seite schleppen kann?"

„Nun, ich wäre nicht derjenige, der dir hundert Millionen in Rechnung stellt, wenn das Abschleppen schief geht. Weißt du überhaupt, wo die Handbremse ist?"

Mel wippte einen Moment auf seinen Fersen und starrte auf den Jet. „Vielleicht kann ich ihn abschleppen und, wenn ich etwas vermassle, meinem Bruder die Schuld geben."

„Einen Versuch ist es immer wert." Danny Davis hatte bereits zweimal versucht, Holly anzubaggern, was ihm beide Male ein Lachen ins Gesicht einbrachte. Aber es war klar, dass der Kerl ein totaler Hund war und Holly *war* sehr schön anzusehen.

Noch während Mike zu ihm hinüberschaute, setzte Danny zu seinem dritten Anlauf an, während sie mit den Night Stalker-Piloten sprach.

Mike hatte nicht ganz gesehen, was passiert war - Holly war

zu schnell.

In einem Moment ging Danny mit einer Leichtigkeit auf sie zu, die eher zu einer Tanzfläche in einer Spelunke passte als zu einer Stunde nach Sonnenaufgang in der Wildnis des Pazifischen Nordwestens.

Im nächsten Moment stolperte er in die andere Richtung und hielt sich die blutige Nase, aber Holly schien sich kaum zu bewegen.

„Glaubst du, er hat seine Lektion gelernt?" fragte Mike Mel.

„So wie ich meinen Bruder kenne, schäme ich mich, das zu sagen, nein." Sie lachten gemeinsam.

„Du könntest in den sozialen Medien so viel erreichen, dass du die Unannehmlichkeiten mehr als wettmachen könntest." Mike nickte in Richtung des Jets und lenkte damit das Gespräch um.

„Verdammt. So etwas vergesse ich immer. Normalerweise erledigt das meine Frau für mich."

Mike machte ein Foto, auf dem Mel lächelnd vor der F-35 Lightning II stand. Er betitelte es mit "Komm zum Crest Airpark, wenn du *wirklich* fliegen lernen willst!" Mel postete es auf der Social-Media-Seite von Crest.

„Also, Mel, kannst du mir etwas erklären?"

Der Mann zuckte mit den Schultern.

„Ich bin kein Flieger, aber wie kann jemand so einen Jet landen, ohne dass jemand etwas hört?"

„Wenn ich das wüsste, ich wohne ein Stück die Straße runter. Hey, Tom", rief er einem griesgrämigen Mann mit einem struppigen Bart zu. Er trug einen Bademantel, der vorne nicht ganz über seinen dicken Bauch schloss. „Komm her und erzähl ihm, wie du die Landung des Jets verschlafen hast. Die Reifen müssen gequietscht und die Bremsen sehr hart gewesen sein, wenn er keine Energie für die Schubumkehrer hatte. Er hat nicht einmal die ganze Landebahn benutzt."

„Es war eine kalte Nacht, also hatten wir alle unsere Fenster geschlossen. Wenn es kurz nach Sonnenuntergang hereinkam, habe ich mir einen der Star Wars-Filme angesehen. Du weißt, wie sehr ich Star Wars mag, Mel."

Mel nickte zustimmend und erklärte dann Mike. „Mel hat ein tolles Soundsystem, das den Laden so richtig zum Beben bringen kann. Er mag es, wenn seine Sternenzerstörer das Gebäude erschüttern. Die Nachbarn sind weiter unten auf der Landebahn und haben vielleicht gedacht, Tom hätte seine Fenster offen."

„Wenn ich es gehört habe, habe ich wahrscheinlich gedacht, dass das Geräusch zum Film passt." Tom starrte einen Moment lang in die Ferne. „Aber etwas ist seltsam. Ich habe tatsächlich ein Motorrad gehört."

„In Star Wars-Filmen gibt es keine Motorräder", sagte Mike und steckte seine Hände in die Taschen, um Mels faule Daumen in den Taschen zu imitieren.

„Nö", stimmte Tom zu. „Im Star Trek Reboot, aber nicht Star Wars."

„Der neue Kirk und die Kleine", bestätigte Mike.

„Jaylah", seufzte Tom glücklich.

„Ich war schon immer mehr der Beverly Crusher-Typ." Mike hatte herausgefunden, dass diese Wahl ihm auch die meisten Trekkies in Gesprächen mit Männern bescherte. Vor allem bei Gesprächen mit weiblichen Trekkies. Die kühle, intellektuelle Ärztin der nächsten Generation war *nicht* wegen ihrer Brustgröße oder ihres tollen Körpers gecastet worden. Lang und schlank, wie Holly ohne die Muskeln, mit Köpfchen und roten Haaren als Bonus - so wie Dana Scully. Beverly war die "durchdachte" Wahl.

Er schwieg und wartete ab, ob Tom das Motorradgeräusch wieder zur Sprache bringen würde.

„Hey, hat Danny nicht ein Motorrad, das er hier aufbewahrt?"

Mel verschluckte sich fast an einem Lachen. „Wenn jemand

seine Yamaha R6 geklaut hat, wird er einen Herzinfarkt zu seiner blutigen Nase bekommen. Er liebt das Ding mehr als jede Frau." Er drehte sich um und rief nach seinem Bruder. „Danny! Ich wette, dein Motorrad ist verschwunden."

Mehr brauchte er nicht zu sagen. Obwohl er sich ein blutiges Handtuch vor das Gesicht hielt, sprintete Danny zu den Hangars. Sein Wutgebrüll, das kurz darauf über das Flugfeld schallte, beantwortete diese Frage.

Das sagte Mike, worüber er sich schon gewundert hatte. Niemand hatte auf die Ankunft des Piloten gewartet. Es war ein Einzeltäter - wie diese Super-Undercover-Typen, die in einem Film auf eine Solo-Mission geschickt werden. So sah es auch aus. Ein Typ, ein Hundert-Millionen-Dollar-Jet und ein gestohlenes Motorrad am Ende. Unauffindbar und sehr cool.

Mel lachte. „Das Motorrad ist lippenstiftrot. Das Nummernschild ist eine Sonderanfertigung: 'Magnet', wie der selbsternannte 'Babe Magnet'."

„Danke, Kumpel." Bevor er sich zum Gehen wandte, schaute er Tom an und überlegte, wie er sich bei ihm bedanken konnte, ohne ihm zu danken. „Du bist bestimmt von der alten Schule."

Tom grinste in freudiger Erkennung.

„Uhura ganz und gar", vermutete Mike.

„Oh ja. Nichelle Nichols? Heißes Zeug. Hast du gesehen, wie die Frau gealtert ist? Das ist echt gut."

„Das hätte ich auch merken können", sagte Mike mit einem Nicken und einem informellen Gruß, bevor er sich dem wartenden Hubschrauber zuwandte. Er gab Holly ein "Los geht's"-Zeichen.

Sie waren in der Luft, bevor er beide Füße drin hatte.

Er fragte sich, ob Miranda schon wusste, dass es die CIA war, die ihr Flugzeug in die Luft gejagt hatte.

„Hey Holly? Ich habe etwas Neues für dich, das du Miranda schicken sollst."

47

SIE HATTEN HARVEY DREIMAL DARAN ERINNERN MÜSSEN, VOR Sonnenaufgang nach Groom Lake zurückzukehren. Draußen über dem Pazifik war es noch dunkel, aber in Nevada würde die Sonne eine Stunde früher aufgehen und er musste die Casper-Drohne vorher im Hangar verstauen.

Er hatte ein weiteres U-Boot entdeckt, das gerade Ecuador verließ - Schätzungen zufolge war fast jeden Tag mindestens eines auf dem Weg in die USA. Er wollte nicht riskieren, es über Nacht zu verlieren, also störte er ihre Funkgeräte und versuchte eine andere Taktik.

Sie mussten gedacht haben, dass sie in den schlimmsten Sturm aller Zeiten geraten waren, als er immer wieder in verschiedenen Richtungen an ihnen vorbeiflog und die Wellen zwischen Rollen, Loopings und harten Kurven mit Vollgas bewegte. Seine Casper-Fernsteuerung machte sogar noch mehr Spaß als die F-18 Hornet auf dem Vordersitz.

Als das U-Boot versuchte, abzutauchen, um den künstlichen Turbulenzen zu entkommen, die er erzeugt hatte, warf er ein nettes kleines Paar SDBs mit einem Gewicht von 250 kg ab. Die Bomben mit dem kleinen Durchmesser fielen auf beide Seiten des tauchenden U-Boots und drückten es flach wie einen Pfannkuchen.

Tut mir leid, Jungs. Das wird euch lehren, dass ihr Arschlöcher Drogenkuriere seid.

Keine Küstenwache. Keine teuren Prozesse. Keine Beweise außer ein paar schwer bekifften Tiefseekreaturen.

Die Trennung von der Casper, die fein säuberlich im Hangar geparkt und verkeilt war, war... die Hölle.

Wie am Morgen, nachdem er versucht hatte, eine ganze Flasche Jack Daniels zu trinken, um seinen Abschluss an der Air Force Academy zu feiern. Seine Augen waren so zerkratzt, dass sie blutunterlaufen wie die des Teufels sein mussten. Als er sich aufsetzte, fing er an, seine Eingeweide auszukotzen. Die Techniker hatten damit gerechnet: Eimer, Handtuch und ein Glas frisches Wasser standen bereit. Sogar ein Pfefferminzbonbon.

Er wollte weinen, als sie den Kontakt zum Interface lösten, als würden sie einen langen, dünnen Faden seiner Seele herausziehen. Verdammt noch mal, der Arzt hatte Recht, was die Reaktion nach dem Flug anging.

Helen war nicht da, aber Harrington schon.

Der General streckte seine Hand aus.

Harvey schaffte es, seine Augen klar genug zu blinzeln, um sie zu schütteln.

„Das war ein verdammt guter Flug, mein Sohn."

Harvey keuchte vor Erleichterung. Das gab ihm ein Stück von sich selbst zurück. Wenn der General zufrieden war, würde er wieder fliegen können. Die Nachwirkungen waren es absolut wert.

„Die meisten Piloten müssen alle drei Stunden aussteigen. Bei dir waren es neun, aber die Techniker haben mir versichert, dass du gut genug angepasst bist. Ich bin froh, dass du den Mut hattest, das durchzustehen."

„Ich habe nichts gespürt, bis sie einfach den Stecker gezogen haben."

Der Gesichtsausdruck des Generals verriet, dass er etwas anderes gemeint haben könnte. Nein, er muss die Mission meinen.

Harvey fühlte sich schon ein bisschen besser.

„Ich habe nachgedacht, Sir. Wenn ich mich besonders nah an der kolumbianischen Küste auf die Lauer lege, sollte ich in der Lage sein, zumindest den Ausgangspunkt einiger U-Boote zu finden. Die Casper könnte die Produktionsstätten genauso gut in die Luft jagen wie..."

Das Achselzucken des Generals hielt ihn auf. Als wäre das Töten dieser U-Boote nur eine Übung... oder ein Test für ihn.

Dann erinnerte sich Harvey daran, wie er einen Casper-Flug über dem Beringmeer auf dem Weg nach China auftankte.

Er pfiff, für sich, überrascht.

Mit der Casper konnte er Ziele in Peking *und* Moskau in einer einzigen Nacht ausschalten. Dann könnte er ein U-Boot vor Polyarny, Russlands wichtigstem U-Boot-Stützpunkt in der Arktis, auf dem Heimweg über den Nordpol versenken, ohne dass jemand etwas merkte.

Verdammt, das war aber eine erstaunliche Sache.

48

„DU HATTEST EINEN *INTERESSANTEN* MORGEN, MS. CHASE."

„Dann hast du einen sehr seltsamen Blick auf meinem Morgen, General Nason."

Drake beobachtete, wie Colonel Gray - er musste wirklich mal ihren Vornamen lernen - Miranda Chase begutachtete. Die beiden Frauen hatten in den kurzen Momenten, in denen er mit Zhang Ru telefoniert hatte, eines dieser Sympatico- Dinge getan, die Frauen taten.

Seltsamerweise schätzte er Colonel Grays positive Einschätzung der seltsamen Frau, die im Mittelpunkt so vieler Probleme zu stehen schien.

Er hatte überlegt, Gray zu bitten, ihm bei der Begutachtung von Zhang Ru zu helfen, aber ihm gefiel der Gedanke nicht, ihre militärische Karriere mit seiner eigenen aufs Spiel zu setzen.

Er konnte Miranda Chase jedoch ein gewisses Maß an Bestreitbarkeit bieten, indem er ihr die Quelle der Dateien, die Zhang geschickt hatte, nicht verriet. Und sie hatte das obskure Aufflackern entdeckt.

Für den Moment würde er sich zurückhalten.

Er fasste also zusammen. „Wir haben einen aufgebrachten CIA-Direktor, der einen Hauseinbruch auf heimischem Boden inszeniert, ohne das FBI einzuschalten. Wir haben eine zerstörte C-130 der Air Force, die in einem hochsicheren Fluggebiet abgestürzt ist."

„Nicht nur abgestürzt", korrigierte ihn Chase.

„Was meinst du?" Gray beugte sich vor.

„Keine vernünftige Projektion erklärt, was passiert ist. Das Flugprofil passt nicht einmal dazu, dass das Heck abfiel, was nicht der Fall war, und dass die Triebwerke auf Vollgas liefen, was nicht der Fall war, und dass das Flugzeug direkt in den Boden stürzte, was es auch tat, aber mit einer Kraft, die in keinem Verhältnis zu den kontrollierbaren Elementen des Fluges stand. Es ist nicht nur abgestürzt. Wie ich bereits erwähnt habe, wurde es aus dem Himmel geschlagen."

„Geschmettert?" Drake schlug mit einer Hand auf ein Stück Papier auf seinem Schreibtisch. „So?"

„Genauer gesagt", Chase hielt ihre linke Hand über seinen Schreibtisch. Sie betrachtete sie einen Moment lang, dann stand sie auf, um ihre Hand mit der Handfläche nach unten höher über die Oberfläche zu halten, und streckte Daumen und kleinen Finger aus. „Das ist die Herkules, ungefähr im Maßstab eins zu zweihundertstel. Meine Hand ist sechs Inch lang und meine Reichweite vom kleinen Finger bis zum Daumen beträgt achteinviertel Inch. Stell dir mein Handgelenk als die Nase und meine Fingerspitzen als den Schwanz vor."

Drake schaute auf seine eigene Hand hinunter. Er wusste nicht, wie groß seine Hand war. Er ertappte Gray dabei, wie sie die gleiche Überlegung über ihre eigene Hand anstellte, und sie tauschten ein kurzes Lächeln aus, während Chase fortfuhr.

„Wir haben also ein vernünftiges Faksimile der Länge des Flugzeugs von siebenundneunzig Fuß und der Spannweite von siebenunddreißig Fuß, und zwar mit einer Genauigkeit von eins Komma neun Prozent. Bei diesem Verhältnis wäre die seltsam niedrige Flughöhe von fünfhundert Fuß dreißig Zentimeter über deinem Schreibtisch."

Drake nickte ihr zu und tat sein Bestes, um sein Lächeln zu verbergen. Gray versuchte es nicht einmal.

„Wenn ich mein Flugzeug zum Absturz bringe, indem ich den Höhenruderwinkel kontrolliere und das Heck nach oben treibe", Chase krümmte ihre Fingerspitzen, was eine Veränderung des Luftstroms bewirkte und ihre Finger nach oben steigen ließ.

Sie winkelte ihr Handgelenk zur Veranschaulichung an und beschleunigte dann ihre Hand fast gerade nach unten, um mit dem Handballen auf seinen Schreibtisch zu schlagen.

„Wir würden sehen, wie die Flügel abbrechen, die Nase einknickt, aber das Flugzeug würde nach unserer ersten Schätzung der Bodenanalyse letztlich aufrecht stehen bleiben."

Drake schaute zu Gray, aber sie beobachtete jetzt Chase genau.

„Wie auch immer", sie ließ ihre Hand wieder auf ihre ursprüngliche Höhe über seinem Schreibtisch zurückkehren. „Wenn eine äußere Kraft auf die Herkules einwirkt, wie ein Schlag von oben", schlug sie mit der rechten Hand auf ihr linkes Handgelenk.

Sie streckte ihre Finger nicht zuerst in Richtung Decke, sondern drückte den Handballen nach unten und hielt dann nach einem Drittel des Weges inne.

„Beachte, dass die Nase nach unten gedrückt wurde und nicht das Heck angehoben, um den Abstieg zu verursachen. Eine abrupte und starke Abwärtsbeschleunigung. Welche Kraft es auch immer war, sie wirkte auf die Flügel des Flugzeugs, aber nicht auf das Heck."

Dann, ohne Vorwarnung, beendete sie die Geste und schlug mit dem Handballen so fest zu, dass er und das Bild seiner Frau zucken mussten.

Dann setzte sie sich so ruhig hin, als hätte sie sich nie bewegt.

„Die Nase klappte nach unten. Sie brach frei, als das Flugzeug auf dem Rücken landete."

Sie verdrehte ihren Arm, um es zu demonstrieren.

„Die Flügel scherten ab und fielen auf beide Seiten. Mein Team berichtet, dass sie gestern einen Flügel umgedreht haben und die gesamte Oberseite drastisch nach innen verformt war, ohne Anzeichen einer Explosion in der Nähe. Es war nur", sie zuckte mit den Schultern und faltete die Hände in ihrem Schoß, „ein Schlag. Der Rumpf schlug so hart auf dem Boden auf, dass er aufsprang und sich überschlug, so dass er nur scheinbar mit der rechten Seite nach oben aufschlug. Ich vermute, dass das Heck vor dem Aufprall abgebrochen ist, da es eine zu ähnliche Flugbahn zu haben schien."

„Die Menschen?" fragte Gray leise.

„Alle Personen an Bord wären beim Aufprall sofort tot gewesen. Die vertikale Abwärtsbeschleunigung in der Höhe war so stark, dass sie schon lange vor dem Aufprall tot gewesen sein könnten."

Drake war entsetzt, wie leicht sie über solche Dinge zu reden schien. Es waren seine Männer. Sie gehörten zwar zur Air Force, aber er war Vorsitzender der Joint Chiefs, und das ging über den Militärbereich hinaus.

„Spüren Sie denn gar nichts, Ms. Chase?"

„Ja. Ich bin froh, dass ihnen die mögliche Frage erspart blieb, ob sie den dreiundachtzig- bis siebenundneunzig sekündigen Absturz überlebt haben, den meine Eltern bei der Zerstörung von TWA-Flug 800 erlitten haben." Sie sagte das mit einer fast roboterhaften Selbstbeherrschung, aber Drake konnte den Schmerz, den echten Schmerz in ihren Augen sehen. Sie gab zwar keine Gefühle zu, aber er konnte sehen, dass sie trotz seiner ersten Einschätzung welche hatte.

„Es tut mir leid. Ich wusste es nicht."

„Wie solltest du? Du hast gesagt, dass dein Assistent meine Akte überprüft hat. Und es war nicht deine Schuld, also gibt es keinen Grund, dich zu entschuldigen."

Drake hatte darauf keine Antwort.

„Sie waren in der ersten Klasse. Es war also unwahrscheinlich, dass sie bei der ersten Explosion getötet wurden. Möglich, aber unwahrscheinlich. Waren sie bei Bewusstsein? Das werde ich nie erfahren. Zu der Zeit war ich in Washington State, beim Reitunterricht."

„Konntest du die Abwärtskraft abschätzen, die nötig ist, um eine solche Kursänderung zu verursachen?" Gray wechselte das Thema wieder auf die C-130, was Chase problemlos zu akzeptieren schien.

„Es würde ungefähr siebzigtausend Pfund Schubkraft benötigen. Das entspricht in etwa dem Gewicht einer zusätzlichen Hercules C-130, die dagegen stößt."

„Aber es war nur ein Flugzeug in den Absturz verwickelt."

"Ja, das war es. Die Quelle dieser Kraft ist das, wonach wir suchen. Eine Kraft, die einen ein Meter großen Lichtschein hinterlässt, der nicht länger als zwei Bilder der KH-11-Kamera dauert."

Gray warf einen kurzen Blick auf Drake, aber der schüttelte den Kopf. „Ich habe ihr nicht gesagt, woher die Bilder stammen."

„Das war nicht schwer zu erraten", sagte Miranda schlicht und einfach. Offensichtlich hatte sie den Verlust ihrer Eltern wieder verdrängt.

Gray versuchte zwar, es zu verbergen, aber Drake konnte sehen, dass sie beeindruckt war.

Miranda Chase fuhr fort, als hätten sie nicht miteinander gesprochen, als könne sie nicht aufhören, bis sie ihren Gedanken zu Ende gedacht hatte. „Bei einer offensichtlichen Bildrate von sechs Bildern pro Sekunde, basierend auf der Geschwindigkeit der C-130 über dem Boden, bedeutet das, dass der fragliche Effekt weniger als eine Drittelsekunde lang zu sehen war - das Bild, in dem er zu sehen war, und die Zeit zwischen dem Bild zurück und dem nächsten vorwärts."

Drake studierte einen langen Moment lang seinen Schreibtisch, bevor er seine Entscheidung traf.

„Haben Sie Ihren Computer dabei, Ms. Chase?"

Als sie nickte, zeigte er ihr sein Handy mit der Nachricht von Zhang Ru.

„Schreib diese Adresse auf."

„Das brauche ich nicht."

Er sah es sich selbst an. Es war eine komplexe Mischung aus etwa fünfzehn Buchstaben und Zeichen. Drake hasste es, sich unterlegen zu fühlen, aber im Moment...

„Das Passwort ist AliHaydar", buchstabierte er es.

Beinahe hätte er ihr die Beschränkungen für das, was sie sehen würde, mitgeteilt, aber er änderte seine Meinung im letzten Moment. Er wusste, wenn er sie anweisen würde, den Inhalt der Datei niemals preiszugeben, würde er sie wahrscheinlich nie davon überzeugen können, diese Anweisung zu ignorieren.

„Bitte sieh sie dir an, ohne sie einem von uns zu zeigen. Ich habe einen... Mitarbeiter, der an deinen Schlussfolgerungen interessiert ist."

49

„DAS IST NEU, CLARISSA", GRINSTE CIA-DIREKTOR CLARK
Winston zu ihr herunter.

„Fahr zur Hölle, Clark." Die 75. Rangers der US-Armee
waren freundlich und zuvorkommend gewesen und hatten sie
mit stahlharten Händen behandelt, als wäre sie eine Taliban-
Terroristin.

Zwei äußerst imposante Ranger in voller Kampfmontur
hatten sie mit gefesselten Handgelenken in die CIA-Lobby
geführt - vielleicht hätte sie nicht versuchen sollen, dem Master
Sergeant die Augen auszukratzen. Sie weigerten sich, sie ohne
eine handgeschriebene Quittung des Direktors freizulassen.

Er lachte nicht mehr: „Auf wen soll ich die Quittung
ausstellen?"

„Ich wurde angewiesen, die Quittung auf den Namen von
General Fitzgerald Patrick ausstellen zu lassen", sagte der
Feldwebel.

„Fitz?" Clark klang überrascht.

„Das ist es, wonach ich fragen sollte, Sir", sagte er immer
noch höflich. Jetzt wünschte sie sich, sie *hätte* seine Augen
erwischt.

Aber Clarissa sagte kein Wort. Es war ihr egal, ob Clark und Fitz alte Saufkumpane *waren*. Sie wollte die sensibelsten Informationen über jedes Projekt der NRO - das nicht zu ihrem gehörte - herausfinden und sie von seinem Büro aus verbreiten. Oder sie würde ihn dazu bringen, die Details der schamlosesten Affären des vorherigen Präsidenten zu veröffentlichen - sein Geschmack bei Frauen war so schlecht wie sein Geschmack bei Fast Food. Wie auch immer, sie hatte einen persönlichen Hacker in ihrer Abteilung, der nur zu gern einen E-Mail-Server der NRO für sie hacken würde. General Fitzgerald Patrick würde dafür zu Fall gebracht werden.

Es war so erniedrigend, wie ein verlorenes Gepäckstück eingetauscht zu werden. Und dann, nachdem die Ranger ihr Stück Papier genommen hatten und wegschritten wie die Soldaten der Special Operations, die sie waren, musste sie den Sicherheitsdienst bitten, ihre Fesseln zu zerschneiden, weil Clark nicht einmal ein Taschenmesser dabei hatte. Die Frau, die die Schicht leitete, grinste eindeutig, während sie die Fesseln durchtrennte.

Schlampe!

Doch diesmal behielt Clarissa den Gedanken für sich.

Clark nahm sie am Arm und begleitete sie aus der Lobby und durch den Innenhof zu *Kryptos*.

„Ich würde mich lieber herrichten." Sie versuchte wegzugehen, aber er verstärkte nur seinen Griff. Sie hatte es so satt, herumgeschubst zu werden, aber bevor sie sich wehren konnte, drückte er sie auf eine der Steinbänke vor der kryptografischen Skulptur.

„Du siehst perfekt aus, wie immer."

Männer waren so blind. Sie spürte, dass ihr Rock schief saß. Sie hatte eine lange Laufmasche in ihren Strümpfen und ihre Haare waren über die Schultern verteilt - ihr Haargummi war der missglückten Aktion zum Opfer gefallen, die NTSB-Frau zu packen und zum Schweigen zu bringen.

„Jetzt sag mir, warum ich heute Morgen alleine aufgewacht bin." Er blieb stehen, so dass sich sein Schritt fast auf Gesichtshöhe befand. Er hatte Glück, dass *sie* kein Taschenmesser dabei hatte. Ein Blick nach unten offenbarte einen tiefen Schnitt in der Schuhspitze ihrer Lieblings-High Heels von Rejina Pyo. Würde Clark den Schaden an ihrem Schuh spüren, wenn sie ihm damit in die Eier treten würde?

„Du bist nicht alleine aufgewacht. Ich habe dir vor dem Frühstück das Hirn rausgefickt. Du bist derjenige, der wieder eingeschlafen ist." Männer lieben Sex am frühen Morgen, das wusste sie, und Clark war da keine Ausnahme. War es ihre Schuld, wenn er wieder einschlief, wenn es noch etwas zu tun gab? Sie hatte ihm auch erlaubt, sie nach dem Steakessen, bei dem sie gemeinsam gegessen hatten - und ja, auch fotografiert worden waren - zu nehmen, genau wie geplant. *Erinnere dich an den Plan.* Sie atmete tief durch, aber das beruhigte sie nur wenig.

Er schaute sich im Hof um, als würde er nachdenken. Es war mitten am Vormittag und zum Glück war der Fußgängerverkehr im Hof minimal und hier bei *Kryptos* gar nicht vorhanden.

„Ich mag es, wenn du dein Haar offen trägst", sagte er und konzentrierte sich wieder auf sie.

„Gut. Wie auch immer." Wenigstens wusste er es besser, als zu versuchen, den Lieblingsgriff ihres Vaters zu benutzen, wenn sie zusammen im Bett waren. Er war ein rücksichtsvoller Liebhaber, wenn auch kein geschickter. An letzterem würde sie definitiv arbeiten müssen, wenn sie sich für den Rest ihres Lebens für ihn entscheiden wollte - sie hatte schon zu viele Karrieren wegen wandernder Libido enden sehen, also musste sie ihm treu bleiben. Und Clark war definitiv ein Ein-Frau-Mann.

Schließlich setzte er sich genau dorthin, wo Miranda Chase

gestern noch auf der Granitbank gehockt hatte. „Jetzt erklär mir mal, was heute Morgen los war."

„Diese Miranda Chase steht kurz davor, das Casper-Drohnenprojekt aufzudecken."

„Wie ist das möglich? Ich dachte, sie untersucht eine abgestürzte C-130?"

Clarissa fühlte sich krank. „Das tut sie."

„Aber wie sind die beiden miteinander verbunden?"

50

JEREMY HATTE SICH EINE STUNDE LANG ÜBER DIE FLUGSCHREIBER gebeugt, bevor er ihn und Holly zu sich rief. Sie hatten beide ihre Hilfe angeboten, aber es war nicht einmal klar, ob Jeremy sie gehört hatte, während er arbeitete. Stattdessen hatte Mike die Zeit damit verbracht, Schulter an Schulter mit Holly zu sitzen und die Fotos durchzusehen, die sie in ihrem Stiefelabsatz aufbewahrt hatte... und nichts Neues zu lernen.

„Der Stimmenrekorder ist erstaunlich uninformativ", sagt Jeremy und zeigt auf die verschnörkelten Linien einer Audiodatei auf seinem Bildschirm. „Es hört sich an wie das Zischen einer Tür, die sich während des Fluges öffnet und den Wind hereinlässt, dann ein lauter Knall, den ich als zerfetztes Metall interpretiere, aber alles in einem Augenblick. Der Kopilot fluchte nur unvollständig und nur eine Sekunde später hörte man den Absturz des Flugzeugs."

Es war alles so schnell passiert, dass Mike über den Mangel an Informationen nicht überrascht war. „Die Piloten können uns also nichts aus ihren Gräbern heraus erzählen."

„Was ist mit den Daten?" Holly beugte sich vor, um einen

Blick auf Jeremys Bildschirm zu werfen. Mike machte sich gar nicht erst die Mühe, weil es ihm nicht viel sagen würde.

„Hier wird es interessant. Dieser Datensatz zeigt einen Strömungsabriss bei niedriger Geschwindigkeit und einen Absturz."

„Blödsinn!" Sogar Mike wusste, dass das falsch war.

„Es ist gut, sogar sehr gut gemacht, aber es ist innerlich nicht konsistent."

„Was soll das heißen?"

„Das bedeutet", sagte Holly, „dass jemand die Daten des Rekorders gefälscht hat.

„Warum sollten sie... Oh, was wollten sie denn verstecken?"

„Zum Glück sind sie auch nicht sehr schlau", Jeremy tippte auf ein paar Tasten und alle Zahlen änderten sich. „Ein CVDR soll dreißig Minuten Sprache und zwei Stunden Daten aufzeichnen und sich selbst in einer Schleife überschreiben. Aber hier haben sie ihr Absturzszenario eingefügt, bevor sie die anderen Daten gelöscht haben. Dann gingen sie zurück und löschten die eigentlichen Absturzdaten, ohne sie zu säubern."

„Du hast es also einfach... wiederhergestellt?"

„Ja!" Jeremy sagte das, als ob solche Dinge normal wären. „Ich musste die Tabelle für die Zuordnung des Dateisystems neu erstellen, deshalb hat es so lange gedauert, aber ich habe es geschafft."

„Du hast gerade die Programmierer aus Groom Lake überlistet?"

Jeremy zuckte mit den Schultern, aber Holly zog ihn in eine seitliche Umarmung. „Wir sind so stolz!" Sie küsste ihn auf die Schläfe und er strahlte förmlich vor Freude. Eine Freude, die er sofort verdrängte, indem er sich dem Bildschirm zuwandte.

„Seht ihr hier? Der Übergang vom Geradeausflug zu einer überdurchschnittlichen Sinkgeschwindigkeit war eine Sache von ein paar Hundertstelsekunden. Die meisten Daten wurden zu diesem Zeitpunkt gelöscht. Ich vermute, dass das Heck abgerissen wurde, als der Rumpf so abrupt vom Horizontalflug in den vertikalen Sinkflug überging. Ein Datenkabel, das entlang des Hauptträgers an der Unterseite des Rumpfes verläuft, überlebte weitere drei Hundertstelsekunden und zeichnete eine Fluggeschwindigkeit von fast Mach 2 auf."

„Auf keinen Fall!" Holly hörte auf, auf den Bildschirm zu starren, um Jeremy anzustarren. „Eine C-130 kann nicht mit Mach 2 fliegen. Das ist aerodynamisch nicht möglich."

„Es ist genau da", lenkte Jeremy ihre Aufmerksamkeit wieder auf den Bildschirm.

„Was wäre, wenn das, was es getroffen hat, mit Mach 2 unterwegs war?" schlug Mike vor.

Beide drehten sich um und sahen ihn an.

„Es *gab* nur das eine Wrack..." betonte Jeremy.

„Weißt du noch, die Flügel, um die ich kreisen musste, um die Bodenproben zu sammeln?" Mike konnte sie immer noch ausgestreckt sehen, schimmernd in der Mittagshitze. „Erinnerst du dich an den Flügel, den ich umgedreht habe? Die Oberseiten waren eingedrückt und aufgerissen, als ob man mit einem Zestenreißer über die Oberfläche gefahren wäre. Was ist, wenn dieser Zester etwas war, das mit Überschallgeschwindigkeit und sehr, sehr nah kam?"

Jetzt stand ihnen die Überraschung ins Gesicht geschrieben.

„Ich habe ein Gehirn, verdammt noch mal."

„Das tut ein Emu auch. Es wiegt fast eine ganze Unze. Das ist eine Nummer zu groß für dich." Aber Holly gab sich keine Mühe mit der Beleidigung. Sie dachte eindeutig über seine Idee nach und sah aus, als hätte sie in eine Zitrone gebissen.

„Das würde das Zischen und Knallen auf dem Stimmenrekorder im Cockpit erklären."

Holly nickte zustimmend... und er würde wetten, dass sie das hasste.

„Um diese Art von strukturellem Schaden zu verursachen, müsste es innerhalb..." Jeremy rief eine Modellierungssoftware auf seinem Computer auf und tippte schnell ein paar Zahlen ein, bevor er leise pfiff. „Bei Mach 2 müsste es innerhalb von drei Metern vorbeifliegen. Das wäre deutlich weniger als die Höhe des Hecks der C-130. Das nenne ich mal fliegen."

51

Da er das Gefühl nicht loswurde, dass sein Körper immer noch im Hangar in Groom Lake auf seinen Rädern stand, beschloss Harvey, etwas Normales zu tun.

Helen war mit ihrer Arbeit beschäftigt und er konnte nicht schlafen.

Ohne besonders klar zu denken, ging er hinaus auf den Baseballplatz.

„Da ist er!" rief Hinkle, als er um die Ecke des DFC kam - Harvey hatte keinen Hunger verspürt. „Du hast dir Zeit gelassen, Kumpel. Das Spiel fängt gerade erst an."

Spiel? Harvey hatte nur gehofft, dass jemand für eine Partie Werfen und Fangen in der Nähe war. Er schüttelte den Kopf, um klar zu werden, und überprüfte das Feld. Die *Fire Heads* waren gerade dabei, das Feld zu betreten - die Munitionsspezialisten. „Äh, wo stehe ich in der Reihenfolge?"

„Ich setze dich zum Aufräumen direkt hinter mich."

Harvey nickte und ging, um sich einen Schläger auszusuchen und sich zu dehnen. Der vierte Platz gab ihm ein paar Minuten Zeit. Er warf seinen Handschuh auf die Bank und nahm einen 35-Zoll-Aluminiumschläger, den er sich über die Schultern legte, um sich zu dehnen, nachdem er elf Stunden im Casper verkabelt war.

Er musste anhalten und die Stelle hinter seinem rechten Ohr reiben.

Der verdammte Quacksalber von Arzt hatte recht - es fühlte sich von innen wie eine Stahlplatte an, aber er konnte sie mit seinen Fingerspitzen nicht finden.

Er ging zurück und dehnte sich. Maxwelton beobachtete ihn seltsam. Maxie blieb meistens für sich. Er war schon eine Weile bei den *Remotes*, ein fast so guter Hitter wie Harvey, aber er spielte tief im linken Feld und Harvey auf der ersten Base, so dass sie auf dem Spielfeld nicht viel miteinander zu tun hatten.

„Hey", begrüßte Harvey ihn, aber er starrte weiter.

Dann griff er nach oben und rieb sich hinter seinem eigenen rechten Ohr.

„Ohne Scheiß!"

„Kein Scheiß."

Harvey wusste nicht, was er noch sagen sollte. Harrington hatte ihn keinem anderen Casper-Piloten vorgestellt. War das Absicht gewesen?

Er drehte sich um, als ein Schläger schlug und der Ball hart auf den Handschuh traf. Hinkle war gerade ausgeworfen worden. Nur Smitty hatte es auf die Base geschafft und stand ganz allein auf der zweiten Base. So viel zum großen Vorteil des Cleanup-Schlags. Zwei Outs zu Beginn der ersten Runde - kein guter Start.

Er tauschte einen letzten Blick mit Maxie aus, bevor er auf die Plate trat. Tief und außen, warum zum Teufel war er auf den ersten Pitch gefallen? Er schoss ihn ins rechte Feld und sie waren fertig.

Erst im fünften Inning saß er bei Maxie im Dugout, ohne dass jemand anderes in der Nähe war.

„Sechs-eins", seufzte er, als er sich mit einer Wasserflasche hinsetzte. „Die *Feuerköpfe* sind echt scheiße."

„Ja, zu schade, dass wir noch beschissener sind."

„Ja, schade", stimmte Harvey zu. Er versuchte, sich nicht an seinem Ohr zu reiben, konnte es aber nicht.

„Das ist Gewohnheitssache", räumte Maxie ein.

In diesem Moment bemerkte Harvey, dass Maxie seine eigenen Hände fest in seinem Schoß verschränkt hatte und versuchte, dem Drang zu widerstehen.

„Es ist The Rip, Mann."

The Rip?"

Maxie schaute ihn schnell an. „Wie lange bist du schon eingesteckt?"

„Erster Flug."

„Scheiße! Verdammter Harrington."

„Was ist The Rip?"

Maxie zuckte mit den Schultern, aber Harvey wollte auch nicht, dass er wegging, also wechselte er das Thema.

„Wie viele andere gibt es von uns?"

„Ein paar andere, glaube ich. Jefferson ist vor zwei Tagen durchgedreht."

„Durchgedreht?" Harvey hoffte, dass das nicht das bedeutete, was er dachte, aber Maxie tippte ihm an die Schläfe.

„Ich glaube, er kam von einem Flug über Brasilien zurück und fing an, Stunts zu machen. Gerüchten zufolge hat er im Süden ein paar kleine Flugzeuge vom Himmel geholt. Ich habe gehört, wie die Techniker über ein Dutzend Touristen an Bord eines Inselhoppers geflüstert haben, der in der Karibik vor Yucatan abgestürzt ist. Sie fingen an zu erzählen, dass einer von uns ganz in der Nähe runter gekommen ist", er nickte in Richtung Süden, „aber sie hörten schnell auf, als sie merkten, dass ich zuhörte. Sie vergessen, dass wir sie sogar hören können, wenn wir fliegen."

„Die große Explosion gestern Nachmittag?" Harvey war überrascht, dass sie so nahe bei Groom Lake Bombentests durchführten. Das war höchst ungewöhnlich. Aber wenn es eine Drohne war...

„Nein. Das waren wir nicht. Ich bin letzte Nacht darüber geflogen, als ich auf dem Weg nach... na ja... raus war, um zu sehen, was es zu sehen gibt. Nichts als Trümmer. Hercules, vielleicht eine C-17, nicht genug übrig, um es genau zu sagen."

Jefferson ist durchgedreht? Harvey gefiel dieser Gedanke überhaupt nicht, als Hinkle ausschlug und sie auf das Spielfeld zurückkehrten. Er erinnerte sich daran, dass der Kerl sich in letzter Zeit ziemlich seltsam verhalten hatte und dann nicht mehr zu den Spielen erschien.

Wo war er jetzt? In einem hässlichen Besprechungsraum? Oder in einer Gummizelle?

Oder noch schlimmer?

Harvey spürte trotz der morgendlichen Hitze einen kalten Schauer.

52

Miranda lud die Dateien herunter und blätterte sie schnell durch.

Ein Shenyang J-31 Gyrfalcon-Kampfjet der fünften Generation.

Sie blickte zu Drake auf, aber er schüttelte nur den Kopf, sodass sie den Mund hielt. Vielleicht wollte er nicht, dass Colonel Elizabeth Gray den Inhalt erfuhr. Aber es wäre ein Leichtes gewesen, sie aus dem Raum zu schicken. Vielleicht wollte er selbst nicht wissen, was sie enthielten.

Es war seltsam, aber es fühlte sich richtig an, auch wenn sie eher weniger als mehr Erfolg mit instinktiven Schlussfolgerungen hatte.

Sie konnte die Beschriftungen der verschiedenen Datenströme nicht lesen, aber die Zahlen verrieten ihr, was sie sah: Höhe, Fluggeschwindigkeit, G-Kräfte, Motortemperaturen und so weiter.

Sie ordnete die verschiedenen Feeds auf ihrem Bildschirm an, synchronisierte sie und drückte auf Play. Satellitenbilder, zwei volle Bildschirme mit Daten aus dem Flugzeug selbst und eine begrenzte Radarabdeckung. Seltsamerweise gab es keine Tonspur.

Der Flug schien normal zu sein. Der Pilot war gut, machte aber keine Manöver, die sie nicht auch bei niedrigeren Geschwindigkeiten in ihrem eigenen Sabrejet hätte machen können.

Er tauchte außer Sichtweite in eine Bergkette.

Der Pilot, der auftauchte, hätte eine ganz andere Person sein können. Er flog Kombinationen, die sie selbst bei den extremsten Kunstflugshows noch nie gesehen hatte. Irgendetwas hatte sich außer Sichtweite in den Bergen, verändert.

Es gab einen sehr aktiven Kunstflugverein auf der Nachbarinsel von ihrer eigenen. Sie flog oft mit einer unscheinbaren Beech C23 Sundowner nach San Juan Island, um die Wettbewerbe auf dem Friday Harbor Airport zu beobachten.

Waren diese extremen Manöver, die in den Aufnahmen festgehalten wurden, auch so außergewöhnlich, wenn sie in einem modernen Militärflugzeug durchgeführt wurden? Sie dachte es, war sich aber nicht sicher.

Wieder hätte sie Drake fast die Frage gestellt, überlegte es sich dann aber anders, als sie seinen starren Blick sah. Keine zusammengekniffenen Augen, keine Emotion, die sie deuten konnte.

Colonel Gray beobachtete ihn mit der gleichen Neugierde, mit der sie Miranda bei ihrer ersten Begegnung angesehen hatte.

Miranda wandte sich wieder den Bildern und Anzeigen zu.

Mit dem Flugzeug war alles in Ordnung und der Pilot zeigte eine meisterhafte Kontrolle.

Das Flugzeug verschwand hinter den Bergen und tauchte nicht wieder auf.

Die Datenübertragung endete abrupt. Im letzten Moment gab es eine starke Abwärtsbeschleunigung.

So schlimm wie das, was die Hercules getroffen hatte.

Sie ließ den Multi-Screen-Feed erneut laufen.

Irgendetwas stimmte nicht.

Miranda fand es bei der dritten Wiederholung. Es gab eine Reflexion auf der Kabinenhaube der Shenyang. Aber die Reflexion änderte sich nicht mit dem Winkel, in dem sich das Flugzeug zur Sonne drehte. Sie umarmte das Flugzeug wie ein Spiegel.

Bei Mach 1,9.

Nur bei zwei Gelegenheiten wich seine Position um wenige Meter von der Seite des Shenyang ab.

Sie zog ihr Handy heraus und schrieb Holly eine SMS, denn das war die einzige Nummer, die sie für das Team hatte.

Ist es möglich, dass ein Hochgeschwindigkeitsflugzeug aus nächster Nähe die C-130 zum Absturz gebracht hat?

Die Antwort kam innerhalb von Sekunden zurück. *Wir überprüfen das Modell gerade. Nach den wiedergefundenen CVDR-Daten denken wir, dass ~Passage mit Mach 2 über Herkules Kreuzung im rechten Winkel. 3 Meter maximaler Abstand?!?!?!?*

Miranda betrachtete das Wrack der Hercules und zog ihre eigenen Schlüsse.

Ja, diese Kraft würde ausreichen, um den Schaden und die abrupte Richtungsänderung der Hercules zu erklären.

„Wir wissen, warum deine Herkules abgestürzt ist." Sie sprach, ohne aufzublicken. Sie ignorierte die Aufregung, die diese Aussage im Raum auslöste. Sie startete die chinesische Satellitenübertragung neu und zoomte bis zur Auflösungsgrenze heran - deutlich niedriger als bei Colonel Grays KH-11. Was, wenn die seltsame Reflexion des Shenyang J-31 tatsächlich ein anderes Flugzeug war?

Was, wenn es ein Überschallflugzeug war, dem der J-31-Pilot entkommen wollte, aber nicht konnte? Eine Fähigkeit, so nah zu fliegen, dass sie die C-130 Hercules in Groom Lake zerfetzt hatte.

Sie klappte ihren Laptop zu und dachte über das Problem nach.

Wenn der J-31-Pilot nicht *mit* dem "Spiegelbild"-Flugzeug zusammenarbeitete, dann beschattete es jedes seiner Manöver. Je verzweifelter der Flug wurde, desto näher kam es. Sie konnte seine Panik so sicher spüren, wie sie sich immer vorgestellt hatte, dass ihre Eltern bei ihrem langen Sturz in den Ozean in Panik geraten waren. In gewisser Weise war es das einzige Gefühl, das sie wirklich verstand.

„Die Steuermanöver..."

„Was war das?" Drake bellte sie an.

„Tut mir leid, ich hätte nicht so laut sprechen sollen."

„Sprich trotzdem."

Miranda konnte ihm nur überrascht zublinzeln. „Ich habe verstanden, dass du ausdrücklich nicht willst, dass ich darüber spreche", sagte sie und klopfte mit der Hand auf ihren Laptop.

„Wollte ich. Will ich. Äh... Vielleicht in allgemeinen Worten."

„Du möchtest, dass ich die Einzelheiten in allgemeinen Worten bespreche?"

Er schenkte ihr ein kühles Lächeln. „Ganz genau."

Sie starrte auf den Laptop hinunter. „Das ist nichts, was ich gut kann." Es gab so viele Dinge, die sie nicht gut konnte.

„Versuch es."

Miranda konnte den Angstschweiß des Piloten auf ihren eigenen Handflächen spüren.

„Bitte", bat er so leise wie vorhin, als er sie gebeten hatte, zu bleiben. Oder war es gestern? Alles verschwamm ineinander.

Sie ärgerte sich immer noch darüber, dass sie aus Versehen das Codewort "Amber" verraten hatte und wollte nicht noch einmal erwischt werden.

„Ein... außergewöhnlich manövrierfähiges Flugzeug flog

über deine Hercules C-130 in einer Entfernung, die näher war als du und ich jetzt sitzen."

„Aber das..."

Sie hielt einen Finger hoch, um ihn zum Schweigen zu bringen. „Das geschah in einem Winkel von neunzig Grad zur Flugbahn der C-130, ohne das senkrechte Leitwerk des Heckleitwerks zu berühren, während es mit Mach 2 unterwegs war. Eine außergewöhnliche Demonstration von präziser Kontrolle."

„Aber keine der Radaraufnahmen zeigt ein zweites Flugzeug", beugte sich Colonel Gray vor.

„Vergiss nicht den Blitz auf dem einen Bild", entschied Miranda. Wenn man sowohl die Blitzquelle als auch die Aufnahmehardware des KH-11-Satelliten in Betracht zog, war das eine vernünftige Hypothese. „Vielleicht eine verengte Auslassöffnung, die durch ihre Bewegungsgeschwindigkeit unscharf wird und sich schneller bewegt als die Bildaufzeichnungsrate des CCDs. Ladungsgekoppelte Bauteile, der lichtempfindliche Teil jeder Digitalkamera, haben eine Bildaufnahmerate von..." Drakes Geste unterbrach sie. Sie hasste es immer, wenn sie einen Satz nicht beenden konnte. - *von einer Sechstelsekunde,* ergänzte sie für sich.

„Eine verengte..." Drake schaute verwirrt.

„Stealth", flüsterte Gray überrascht.

„Ganz genau", stimmte Miranda zu. „Ein verengter Auspuff eines Tarnkappenflugzeugs wäre nur aus einem kleinen Blickwinkel sichtbar, so dass seine Spur in der Dunkelheit in allen anderen Winkeln praktisch unsichtbar wäre. Das ist die einzige Möglichkeit, die zu den bekannten Daten passt. Wenn man das Unmögliche ausschließt, muss das, was übrig bleibt, egal wie unwahrscheinlich es ist, die Wahrheit sein."

„Jetzt zitierst du uns Sherlock Holmes."

„Sir Arthur Conan Doyle, um genau zu sein. Aber ja." Miranda hatte sich schon immer mit Doyles verrücktem

Detektiv verwandt gefühlt. Mit seinen fiktionalen Entscheidungen stimmte vieles nicht (sowohl bei den Drogen als auch bei Irene Adler), aber nicht mit seiner geistigen Beweglichkeit. „Nun, ganz allgemein gesprochen, General Nason, ist Ihr Mitarbeiter mit einem ähnlichen Dilemma konfrontiert. Ein Flugzeug von scheinbar unmöglicher Manövrierfähigkeit wurde auf seinen Bildern festgehalten. Es flog mit einer Präzision und Reaktionszeit, wie ich sie noch nie gesehen habe. Mein erster Gedanke war, dass es sich nur um eine seltsame Reflexion handelt."

„Aber wenn es ein hochmanövrierfähiges Tarnkappenflugzeug wäre..." Drake starrte an die Decke, während er den Gedanken langsam aussprach. Sie blickte nach oben, halb in der Erwartung, dort ein Flugzeug zu sehen, als ob er es studieren würde.

„Nicht nur wendig. Seine Reaktionsfähigkeit ist fast roboterhaft perfekt."

„Beinahe?"

„Ich habe sehr vorsichtig gesprochen, Drake."

53

Er wollte, dass die Welt für eine Minute langsamer wurde. In weniger als einer Stunde sollte Drake dem Präsidenten Bericht darüber erstatten, was in der Wüste am Groom Lake an Bord der Hercules verloren gegangen war. Ein Tarnkappenflugzeug, das den Groom Lake *und* irgendwo in China erreichen konnte? Das mussten die Russen sein, aber seine Geheimdienstberichte deuteten auf kein solches Flugzeug hin. Wie sollte er...

„Glaubst du, es war dasselbe Flugzeug?"

Drake wusste, dass es einen Grund gab, warum er Colonel Gray mochte. Die Frau behielt in einer Krise ihren Kopf.

Chase neigte den Kopf in die eine und dann in die andere Richtung. „Zumindest dasselbe Konzept - ob es sich um dieselbe Rahmennummer handelt, kann ich anhand der mir vorliegenden Beweise nicht sagen. Es ist eine begründete Vermutung, denn beide beobachteten Manöver waren von so außergewöhnlichem Kaliber, dass es unwahrscheinlich erscheint, dass eine solche technische Finesse gleichzeitig in zwei verschiedenen Flugzeugen erreicht werden kann. Das ist definitiv etwas ganz Neues. Zumindest nach meiner Erfahrung."

Eindeutig russisch.

Drake rieb sich die Stirn. Mit dem Kalten Krieg waren sie schon vor dreißig Jahren fertig geworden. Er war dabei gewesen, ein frischgebackener Major im 75. Ranger-Regiment und so stolz auf sein Eichenlaub, als die Mauer in Berlin fiel.

Der Krieg war vorbei.

Ende.

Aber es gab Somalia, Irak, Afghanistan, Libyen, Syrien und genug andere Höllenlöcher, um ihn in den Ruhestand zu schicken, wenn der Präsident ihn nicht persönlich gebeten hätte, zu bleiben. Und jetzt war der Kalte Krieg wieder da, mit Begriffen, die es zu Beginn seiner Karriere noch gar nicht gegeben hatte: Cyberangriffe, Desinformationskampagnen in den sozialen Medien, Drohnen, das Internet selbst...

Hölle!

...JSOC, die Night Stalkers, sogar die Tarnkappenflugzeuge waren noch keine fünf Jahre alt, als er dazukam. Und die Delta Force weniger als zehn.

„Könnte ich mir das weitere Gebiet am Groom Lake ansehen?" fragte Miranda auf ihre seltsam leidenschaftslose Art.

Colonel Gray kümmerte sich um die Vorbereitungen für Chase, während Drake darüber nachdachte, wie schlimm es wäre, sturzbetrunken zu einem Treffen im Weißen Haus zu erscheinen.

Chase fragte immer wieder nach verschiedenen Ansichten und Wiederholungen.

Im schwachen Licht des Bildschirms, der vor allem in der Dunkelheit der Nacht leuchtete, begann er zu sammeln, was er brauchen würde.

„Da ist es."

54

„WAS?" FRAGTE GRAY IM SELBEN MOMENT WIE ER. SO WUSSTE
Drake wenigstens, dass er nicht der Einzige war, der im
Dunkeln tappte.

„Spul es zurück. Hier", Chase streckte die Hand aus und
nahm die Tastatur von Gray. „Achtet auf den oberen rechten
Quadranten." Sie beherrschte die Bildgebung genauso gut wie
Gray. Die Lichter der Start- und Landebahn von Groom Lake
und einige andere Gebäude markierten die Basis. Die Uhr in
der unteren rechten Ecke zeigte, dass die Zeit weiterlief.

„Wonach suchen wir...", seine Stimme verstummte, als die
Lichter der Landebahn erloschen. Die Basis war noch zu
sehen, also war es nicht die Kamera. Irgendetwas landete auf
der Landebahn, das niemand sehen sollte, nicht einmal mitten
in der Wüste von Nevada, in der Stunde vor der
Morgendämmerung, auf einem Stützpunkt, der nur mit
Personal besetzt war, das eine Top-Secret- oder bessere
Freigabe hatte. Etwas, dem das Fehlen der
Landebahnbeleuchtung egal war.

„Achtet auf den unteren rechten Quadranten", sagte
Miranda und zoomte schnell heran.

Am südlichen Ende der Start- und Landebahn waren die Umrisse eines Hangars zu erkennen. Plötzlich strahlte ein Licht in die Nacht hinaus. Ein langes, schlankes Flugzeug mit Delta-Flügeln glitt vom Ende der dunklen Landebahn und drehte dann anmutig in das Licht, das aus den Türen des Hangars strömte. Für einen kurzen Moment war es perfekt beleuchtet.

Chase hielt das Video an und zoomte heran, bis das Flugzeug den Bildschirm ausfüllte.

„Keine Markierungen", stellte Chase fest. „Nur eine Tarnfarbe."

„Kein Cockpit", fügte Gray hinzu. „Eine Drohne."

Das war es, was es war. Das *musste* es sein. Eine Drohne, die eine C-130 Hercules heruntergeholt hatte, und was auch immer Zhang Ru so verstört hatte, dass er seine Hilfe bei der Interpretation seiner Bilder benötigte. Darüber würde er später nachdenken müssen.

„Scheiße! Es gehört uns."

55

Drake wusste, dass das wahrscheinlich eine noch schlimmere Schlussfolgerung war, als dass es Russisch war.

Die US-Dienste verheimlichten nicht nur Dinge voreinander, sie bauten auch geheime Flugzeuge und führten geheime Missionen gegen ausländische Einrichtungen durch, ohne sich gegenseitig zu informieren. Er war der Vorsitzende der Generalstabschefs und sollte über alles Bescheid wissen, was der Präsident oder der Nationale Sicherheitsberater wussten.

Aber was, wenn er das nicht tat? Vielleicht hatten sie ihn ausgeschlossen, und in diesem Fall war es definitiv an der Zeit, in den Ruhestand zu gehen.

Oder noch schlimmer: Was wäre, wenn der Präsident und sogar die NSA nichts davon wüssten?

Dann blieb nur noch die CIA.

„Gray. Finde heraus, woher die F-35 Lightning II kam, die unsere Hercules bombardiert hat."

„Das habe ich schon. Auf der Luke Air Force Base in Glendale, Arizona, fehlt eine."

„Lass mich raten. Das Flugzeug ist verschwunden, aber alle

Piloten sind auffindbar."

Gray nickte. „Aber wer außerhalb der Air Force ist dafür ausgebildet, die F-35 zu fliegen?"

„Ein paar Piloten der Air National Guard und..."

Ihr Keuchen war sehr befriedigend.

„Mein Team vermutet die CIA", sagte Miranda, bevor Gray das Wort ergreifen konnte.

„Ja, ihre Sondereinsatzgruppe hat drei Piloten, die unser Trainingsprogramm durchlaufen haben."

Unser. Drake gefiel, dass Gray den Dienst, aus dem sie stammte, immer noch würdigte, anstatt die Probleme der Luftwaffe als die von jemand anderem zu betrachten. An Colonel Gray gab es eine Menge zu mögen. Auch an ihrem Verstand gab es nichts auszusetzen.

„Dieselben Leute, die heute Morgen versucht haben, mich zu entführen", bemerkte Chase leise.

„Sie wollten nicht, dass du das Problem löst. Du bist in Sicherheit, sobald wir sie wissen lassen, dass du es bereits getan hast. Dann liegt es nicht mehr in deiner Hand."

„Warum sollte die CIA ein zerstörtes Flugzeug der Air Force auf einer geheimen Militärbasis bombardieren?"

„Um den Schaden zu verbergen, den sie an dem US-Militärflugzeug angerichtet haben."

„Vielleicht..." Er wollte Grays Schlussfolgerung nicht anfechten. Er wollte, dass das alles war, was es zu sagen gab. Aber was, wenn es noch mehr war?

Was wäre, wenn die CIA beschlossen hätte, dem US-Militär den Krieg zu erklären? Auf dem Flug befanden sich zwei verdeckte Ermittler. Und der Verlust einer dieser Personen könnte verheerend sein.

Wenn das ein *CIA-Angriff* war?

Weil sie von dem Passagier wussten?

Dann stände die Nation am Rande eines Krieges zwischen den Geheimdiensten.

56

DRAKE WAR AMÜSIERT, ALS ER SAH, DASS CIA-DIREKTOR CLARK
Winston die blonde Frau von dem Fiasko heute Morgen
mitgebracht hatte.

Seine Ranger hatten sich auf jeden Fall einen Spaß daraus
gemacht, ihm von Clarissa Reeses schlechter Haltung
gegenüber ihrer Behandlung als Kriegsgefangene zu erzählen.
Als er Clark Winstons Quittung, die auf General Fitzgerald
Patrick ausgestellt war, zerfetzt hatte, hatten sie kein Wort
gesagt.

„Die Ranger zeigen den Weg, Jungs." Er schüttelte beiden
die Hand und klopfte ihnen freundlich auf den Rücken. Die 75.
Rangers waren brutal hart und es war eine heftige Schinderei
für jüngere Männer, aber ein Teil von ihm vermisste die
Kameradschaft. Davon gab es auf seinem Niveau nicht viel. Sie
verließen sein Büro mit dem wohlverdienten Stolz der guten
Soldaten, die sie waren.

General Fitzgerald Patrick hatte Colonel Gray mitgebracht.
Wahrscheinlich, um sich vor der schlechten Publicity zu
schützen, die durch die Nachricht entstanden war, dass er
Georgetown den Krieg erklärt hatte.

Drake tat sein Bestes, seine freundliche Begrüßung zurückzuhalten, um sie nicht in Schwierigkeiten mit ihrem Chef zu bringen. Als er ihr die Hand schüttelte, steckte sie ihm einen Zettel zu.

Er konnte sich ein Lächeln nicht verkneifen, als er es ansah.

Drake hatte die Chase-Frau dorthin gebracht, wo sie hinwollte - nach Hause. Am liebsten hätte er sie behalten oder sogar hierher in den Situation Room im Erdgeschoss des Weißen Hauses gebracht, aber beides war nicht zu rechtfertigen, also ließ er sie gehen. Er hatte sie mit einem Militärflug von der Andrews Air Force Base nach JBLM in Tacoma, Washington, geflogen, damit ihr Name nicht in den Passagierlisten auftauchte, bis er die Gelegenheit hatte, sich mit der CIA zu befassen.

Keine Zeit wie die Gegenwart.

Während sich die Leute noch am Konferenztisch im Sitzungssaal niederließen, ging er zu Clark Winston und Clarissa Reese an der Kaffeestation hinüber.

„Ruf deine Hunde von der NTSB-Frau zurück. Wir haben bereits die Informationen über dein Drohnenprojekt."

„Du hast keine Ahnung." Sie war klug genug, ihre Stimme leise zu halten, aber sie wusste noch nicht, dass man mit Klugheit und Rücksichtslosigkeit nicht jede Schlacht gewann.

„Gut." Er überreichte den Zettel, den Gray ihm gegeben hatte. „Ich weiß, dass der Präsident einen guten Film liebt."

Die Haut der Frau wurde deutlich weißer als ihr weißblondes Haar, als sie das las.

Die CIA hat versucht, den NRO-Satelliten-Feed zu löschen. Alle Schlussfolgerungen von MC bestätigt.

„Wer ist MC?" Clark las den Zettel über Reese' Schulter.

„Die Frau, die deine stellvertretende Direktorin Clarissa Reese heute Morgen in Georgetown entführen wollte. Versuchte Entführung und landesweite Schlagzeilen, weil sie einen Teil des Hauses eines Zivilisten in die Luft sprengte."

„Die CIA hat Georgetown angegriffen? Ohne Scheiß?" Clark tat sein Bestes, um überrascht auszusehen, aber es gelang ihm nicht ganz.

Er hätte es durchziehen können, wenn er gewollt hätte. Nach all den Jahren im Außendienst konnte er mit einem kerzengeraden Gesicht lügen.

Aber nicht die Blondine.

Reese warf einen kurzen, überraschten Seitenblick auf ihren Chef.

Es war offensichtlich, dass Miranda Chase Recht gehabt hatte; sie schliefen definitiv miteinander. Und Reese hatte Drake gezeigt, dass Clark sowieso von dem Angriff wusste.

Drake überlegte. Er hatte den Mann nie verstanden, aber er mochte ihn trotzdem. CIA-Direktoren waren notorisch humorlos und Clark Winston war ein frischer Windhauch. Aber er war offensichtlich sehr gut darin, Dinge mit seinem Sinn für Humor zu verstecken.

Er entschied sich gegen den Versuch, Clarissa Reese aus dem Weg zu räumen, nur damit er einen Einblick in Clarks Denken erhalten konnte. Wenn er mit jemandem spielen wollte, der kaum halb so alt war wie er, sollte er das tun.

„Lass Chase in Ruhe. Sie hat uns schon alles gesagt, was sie weiß." Drake richtete diese Worte an Reese, die ihn einen langen Moment lang mit ihren strahlend blauen Augen ansah, bevor sie zustimmend nickte. Er hatte eine Tochter und hoffte, dass seine Einschätzung von Reeses tatsächlicher Zustimmung richtig war. In ihrem Blick lag noch mehr, als ob sie seine eigene Tauglichkeit für etwas einschätzen würde.

Er wurde definitiv zu alt für diesen Scheiß und nahm seinen Kaffee mit an den Tisch. Er wählte einen Stuhl gegenüber von Gray. Ihre dunklen Augen hatten nichts von der kalten Berechnung der Reese-Augen. Die koffeinbetonte Wachsamkeit leuchtete, genau wie seine wahrscheinlich nach der langen Nacht, aber keine Spielchen. Er brauchte auf jeden Fall ihren Vornamen; ihre Telefonnummer hatte er bereits.

„Was zum Teufel treibst du denn, Patrick?" Präsident Roy Cole stürmte in den Raum, flankiert von seinem Stabschef und dem Verteidigungsminister, mit seiner üblichen unnachgiebigen Art. Sie standen alle auf, als der Präsident seine übliche tätschelnde Bewegung machte. Cole nahm seinen Stuhl am Kopfende des Tisches ein.

„Ich weiß nicht, was du...", stotterte Patrick.

„Du weißt es. Ich hatte immer das Gefühl, dass du die NRO als dein persönliches Lehen betrachtest. Desinformation, die zu militärischen Aktionen in Georgetown führt? Ist das wahr? Jetzt gibt es ein neues Leck in der geheimen Überwachung des Privatgeländes des russischen Präsidenten, das, wie ich höre, gerade über deinen eigenen E-Mail-Account in die *Washington Post* gelangt ist."

„Ich habe nie..."

Er winkte seinem Stabschef zu, der mit ihm hereinkam. Nora Farber zog ein Blatt Papier hervor und begann zu sprechen: „Die *Post hat* uns deine E-Mail als Vorwarnung geschickt. Wir haben bestätigt, dass die IP-Adresse mit deiner letzten E-Mail an den Präsidenten von heute Morgen übereinstimmt, in der es um die Bilder für die Ergreifung des iranischen Geheimdienstchefs geht."

„Bitte sag mir, dass du das nicht auch durchsickern lassen hast", sagte Cole, der sich kerzengerade aufrichtete wie der Ex-Green Beret, der er war.

„Ich habe nie etwas davon durchsickern lassen", schlug Patrick mit der Faust auf den Tisch.

Drake entdeckte das Aufflackern eines Lächelns auf Clarissa Reeses Gesicht. Das war definitiv eine gefährliche Frau, die man im Auge behalten musste. Vielleicht spielte Clark mit dem Feuer, oder er wusste gar nicht, was die Frau tat.

Aber besser der Hai, den er kannte, als der, den er nicht kannte.

„Ich wette, das war das Werk von diesem Arschloch." Patrick stieß mit dem Finger in seine Richtung und Drake konnte nur lachen.

„Ich wünschte, ich hätte daran gedacht", obwohl er an die ersten Teile gedacht hatte. Patrick hatte auch die CIA verärgert, weil sie hinter dem E-Mail-Leck stecken musste. Das spielte keine Rolle; Drake hatte über die Jahre auf zu vielen Schlachtfeldern gekämpft und viel zu viel Politik gemacht, um sich so leicht überrumpeln zu lassen.

„Und du brauchst ein breiteres Vokabular an Beleidigungen, General Patrick. Die beiden Passwörter, die du mir so widerwillig gegeben hast, für Daten, die ich rechtmäßig angefordert habe - UpYoursAsshole und FuckYouTwiceAsshole - haben eine sich wiederholende gemeinsame Textzeichenfolge, die laut Kryptoanalytikern eine schlechte Form ist."

Cole blickte einen Moment lang finster auf den Tisch, bevor er sprach. „Ich habe dich nie gemocht, Patrick. Du warst schon immer ein arrogantes Arschloch. Und jetzt wird mir klar, dass ich dir auch nie getraut habe. Du", er zeigte mit dem Finger auf Gray. „Wer bist du?"

"Colonel Elizabeth Gray, Sir."

Jackpot. Drake hatte endlich ihren Vornamen. Nun, vielleicht war dieser Gedanke eher für einen Fünfzehnjährigen geeignet, aber wenn das hier vorbei war, würde er sie definitiv zum Essen einladen.

„Ich bin der Leiter der Inlandsbildgebung. Ich unterstütze Direktor Patrick aber auch bei zahlreichen anderen Projekten, sowohl im Ausland als auch im Weltraum."

Patrick warf ihr einen bitteren, verratenen Blick zu. Das konnte man ihm nicht verübeln, auch wenn er das verdient hatte, was auf ihn zukommen würde.

Cole schaute ihn an. „Drake, du hast mit ihr gearbeitet?"

„Für die letzten zwanzig Stunden, aber fast alle davon. Außerordentlich kompetent, Sir."

„Patrick, du bist hiermit bis zum Abschluss der Ermittlungen entlassen."

„Aber das kannst du nicht! Ich bin nicht von dir ernannt worden. Ich bin..."

„Von mir ernannt und ich kann dich entlassen", sprach Verteidigungsminister McCann zum ersten Mal. „Und ich bin froh, dass ich es endlich tun kann. Ich kann auch sagen, dass Gray ein außergewöhnlicher Aktivposten war, den ich, wann immer möglich, selbst einsetze und nicht Direktor Patrick."

„Raus aus meinem Haus", befahl Präsident Cole. „Und gib deinen NRO-Sicherheitsausweis sofort bei McCann ab. Wenn du dich lieber still und leise zurückziehen willst, werden wir das in Betracht ziehen. Ich verspreche nichts. Gray, du bist stellvertretende Direktorin, bis McCann und ich herausgefunden haben, was da drüben vor sich geht. McCann, sorge dafür, dass ich eine Empfehlung für eine Rangerhöhung zum General für sie bekomme, bevor du bis zum Ende des Tages ihre neue Rolle bekannt gibst. Sie kann nicht Leute beaufsichtigen, die ranghöher sind als sie selbst; dieser Ort ist schon ohne diese Belastung ein Alptraum."

Drake beobachtete, wie Elizabeth Gray schwer schluckte, eine ihrer wenigen Aussagen über den Zustand ihrer Nerven. Das und ihr gelegentliches elektrisches Lächeln. Niemand beobachtete Patrick, als er sich aus dem Raum schlich.

„Sir, einer der stellvertretenden Direktoren...", begann Gray.

„Sie haben nicht die nötige Vorstellungskraft, um die NRO so zu führen, wie es in Zukunft sein muss", sagte McCann, aber nicht unfreundlich. „Ich habe mit beiden zusammengearbeitet, als du noch ein Linienoffizier im Kampfeinsatz warst. Sie sind sehr kompetent in ihren Rollen, aber einfallslos. Sie ist die beste Empfehlung, die ich habe, Sir." Die letzte Aussage richtete er an den Präsidenten.

Cole starrte sie schweigend an, bis Drake beeindruckt war, dass sie unter seinem Blick nicht einfach zerfloss.

„Drake? Passt sie zu dem, worüber du kurz nach meinem Amtsantritt gesprochen hast?" fragte Cole, ohne ihn anzuschauen.

„Zusammenarbeit zwischen den Behörden statt Konkurrenz? Auf jeden Fall." Statt den Präsidenten anzusehen, drehte er sich zu den beiden von der CIA um. Nein, die Frau. Clark mochte die Persönlichkeit haben, die das Rampenlicht auf sich zog, und seinen Anteil an Klugheit und Geheimnissen, aber Drake ging davon aus, dass Clarissa Reese die Macht hatte oder bald haben würde. „Das ist das wichtigste Element, das wir in Zukunft haben *müssen*."

Er hielt ihren Blick fest, bis sie ihm mit einem winzigen Nicken zustimmte.

Nicht, dass er ihr trauen würde. Aber es war ein Anfang.

57

„ALSO, SIND WIR FERTIG?" MIKE BETETE, DASS SIE ES WAREN.

Die drei saßen auf hohen Hockern um einen Tisch aus Edelstahl. Von der Terrasse des Restaurants "The Hub" blickte man auf die Landebahn des Tacoma Narrows Airport. Alle fünf oder zehn Minuten flog ein kleines Flugzeug über die einzige Landebahn.

Um die Mittagszeit nahm ihre Zahl deutlich zu und sie waren alle direkt hinter dem Windschutz aus Glas geparkt, der das Deck umgab. Bald war "The Hub" halb voll mit Leuten, die anscheinend gerade nur zum Mittagessen eingeflogen waren. Ihm gefiel das vertraute Gefühl, so viel Eistee und Limonade zu sehen.

Technisch gesehen waren die drei immer noch bei der Arbeit, aber auch Piloten mussten sich an die Acht-Stunden-von-der-Flasche-zum-Gas-Regel der FAA halten. Nur die Passagiere hatten das Glück, in der Mittagspause ein Bier trinken zu können.

Das war frustrierend, denn er konnte sehen, dass es sich um eine lokale Kleinbrauerei handelte, und sie sah gut aus, als er die Bierkarte las.

"The Hub" hatte ein gutes Gefühl. Und das lag nicht nur an dem Logo, das eine nackte Frau mit langen, wallenden Haaren zeigte, die von ihrem Griff am Fahrradlenker zu fliegen schien. Die Leute schienen froh zu sein, hier zu sein.

Es erinnerte ihn an die "guten alten Zeiten", die gar nicht so alt und nicht so gut waren, aber in denen er mittags geflogen war. Als die Werbegelder des FBI und der Gangster-Kunden noch in Strömen flossen, hatte er einen Flugschein gemacht und sich eine flotte kleine Beech Bonanza zugelegt.

Mit seinem markanten V-Leitwerk und Mikes Leoparden-Logo war es ein Hit bei den Kunden. Er nahm einige von ihnen mit auf einen Flug zu einem ländlichen Flughafen auf "Kuchensuche" - eine gängige Ausrede unter Piloten, um zu verschiedenen Flughafenrestaurants wie diesem zu fliegen und die Geschäfte mit Werbekampagnenentwürfen abzuschließen, die direkt auf der Tragfläche des Flugzeugs ausgerollt wurden.

Als er Mirandas Mooney im Hangar stehen sah, juckte es ihn, wieder zu fliegen. So seltsam sie auch sein mochte, die Frau hatte Geschmack bei ihren Flugzeugen. Die Mooney war süß und flog fünfundsiebzig Meilen pro Stunde schneller als seine Bonanza - das letzte Stück seines Geschäftsvermögens, das er verkauft hatte.

Er hielt sich mit einem Mietflugzeug einigermaßen auf dem Laufenden, aber es war nicht dasselbe.

Das Reuben-Sandwich war besser als der Durchschnitt, obwohl Mike nicht wusste, warum er es immer wieder bestellte, wo immer er hinging. Nichts würde jemals mit Katz's Delicatessen in Lower Manhattan mithalten können, aber er versuchte es weiter.

Holly hatte sich für eine sogenannte Kona-Pizza mit Porter-BBQ-Soße, Brathähnchen, karamellisierten Zwiebeln und gegrillter Ananas entschieden. Nächstes Mal, wenn es ein nächstes Mal in dieser winzigen Ecke der Zivilisation gab, würde er genau das bestellen. Er hatte versucht, es zu probieren und dabei fast eine Gabel in den Handrücken bekommen.

Jeremy hatte einen Hangar Smashed Burger mit Bacon, Champignons und Käse und einen riesigen Haufen Tater Tots, aber er schaute überhaupt nicht von seinem Computer auf.

„Ich weiß nicht", Holly hatte eine große Pizza bestellt, und war dabei, sie zu vernichten. Natürlich hatten sie alle das Frühstück verpasst, weil der Kampfjet draußen in Crest geparkt war. „Der Boss hat uns nicht abgerufen. In ihrer SMS stand, dass sie in etwa fünf Stunden nach JBLM kommt. Ich denke, dass wir so lange warten können."

„Ich denke schon", sagte Mike und sah sich in der Bar um, aber es waren nicht viele alleinstehende Frauen hier. Meistens waren es Paare oder Männer mit Flugzeugen. Eine unauffällige Umgebung. Vielleicht wurde es abends etwas lebhafter. Aber im Moment wäre er froh, wenn er einfach nur über Flugzeuge reden könnte.

Kleine, allgemeine Flugzeuge. Er hatte genug von explodierenden C-130 Militärtransportern und abstürzenden Hubschraubern, um für eine ganze Weile durchzuhalten.

„Wir sind noch nicht fertig", sagte Jeremy, ohne aufzusehen.

„Warum nicht?"

„Auf dem Flugschreiber war noch viel mehr."

„Wie zum Beispiel?" Holly lehnte sich zurück, nachdem sie das vorletzte Stück ihrer Pizza gegessen hatte. Ihr hellblondes Haar, das sie von ihrer australischen Matildas-Mütze befreit hatte, flatterte in der Nachmittagssonne. Er konnte sehen, dass sie die Piloten, die sich mit wenig Erfolg auf ihr Mittagessen konzentrieren wollten, einfach umbrachte.

„Die C-130 landete zuvor an einem Strand in Baja California, Mexiko. Es gibt keine Aufzeichnungen über einen Kontakt mit den mexikanischen Behörden."

„Aber das hat nichts mit uns zu tun."

„Nein, aber die anderen Stimmen schon."

„Andere Stimmen?"

"„Eine normale Crew besteht aus fünf Personen: zwei Piloten, Flugingenieur, Lademeister und Navigator. Richtig? Das ist sogar das, was General Harrington Mike erzählt hat, dass sie aus dem Flugzeug entfernt wurden."

Mike nickte, um das zu bestätigen. Dann nahm er einen weiteren Bissen von seinem Reuben, um seine Fähigkeit einzuschränken, eine Aussage zu machen, die Holly angreifen könnte.

„Nur dass diese C-130 das AMP-Upgrade im Rahmen des Avionik-Modernisierungsprogramms erhalten hat, d.h. sie wurde auf ein Glascockpit umgerüstet. Die Mindestbesatzung besteht also aus zwei Piloten und einem Lademeister. Das sind drei Personen."

„So hoch kann sogar ich zählen, Jeremy", sagte Mike und legte sein Sandwich hin. „Die Mindestbesatzung bedeutet nicht, dass das alle sind, die da waren."

„Nein, aber ich höre nur die drei Stimmen im Cockpit - zwei Männer und eine Kopilotin. Der vierte Audiokanal war ein allgemeiner Tonabnehmer im Frachtraum. Er sollte alle absturzrelevanten, untypischen Geräusche der Flugzeugzelle, Schreie der Passagiere und Ähnliches aufzeichnen. Stattdessen wurden Fetzen eines Gesprächs aufgezeichnet."

„Warum ist das eine große Sache?"

Mike war froh, dass Holly zur Abwechslung mal eine von Jeremys gewundenen Erklärungen über sich ergehen lassen musste.

„Weil sie keine Besatzungsmitglieder der Air Force waren. Sie waren vielleicht so gekleidet, damit der General denkt, dass sie das sind, was er in der Leichenhalle von Groom Lake abgeladen hat, aber sie waren vor der Landung am Strand von Mexiko nicht an Bord und ich kann genug Schnipsel aus dem

Hintergrundrauschen herausfiltern, um zu wissen, dass sie über Treffen in Groom Lake sprechen."

„Ich bin mir sicher, dass viele Leute Treffen in Groom Lake haben", sagt Mike, der die Sache auf sich nimmt.

„Wahrscheinlich nicht die, die Mandarin sprechen."

Mike überlegte. Wahrscheinlich nicht.

58

„UND WAS IST MIT UNSEREM ANDEREN KLEINEN PROBLEM?"
Präsident Cole hatte alle anderen in den Warteraum gejagt.
Jetzt waren es nur noch er und der Präsident. Sogar die CIA
und der Verteidigungsminister waren weggeschickt worden.
Drake seufzte.

„Dazu zwei Dinge, Sir. Erstens haben wir erfahren, was mit
dem Hercules C-130 Transporter passiert ist, als er sich Groom
Lake näherte. Er wurde aus noch unklaren Gründen von einer
CIA-Drohne heruntergeholt."

Der Präsident schaute finster drein, schwieg aber und
wartete auf weitere Informationen.

„Außerdem hat eine zweite Drohne, wahrscheinlich aus der
gleichen Serie, vor drei Tagen ungefähr zur gleichen Zeit ein
chinesisches Flugzeug abgeschossen. Allerdings habe ich erst
heute davon erfahren."

„Scheiße! Wo ist das passiert?" Seine Überraschung war
nicht zu überspielen. Drake fühlte sich besser, weil er sich
schlecht fühlte. Es war nicht nur er, den die CIA nicht
eingeweiht hatte.

„Zentralchina."

Cole öffnete seinen Mund... und schloss ihn dann wieder.

„Die Chinesen haben das noch *nicht* herausgefunden, aber sie wissen, dass etwas nicht stimmt."

Cole grunzte: „Und du weißt das alles aus Gründen, die ich nicht im Detail wissen will."

Er machte keine Frage daraus, also machte Drake sich nicht die Mühe, zu antworten.

Drake wusste immer noch nicht, was er Zhang Ru über Mirandas Schlussfolgerung sagen sollte, dass sein Flugzeug von einer amerikanischen CIA-Drohne angegriffen worden war.

Und er hoffte bei Gott, dass die, von denen er dachte, dass sie auf der Hercules waren, als sie abstürzte, nicht auf der Hercules waren.

Auch wenn er *wusste, dass* sie es waren.

„Werden die Chinesen ein Problem sein?"

„Ich bin mir noch nicht sicher, Mr. President."

„Lass sie nicht eins werden."

„Ja, Sir, Mr. President."

Nachdem Miranda Längen- und Breitengrad sowie die Uhrzeit aus Zhang Rus Videos übermittelt hatte, sah sich Gray die Satellitenaufnahmen des NRO von dem Gebiet an.

Er hatte also sein Wort gegenüber Zhang nicht ganz gebrochen; Miranda war die einzige Analystin, die sich die von Zhang zur Verfügung gestellten Bilder ansah. Und er selbst hatte keine der beiden angeschaut.

Die CIA-Drohne, die jetzt in Groom Lake geparkt war, hatte einen Angriff gegen eine fremde Macht tief im Herzen Chinas durchgeführt. Was um alles in der Welt *hatte* die CIA mitten in seinem Militärreservat gebaut?

Noch schlimmer: Was hatten sich diese Knaller nur dabei gedacht?

Die einzige Möglichkeit, einen Krieg zwischen den Geheimdiensten zu verhindern, wenn es das war, was sie zusammenbrauten, war, es selbst zu sehen.

„Die zweite Sache - du weißt, dass ich nur wenige Minuten vor dem Abflug nach Groom Lake war, als die C-130 abstürzte."

Der Präsident nickte.

„Es gibt keine eindeutigen Berichte darüber, aber der Flug hatte eine Besatzung von drei Personen, als er von der Edwards Air Force Base abflog, aber fünf wurden in Groom Lake als verstorben gemeldet."

„Hölle und Verdammnis", flüsterte Cole leise.

„Sir, zwischen den beiden Problemen - unseren zwei zusätzlichen Leuten und dem, was die CIA vorhat - werde ich noch in dieser Stunde nach Groom Lake aufbrechen, um unsere Informationen zu bestätigen und die Sache zu klären.

„Du meinst, unsere schlimmsten Befürchtungen bestätigen." Präsident Roy Cole war selbst Ex-Special Forces; er bevorzugte immer Männer der Tat.

Und da es bei den Green Berets ebenso sehr um den Aufbau von Beziehungen wie um den Kampf ging, schätzte der Präsident Männer, die bereit waren, die Aufgabe selbst zu übernehmen - eine Denkweise, die er und Drake teilten, obwohl Drake von den "Special Operations Arschtretern des 75. Ranger Regiments" war, wie der Präsident ihn immer aufzog.

„Nimm mit, wen du brauchst. Besorge mir ein paar Antworten. Am besten noch heute."

„Ja, Sir."

Cole war schon auf halbem Weg zur Tür, als er stehen blieb und, ohne sich umzudrehen, fragte. „Gibt es irgendetwas, das ich wissen möchte, warum ein SWAT-Team von einem kombinierten 75th Rangers / Army 12th Aviation Element weniger als zwei Meilen von diesem Haus entfernt ausgeschaltet wurde?"

„Nein, Sir. Nichts davon."

„Gut", verließ der Präsident den Raum. Er lächelte leise, als er ging.

59

GRAY HATTE DARUM GEBETEN, IHN AUF DRAKES FAHRT ZUR Andrews Air Force Base begleiten zu dürfen, obwohl sie in Nevada nicht gebraucht wurde.

Von der ersten Sekunde im Auto an hatte sie ihm eine ganze Reihe von Fragen über die bewährte Kommunikation der NRO mit seinem Büro und dem des Präsidenten gestellt, die zeigten, dass sie seit dem Moment ihrer neuen Ernennung viel nachgedacht hatte. Nur wenige Minuten vor dem Flughafen waren ihre Fragen endlich versiegt und sie sah genauso erschöpft aus, wie er sich fühlte.

Nein, das tat sie nicht, zumindest nicht in seinen Augen.

„Erzähl mir von deinem Leben, Elizabeth Gray." Er mochte es, wie sich ihr Name anfühlte, als er ihn aussprach.

„Oder Lizzy. Ich wurde nach Elizabeth Bennett benannt." Als er sie ausdruckslos ansah, erklärte sie dankend. „Sie war so etwas wie die erste große Liebesroman-Heldin. Mom liebt Jane Austen-Bücher."

„Du bist eine Liebesroman-Heldin, die zum Oberst der Air Force wurde?"

„Nein", lächelte sie zu ihm herüber. „Ich bin eine

Romanheldin, die zum *General* der Air Force und amtierenden Direktorin des Nationalen Aufklärungsbüros wurde. Und glaube nicht, dass ich es dir nicht übel nehme, wenn ich aus der ganzen Situation ein Desaster mache."

„Ja, Sir, Ma'am", grüßte er sie. „Alles, was Sie sagen, Ma'am, Sir."

„Fahr zur Hölle, General Nason."

„Wahrscheinlich." Das würde ihn nicht überraschen. Es gab so viele Dinge, die in den nächsten vierundzwanzig Stunden schief gehen konnten, dass ihm der Kopf weh tat. Ein Grund, warum er General Gray nicht dabei haben wollte, damit sie sich aus dem Schlamassel heraushielt. „Ich wette mit dir um hundert Dollar, dass du großartig sein wirst."

„Ich habe den General zu meinem neunundvierzigsten Geburtstag erreicht", sagt sie und atmet erschrocken aus.

„Wann ist das?"

„Wir feiern ihn gerade mit einer Autofahrt zum Flughafen. Ich sollte es mit Mom feiern. Glaube ich. Ich bin schon so lange wach, dass ich gar nicht mehr weiß, welcher Tag heute ist."

„Dein Geburtstag."

„Ach ja."

Neunundvierzig? Lediglich neun Jahre jünger als die zwanzig, die er zuerst vermutet hatte.

„Ich sag dir was, General Elizabeth Gray", sagte er, als der Wagen in der Nähe eines C-37B Gulfstream VIP Business Jets zum Stehen kam.

Clark und Reese warteten bereits auf ihn. Vielleicht brauchte er Clarissa Reese - schließlich war es ihr Projekt -, aber er traute ihr auch nicht. Clark würde der Hammer sein, denn er war ziemlich sauer, dass er mit ihm nach Nevada fliegen musste.

Drake kletterte aus dem Auto und beugte sich dann vor, um wieder hineinzuschauen: „Wenn ich zurückkomme und etwas geschlafen habe, würde ich dich gerne zum Essen einladen, um zu feiern."

Sie zögerte nicht einmal, bevor sie ihn mit einem ihrer elektrisierenden Lächeln traf.

„Das wäre schön, Drake."

„Für dich ist das General Drake." Er schloss die Tür, bevor sie antworten konnte, klopfte auf das Autodach und sprach zum Fahrer: „Bringen Sie die Generalin zur NRO, wo sie hingehört."

60

„Nein, Ma'am. Ich kann diesen Flug nicht umleiten. Du hast unsere Fracht gesehen."

Miranda überlegte, ob sie den Funkspruch von General Nason trotzdem an ihn weitergeben sollte. Aber sie tat es nicht. Sie setzte das Headset, das ihr der Kopilot gegeben hatte, wieder auf.

„Ich komme mit meinem Team so schnell ich kann, Drake."

„Wie bald ist das? Ich bin gerade auf dem Weg nach Andrews."

„Ich werde mit meinem Team so schnell wie möglich da sein, Drake." Was hätte sie sonst sagen sollen?

„Beeil dich", und schon war er weg.

Der Pilot hatte Recht, nichts sollte einen Flug mit würdevoller Übergabe umleiten.

„Darf ich mein Team anrufen oder eine SMS schicken?"

„Wenn du das WLAN des Flugzeugs benutzt, kannst du so viel simsen, wie du willst. Wenn ich dich über unser System verbinde, kann ich nicht garantieren, dass der Anruf privat ist. Ich kann sogar ziemlich sicher sein, dass das nicht der Fall sein wird, wenn du dich mit einer zivilen Leitung verbindest."

Sie stieg die steile Leiter hinunter in den Frachtraum des riesigen C-17 Globemaster III Frachtflugzeugs. Er war fast doppelt so lang und hatte fast die vierfache Ladekapazität einer C-130 Hercules.

Die Vorstellung, dass die mysteriöse Drohne über ihr vorbeifliegen und das große Flugzeug zerschmettern könnte, war kein beruhigender Gedanke. Obwohl es erst früher Nachmittag war und sie vermutete, dass die Drohne nicht bei Tageslicht auftauchte.

Sie saß in einem der Jump Seats an der Seite des Flugzeugs.

Zwei Offiziere saßen am hinteren Ende des Laderaums und beobachteten die Reihen der mit Fahnen behängten Särge. Sie hatte gefragt und bekam eine höfliche Antwort, aber die Offiziere hatten nicht aufgesehen, um das Gespräch fortzusetzen. Wieder war ein CH-53E Super Stallion Hubschrauber des Marine Corps vom Himmel gefallen. Siebenundzwanzig Marines waren mit der fünfköpfigen Besatzung abgestürzt, und die Offiziere leisteten ihren Leuten auf ihrem letzten Weg nach Hause Gesellschaft. Von den zweiunddreißig Toten waren vierundzwanzig Särge auf dem Weg zurück in den Pazifischen Nordwesten.

Brauchen euch in Groom Lake.

Mike schrie vor Freude, schrieb Holly zurück. *Ich weiß nicht, warum. Mir egal. Wann?*

Wie schnell könnt ihr dort sein?

Mit oder ohne abgeschossen zu werden? Holly fügte ein Smiley-Emoji hinzu, was Miranda sehr gefiel, da es ihr zeigte, dass die Nachricht als Scherz gemeint war.

Ohne = bevorzugt, schickte sie mit ihrem eigenen Smiley zurück. Gefühle waren so viel einfacher zu verstehen, wenn sie beschriftet waren.

Mike fragt, ob wir die Mooney ausleihen können?

Damit wären sie in etwa vier Stunden dort. Sie warf einen Blick durch eine winzige Inspektionsöffnung in einer

Personalluke - eine C-17 macht sich nicht die Mühe mit solchen Kleinigkeiten wie Passagierfenstern. Sie war in den letzten zwanzig Jahren so oft über diesen Teil der Rockies geflogen, dass sie wusste, dass sie nur zwanzig Minuten östlich von Missoula, Montana, waren.

Schlüssel in der dritten Schublade unten, linker Schrank.

Du vertraust ihm dein Flugzeug an?!?!?

Kein Emoji mit großen Augen, aber sie nahm an, dass Holly nur so tat, als sei sie schockiert.

Und du erwartest von mir, dass ich in ein Flugzeug steige, das er steuert???!

Okay, vielleicht nicht ganz so vorgetäuscht. Woher sollte sie das wissen?

Ich werde in knapp zwei Stunden in JBLM sein.

Sollen wir auf dich warten? Ich hätte lieber dich als Pilot.

Diesmal schickte Holly einen weiteren Smiley, also muss der Rest ein Scherz gewesen sein.

Nein. Macht euch auf den Weg. Ich hole euch in meinem Jet ein. Die Freigabe wird auf dich warten.

Aus dem Stand heraus. Wenn wir tot ankommen, gib diesem Dingo-Kopf Mike die Schuld.

Ich verspreche es.

Während sie auf die Ankunft des Fluges in Tacoma wartete, saß sie bei den Toten und fragte sich, warum General Nason sie zurückgerufen hatte.

61

„IHR HABT EUCH VON DEN *FIRE HEADS* SCHLAGEN LASSEN?"

Harvey drückte Helen träge an sich, während er ihr Haar kraulte. „Wir haben sie nichts machen *lassen*. Sie haben uns klar und deutlich geschlagen."

„Sie haben euch eher in den Arsch getreten", sagte sie und gab ihm einen Klaps auf den Hintern, um ihren Standpunkt zu verdeutlichen. „Siebzehn- drei? Wer verliert ein Softballspiel nach sieben Runden mit vierzehn Runs?"

„Mach mal halblang, Frau. Das tut weh."

„Ach. Armer kleiner Pilot, der nicht mitspielen kann, um seine Haut zu retten."

Er beschloss, das zu ignorieren.

„Weißt du, wir müssen über The Rip reden. Es..."

„Ich kann dir gar nicht sagen, wie gut es sich anfühlt, wieder ein Pilot zu sein. Es ist wie ... wie ... ich weiß nicht, aber es ist einfach so."

Ihr Schweigen ging tief.

„Was? Ich habe dich unterbrochen. Was wolltest du sagen?"

Sie schüttelte den Kopf, nein.

The Rip. Jemand anderes hatte The Rip erwähnt. Wer? Er konnte sich nicht erinnern. Vielleicht war es nicht wichtig.

War ihr Schweigen also sein Zeichen, tiefer nachzuforschen, oder sollte er es einfach sein lassen? Es war eines dieser weiblichen Zeichen, das nie zweimal dasselbe zu sein schien.

„Harvey..."

„Äh, ja."

Sie duckte sich und drehte ihr Gesicht so, dass ihr Kopf auf seinem Arm ruhte, als würde sie ihr Gesicht verbergen. Wieder dehnte sich ihr Schweigen aus und zweimal wollte sie sich zu ihm umdrehen, tat es aber nicht.

„Es ist Freitag. Musst du nicht bald einen Flug erwischen?"

„Ich... habe zu Hause angerufen und gesagt, dass ich dieses Wochenende nicht wegkommen kann."

„Wirklich, warum?"

Das brachte ihm einen Ellbogen in die Rippen ein. Helen hatte scharfe Ellenbogen.

„Oh." Für ihn? „Whoa!"

„Jetzt fang nicht mit *Whoa* an. Ich bleibe nicht, um eine bessere sexuelle Erfahrung zu machen, obwohl ich davon ausgehe, dass ich mindestens ein paar davon haben werde."

„Das ist eine Garantie. Dann bleibst du, weil..."

Sie antwortete nicht. Ihr Schweigen war so ohrenbetäubend, dass ihre Antwort definitiv ein großes *Whoa!* war.

„...weil ich noch einen Flug vor mir habe und du dir Sorgen um mich machst?" Harvey hielt sich bedeckt.

„Ja. Das war's." Aber sie klang furchtbar traurig - als hätte er wirklich das Ziel verfehlt. Nicht einmal ein Hauch von Sarkasmus lag in ihren Worten. Helen war nicht die Art von Frau, die traurig wurde.

Darauf hinzuweisen, dass sie einen Ehemann und ein eigenes Leben hatte, schien nicht der richtige Schritt zu sein.

Sie in einer Stunde zum Flugzeug der Janet Airlines nach Las Vegas zu begleiten, damit sie dieses Wochenende nach Hause fliegen *würde,* wäre das Richtige gewesen, auch wenn er es nicht wollte.

Abgesehen vom Fliegen war sie das Beste, was ihm je passiert war.

Er war ein verdammter Air Force Pilot und hatte die beste Geliebte seines Lebens in seinen Armen. Eine Geliebte, die genauso viel gesagt hatte wie...? Dass sie ihn *wirklich* liebte?

Wirklich ernsthaftes *Whoa!-* Gebiet!

Harvey wusste nicht, ob er jemals die richtigen Worte dafür finden würde, aber er zog sie fest an sich, bis sie überrascht aufstöhnte.

„Ich empfinde für dich", flüsterte er ihr ins Ohr, „dasselbe, was ich für das Fliegen empfinde. Wenn es nach mir ginge, würde ich beides nie aufgeben."

„Oh, Harvey." Sie hielt ihre Hände fest um seine, die auf ihrer Brust ruhten, während ihre heißen Tränen auf seinen Arm flossen. „Ich kann es einfach nicht sagen."

„Es ist okay, Babe. Es ist alles in Ordnung." Er wollte das L-Wort sowieso nicht hören, nicht einmal von Helen.

Sie schüttelte heftig den Kopf, sagte aber kein weiteres Wort.

62

„DAS MACHT LUST ZU SINGEN!"

„Bitte nicht", riefen Holly und Jeremy unisono.

„Auf geht's in die wilde blaue Weite, hoch in die Sonne."

„Aaaaa! Töte mich jetzt!"

Mike warf einen Blick auf den Rücksitz und sah, wie sie so tat, als würde sie sich ein Messer in den Bauch stechen, ihn im Hari-Kari-Stil aufschlitzen und dann tot umfallen. Wenigstens starb sie auf dem Rücksitz und nicht an den Steuerknüppeln der Mooney.

Wenn es so gut ankam, musste er auf jeden Fall mehr lernen als die ersten beiden Zeilen des offiziellen Air Force Songs.

Aber er hatte immer noch Lust zu singen.

Das Mooney-Passagierflugzeug war, nachdem er sich durch die Checkliste gearbeitet hatte, ein absoluter Traum zu fliegen. Sie war schnell, wendig und verzeihend bei der Steuerung - was gut war, da er noch nie ein so leistungsstarkes Flugzeug geflogen war. Zum Glück gab es Checklisten. Holly hatte jede einzelne sorgfältig vorgelesen, um sicherzugehen, dass er Mirandas Flugzeug nicht vermasselte.

Und diese Frau flog einen Sabrejet? Wie war *das* wohl?

Wenigstens musste er sich keine Sorgen um den Zustand des Flugzeugs machen; Miranda hielt ihre beiden Flugzeuge absolut makellos. Das sollte eigentlich keine Überraschung mehr sein. Die Frau verfügte über eine Präzision, die in seiner Erfahrung einzigartig war. Nicht einmal Jeremy sah und beachtete so viele Details wie sie.

Ihre Sicht auf das große Ganze war beschissen, was Holly vermutlich für sie tat. Und Jeremy war nur ein Miranda in der Ausbildung - Mr. Super Geek.

Sie waren fast den ganzen Weg durch Oregon, Kalifornien und Nevada geflogen, während er sich fragte, was zum Teufel er tun könnte.

Und entschied sich zu springen.

Ein Blick auf Jeremy zeigte, dass der Mann eingeschlafen an der Beifahrertür lehnte. Mike schaltete ihn aus der Gegensprechanlage der Headsets aus.

„Hey, Holly?"

„Was? Du fängst doch nicht wieder an zu singen, oder?"

„Vielleicht später. Ein besonderes Konzert nur für dich. Ich kann gut Elvis imitieren." Er setzte seinen besten John-Wayne-Akzent auf und versuchte es mit *„You ain't nothin' but a hound dog, pardner. Why in Sam Hill are you cryin' anyway, son?"*

Holly stieß einen Todesgurgellaut aus.

„Ich habe aber eine Frage."

„Behalte deinen Tagesjob."

„Eigentlich war das meine Frage. Was in aller Welt *ist* mein Tagesjob?"

„Ganz ehrlich, Kumpel?" Es war eines der ersten Male, dass ihr Tonfall ernst war.

„Geradeaus."

„Nun, du kannst gut mit Menschen umgehen."

„Klar. Wenn ihr einen Zwei-Sterne-General ärgern oder einen Söldner ablenken wollt, bin ich euer Mann."

„Das hier war technisch. Wenn wir mit Menschen zu tun haben..."

„Ja, ja. Leute interviewen. Darin bin ich gut, aber wo ist der Home-Run dabei?"

„Ernsthaft, Mike? Siehst du es nicht?"

„Was sehen?"

"Und ich dachte, ich wäre derjenige, der aus Back o' Bourke in dieser amerikanischen Menge ist."

„Verdammt noch mal, Holly. Ich-"

„Scheiße, Mike. Miranda braucht jemanden, der gut mit Menschen umgehen kann, damit sie *funktionieren kann*. Sie hat vor allem eine Todesangst. Vor ihrer Vergangenheit, vor ihrer Gegenwart, vor ihrem eigenen verdammten Schatten. Ich weiß gar nicht, warum."

Mike wusste es, aber er hielt es nicht für richtig, ihr zu sagen, dass sie autistisch war.

„Sie ist die Beste, die es gibt; frag einfach Jeremy. Ich?" Holly tippte sich selbst an die Schläfe. „Ich hätte die Ursache für den Absturz niemals in einem Jahr herausgefunden, aber sie hat es in einer einzigen Nacht geschafft. Die Lösung? Sie hat eine Menge CIA-Scheiße aufgedeckt und sie an einem anderen Tag gefunden. Ich kann versuchen, sie zu beschützen, aber du bist ihr Puffer zu all dem unheimlichen Scheiß, den ein Team und Leute um sie herum machen. Wenn du die verdammte Verantwortung übernimmst, kann sie ihren Job machen, ohne so zusammenzubrechen, wie sie es getan hat."

„Sie hatte einen Nervenzusammenbruch?"

Selbst während Holly ihn verfluchte, konnte er es sehen. Ihre Lähmung, nachdem sie das echte Flugprofil vorgeführt hatte, nachdem sie die ganze Nacht daran gearbeitet hatte. Sie hatte nie gesagt, warum, aber sie war eindeutig in Panik geraten – und hatte sich vor Panik komplett abgeschaltet. Alle Anzeichen waren da gewesen, aber nur Holly hatte darauf geachtet.

„Mist! Ich habe es nicht gesehen. Wie konnte ich das nur übersehen?"

„Nun, öffne deine verdammten Augen, Kumpel! Und jetzt bring uns nicht alle um."

Sie näherten sich gerade dem Süden Nevadas. Die elektronischen Flugkarten, die auf einem gut sichtbaren Bildschirm in der Mitte der Konsole angezeigt wurden, zeigten, dass sie in Kürze die breite, kammgezackte blaue Linie des militärischen Sperrgebiets kreuzen würden. Genauer gesagt die Luftraumgrenze des Test- und Übungsgeländes von Nevada, wo er wahrscheinlich abgeschossen werden würde, *bevor* sie sich die Mühe machten, Fragen zu stellen. Groom Lake selbst war von einer dick gestrichelten blauen Linie umgeben, die einfach "Verboten" bedeutete.

Aus dem Fenster konnte man nicht erkennen, wo sie sich befanden. Wenn sie nach vorne blickten (oder zur Seite), befanden sie sich wieder im Land der klumpigen braunen Landschaft: Wüste, Gestrüpp, scharfe Hügel und jede Menge beiger Sand.

Er hasste beige.

Sie war so etwas wie die Nemesis des Werbedesigners. Jeder Kunde fühlte sich mit Beige wohl, und keine andere Farbe, nicht einmal Grau oder Weiß, hatte so *wenig* emotionale Wirkung. Natürlich war er kein Werbedesigner mehr, sondern ein NTSB-Mitarbeiter. Als ob er das so toll machen würde.

Doch Gott oder wer auch immer hatte seinen Pinsel ein wenig zu früh niedergelegt, wenn es um die Landschaft Nevadas ging.

Vielleicht, wenn er...

Ein silberner Jet sauste an ihnen vorbei.

„Shit! Ich wusste es. Sie werden uns abschießen." Er griff nach dem Funkgerät, aber Holly hatte bereits den Schalter an ihrem Headset gedrückt.

„Hallo, Miranda. Das ist ein mächtig glänzender Jet, den du da hast."

„Es ist glänzend."

Holly lachte, als Miranda eine Schleife drehte und sich direkt neben seiner linken Flügelspitze niederließ.

„Ich habe den Kontrollturm der Basis auf einem anderen Kanal. Sie erwarten uns. Bleib knapp über und rechts von mir, damit du nicht in meine Wirbelschleppe gerätst."

Die Mooney war schnell, aber sie konnte nicht einmal mit halber Schallgeschwindigkeit fliegen. Er blickte zu Miranda herüber und hinunter. Sie trug einen vollständigen Pilotenhelm und musste sich, um mit seiner Geschwindigkeit mitzuhalten, fühlen, als würde sie plötzlich kriechen. Der vierstündige Flug in ihrem Flugzeug wäre anderthalb Stunden in ihrem gewesen.

Mike tat sein Bestes, um den Schweiß auf seinen Handflächen zu ignorieren, als die Flugkarte zeigte, dass er sich in einem der am stärksten eingeschränkten Flugräume des Landes befand. Aber er glaubte nicht, dass das der Grund für seine Schweißausbrüche war.

Was zum Teufel machte er hier? Mit einem NTSB-Team in den NTTR fliegen?

Ein Team? Er hatte in seinem Leben noch nie ein Team geleitet.

Das war genug, um ihn aus dem Himmel zu beunruhigen...

Bis der doppelschwänzige F-18 Hornet-Kampfjet - mit einer ganzen Reihe von Waffen an den Flügeln - weniger als fünfzig Meter entfernt auf seiner anderen Seite auftauchte.

63

„GENERAL NASON", SALUTIERTE HARRINGTON SCHARF, ALS DRAKE in Groom Lake aus dem Flugzeug stieg. Das letzte Mal hatten sie sich vor vier Jahren auf einer Strategiekonferenz getroffen. Damals hatten sie sich die Hände geschüttelt, anstatt zu salutieren. Aber es waren ein paar angespannte Tage gewesen und Drake war damals noch nicht der CJCS.

Und dieses Treffen fand nicht im Zentrum von Groom Lake statt. Er war schon seit Jahren nicht mehr hier draußen gewesen. Es hatte immer noch die lange, salzhaltige Landebahn, an die er sich erinnerte. Es gab mehr Gebäude, aber nicht viele. Zweistöckige Betonblockbauten und große Hangars. Der Ort sah aus wie ein verblichenes Aquarell mit dem Titel "Langweilig".

„General Harrington", er zögerte lange genug mit dem Salutieren, um den Mann wissen zu lassen, dass er sich auf sehr dünnem Eis bewegte. „Wenn ich herausfinde, dass du immer noch etwas zurückhältst, bist du noch vor Sonnenaufgang im Gefängnis von Leavenworth."

Harrington warf ihm den üblichen "Ja, klar"-Blick zu, der von Selbstüberschätzung herrührte.

Drake verließ langsam der Humor bei dieser ganzen Situation. Er war seit zwei Tagen wach und sein Assistent hatte den sicheren Kommunikationskanal mit Informationen über eine sich entwickelnde Situation in Hongkong und eine weitere in Aserbaidschan gefüllt. Und er war in Nevada mit einem verärgerten CIA-Direktor und dessen unkontrollierbarer Geliebten.

„Versäumnis, einen vorgesetzten Offizier über sich entwickelnde Situationen zu informieren. Angriff auf einen befreundeten ausländischen Staatsbürger - China *steht* immer noch auf der Freundesliste.

„Ich wusste nicht, was sie vorhatten..."

„Störung einer offiziellen Unfalluntersuchung".

„Ich habe das verdammte Ding nicht in die Luft gejagt..."

„Ich habe mich auf die Entfernung und Rückgabe der Flugschreiber bezogen, die übrigens nicht bei der Bombardierung zerstört wurden, wie jemand gehofft hatte." Er fragte sich, wie Clarissa Reese wohl auf diese Neuigkeit reagieren würde. „Beschlagnahmung der Daten und Proben des NTSB."

„Warte, was? Das war ich nicht."

Dann war das die CIA, um die er sich später noch kümmern würde. „Im Moment solltest du einfach froh sein, dass ich dich nicht hängen lassen will, Harrington. Ich wette drei zu eins, dass es nicht schwer wäre, dir Hochverrat nachzuweisen, wenn ich mich darauf einlasse."

Winston und Reese kamen die Treppe des Flugzeugs herunter.

„Das sind der CIA-Direktor Clark Winston und die Leiterin der Sonderprojekte für ihn, Clarissa Reese."

Harrington erwiderte das hochmütige Nicken von Reese nicht. Offensichtlich kannten sie sich bereits; nur die Zeit würde zeigen, wie gut. Vielleicht war Harrington endlich vorsichtig.

Direktor Clark Winston tat sein "Man-of-the-People"-Ding und machte einen Versuch, mit Harrington vom Baseball zu reden: „Wir haben das Feld entdeckt, als wir reinkamen."

Drake unterbrach ihn. „Wo ist der Rest meines Teams?"

Harrington zeigte nach oben.

Der Sonnenuntergang in der Wüste ging schnell voran, aber das letzte Sonnenlicht beleuchtete eine kleine Gruppe von Flugzeugen in der Luft. Ein kleines Flugzeug der allgemeinen Luftfahrt flog in das Flugmuster des Feldes ein, dicht gefolgt von...

„Ist das ein F-86 Sabrejet?"

„Das hat mir mein Begleitpilot gesagt." Eine F-18 flog dicht hinter den beiden her.

„Das sind keine militärischen Kämpfer. Sie sind Mitglieder des NTSB-Teams."

„Die habe ich schon kennengelernt, ja, Sir. Wenn sie mit einem Kampfjet auf meinen Stützpunkt kommen, werde ich verdammt gut darauf vorbereitet sein, sie vom Himmel zu schießen."

Drake musste zugeben, dass das Sinn machte, auch wenn der Jet über sechzig Jahre alt war. Denkweise der Air Force statt der tief verwurzelten Denkweise der Army? Er würde mit dem jetzigen General Gray darüber sprechen müssen, um herauszufinden, ob er die anderen Teilstreitkräfte auf eine Art und Weise benachteiligte, die ihm selbst nicht bewusst war.

Er hätte fast gelacht. Wie schnell hatte sie sich sein Vertrauen und seinen Respekt verdient? "Verdammt schnell!", wie seine Enkelin zu sagen pflegte. Er freute sich auf jeden Fall auf dieses Abendessen.

Sie standen alle und warteten, bis die anderen zu ihnen gestoßen waren. Der Pilot des Leichtflugzeugs legte eine respektable, wenn auch nicht elegante Landung hin. Der

Sabrejet schlug so sauber auf die Zahlen auf wie ein erfahrener Kampfjetpilot bei der Landung auf einem Flugzeugträger - eine Fähigkeit, die er schon immer bewundert hatte, wann immer er in der Lage war, sie zu beobachten. Wer in Mirandas Team...

Dann ließ Miranda Chase die Sabrejet dicht neben ihnen zum Stehen kommen und öffnete die Kabinenhaube.

Er trat zu ihr und half ihr herunter. „Du fliegst gut, Miranda."

„Ja, ich weiß. General Harrington, ich bin jetzt bereit, die Drohne zu sehen."

Drake hatte gelernt, in Mirandas Nähe mit dem Strom zu schwimmen. Sie war eine *sehr* konzentrierte Frau.

„Nein, tust du nicht. Das ist geheim. Welche Drohne?"

„Letzte Warnung, Harrington", Drake war den Mann wirklich leid. „Wir sind nicht wegen einer Werbeshow über Außerirdische hier." Der Mann sackte schließlich zusammen.

„Hier gibt es Außerirdische?" Der Pilot des anderen Flugzeugs meldete sich. Obwohl er als Erster gelandet war, konnte er nicht so gut rollen und hatte sein Flugzeug viel langsamer geparkt. „Hi, ich bin Mike Munroe. Ermittler für menschliche Operationen bei Miranda. Mein Vater und ich waren ganz vernarrt in die Area 51."

„Reiß dich zusammen, Mikey. Wir sind jetzt in der realen Welt." Eine hübsche Blondine mit einem hellen australischen Akzent trat neben ihn. Sie war all das, was Clarissa Reese nicht war. Lässig, unstudiert und sie strahlte ein leichtes Vertrauen aus. „Holly Harper. Ehemals bei der SASR in Oz, jetzt im Dienst der Königin", verbeugte sie sich tief vor Miranda. Das brachte ihr ein Lachen von allen ein - außer Miranda, die unsicher von einem Fuß auf den anderen schlurfte, und Clarissa, die aussah, als würde sie alle hassen.

„Leute", rief der junge Vietnamese praktisch. „Wisst ihr eigentlich, was für eine Ausrüstung sie hier entwickelt und stationiert haben? Nicht nur Atombomben, sondern auch die

U-2 und die SR-71 Blackbird. Könnt ihr euch das Geräusch vorstellen, wenn diese Flugzeuge auf dem Weg nach Russland über diese Landebahn rollen? Peng! Direkt über dem Nordpol in hunderttausend Fuß mit Mach 3. Und das war, bevor Flugzeuge Mach 3 flogen, als wäre das etwas Normales. Die F-117 Nighthawk, der allererste Tarnkappenvogel, und-"

„Ihr müsst ihm verzeihen. Jeremy ist unser lokales Genie", unterbrach ihn Holly. „Er ist süß, also behalten wir ihn in der Nähe, füttern ihn mit Hundekeksen und streicheln ihm über den Kopf." Das tat sie dann auch, aber Jeremy schien es nicht zu bemerken.

„Ist das das neue Ultrabreitband-Synthetik-Apertur-Radar, das ich am Kopf des trockenen Sees gesehen habe? Habt ihr die Leistungsbeschränkungen im Vergleich zur Interferometrie mit mehreren Basislinien überwunden? Oh, eine Testplattform für akustische Waffen, toll. Das würde ich mir gerne ansehen, wenn du mich lässt. Akustik ist aus Sicht der Wetterdynamik faszinierend. Ich habe alle öffentlich zugänglichen Informationen darüber gelesen und ich denke, dass ihr wirklich einige Tricks verpasst."

Zuerst hatte Drake ihn und die anderen quasseln lassen, weil er ein Gefühl für Mirandas Team bekommen wollte. Die Augen von Reese und Winston waren vor Frustration glasig, ein weiterer Pluspunkt. Aber plötzlich hatte er das Gefühl, dass er sich Notizen machen sollte.

„Es geht nicht nur um gerichteten Schall. Es gibt ungenutzte Kapazitäten in der Phasenmanipulation. Ihr solltet euch wirklich damit befassen; ich habe an der Uni ein paar Arbeiten darüber geschrieben. Habt ihr hier draußen eine Railgun? Ich wollte schon immer mal eine abfeuern sehen. Wusstet ihr, dass die Luft um die Geschosse herum durch die Hitze des Durchgangs brennt? Ich habe vergessen, wo ihr sie testet. Oh, warte, das ist die Navy in Virginia. Macht nichts."

„Langsam, Junge. Langsam", Holly machte eine Bewegung, als wollte sie nach seinem Arm greifen.

Aus irgendeinem Grund drückte Jeremy ihn schützend an seine Brust.

„Siehst du? Er kann lernen."

Jeremy begann wieder zu sprechen, aber Holly griff erneut nach ihm.

„Hör auf damit, ja?"

Wieder machte sie eine Show und klopfte ihm auf den Kopf, während er seinen Arm schützend umklammerte.

Drake fand es leicht, Mirandas Leute zu mögen.

Dann verstummten sie, als Miranda ihre ersten Worte von vor dem fröhlichen Chaos wiederholte.

„General Harrington, ich bin jetzt bereit, die Drohne zu sehen."

64

MIRANDA SAß MIT HOLLY AUF DEM RÜCKSITZ DES VANS, ALS SIE die leere Strecke des Feldes hinunterfuhren.

Sie hatten ihre Jets und die Mooney bei einem der Hangars in der Nähe der Hauptbasis geparkt, die von der Mitte aus nach Norden entlang der Westseite der Landebahn verlief. Noch während sie wegfuhren, wurden die Flugzeuge trotz der hereinbrechenden Dunkelheit außer Sichtweite in einen großen Hangar gerollt.

Der Van fuhr ihre Gruppe gerade über eine Meile zu einem einsamen Hangar am südlichen Ende des Feldes.

„Hier", Holly zog ihr Tablet heraus und flüsterte ihr schnell etwas zu. „Hier sind die Daten, die sie auf die CVDR geladen haben."

„Sie haben manipuliert..." Miranda konnte nicht einmal etwas sagen. Niemand manipulierte die Blackboxen. Das würde den Zweck der Datenerfassung zunichte machen. Das angezeigte Profil war das bereits widerlegte Stall-Szenario.

„Jeremy war ein guter Junge und hat dieses gelöschte Profil gefunden." Holly blätterte auf den nächsten Bildschirm.

Miranda brauchte es nicht einmal zu scannen. Sie konnte

am Muster der Zahlen erkennen, dass es fast genau so war, wie sie es vorhergesagt und auf den Bändern gesehen hatte. Sie nickte Holly zu, damit sie weitermachen konnte; sie waren bereits auf halbem Weg zum abgelegenen Hangar.

Mike unterhielt sich gerade lautstark mit Jeremy, der direkt vor ihr und Holly saß, über Außerirdische. Ein Geräuschmaskierer mit achtzig Dezibel. Gut gemacht.

„Und das", Holly schaltete auf den nächsten Bildschirm.

Der Weg aus Mexiko heraus war für sie nicht von Bedeutung.

„Vor dem Stopp an einem mexikanischen Strand gab es nur drei Stimmen an Bord."

Miranda fragte sich, warum Holly das Thema ansprach. Das Flugprofil, das durch den Vorbeiflug der Drohne verursacht wurde, konnte nicht durch das Verschlucken von Sand entstanden sein.

„Nach der Abholung gab es *fünf* Stimmen, von denen zwei auf Mandarin sprachen."

Sie hatte Holly nichts von den chinesischen Flugbildern erzählt, die sie noch auf ihrem eigenen Computer hatte.

„Die Wachen wurden sehr nervös, wenn einer von uns den hinteren Teil des Flugzeugs direkt vor dem Scharnierpunkt der Laderampe erkundete. Hier sind eine Reihe von Bildern, die ich dort gemacht habe."

Miranda blätterte sie schnell durch. Der Schaden war bemerkenswert. Er war so schwerwiegend, dass sie allein in den letzten sechsunddreißig Stunden einen klaren Eindruck davon verloren hatte. Hollys Aufzeichnungen brachten es ihr in aller Deutlichkeit zurück.

„Ich kann nicht den ganzen Ruhm für mich beanspruchen. Jeremy hat einen großen Teil davon gemacht."

„Und was hat Mike getan?"

„Er hielt uns die Wachen vom Hals. Er hat sich sogar mit einem von ihnen angefreundet, was uns vielleicht das Leben gerettet hat. Es hätte mich nicht gewundert, wenn sie sonst einfach abgehauen wären und uns in die Luft gejagt hätten. Er hat uns auch geholfen, herauszufinden, was in der Aufnahme vor sich ging."

Miranda rief die chinesische Bildsequenz auf und startete die Wiedergabe, wobei sie das Tablet so hielt, dass nur Holly es sehen konnte. Miranda verfolgte den Weg der Drohne, bis Holly vor Überraschung leise pfiff.

„Sie dachten, es sei ein Spiegelbild."

„Warum tust du es nicht?"

„Es verschiebt sich nicht mit der Sonne."

Holly schaute noch eine Weile zu und stieß dann ihre Schulter an Mirandas Schulter. „Ernsthaft ohne Zweifel, Freundin. Ernsthaft."

Miranda wusste bereits, dass sie Recht hatte, aber Holly schien das Offensichtliche auch nicht auszusprechen. Vielleicht ein Kompliment?

„Diese Drohne kann ganz schön was", sagte Holly und verstaute ihr Tablet, als sie vor dem großen Hangar anhielten. „Ich kann es kaum erwarten, den kleinen Kerl zu sehen."

Miranda teilte ihre Begeisterung nicht.

Sie hatte den fehlerhaften Kabelbaum gesehen, der TWA 800 zum Absturz gebracht hatte, sowohl die umgebauten Teile als auch den neuen Kabelbaum, den Boeing als Teil der Untersuchung geliefert hatte. Der Anblick des letzten Teils, der Flugzeuge tötete, löste immer eine tiefe Traurigkeit in ihr aus, die sie nur mit Mühe zurückhalten konnte.

Als der Lieferwagen auf den Hangar zufuhr, öffneten sich die massiven Türen zur Seite wie ein Haifischgebiss, das sie bei lebendigem Leib verschlingen wollte.

65

„IHR KOMMT GERADE RECHTZEITIG, UM DAS ZU SEHEN." ANSTATT in den Hangar zu fahren, hielt Harrington den Van an.

Eine lange, dünne Nadel eines Flugzeugs glitt in die Nacht hinaus - im ersten Moment, in dem es unbeobachtet abheben konnte.

Miranda und die anderen drückten ihr Gesicht an das Fenster und versuchten, es besser zu sehen, als es vorbeirollte.

„Das ist echt das nächste Level", sagte Jeremy als Erster, der seine Stimme wiederfand.

„Ja", Clarissa Reese klang zufrieden. „Mach 2,9 fähig. Supercruise bei 2,1. Zehntausend Meilen Reichweite, einschließlich fünfzig Prozent des Fluges im Supercruise. Bis zu vierundzwanzig Stunden Verweildauer vor Ort bei Unterschallgeschwindigkeit. Wir können..."

„Halt die Klappe, Clarissa." Der Tonfall von Direktor Clark Winston war flach und barsch.

Miranda warf einen Blick auf Holly, die mit einem kaum sichtbaren Achselzucken andeutete, dass sie auch nicht wusste, was sie davon halten sollte. Mike würde es tun, aber sie konnte nicht fragen, wenn alle im Bus saßen.

„Und der Grund, warum ich nichts davon weiß?" General Nason schnappte nach Luft.

Clarissa begann zu sprechen, aber Clark unterbrach sie wieder.

Harrington sprach schließlich, als sie die Drohne in der Dunkelheit verschwinden sahen. Nur ein leises Rumpeln war zu hören, als sie abhob. „Abgeschottetes Need-to-know. Das ist DARPA-Arbeit."

„Und weil ich nur der Vorsitzende der Generalstabschefs bin, muss ich nicht wissen, was die Defense Advanced Research Projects Agency vorhat. Internet, Stealth, Killerdrohnen und jetzt auch noch Stealth-Killerdrohnen. Einen Schritt näher am Abgrund, Harrington."

Von hinten konnte Miranda Drakes Gesicht nicht sehen, aber durch das Licht, das durch die noch offene Hangartür fiel, konnte sie erkennen, dass er sich den CIA-Leuten zugewandt hatte. „Ihr zwei habt eine Menge zu verantworten."

„Nicht dir gegenüber!" sagte Clarissa barsch.

Clarks Seufzer war hörbar.

„Nein, Clark", fuhr Clarissa ihn an. „Wir geben unsere Quellen nicht preis, wenn wir einen Spion undercover haben. Nicht an die Presse und nicht an Armeegeneräle mit Größenwahn."

„Clark", sagte Drake ruhig. „Sag deinem Abteilungsleiter, wenn sie noch einmal ohne konkrete Anweisung mit mir spricht, lasse ich sie in eines der Folterzentren einliefern, die sie früher geleitet hat, um zu sehen, wie ihr das schmeckt, was sie austeilt."

Er hielt einen langen Moment inne, aber niemand sonst sprach.

„Clark, deine verdeckten Spione kosten keine hundert Millionen Dollar an militärischen Mitteln und drohen, den Weltfrieden zu destabilisieren."

„Frieden? Das nennst du Frieden? Das ist nicht einmal

mehr Détente", sagte Clarissa und erhob ihre Stimme, bis sie im Van widerhallte. „Das ist asymmetrische technologische Kriegsführung. Wenn wir nicht auf dem neuesten Stand der Technik sind, sind wir tot. Was glaubst du, warum die DARPA gegründet wurde?"

Sie hatte zwar nicht unrecht, aber Miranda hätte es einem Vier-Sterne-General gegenüber nie so angriffslustig gesagt.

Drake öffnete die Beifahrertür und stieg aus. Als er die Seitentür öffnete, packte er Clarissa am Arm und zerrte sie aus dem Wagen. Sie wehrte sich, aber es gelang ihr nicht, während er sie zu den beiden bewaffneten Wachen führte, die an der Hangartür standen und die Nacht beobachteten.

Durch die offene Wagentür konnte sie Drakes Anweisungen hören.

„Bringt Ms. Reese in einen sicheren Konferenzraum. Sprecht nicht mit ihr. Lasst sie nicht telefonieren oder mit jemand anderem sprechen. Wenn sie sich nicht benimmt, habt ihr meine Erlaubnis, sie an einen Stuhl zu fesseln und zu knebeln." Er drückte sie in ihre Arme und drehte ihr den Rücken zu.

Als sie sie wegschleppten, winkte er den Van in den Hangar. Die großen Türen schlossen sich hinter ihnen und sie kletterten auf den Boden des Hangars hinaus.

Er schnauzte Harrington an: „Zeig uns das verdammte Ding."

66

ZHANG RU SAß MIT CHEN MEI-LI IM CHRYSANTHEMENHOF DES
Mei Fu Restaurants in Peking. Da es eines der feinsten
Restaurants in der ganzen Hauptstadt war, hatte er ihr geraten,
ein klassisch-elegantes Kleid zu kaufen.

Sie hatte seine Erwartungen übertroffen.

Ru bemerkte, dass seine Augen immer wieder zu ihr
zurückkehrten.

Ihr hochgeschlossenes schwarzes Kleid war elegant mit
Szenen kaiserlicher Gelassenheit bestickt. Ihr langes Haar trug
sie zu einem schlichten Dutt hochgesteckt, der mit sorgfältig
eingelegten Stäbchen fixiert war. Das tränenförmige Stückchen
Haut, das direkt unter ihrem Schlüsselbein zu sehen war,
brachte ihn fast dazu, dort hinzugreifen und ihr das Kleid vom
Körper zu reißen, um sie zu nehmen.

Auf eine andere Art war sie so kultiviert, dass sie fast
unantastbar wirkte.

Sie saß hier in dem umgebauten königlichen Haus der Frau
eines Prinzen der Qing-Dynastie und... gehörte dazu. Das ganze
Haus war mit den Kunstwerken und Habseligkeiten des
größten Opernsängers aller Zeiten, Mei Lanfang, geschmückt.

Der Mann hatte über vierzig Jahre lang Frauen porträtiert, sich während der Besatzung im Zweiten Weltkrieg trotz der harschen Bestrafungen geweigert, vor den Japanern aufzutreten, und wurde schließlich selbst Meister der Pekingoper. Wasserfälle und flatternde Samtvorhänge trennten die vier Höfe.

Die ganze Eleganz einer Zeit, die Maos Großen Sprung nach vorn nicht überlebt hatte, war in dem Mädchen an diesem Ort verkörpert.

„Du bist perfekt."

Sie neigte ihren Kopf zu einem königlichen Nicken.

„Der Mann, der mit uns zu Mittag isst, du musst ihn beeindrucken, Mei-Li. Es ist wichtig."

„Ja, Onkel Ru." Sie sprach den Titel sogar so pflichtbewusst aus, als wäre sie wirklich mit ihm verwandt. Das leiseste Aufflackern ihrer Augen warnte ihn vor Zuochengs Annäherung.

„Und wie läuft es mit deinem Computerstudium?" Er würde ihr erlauben, sich an der Universität einzuschreiben, solange es seinen Zeitplan nicht durcheinanderbrachte.

„Ich bin die Beste in meiner Klasse, Onkel Ru", antwortete sie laut genug, um gehört zu werden, aber mit einer Bescheidenheit, die wirklich bewundernswert war.

„Wie du sein solltest. So wie du sein solltest. Ah", wandte er sich an Zuocheng, als er den Tisch erreichte. „Sei gegrüßt, mein alter Freund. Es ist schon viel zu lange her. Ich bin so froh, dass du hier bist. Ich hoffe, es stört dich nicht, dass ich meine Nichte mitgebracht habe. Sie arbeitet hart in der Schule und ich fürchte, meine Cousine zweiten Grades tut zu wenig, um ihre Bemühungen zu belohnen. Vielleicht, weil sie die Jüngste ist."

Er war aufgestanden, um Zuocheng wie ein Gleichgestellter die Hand zu schütteln, sprach aber seine Worte zu dem Mädchen.

„Mei-Li, das ist der große General Li Zuocheng, von dem ich dir schon so viel erzählt habe."

Er hatte ihr in der Nacht jedes Detail erzählt, an das er sich erinnern konnte, angefangen damit, dass er und Zuocheng während des Flugtrainings ein Zimmer geteilt hatten und beide im Chinesisch-Vietnamesischen Krieg geflogen waren. Das hatte eine Verbindung geschaffen, die seither vier Jahrzehnte lang gehalten hatte.

Das Mädchen hatte viele bohrende Fragen gestellt, die zeigten, dass sie ebenso nachdenklich wie schön war.

Mei-Li hatte sich von ihrem Stuhl erhoben und hielt die Hände tief vor sich verschränkt, eine Haltung, die ihre Form und die Schönheit ihres Kleides betonte, und verneigte den Kopf zur Begrüßung, die ihrer natürlichen Anmut entsprang.

Ihre Trainer im Landesturnzentrum hatten sie gut ausgebildet.

Er hatte sich noch nicht entschieden, ob er sie Zuocheng überlassen sollte oder ob er ihre Dienste als verlockendes Spielzeug vor ihm baumeln lassen sollte. Das war nur eine Sache von vielen, die davon abhängen würde, wie das Mittagessen verlief.

Zuocheng verbeugte sich zur Begrüßung respektvoll, anstatt nur zu nicken, und nahm am Tisch Platz.

Sie tauschten Höflichkeiten aus, während die Kellner mit Algen und schwarzem Sesam überkrusteten Tofu, gedämpfte Erdnüsse in Chilisauce und Baozi-Knödel aus Schweinefleisch als Vorspeise servierten. Mei-Li bediente sie, ohne sich selbst einen *Baozi* zu nehmen. Er machte eine Show daraus, sie selbst zu bedienen: „Sie muss wirklich mehr essen." Aber sie rührte es nicht an.

Er und Zuocheng hatten zwar gemeinsam angefangen zu fliegen, aber nach dem Krieg hatten Zuochengs übergeordnete familiäre Verbindungen ihn schneller aufsteigen lassen. Er war einer der beiden stellvertretenden Vorsitzenden der Zentralen

Militärkommission. Technisch gesehen stand er nicht in direkter Linie zur Macht, aber als einer der beiden wichtigsten Assistenten des Präsidenten in seiner Rolle als Vorsitzender der Zentralen Militärkommission war er eine wichtige Stimme im Militär.

„Hast du von Huan gehört?" Bei gedünstetem Barsch mit Ingwer und Frühlingszwiebeln, gefüllt mit würzigen Krabben, sprach Zhang das zentrale Thema des Essens so beiläufig an, wie er konnte.

„Das habe ich. Scheiß auf die Familie dieses Nichtsnutzes bis in die achtzehnte Generation", spuckte er praktisch die schlimmste aller rituellen Beleidigungen aus. „Er hat uns beim J-31-Programm im Stich gelassen, indem er diesen Wang Fan als Testpiloten ausgewählt hat. Er war dein Neffe, nicht wahr?"

Zuocheng sah Mei-Li über den Tisch hinweg an, so wie er es die meiste Zeit des Essens getan hatte.

„Dein Bruder?" Fragte er in einem viel freundlicheren Ton.

Ru beschloss, Mei-Li vorerst für sich zu behalten und Zuocheng nur von ihr träumen zu lassen.

„Nein, Sir. Er ist von einer anderen Seite der Familie meines Onkels." Sie aß ein winziges Stückchen Fisch mit ihren Stäbchen und lächelte traurig. „Trotzdem, eine schreckliche Sache. Mein Onkel war sehr verärgert über den Verlust eines so wichtigen Flugzeugs durch die Unfähigkeit eines Opportunisten, der in seine Familie eingeheiratet hatte, um ungerechtfertigt aufzusteigen."

Eine nette Geste. Das Mädchen hatte definitiv einen Verstand, den er in Zukunft mehr nutzen musste. Sie hatte sich bei Wang Fan hervorragend geschlagen und bezauberte nun Zuocheng.

„Das warst nicht du, der ihn befördert hat, Ru?"

„Oh nein. Ich habe mich von seiner Karriere zurückgezogen. Ich denke, dass der ehemalige General Huan den Jungen so schnell befördert hat, um sich bei mir beliebt zu machen. Er weiß, dass ich sehr hart an der Entwicklung unserer nächsten Flugzeuggeneration arbeite. Er hat so oft versucht, an allen Ecken und Enden zu sparen, um seinen Vorgesetzten Kosteneinsparungen zu melden, dass ich befürchtete, er würde unsere Piloten in Gefahr bringen. Oder vielleicht wollte er die Lorbeeren für meine Arbeit einheimsen, bevor seine Korruption aufgedeckt wird."

Es war eine riskante Rede.

Die eigene Wichtigkeit zu behaupten, war *baizuo-arrogant* wie ein westlicher liberaler Elitist. Aber ein Kampfpilot hatte eine gewisse Bravour, ein berechtigtes Ego, weil er *wusste, dass* er besser war als die anderen um ihn herum. Ein Charakterzug, den er und Zuocheng teilten.

Ru beschloss, dass er sicher war, so gesprochen zu haben.

Aber würde Zuocheng?

Rein für ein bisschen, rein für eine volle Portion Reis.

„Huan war nicht einmal ein Pilot. Er war ein Verwalter", ein weiterer Grund, warum Ru ihn nicht mochte, und er ließ seine Abscheu in seinen Tonfall einfließen. Dass Huan es sich nicht ausgesucht hatte, weil ein schlechtes Innenohr von einer Infektion in der Kindheit ihn vom Fliegen abgehalten hatte, war eine Tatsache, die nur wenige außer Ru jemals herausgefunden hatten.

„Ja, er muss durch jemanden ersetzt werden, der Pilot war", stimmte Zuocheng zu.

Es war zum Greifen nah! Ru verbarg seine Freude im Gesicht und bemühte sich, seine Hoffnungen nicht zu hoch zu schrauben. *Vielleicht, nur vielleicht, würde er auserwählt werden, anstelle von General Huan die Führung zu übernehmen.*

67

„WAS IST SEINE MISSION?"

Miranda fühlte sich unwohl, als sie den Piloten angeschnallt im Stuhl sah. Ihre Gruppe stand in einem Beobachtungsraum und betrachtete den festgeschnallten Piloten und das Einsatzteam durch ein einseitiges Fenster.

Sie hatte ihr eigenes Team bei der zweiten Drohne auf dem Hangarboden verloren.

Holly hatte versucht, ihr in den Beobachtungsraum zu folgen, aber Drake hatte sie abgewinkt. Jetzt waren nur noch sie, CIA-Direktor Clark Winston und die beiden Generäle anwesend.

Während der Pilot auf der anderen Seite des Fensters saß, befanden sich drei Techniker im Raum: ein Mediziner, der gelangweilt aussah, ein Mann, der vor einer Flugsteuerung saß und einen Roman las und angeblich bereit war zu übernehmen, wenn etwas mit der neuralen Verbindung schiefging, und ein Kommandant, der die taktischen Bildschirme beobachtete.

„Major Carl Maxwelton patrouilliert auf den Bootsrouten des Drogenhandels von Südamerika nach Südmexiko. Das meiste, was in die USA gelangt, wird auf dem Landweg über die mexikanische Grenze eingeführt. Heute Abend versuchen wir, stromaufwärts zu gehen und die venezolanische Küste zu patrouillieren", kündigte Harrington an.

„Was war die geplante Mission vor unserer Ankunft?" fragte Drake mit einem Verständnis, von dem Miranda wusste, dass es ihr fehlte. Mike hätte wohl die gleiche Frage stellen können. Er erkannte, wenn Menschen etwas verheimlichten - eine sehr wertvolle Fähigkeit.

Harrington stand steif. „Wir wollten einige der syrischen Frontlinien zerfetzen."

„Krieg führen ohne..."

„Bleib ruhig, Drake", meldete sich Clark zu Wort. „Wir sind nicht denselben Leuten unterstellt wie du. Der Geheimdienstausschuss des Senats hat Syrien zu einem bevorzugten Einsatzgebiet für die CIA-Kräfte erklärt."

„Weiß das Komitee, was du da fliegst oder was du geplant hast?" Nason drehte sich wieder um und starrte in den Raum.

„Nur ganz allgemein", Clark stopfte seine Hände in die Taschen, obwohl der Raum nicht kalt war. „Wir haben ihnen gesagt, dass wir unsere Leute nicht durch Fernoperationen in Gefahr bringen werden."

„Nicht in Gefahr..."General Harrington wurde endlich wach und legte seine steife Haltung ab. „Weißt du, was dieses Ding gerade mit ihm macht? Es reißt ihm den Verstand raus. Genau wie bei vielen guten Piloten vor ihm."

Harrington drehte sich zu Miranda um. Sie wollte einen Schritt zurückgehen, stieß aber gegen die geschlossene Tür, als sie es versuchte.

„Willst du wissen, was mit deiner kostbaren C-130 Hercules und den fünf guten Leuten, die mit ihr geflogen sind, passiert ist? Ich werde es dir verdammt noch mal sagen. Ich habe die Lügen so verdammt satt. Einem eurer wertvollen Piloten..."

Er drehte sich zu Clark zurück und stieß einen Finger so

dicht vor das Gesicht des Direktors, dass dieser zurückstolperte und in einen Stuhl fiel.

„... wurde sein Gehirn von 'The Rip' - so nennen es die Piloten - durcheinander gebracht. Cal Jefferson war ein guter Mann und ein besserer Pilot. The Rip hat ihn überlastet, ausgebrannt, genau wie die anderen Verrückten, die ich eingesperrt habe."

Er begann, in dem engen Raum auf und ab zu gehen.

Harrington wurde immer unruhiger, bis er zu sprechen begann, während er auf und ab ging. „Auf dem Rückflug von der Destabilisierung eines brasilianischen Staudammprojekts stürzte er einen Touristenflug von Cancún nach Cozumel ab - und tötete ein Dutzend Menschen, nur so zum Spaß. Dann - als er schon fast sicher zu Hause war, aber bevor wir merkten, was los war - hat er die C-130 heruntergeholt, nur um zu sehen, wie nah er mit Supercruise-Geschwindigkeit herankommt."

„Genau wie du vermutet hast, Miranda", nickte Drake.

„Weniger als drei Meter", stimmte Miranda zu. „Und er muss es vermieden haben, das Heckteil abzuschneiden, und zwar um weniger als das."

Es gab ein paar Dinge, mit denen sie nicht gerne Recht hatte.

Miranda glaubte zu spüren, wie Hollys fester Griff eine ihrer Schultern drückte und schöpfte daraus Kraft. Ihr letztes Team, das seit fünf Jahren bei ihr war, hatte sie nie so mühelos verstanden wie Holly.

„Der arme Bastard", murmelte Harrington. „Er hat nicht an die Konsequenzen gedacht, bis er zurückkam und die Zerstörung sah. Wäre sein Verstand noch funktionstüchtig gewesen, hätte er es besser gewusst, aber da war er schon zu tief in The Rip geraten. Der Kopilot der C-130 war seine Geliebte gewesen. Es wäre ihm fast gelungen, mit der Drohne Selbstmord zu begehen, indem er sie in dieses Gebäude rammte, bevor wir ihm die Kontrolle entreißen konnten. Wenn wir ihn nicht betäubt haben, hat er die ganze Zeit nur geweint. Seit drei Tagen haben wir kein einziges zusammenhängendes Wort aus ihm herausbekommen."

Harrington winkte hilflos in Richtung des Hauptteils der Basis.

„Da", er trat wieder auf Tuchfühlung mit ihr. „Jetzt weißt du, was wirklich mit deinem verdammten Flugzeug passiert ist, Ms. Chase. Ich hoffe, du kannst damit leben. Ich weiß nicht, ob ich das kann."

Schließlich wandte er sich von ihr ab und sah General Drake Nason an.

„Das ganze Programm ist im Arsch. Nichts, was wir tun, kann den Piloten schützen. Es ist wie ein normales Burnout bei Drohnenpiloten, nur dass es enorm beschleunigt wird - in Monaten statt in Jahren. Gute Männer. Einfach weg", schnippte er mit den Fingern.

Drake legte eine Hand auf Harringtons Schulter, bis er sich beruhigte und wieder aufrecht stand. „Rufe den Piloten zurück, solange du noch kannst."

Harrington nickte einmal, zweimal, dann trat er durch die Tür aus dem Beobachtungsraum in den Flugkontrollraum.

68

„Major Maxwelton. Wir haben ein technisches Problem und müssen diese Mission abbrechen. Bitte kehre sofort zur Basis zurück." Harrington schien in einem normalen Ton im Raum zu sprechen.

Miranda studierte das Szenario.

Der Pilot, der in dem gepolsterten Stuhl festgeschnallt war, machte keine Anstalten, etwas zu sagen.

„Maxie? Das ist ein Befehl."

Immer noch keine Antwort.

Harrington schüttelte seine Schulter.

Natürlich befand sich der Major nicht in der Drohne, sondern er war genau hier.

„Ich glaube nicht, dass er dich hören kann", sagt die Medizintechnikerin und untersucht ihre Instrumente. „Meinen Instrumenten zufolge wird sein eigenes Gehör nicht mehr in seinem auditorischen Kortex registriert. Vielleicht hat er sich so sehr mit seiner Maschine verbunden, dass er uns nicht mehr hören kann."

„Funke ihn an. Ruf die Drohne." Drake rief den Befehl aus.

„Äh, Sir." Der Ersatzpilot hatte seinen Roman auf den Boden geworfen und war aufgesprungen, um vor dem Eingang des Generals stramm zu stehen. „Es ist eine Drohne, Sir. Das Flugzeug hat kein Funkgerät. Nicht direkt. Es gibt zwar ein Frequenzüberwachungsgerät, aber das wird hierher zurückgeleitet. Wir sprechen immer nur mit dem Piloten."

Miranda trat durch die Tür und Direktor Winston folgte ihr hinein.

Sie zeigte auf die Pilotenkonsole.

„Dann tu das, wofür du hier bist. Übernimm die Kontrolle über den Flug und bring ihn hierher zurück." Keiner sollte mehr sterben. Wenn es nach ihr ginge, würde nie wieder ein Mensch in einem Flugzeug sterben.

„Ich kann es ... versuchen." Der Pilot setzte sich an seine Konsole und betätigte einen Schalter, woraufhin über seinem Platz ein "Controls Active"-Schild aufleuchtete.

„Tu es!" rief Harrington und starrte sie an, aber ob es Wut auf sie oder auf die Situation war, konnte sie nicht sagen. Dann wandte er sich wieder den Anzeigen zu.

Sie sahen zu, wie der Notfallpilot es "versuchte". Das taten sie alle.

„Er kämpft gegen mich. Er will die Kontrolle nicht abgeben."

„Kappt die verdammte Verbindung", schlug Drake vor.

„Sir, Sie können nicht..."

Harrington ging die zwei Schritte zum Stuhl und zog den Stecker.

Major Maxwelton schrie.

Kein Schrei der Wut.

Keine Angst.

Es war der unheilige Schrei eines Verdammten, der weiß, dass er in die Hölle kommt.

Miranda hatte es seit über zwanzig Jahren fast jede Nacht in ihren Träumen gehört.

Es war der Schrei ihrer Eltern, als sie vom Himmel fielen.

Ihre Nerven kannten jeden Ton dieses Klangs, der direkt aus ihrer eigenen Seele kam.

Der Name ihres Vaters zerrte an ihrer Kehle. Miranda echote den Schrei des Majors, als sie ihre Eltern erneut verlor.

69

„MIRANDA? KOMM SCHON, KUMPEL. ES IST ALLES IN ORDNUNG. Komm zurück."

Miranda öffnete ihre Augen und sah zu Holly hoch. Sie lag in einem sterilen, wenig einladenden Büro auf einem harten Sofa.

„Bist du noch bei uns?"

„Ich scheine es zu sein. Was ist passiert?" Und dann erinnerte sie sich nur allzu deutlich. „Der Pilot. Haben wir..." Hollys Gesichtsausdruck sagte, dass sie es nicht getan hatten.

„Sie haben ihn betäubt", sagte Mike, der sich über Hollys Schulter beugte.

„So ein Geräusch habe ich noch nie gehört", sagte Jeremy, als er sich auf die Sofalehne neben ihren Füßen setzte. „Einer von euch war schlimm, aber ihr beide zusammen? Es war wie eine Art Psycho-Harmonie. Wir konnten euch beide auf dem Boden des Hangars hören. Du hast den Namen deines Vaters Sam geschrien, bevor du ohnmächtig wurdest. War es, weil sie bei dem Absturz gestorben sind?"

„Deine Eltern sind mit einem Flugzeug abgestürzt?" Holly

sah sie an. „Schlimm. Kein Wunder, dass du so eine tolle NTSB-Ermittlerin bist."

„TWA 800", antwortete Jeremy für sie, bevor sie etwas sagen konnte.

Miranda setzte sich auf und sah Clark Winston in einem der Bürostühle sitzen. Keiner der Generäle war zu sehen.

„Wo..."

„Sie führen eine Nachbesprechung mit Clarissa durch. Sie finden heraus, welche Missionen sie gemacht hat", antwortete Clark. „Nason hat das Programm gestoppt. Vermutlich für immer."

„Und du weißt nicht, was sie getan hat?"

„Ich finde, dass es für mich funktioniert, wenn ich mich mit den besten Leuten umgebe und ihnen dann vertraue."

Miranda verinnerlichte das, während sie Mike, Holly und Jeremy inspizierte. Woher sollte sie wissen, wem sie vertrauen konnte? Sie hatte keine Informationen, auf die sie sich stützen konnte; vielleicht weil sie keine Fragen gestellt hatte.

„Wie wurdet ihr alle meinem Team zugeteilt?"

Holly zuckte mit den Schultern. „Ich schätze, ich war der nächstgelegene Bauspezialist mit ausreichender Freigabe."

„Ich habe einen Anruf von deinem Chef Terence erhalten", sagte Mike und hielt sein Telefon hoch.

„Weil Träume wahr werden können", sagte Jeremy völlig ernst.

„Aww. Ich wusste doch, dass du auf mich stehst", umarmte Holly ihn seitlich.

„Nein, ich meinte...", aber er errötete zu sehr, um weiter zu sprechen.

Clark beugte sich vor und musterte sie aufmerksam. „TWA 800 war ein großer Verlust", sagte er, als würde er die Worte testen.

„Der Verlust einer 747", sagte Miranda und nahm dankbar

die kalte Dose Cola, die Mike ihr anbot. Sie kühlte ihre Stirn an dem kühlen Metall, bevor sie die Dose öffnete, um zu trinken.

„Verdammt. Du bist das Kind von Sam Chase? Ich hatte nie die Verbindung hergestellt, dass du ihre Tochter bist. Der große Verlust, auf den ich mich beziehe, sind deine Eltern. Eines ihrer Kinder war autistisch oder so."

Sie schwankte mit der Dose und nur Hollys schnelles Zupacken bewahrte sie davor, sich damit zu bekleckern.

„Ich bin ein Einzelkind. Wovon sprichst du?"

„Das meiste hier", Clark winkte mit der Hand, „ist ihr Werk."

Normalerweise konnte Miranda unterschiedliche Fakten schnell und genau in ihrem Kopf zusammenfassen und ordnen; das war ein Überlebensmechanismus. Im Moment hatte sie Schwierigkeiten, Clarks Worte als einzelne Wörter einzuordnen.

„Konnten sie die Drohne retten?" Das war die wichtigste Frage, die sie formulieren konnte.

Holly schüttelte den Kopf. „Als der örtliche Pilot versuchte, die Kontrolle zu übernehmen, gab es offenbar einen Kampf. Bei hohen Mach-Geschwindigkeiten ist etwas gebrochen. Die Fernsteuerung des Flugzeugs ist sowieso ziemlich riskant, weil sie nicht viele autonome Steuerungselemente eingebaut haben. Sie verließen sich wirklich auf das autonome Nervensystem des verkabelten Piloten. Der Fernpilot konnte das Flugzeug im Cayman Trough absetzen. Das Wasser ist dort etwa fünf Kilometer tief und er hatte immer noch Überschallgeschwindigkeit, als er ins Wasser eintauchte, sodass nicht mehr viel zu finden sein wird, selbst wenn jemand dort unten nachsehen würde."

„Oh. Okay." Sie legte diese Information beiseite. Es gab noch eine weitere Drohne, aber die war sicher im Hangar geparkt. Sie konnte sie aus dem Bürofenster sehen.

Mike schaute sie seltsam an, aber sie ignorierte ihn.

„Meine Eltern?" Miranda drehte sich wieder zu Clark um und konnte die Worte endlich ertragen.

„Feine Agenten. Sie..."

„Nein. Keine Agenten. Sie waren Berater für...", aber sie wusste nicht, für wen. „Eine Universität... wie das MIT?" Warum wusste sie das nicht?

„Das wäre die MITRE Corporation. Sie ist aus dem Lincoln Laboratory des MIT hervorgegangen. Sie ist eine der führenden Beratungsfirmen für militärische Sicherheitstechnologien. MITRE hat das nationale Luftverkehrskontrollsystem entwickelt und gebaut. Und eine Reihe anderer Projekte. Deine Eltern sind schließlich zur CIA gewechselt. Sie gehörten zu dem Team, das mit Abraham Karem zusammenarbeitete."

„Der Vater der Drohnentechnologie", sagte Jeremy voller Ehrfurcht. „Der Predator war seiner. Sie ist direkt aus Amber hervorgegangen. Die erste zuverlässig funktionierende Drohne."

„Ihre Eltern", Clark nickte Jeremy zu, „haben für ihn Feldversuche zur Entwicklung des Predators durchgeführt. Ich habe dort ein Praktikum absolviert, aber ich hatte nie die Gelegenheit, sie wirklich kennenzulernen. Ich war damals nur ein Sicherheitsknecht, während sie das Herzstück eines CIA-Teams waren, das die Gnat-750-"

„Der Nachfolger der Amber", fügte Jeremy hinzu.

„- über Bosnien steuerten", fuhr Clark unerschütterlich fort. „Als deine Eltern abstürzten, war ich im Nahen Osten als Bodenaufklärer für die Drohnenteams eingesetzt. Sie flogen rüber, um mögliche sichere israelische Startanlagen für den Einsatz der Predators in der Region zu überprüfen, und ich sollte mich mit ihnen treffen."

„Nein", kam das Wort heraus.

Es war ein kurzes, einfaches Wort. Vier Buchstaben und sie

verstand seine Bedeutung nicht mehr, obwohl sie es selbst gesprochen hatte.

„Nein", versuchte sie es erneut.

Miranda spürte, wie sich der Schrei erneut in ihr aufbaute, aber sie kämpfte ihn mit reiner Willenskraft zurück.

Sie war dabei, ihre Eltern noch einmal zu verlieren.

Nicht an eine Erinnerung, die durch den Schrei des Piloten geweckt wurde.

Diesmal waren sie nicht die, *von* denen sie immer dachte, dass sie es sind.

„Meine Eltern wollten früher nach Paris fahren. Ich sollte eine Woche später folgen." Ihre Stimme tat weh, als sie sprach.

„Sie sind schon früh losgezogen, um eine Woche lang mit mir in Israel zu recherchieren, bevor du zu ihnen geflogen bist", fügte Clark hinzu.

„Israel? Nein." Da war wieder dieses Wort, das nicht so viel Macht zu haben schien, wie sie immer gedacht hatte. Paris."

Aber hatte es ein Durchgangsticket nach Tel Aviv gegeben? Warum sollte sie das wissen? Tante Daniels, ihre Erzieherin, hätte sich um solche Details gekümmert. *Wir werden zu deinen Eltern fliegen,* hatte sie gesagt. *Erster Halt: Paris.*

Miranda hatte immer angenommen, dass das bedeutete, dass sie sich alle dort treffen würden. In Frankreich bleiben. Offenbar nicht. Da ihre Eltern an der Küste von Long Island gestorben waren, musste Tante Daniels nicht mehr sagen. Da ihre Eltern in der TWA 800 ums Leben gekommen waren, war es nicht nötig, danach zu fragen.

„MITRE?"

„Ursprünglich. Wir sind alle drei bei der CIA gelandet."

„*Kryptos*." Kein Wunder, dass ihr Vater von *Kryptos* so fasziniert gewesen war. Er hatte es gesehen. Er hatte dort *gearbeitet*. Genau wie ihre Mutter. Ihre Mutter hatte keinen Kopf für Codes, also war das etwas, was ihr Vater mit seiner Tochter geteilt hatte.

„Ja. Das war das erste, worüber er sprach, als ich ihn kennenlernte. Ich schätze, er hat einen Großteil seiner Freizeit damit verbracht, es zu lösen."

„"Nein, das haben *wir*. Es war ein ständiges Spiel für uns." Und Miranda vermisste es jetzt mehr denn je. „Ich arbeite immer noch an der ungelösten vierten Tafel, wenn ich Zeit habe."

„Ms. Chase. Ich sorge dafür, dass du einen Sicherheitsausweis bekommst, mit dem du das Original jederzeit studieren kannst."

Sie sah sich im Raum um.

„Wenn wir die Drohne gesichert haben und von dem Absturz der C-130 wissen, warum sind wir dann alle noch hier?"

„Du meinst, abgesehen von deiner Ohnmacht?"

Sie ignorierte Mikes Kommentar und wandte sich an Holly, die seufzte.

„Niemand hat uns Dinkum gesagt, aber ich wette, dass wir ein anderes Problem haben."

70

WÄHREND DER PEKING-ENTE UND SCHLIEßLICH SOGAR BEI Sesamkugeln aus roter Bohnenpaste mit honigsüßem Tieguanyin-Tee hielt sich Zuocheng bedeckt, was die Ablösung Huans betraf. Stattdessen sprach er mit Mei-Li vor allem über seine eigenen Enkelinnen, die bald auf die Universität gehen würden - es sei denn, sie könnten vorteilhaft verheiratet werden, versteht sich.

Kurz vor Ende des Essens lehnte sich Zuocheng in seinem Stuhl zurück und wandte sich wieder Ru zu.

„Das wurde außerhalb der CMC nicht erwähnt, also hast du es nicht von mir gehört, Ru. Es ist sehr besorgniserregend, aber Peng Yan ist verschwunden."

Trotz seiner jahrelangen politischen Erfahrung konnte Ru sein Erstaunen nicht unterdrücken.

71

„Scheiße!" Drake sah auf die beiden letzten Leichen im Leichenschauhaus in Groom Lake hinunter, die nebeneinander lagen und mit Fluganzügen der US Air Force bekleidet waren.

„Wir konnten diesen Mann und diese Frau nicht identifizieren. Sie haben keinen Ausweis, keine Hundemarke." Harrington winkte mit der Hand in ihre Richtung. „Sie befanden sich im hinteren Teil des Flugzeugs, getrennt vom Rest der Besatzung. Der Aufprall hat ihnen das Genick gebrochen. Ich habe mein Team die Gegend mehrmals absuchen lassen, aber wir haben nichts weiter gefunden. Ich ließ meine Männer sogar das NTSB-Team genau beobachten, für den Fall, dass sie etwas finden, was wir übersehen haben."

Clarissa stand auf der anderen Seite der Leichen. Demütig, zumindest für den Moment, hatte sie eine vollständige Liste der Drohnenoperationen preisgegeben - und Drake versuchte, sich nicht zu übergeben, wenn er an die Kosten für die Piloten dachte. Zum Glück war das Programm noch sehr neu, so dass nur wenige Piloten The Rip durchlaufen hatten, aber Harringtons Beschreibungen ihres Zustands waren entsetzlich.

Er hatte darauf bestanden, dass sie sie in die Leichenhalle

begleitete - und man musste ihr anrechnen, dass sie krank aussah, als sie die kaum erkennbaren Überreste der drei Besatzungsmitglieder vor sich sahen.

Aber weder sie noch Harrington wussten über die wahren Identitäten der anderen beiden Passagiere an Bord des Flugzeugs Bescheid.

Keiner von beiden würde das auch nur vermuten.

Oder durfte es jemals wissen.

Drake wusste es und fühlte sich wie der Mörder, der ihnen mit seinen eigenen Händen das Genick gebrochen hatte. Er konnte das Gefühl nicht an seiner Hose wegwischen und musste sich schließlich an der Tischkante abstützen, um die Bewegung zu stoppen.

So nah dran.

Peng Yan und seine Frau waren die höchstrangigen Kontakte, die die USA jemals in der Zentralen Militärkommission Chinas geknüpft hatten.

Peng Yan war in seiner Funktion als Abteilungsleiter der Abteilung für Ausrüstungsentwicklung an der Spitze der chinesischen Militärinnovation.

Drake war über die Frau des Mannes auf Yan aufmerksam geworden; sie war eine begeisterte UFO-Fanatikerin.

Yan hatte eine Reise nach Groom Lake zum Preis dafür gemacht, dass er ein Doppelagent wurde.

Seine Forderung war sehr vorsichtig formuliert.

„Ich möchte die Innovation sehen, die geschehen *ist*. Ich erwarte nicht, dass du mir vertraust, um deine neuen Arbeiten zu sehen. Aber unsere pakistanischen Freunde haben uns das Heckteil eures Tarnkappenhubschraubers geliefert, der in bin Ladens Lager abgestürzt ist. Ich möchte einen kompletten Hubschrauber sehen. Ich möchte in einer SR-71 Blackbird sitzen und eine F-117 Nighthawk fliegen, weil ich die Geschichte liebe; ich weiß, dass ihr diese originalen Tarnkappenflugzeuge in der Nähe und einsatzbereit haltet. Und meine Frau möchte sehen, wo die UFOs aufbewahrt werden."

Drakes Beteuerungen, es gäbe keine UFOs, hatten ihm ein tolerantes Lächeln eingebracht.

„Ja, das wissen wir beide. Aber sie möchte Groom Lake trotzdem besuchen. Vielleicht sogar im Little A'Le'Inn Restaurant am berühmten Extraterrestrial Highway essen."

„Ihr Roastbeef ist besser als ihr 'Alien-Burger'", hatte Drake beim letzten G20-Treffen verkündet.

Die Intelligence Support Activity, auch bekannt als "The Activity" oder "The Army of Northern Virginia" - der Elitenachrichtendienst der US Special Operations - hatte die Einschleusung des chinesischen Paares über Mexiko beaufsichtigt. Und jetzt gab es nichts mehr zurück zu schmuggeln, außer ein paar unglückliche Leichen.

Verdammt!

„Begrabt sie ganz privat und mit allen Ehren", sah er Harrington über den Tisch hinweg an. „Keine Bilder. Keine DNA. Keine Namen."

72

Da er aus Zuocheng nicht mehr über das Verschwinden von Peng Yan herausbekommen konnte, ohne ihn direkt zu fragen, was unvorstellbar unhöflich gewesen wäre, gab Ru dem Mädchen heimlich ein Zeichen, bevor er sich für die Toilette entschuldigte.

Peng Yan. *Peng Yan?*

Verschwunden?

Der Direktor der Abteilung für Ausrüstungsentwicklung der Zentralen Militärkommission war verschwunden?

Wenn Yan einfach nur unangekündigt mit seiner Geliebten in den Urlaub gefahren wäre - so etwas war nicht ungewöhnlich - hätte er trotzdem einer Vorladung Folge geleistet.

Aber wenn die Führung ihn so still und leise aus dem Weg geräumt hatte, wie sie die Existenz von Rus ehemaligem Kommandeur General Huan ausgelöscht hatte...

Wenn Zuocheng verkündete, dass er vermisst wurde, war etwas sehr schief gelaufen. Wenn er nicht bald wieder auftauchte und einen unanfechtbaren Beweis vorlegte - wie zum Beispiel eine geheime Mission für den Präsidenten -, würde man ihm nie wieder trauen.

Eine Stelle in der CMC? Genau die Stelle, für die er in ganz China vielleicht am besten qualifiziert war. Solche Träume wurden nie wahr.

Sein Signal an Mei-Li war, mit Zuocheng zu gehen und für ihn zu machen, was er wollte. Um sich einen Platz auf der CMC zu erkaufen, würde er weit mehr verkaufen als ihren hübschen kleinen Körper.

Wenn er nur herausfinden könnte, was mit dem J-31 und Wang Fan passiert war. Sein Neffe war vieles, aber inkompetent gehörte nicht dazu. Wenn Ru das beantworten könnte, wüsste er, wie er die Karte ausspielen konnte.

Mit den richtigen Informationen könnte er am CDI vorbei direkt zum CMC gelangen - mit oder ohne Mei-Li, die ihre Beine für Zuocheng breit machte.

Ja, wenn er auserwählt würde, wäre Ru an alle Pläne von Zuocheng gebunden, an alles, was er in Zukunft von ihm verlangte. Aber auch das war ein Preis, den Ru zu zahlen bereit war.

Kaum war er aus dem Chrysanthemenhof heraus, schrieb er General Nason eine SMS.

73

DRAKE EILTE IN DAS BÜRO, IN DEM ER DIE ANDEREN zurückgelassen hatte, und Clark und Clarissa folgten ihm. Aber es war leer.

Dann sah er, wie sie sich um die verbliebene MQ-45 Casper in dem tiefschattigen Hangar versammelt hatten.

Als er zu ihnen eilte, sah er, dass Miranda bei Bewusstsein war. Sie hatte schreckensgeweitete Augen, aber er hatte keine Zeit, sich darum zu kümmern. Die anderen drei hielten sich weit zurück.

Drake eilte auf sie zu.

„Ich brauche eine Antwort. Wir haben weniger als zwei Minuten."

„Eine Antwort auf was?" fragten mehrere von ihnen unisono.

Aber nicht Miranda. Sie stand mit ihren Fingerspitzen leicht auf der langen Nase der niedrigen Drohne. Sie befand sich auf Schulterhöhe mit ihr.

Er hatte noch nie in der Nähe davon gestanden und es fühlte sich glatt und kalt an, als ob sie ihn beobachtete. Er war kein phantasievoller Mensch, aber er konnte den Tod spüren, der dort saß.

Ohne ihre Hand wegzunehmen, beobachtete sie ihn einfach.

„Und?"

„Wir kennen die Ursache für das Problem bereits." Miranda strich mit ihren Fingern über den ersten harten Grat der Nase.

„Problem?" Clark trat einen Schritt vor. Wenigstens hielt Clarissa ihre Klappe. Sie war durch ihre kurze Inhaftierung sehr gebremst worden.

„Halt die Klappe, Clark. Eine Minute fünfundvierzig. Ich habe keine Zeit, mich mit dir zu beschäftigen." Er wusste nicht, was passieren würde, wenn er Rus verzweifelte SMS nicht beantwortete, aber die verschiedenen Szenarien, die ihm in den Sinn kamen, gefielen ihm nicht.

Er mochte die Methoden der CIA oder ihre mangelnde Aufsicht nicht, aber sie hatten ihre neueste Waffe außergewöhnlich effektiv eingesetzt.

Waffe? Das verdammte Ding sah aus, als würde es ihn angrinsen. Die Drohne könnte leicht ihre Karriere beenden, wenn auch nur das Geringste falsch gemachen werden würde.

Holly trat nach vorne.

Er wollte sie nicht zum Schweigen bringen, aber dann wurde ihm klar, dass er das nicht musste. Sie redete nicht mit ihm, sondern stand Miranda gegenüber.

„Du kannst ihnen nicht die Wahrheit sagen."

74

HARVEY SUCHTE ÜBERALL NACH MAXIE.

Er hatte den halben Nachmittag gebraucht, um die Erinnerung aufzuspüren, bevor er sie gefunden hatte.

Helen hatte gesagt: "The Rip".

...und Major Maxwelton auch.

Das DFAC, der Ballplatz, die Wohnheime.

Die Schlafsäle.

Er konnte sich immer noch keinen Reim darauf machen.

Maxies Zimmer war nicht nur leer, es war unbewohnt.

Keine Zwei-Dollar-Plastik-Baseballtrophäen, die auf der Kommode standen. Kein Handschuh, den Maxies Vater ihm geschenkt hatte und den er immer noch benutzte, obwohl er ein bisschen zu eng war.

Fotos von seiner toten Schwester - der Grund, warum Maxie vor fünfzehn Jahren überhaupt erst zur Armee gegangen war.

Klamotten im Schrank und in den Schubladen.

Spuckegeputzte Schuhe und weiße Uniformen.

Alles weg.

„Was zum Teufel?"

Der leere Raum antwortete nicht.

„*Was zum Teufel?*"

„Hey, Harvey", flüsterte es kaum hörbar.

Er drehte sich zu Helen und fand sie im Colonel Helen Thomas-Modus vor.

Sie stand in der Tür, makellos in ihrer dunkelblauen Dienstuniform. Sie war so schön, perfekt und streng, dass er sich nicht trauen würde, sie anzusprechen, auch wenn sie nicht vereinbart hatten, in der Öffentlichkeit nichts zu zeigen. Sie benutzte außerhalb des Schlafzimmers nicht einmal seinen Vornamen.

„Wo ist Maxie? Major Maxwelton?"

Sie antwortete nicht. Sie blieb einfach an der Schwelle stehen und klemmte sich ihre Dienstmütze unter den Arm. Es war selten, dass man in Groom Lake jemanden in blauer Kleidung sah.

„Seine Ausrüstung ist..." Weg.

„Mein Beileid, Lt. Colonel Whitmore."

Harvey stolperte nach hinten gegen den Stuhl an dem kleinen Schreibtisch, das einzige, was ihn aufrecht hielt.

„Wie? Er fliegt vom Boden aus. Wie ich. Das ist doch sicher, oder? Stimmt's?"

Helen schloss die Augen lange genug, während sein Puls fünfmal in seinen Ohren pochte.

„The Rip. Ich habe versucht, es dir zu sagen. Aber ich konnte mich nicht dazu durchringen. Ich dachte... indem ich die Uniform anziehe... hoffte ich, dass ich die Kraft dazu finde."

„Ich dachte, du wolltest mir sagen, dass du mich liebst."

Wieder wurde sie still. Der Schmerz in ihren Augen beantwortete auch diese Frage.

„Mehr als du wolltest."

Ein winziges Nicken.

„Ich hätte dich zum Janet-Flug begleiten sollen. Dich dieses Wochenende nach Hause zu deiner Familie schicken."

Sie musste sich zweimal räuspern. „Ich wäre sowieso geblieben. Bis wir miteinander gesprochen hätten. Sogar vor Major Maxweltons ... Schwierigkeiten."

„Schwierigkeiten?"

„Er hat den Flug überstürzt verlassen. Das war zu viel. Wir haben ihn betäubt, aber er hat einen Weg gefunden, sich umzubringen. Ich ... wollte nicht, dass dir das auch passiert, Oberstleutnant Whitmore." Sie beendete ihre Worte in aller Eile.

„Oh." Er wusste immer noch nicht, was er darauf antworten sollte.

„Jetzt bist du in Sicherheit. Ich wurde gerade informiert, dass sie das Programm abgebrochen haben."

„Sicher?"

„Ja. Es tut mir leid, ich muss gehen. Ich habe ein Treffen mit dem Vorsitzenden des Generalstabs, für das ich bereit sein muss. Das ist der andere Grund dafür", sagte sie fast lächelnd, als sie auf ihre Uniform deutete.

Jemand schlug an eine Tür im Flur und Stimmen drangen herein.

„Es tut mir leid. Aber ich bin froh, dass du jetzt in Sicherheit bist...Harvey."

Sie salutierte.

Nur sein Instinkt ließ ihn die Geste erwidern, bevor sie weg war.

Sicher?

Er saß auf dem Boden fest, während die Scheibe des unerträglichen Eisens noch immer pochte, weil The Rip an ihm zerrte. Auch wenn er nicht mit dem Casper verbunden war.

Welcher Teil von sicher war das?

75

MIRANDA HASSTE ES, AUCH NUR FÜR ZWEI PERSONEN IM
Mittelpunkt zu stehen. Zwei Generälen, zwei CIA-Direktoren
und ihrem eigenen Team gegenüberzustehen, war einfach zu
viel.

Sie konnte nicht denken.

Sie konnte nicht über die Drohne hinwegsehen, die neben
ihr stand. Die Ursache für so viel Ärger, aber auch die engste
Verbindung zu ihren Eltern, die sie seit Jahren hatte.

Wie sollte sie das hinter sich lassen, um über dieses
Problem nachzudenken?

Ihre Eltern waren nicht die, für die sie sie hielt. Aber *änderte*
das etwas daran, wer sie waren? Wurden die Hunderte von
Stunden, die sie mit *Kryptos* und Dutzenden von anderen
kryptografischen Rätseln verbrachten, weniger, weil sie CIA-
Agenten waren?

Hat-

„Eine Minute dreißig, Ms. Chase. Ich brauche jetzt eine
Antwort."

Miranda konnte sich nicht konzentrieren. Sie konnte nicht
über den Verrat hinwegsehen... wenn es das war.

Wie sollte sie dem General antworten? Durch das Durcheinander ihrer Gedanken verstand sie kaum, was er sagte.

„Das kannst du nicht", wiederholte Holly. „Jeder Fortschritt, jeder Generationensprung, den unsere Verteidigungstechnologie macht, ist nur so lange ein Sprung, wie er geheim bleibt. Sobald ein Konzept entwickelt wurde und unseren Feinden bekannt ist, können wir den Geist nicht mehr zurück in die Flasche stecken. Dann ist es in der Welt und andere können es nutzen. Das hier", sie klopfte mit den Fingerknöcheln auf die Drohne, was ein überraschend angenehmes, glockenartiges Geräusch erzeugte. „Sie wird uns aus der Hand gleiten. Wir müssen das so lange wie möglich hinauszögern. Unsere Feinde könnten bereit sein, die Piloten rücksichtslos zu vernichten. Dieses Szenario müssen wir verhindern."

„Eine Minute fünfzehn", erinnerte Drake sie, als ob der Hinweis auf die offensichtlichen Einschränkungen ihren Gedanken helfen würde.

Miranda musste den Wortschwall stoppen. Sie konnte nicht zu Ende denken.

Das konnte sie nicht.

Aber nur vielleicht...

„Da war etwas, was Direktor Winston gesagt hat."

„Was war das?" bellte Drake.

Er hatte gesagt, sie solle sich mit guten Leuten umgeben und ihnen dann vertrauen.

Sie vertraute niemandem und nichts mehr, seit ein Fehler in der Klimaanlage einen Kurzschluss in einem Kraftstoffsensor verursachte und einen Funken auslöste, der ihre Eltern vom Himmel geholt hatte.

Aber nur vielleicht...

„Entschuldigung", sagte sie, duckte sich unter der langen

Nase des Casper und winkte Holly, ihr dorthin zu folgen, wo Mike und Jeremy zurückgeblieben waren.

Sie führte sie ein paar Meter weiter weg, drängte sie dann zusammen und begann schnell zu sprechen.

76

Ru hätte sich auf der Herrentoilette fast eingepinkelt. In seinem Alter entleerte sich seine Blase nicht mehr auf einmal, und er hatte jetzt keine Zeit, sich zu gedulden.

Aber er musste es sein.

Er musste Mei-Li eine Chance geben, Li Zuocheng zu überzeugen, sie nach Hause zu bringen. Für den unwahrscheinlichen Fall, dass sie versagte, brauchte er eine Antwort von Nason. Aber er konnte nicht viel länger warten.

Zuocheng hatte offensichtlich den Fehdehandschuh hingeworfen und wartete darauf, wie schnell Ru ihn aufheben würde. Wenn Mei-Li ihn nicht ablenken konnte, musste Ru bereit sein.

Nason hatte ihm eine Antwort in zwei Minuten versprochen. Nein, er hatte Nason eine SMS geschickt, dass Ru nicht mehr Zeit hatte und der Mann hatte frustriert "OK" geantwortet, als wäre er ein amerikanischer Cowboy.

Es war weniger als eine Minute übrig.

Wo war dieser amerikanische Bastard?

Warum konnte er nicht vor diesem Treffen antworten?

Ru vergewisserte sich, dass er sich keine Flecken auf die Hose gemacht hatte, und versuchte dann, nicht mit den Zähnen zu knirschen.

77

„HOLLY HAT RECHT", SAGTE MIKE, NACHDEM MIRANDA DIE Situation erklärt hatte. „Du kannst den Chinesen nicht die wahre Ursache für den Absturz ihres J-31-Jets in Shenyang verraten. Das würde eine Katastrophe bedeuten. Vielleicht sogar Krieg."

„Aber so ist es nun mal." Miranda fühlte sich miserabel. Jetzt war *sie* diejenige, die das Offensichtliche feststellte. War die Vorliebe geschlechtsübergreifend?

„Was, wenn das nicht passiert ist?" Mike starrte auf etwas über ihrem Kopf, aber als sie sich umdrehte, sah sie nur die Wand des Hangars.

„Einen anderer Grund!" Holly mischte sich ein. „Du hast gesagt, dass die MQ-45 Casper-Drohne auf ihren Bildern nur wie ein Spiegelbild aussah. Lass sie glauben, dass es nur eine Spiegelung war und etwas anderes sie zu Fall gebracht hat."

Sie wollte sagen: „Aber das hat es nicht!" Es war schwer, die Reaktion zu unterdrücken.

„Genau. Du hast gesagt, tote Flugzeuge lügen nicht", Jeremy schien ihre Formulierung besonders zu gefallen. „Aber was, wenn doch?"

„Irgendein anderer Grund, warum das Flugzeug abgestürzt ist", Holly studierte jetzt genau wie Mike die Wand, aber Miranda konnte immer noch nichts sehen.

Sie wusste, dass sie noch schlechter lügen konnte als anderen zu vertrauen, aber sie versuchte es. „Das Flugzeug flog großartig. Der Pilot war außergewöhnlich geschickt. Seine Versuche, den Angriff zu überleben, sollten in einem Lehrbuch stehen." Trotzdem war alles, was sie bis jetzt hatte, die Wahrheit.

„Wir brauchen also etwas anderes, um sie abzulenken..."

„... wenn auch nur geringfügig plausibel, aber etwas, an dem sie sich festhalten können."

Jetzt vervollständigten Mike und Holly die Sätze des jeweils anderen.

Anstatt die Wand anzuschauen, starrte Jeremy mit zusammengekniffenen Augen auf den Betonboden. Half das Zusammenkneifen der Augen bei den geistigen Prozessen? Miranda versuchte es, fühlte sich aber nicht schlauer.

„Eine russische Verschwörung wäre praktisch." Wie Mike so lässig klingen konnte, war ihr ein Rätsel. Aber nichts schien ihn jemals aus der Ruhe zu bringen... außer Holly.

Jeremy blinzelte weiter auf den Boden. „Das Flugwerk haben sie von uns kopiert, aber ein Großteil der Elektronik im Shenyang J-31 soll aus Russland stammen. Es muss doch etwas geben, was wir damit machen können."

„Warum sollten die Russen einen chinesischen Kampfjet zerstören wollen?" fragte Holly.

„Wir..." Miranda spürte, wie ihr eine Idee kam. Irgendetwas, das jemand darüber gesagt hatte, wie sie sich einem Absturz näherte. „Wir... *Oh!* Wir haben den Wer gefunden, genau wie Terence es gesagt hat."

„Wer ist Terence?" fragte Jeremy.

Miranda ignorierte die Frage. „Er sagte, wir sollen dem Wer folgen, um das Warum herauszufinden. Wir haben das wirkliche Wer - die CIA - und wir wissen jetzt auch das Warum."

„Aber", Mike sah plötzlich aufgeregt aus, „wenn wir das *Wer* zu den Russen ändern, was könnte dann das *Warum sein?"*

„Tote Flugzeuge lügen nicht", das konnte Miranda nicht einfach so stehen lassen.

„Ja, aber wir haben diesmal kein totes Flugzeug", sagte Holly.

Mike nickte. Anscheinend waren er und Holly einer Meinung, was definitiv ein gültiger Test aus zwei sehr unterschiedlichen Perspektiven war.

Er fuhr fort: „Wir haben ein Bild von einem Lebenden, der jetzt tot ist. Alles, was wir tun müssen, ist, etwas zu finden, das zu den Fakten passt. Wir haben herausgefunden, wie die C-130 Hercules abgestürzt ist. Es liegt nun an den Generälen und der CIA zu klären, warum das so ist und was man dagegen tun kann."

„Du meinst, wir müssen nur einen plausiblen Mechanismus finden, *der* zu dem Russen passt?" Mirandas Kopf fühlte sich an, als würde er gleich explodieren.

„Es wäre einfacher gewesen, wenn sie akzeptiert hätten, dass *der* arme Trottel von einem Piloten in der J-31 Mist gebaut hat, aber das haben sie nicht." Holly deutete nach Westen in Richtung China. „Der Grund für den Absturz muss also entweder die Schuld der USA oder der Russen sein - und ich stimme dafür, dass diese Mistkerle schuld sind. Alles, was wir brauchen, ist ein plausibler Mechanismus, irgendetwas Russisches, *das* den Anschein erweckt, dass ein Pilot um die Kontrolle über sein eigenes Flugzeug kämpft. Dann sollen die Chinesen selbst herausfinden, warum."

„Die RQ-170", Jeremys Augen wurden wieder normal groß, als er sie plötzlich ansah.

Ja, natürlich. Ja, natürlich! Miranda wusste, dass Jeremy absolut Recht hatte.

78

AUS ZEITGRÜNDEN KEHRTE ZHANG RU IN DEN Chrysanthemenhof zurück. Er stockte, als er sah, dass Mei-Li und Li Zuocheng immer noch am Tisch saßen. Die kleine Schlampe saß immer noch mit dieser eisigen, unantastbaren Perfektion da, anstatt Zuocheng an seinem Schwanz hier herauszuführen.

Ru zwang sich, mit einem Lächeln auf dem Gesicht nach vorne zu treten.

Verdammt sei das Mädchen! Und du sollst zur Hölle fahren, Nason! Wenn du das nächste Mal Hilfe brauchst, kannst du an einem tausendjährigen Ei lutschen!

Zuocheng reichte Mei-Li einen Zettel, als Ru den Tisch erreichte, und erhob sich dann.

„Auch ich werde gleich zurückkehren. Du hast lange genug gebraucht, Ru, ich hatte schon Angst, ich würde mich vor der jungen Dame blamieren. Aber so eine wie sie lässt man nicht unbeaufsichtigt", dann schritt er in Richtung Herrentoilette.

„Was hat er dir gegeben?"

Sie zeigte ihm eine Telefonnummer.

„Du solltest ihn in ein Hotel bringen, nicht seine Nummer nehmen." Er wusste, dass er seine Frustration nur schlecht verbergen konnte.

Das Mädchen studierte ihn kurz, so wie er eine Materialanforderung für eine Bestellung von Druckerpapier studieren würde, bevor es die Nummer wegsteckte und leise sprach. „Es ist die Nummer seiner Lieblingsenkelin. Er ist der Meinung, dass wir Freunde sein könnten und hofft, dass ich einen guten Einfluss auf ihre moderne Lebensweise haben werde."

Ru hatte sich eine solche List nie vorstellen können. Wenn Mei-Li die Freundin und Mentorin von Zuochengs Liebling wurde, war das besser, als wenn sie mit ihm schlief.

Nicht wahr?

Es gab zu viele Faktoren, um sie zu berechnen. Bedeutete "sein Liebling" zu sein, dass er ein ständiges Auge auf ihre Aktivitäten und ihr Glück hatte, oder dass er ihr ein Geschenk zum Geburtstag schickte? Oder regelmäßig mit ihr schlief?

„Wie nah sind sie?"

„Sie verbringen nächsten Monat eine Woche zusammen auf dem Duanwu-Drachenbootfestival."

Ru zischte genüsslich zwischen den Zähnen, dann lächelte er das Mädchen an. „Wie praktisch, dass wir auch dort sind."

„Ja, Onkel Ru", nickte sie mit einer kaiserlichen Anmut, die selbst der Kaiserin Wu Zetian schwer gefallen wäre.

Sein Telefon summte. Er holte es aus seiner Tasche und las die kurze Nachricht. Dann begann er ernsthaft zu lächeln und schickte eine schnelle Antwort.

Das war genau das, was er Zuocheng sagen musste. Damit würde das Projekt Shenyang J-31 innerhalb von nur sechs Monaten wieder in Gang kommen. Es war nicht die Schuld des Flugzeugs, sondern lediglich das Versäumnis, eine bestimmte Schwachstelle im Kommando- und Kontrollsystem vorauszusehen.

Er, Zhang Ru, würde derjenige sein, der gelöst hatte, was so viele Analysten und Befehlshaber nicht hatten enträtseln können.

Und warum?

Er musste beweisen, *warum* er es selbst gelöst hatte.

Ah! Weil die Techniker und Analysten geglaubt hatten, der Fehler läge beim Piloten oder dem Flugzeug. Die Analysten waren davon ausgegangen, dass China, nur weil es die Technologie anderer kopiert hatte, schon deshalb verdächtig war.

Aber er und Zuocheng waren beide Männer von Welt.

Sie waren beide Piloten gewesen!

Es lag an Denkern wie ihnen, das große Ganze zu sehen - zum Beispiel einen Angriff ihrer vermeintlichen russischen Verbündeten.

Mit dieser Tatsache und Zuochengs Vorliebe für Chen Mei-Li, die Ru nun wie eine Lieblingsnichte behandeln musste, wäre er selbst die naheliegende Person, um Peng Yan in der Zentralen Militärkommission zu ersetzen.

Es war schade, die Dienste des Mädchens nicht mehr in Anspruch nehmen zu können; sie war eine wahre Künstlerin im Schlafzimmer. Aber das bedeutete nicht, dass sie nicht auch auf andere Weise genutzt werden konnte.

Vielleicht sollte Mei-Li als seine Assistentin eingesetzt werden.

Sie beobachtete die Menschen so genau wie er selbst - eine wirklich seltene Eigenschaft. Mit ihrer Schönheit, ihrer Gelassenheit und mehr Training könnte sie sehr beeindruckend werden.

Ja, das war sehr gut. An seiner Seite, aber nicht zu nah, wäre sie ein außergewöhnlicher politischer Aktivposten, wenn auch nicht in technischer Hinsicht.

Und vielleicht würde er sogar seine wahre Nichte erlösen,

jetzt, wo sie von dem Mann befreit war, den sie nie gemocht hatte.

Wang Fan? Am besten wäre es, ihn ohne Reue in dem unbequemen Grab ruhen zu lassen, das er gefunden hatte.

79

„Okay, ich habe es abgeschickt. Kannst du mir das jetzt erklären?" Drake steckte das Telefon zurück in seine Tasche, nachdem er Zhang Rus Nachricht gelesen hatte: Ich stehe tief in deiner Schuld. Das war kein Ausdruck, den ein Chinese leichtfertig verwendete.

Miranda winkte Holly einfach zu.

„Jeremy hat sich das ausgedacht", Holly schlug ihm mit der Faust auf die Schulter, aber nicht hart.

„Von deinem Kommentar", Jeremy zeigte auf Miranda.

„Der basiert auf Hollys Beobachtung."

„Was auf deiner Aussage basierte."

„Weil ich versucht habe, Mikes Frage zu beantworten..."

„Hört auf mit dem verdammten Kommentaren. Was zum Teufel bedeutet das, was ich gerade geschickt habe?"

„Die RQ-170 Sentinel", beantwortete Clark die Frage, „war eine Flugdrohne, die die CIA über dem Iran eingesetzt hat, als..."

„Als ob ich das nicht schon wüsste. Mach weiter, Mann."

„Dann weißt du auch, dass es den Iranern gelungen ist, das Flugzeug zu imitieren und schließlich das Kommando zu übernehmen. Wir sind uns immer noch nicht ganz sicher, wie sie..."

Jeremy meldete sich zu Wort: „Sie haben die Befehlsfrequenzen unserer entfernten Satellitensignale mit einem leistungsstarken, fokussierten Array überwältigt. Die Software der Drohne wies unsere schwächeren Signale als Stördaten zurück und die Iraner landeten die Drohne mit der gesamten Ausrüstung und allen Überwachungsdaten unbeschädigt. Es war wirklich eine brillante Leistung, ein Flugzeug zu übernehmen und erfolgreich zu landen, mit dem sie überhaupt nicht vertraut waren. Natürlich haben wir unsere Drohnen inzwischen so modifiziert, dass sie nur mit verschlüsselter und verifizierter Kommunikation funktionieren, aber das hatten wir 2011 noch nicht. Die Chinesen gehörten zu den Parteien, die eingeladen waren, das Flugzeug zu inspizieren. Es war also sehr wahrscheinlich, dass ein hochrangiger chinesischer Kontakt davon erfahren würde."

„Wie er sagt", bestätigte Holly.

Drake dachte über die Nachricht nach, die Miranda ihm zukommen ließ. *Erinnere dich an die RQ-170, die von den Iranern übernommen wurde. Denke an russisches Eindringen in chinesische Jets durch importierte Kontrollsysteme.*

„Du hast also nicht wirklich gelogen. Du hast ihnen einfach gesagt, dass sie *denken* sollen*, dass* die Russen die Kontrolle über ihre Elektronik übernommen haben. Das ist ein plausibles *Wer* und *Wie*. Das *Warum liegt,* wie üblich, außerhalb des Rahmens der eigentlichen Absturzuntersuchung. Der CIA-Pilot zerstörte die C-130, indem er so nah heranflog. Dass der Pilot eine psychische Störung hatte, ist für die Situation nicht relevant", schloss Miranda.

Drake wusste es besser. Vielleicht nicht den Unfallermittler, aber er wusste, dass das *Warum* entscheidend war.

„Sie werden denken, dass die Russen den chinesischen Jet

der fünften Generation absichtlich zum Absturz gebracht haben", freute sich Clark. „Das wird zu einer deutlichen Abkühlung der chinesisch-russischen Beziehungen führen, zumindest was die militärische Zusammenarbeit angeht. Das ist ein Problem, seit sie ihre Beziehungen 1992 normalisiert und 2001 formalisiert haben. Das gefällt mir."

Ja. Clark verstand die Bedeutung des *Warum*.

Clarissa war klug genug, ihre Klappe zu halten. Harrington hatte ihr einige Vorwürfe gemacht, als sie über die bisherigen Operationen gesprochen hatten - genug, um zu wissen, dass ihr Schicksal auf dem Spiel stand.

Die Tatsache, dass Drake Harringtons sofortigen Rücktritt erzwingen wollte, weil er nicht früher im Interesse seiner Männer gehandelt hatte, war ein anderes Thema. *Das* war die erste Pflicht eines jeden kommandierenden Offiziers.

Es herrschte eine lange Stille, als alle über die Lösung nachdachten.

„Sind wir fertig?" fragte Jeremy leise.

Drake wandte sich an Clark. „Mein Befehl steht. Die MQ-45 Casper ist gegroundet. Keine zukünftigen Einsätze. Ich werde keine Maschine in meinem Arsenal haben, die Piloten tötet. Wie viele Piloten stehen noch auf der Liste?"

„Realistisch?" Harrington zuckte mit den Schultern. „Es gibt noch einen. Er ist bisher der Beste. Er fliegt wie..."

„Das ist mir scheißegal. Er ist fertig."

Drake bedauerte den Verlust von Peng Yan, aber er wusste nicht, was er dagegen tun sollte. Es sei denn... Gab es eine Chance, dass Zhang Ru ihn ersetzen würde? Wenn ja, wie konnte er das nutzen? Er seufzte. Das konnte er sich nicht vorstellen. Peng Yan war ein einfacher Verräter, Zhang Ru ein überzeugter Patriot.

„Ihr zwei", er deutete mit dem Finger auf Clark und Clarissa, „seid auf Bewährung. Und fangt nicht an, über meine mangelnde Autorität zu schimpfen, sonst ramme ich euch

Präsident Roy Cole in den Rachen. Ich sage nicht, dass ihr keine innovativen Projekte verfolgen sollt. Ich sage nur, dass ich euch noch vor Sonnenuntergang wegen Hochverrats hinrichten lasse, wenn sie in irgendeiner Weise militärisches Material berühren und ihr mich nicht informiert."

„Es ist schon Nacht", sagte Miranda auf ihre seltsame Art.

80

MIRANDA WAR DIE LETZTE, DIE VON DER LANDEBAHN ABHOB UND in das erste Licht des Morgens flog. Das lange Salzbett des Groom Lake fiel schnell hinter ihr ab. Sie überflog die Überreste des Wracks der C-130 und legte eine Schweigeminute ein. Es würde niemals ein Unfallbericht erstellt werden. Holly und Jeremy hatten alle ihre Daten weitergegeben, und die waren zerstört worden.

General Drake Nason flog in der Gulfstream der Regierung zusammen mit den beiden CIA-Direktoren nach Osten. General Harrington, dem das Kommando entzogen worden war, befand sich ebenfalls an Bord. Colonel Helen Thomas hatte vorübergehend das Kommando übernommen. Auch sie wusste von den verheerenden Auswirkungen des Programms auf die Piloten, hatte aber nur die Befehle ihres Vorgesetzten befolgt.

Miranda war sich nicht sicher, was das zu bedeuten hatte; das Militär funktionierte nach Regeln, die sie nie zu kennen glaubte. Vielleicht war es an der Zeit, sich über die Militärkultur zu informieren. Drake hatte sich bei ihr und dem

Team herzlich bedankt und gesagt, er würde sich wieder an sie wenden, wenn er jemals Hilfe bräuchte.

Sie wünschte, das wäre nie, aber solange Flugzeuge flogen, würden sie wieder vom Himmel kommen.

Die anderen drei Mitglieder ihres NTSB-Teams befanden sich in ihrer Mooney M20V auf dem Weg zurück zum Flughafen von Tacoma.

Als sie an den Überresten der C-130 vorbeiflog, schob sie den Gashebel nach vorne und die F-86 Sabrejet erwachte unter ihren Fingerspitzen zum Leben. Als sie nach Nordwesten zur Insel ihrer Familie abbog, flog sie an der Mooney vorbei und winkte ihr mit den Flügeln zu.

Es war eine seltsame Geste.

Winken.

Es war etwas, das mit Freunden gemacht wurde.

Tschüss! Bis zum nächsten Mal.

Und das würde sie auch. Sie hatten alle zugestimmt, vorerst in ihrem Team zu bleiben. Das war so weit, wie sie jemals nach vorne geschaut hatte.

Vom Groom Lake bis zum Rand des NTTR nutzte sie die Vorteile des militärischen Testgeländes und schaffte es, den Sabrejet auf knapp über Mach 1 zu schieben. Das war nicht mehr die Ära von Jackie Cochran, und selbst in diesem Moment gab es vielleicht noch ein oder zwei Pilotinnen, die die Schallmauer in einem Militärjet durchbrachen... aber nicht viele.

„Die schnellste Frau der Welt", sagte sie sich selbst, und auch wenn es in diesem Moment vielleicht nicht stimmte, wurde das Gefühl nicht weniger. Es war herrlich, den Übergang zum Überschallflug zu erleben - kaum mehr als ein hartes Buffet im Sabrejet. Es war der reinste Flug, zumindest der reinste für einen Menschen.

Welcher Vogel hatte den reinsten Flug? Sie hatte noch nie darüber nachgedacht, ob ein Wanderfalke, der mit zweihundertvierzig Meilen pro Stunde stürzte, mehr Spaß haben könnte als eine Möwe, die mit weniger als dreißig Meilen aufstieg.

Am Rande der NTTR - den sie nur allzu bald erreichte - ging sie wieder auf Unterschallgeschwindigkeit zurück. Laut Gesetz waren Überschallgeschwindigkeiten über zivilem Land in den USA verboten. Aber sie blieb in der Nähe der Grenze. Sie wollte, sie *musste* nach Hause kommen. Mach 0,98 war Unterschall und sie flog an der Grenze nach Norden.

Als sie östlich von Reno, Nevada, in fünfundvierzigtausend Fuß Höhe über den trockenen und gequälten Bergen in der nordöstlichen Ecke Kaliforniens vorbeiflog, schob sich ein Schatten über ihr Cockpit und verdeckte die Sonne.

81

Die Nadellänge der MQ-45 Casper, die von der aufgehenden Sonne beschienen wurde, schien mühelos neben ihr zu schweben. Miranda staunte über den Kontrast zwischen ihrer sechzig Jahre alten F-86 und dem modernsten Flugzeug der Welt. Von der ersteren hatte es fast zehntausend Stück gegeben, von der letzteren würde es nie mehr als dieses letzte Exemplar geben. Eines Tages würde es einen Ersatz geben - einen weiteren neuen Durchbruch - aber die Tage der Casper waren gezählt.

Sie wusste, wer es flog.

Sie und der letzte MQ-45-Pilot hatten über eine Stunde lang zusammengesessen. Ein großer, gut aussehender Mann. Seine offensichtliche Liebe zu seinem Flugzeug - er berührte es so, wie sie manchmal das Modell von *Kryptos* in ihrem Garten berührte - ließ sie sofort eine Verbindung zu ihm spüren.

Sie hatten nur wenige Worte miteinander gewechselt und sich stattdessen das Video seines einzigen Fluges gegen die Narco-U-Boote angesehen. Seine verzweifelte Traurigkeit über die Einstellung des Programms hatte ihre eigene Traurigkeit erreicht.

Miranda hatte es nie gemocht, berührt zu werden - jede Berührung fühlte sich an, als würde sie die letzten Umarmungen ihrer Mutter und ihres Vaters auslöschen.

Aber dieses klare Verständnis des gemeinsamen Schmerzes hatte sie dazu gebracht, Lt. Colonel Harvey Whitmore zu umarmen. Er erwiderte die Umarmung mit all dem stillen Schmerz in seinem Herzen.

Und jetzt flogen sie, Seite an Seite.

Beide entfernten sich nicht vom Formationsflug.

Wenn er wie andere Piloten den Verstand verlor und sie töten wollte, konnte sie nichts dagegen tun. Aber sein Flug, so nah, dass sich fast die Flügelspitzen berührten, fühlte sich nicht aggressiv an.

Er hatte kein Funkgerät, keine Frequenz, die ihn erreichen konnte.

Also flogen sie stattdessen einfach.

Gemeinsam tauchten sie hinunter, um die Gipfel der Cascade Range zu umrunden, jeden einmal: Crater Lake, Mount Hood bei Portland, Mount St. Helens und Rainier, und schließlich Mount Baker nördlich von Seattle.

Als sie zu ihrer Heimatinsel abbog, folgte er ihr, so nah, dass er nicht mehr als ein Schatten war - ein Spiegelbild. Er ahmte jedes ihrer Manöver nach, so instinktiv, wie sie den Sphären an einer Absturzstelle folgte.

Harvey war ein großartiger Pilot.

Sie hatte in den Videos genug gesehen, um zu wissen, dass er der Beste von allen war. Sogar besser als der Pilot auf dem China-Flug.

Sie sank in einer trägen Spirale hinab, deren Zentrum die Insel ihrer Eltern war. Auf ihrer Insel.

Vielleicht war es an der Zeit, dass sie sie tot im Atlantik zurückließ. Was man von ihren Überresten gefunden hatte, war nun Asche, die auf der Insel verstreut war.

Direktor Clark Winston hatte ihr angeboten, sie bei ihrem

nächsten Besuch in DC auf die Sterne an der CIA-Gedenkmauer hinzuweisen. Sie waren im Dienst gestorben und hatten dort nummerierte, aber namenlose Sterne; eine Tradition für jeden Agenten, der im Dienst starb.

Die Casper kreiste mit ihr. Die Landebahn war zu kurz für sein Flugzeug. Das beunruhigte sie einen Moment lang, dann wurde ihr klar, dass Harvey hier niemals landen würde. Sein Körper befand sich in Las Vegas und er nahm einen *nicht genehmigten* letzten Flug.

Oh, ein *letzter* Flug.

Tausend Fuß über der Landebahn wackelte er mit den Flügeln.

Freund.

Sie wackelte mit ihren, als Antwort.

Freund.

Dann schälte sich der Casper mit einer Plötzlichkeit zur Seite, die sie vor Überraschung aufschreien ließ.

In wenigen Augenblicken drehte die Casper nach Westen in Richtung des spurlosen Pazifiks und ging in den transsonischen Betrieb über.

Das letzte Sonnenlicht, das sie von der Drohne sah, zeigte, dass sie mit vollem Nachbrenner in den Himmel raste.

82

HELEN FAND HARVEY.

Alleine.

Im Flugsessel.

Er brauchte keine Gurte mehr, um sich zu fixieren. Er hatte es geschafft, die Systeme hochzufahren und sich einzuschalten. Sie hatte nicht daran gedacht, hier nach ihm zu suchen, bis sie die offene Hangartür von weit unten auf dem Feld bemerkte.

Als sie ankam, war die Drohne längst weg.

Es gab nichts zu sagen, auch wenn er noch fähig war, zu antworten.

Stattdessen setzte sie sich und nahm seine Hand.

Er drückte ihre Hand, einmal. Aber sie hielt sich fest und beobachtete die Kommandobildschirme.

Harvey flog. Loopings, Rollen, Immelmanns - ein Manöver nach dem anderen, ein wunderschöner Flug voller Freude und Traurigkeit. Sie wusste nicht, was sie erwartet hatte, nachdem er die Frau gefunden hatte, die das Casper-Programm aufgedeckt und beendet hatte, aber es war nicht der Flug, der folgte.

Die Tränen brannten heiß auf ihren Wangen, als die beiden

Piloten in Flugzeugen aus so unterschiedlichen Epochen über eine der schönsten Landschaften der Welt flogen. Eine Berglandschaft nach der anderen, so wie nur ein Pilot sie sehen konnte, und schließlich kreisten sie über den San Juan Islands, auf denen sie noch nie gewesen war und von denen sie wusste, dass sie sie nie wieder sehen würde.

Er winkte der Frau zum Abschied zu.

Griff er auch nach den schwindenden Verbindungen seines Körpers, um mit seiner Hand in ihrer zu zucken, oder war es eine einfache reflexartige Reaktion auf das Manöver - eine Frage, die sie sich in den kommenden Jahren noch tausendmal stellen würde.

Er öffnete den Motor weit.

Mach 1.

Mach 2.

2-5.

Zwei-sieben.

Harvey hatte immer noch eine gewisse Verbindung zu seinem Körper; er stöhnte über die G-Kraft, die auf das Fahrzeug einschlug, als er die Casper in die Luft schickte.

Sie war für siebzigtausend Fuß zugelassen. Aber die Leistung war nicht die Fähigkeit.

Er flog mit allem, was die Casper hergab, in den Weltraum. Vielleicht tat er es sogar teilweise für sie. Vielleicht für ihre beiden verlorenen Träume vom Weltraum.

Er begann erst in siebenundneunzigtausend Fuß Höhe zu bluten. Ohne Munition und mit einer teilweisen Restladung Treibstoff war das Flugzeug leicht und leistungsstark. Bei hundertzwanzigtausend Fuß war es immer noch über Mach 2. Obwohl die Triebwerke wegen Sauerstoffmangels am Verhungern waren, drückte Harvey weiter in die Höhe.

Ein Vierzig.

Eins fünfzig.

Bei einhundertsiebenundsechzigtausend Fuß erreichte er die Grenzen der Casper.

Mit einem Maß an Kontrolle, das nur den außergewöhnlichsten Piloten möglich ist, balancierte er fast eine ganze Minute, mehr als die Hälfte des Weges ins All. Er schwebte in einer Höhe von einunddreißig Komma sechs Meilen, aber ein Astronautenabzeichen lag bei zweiundsechzig - noch weit außerhalb seiner Reichweite.

Helen konnte nicht sagen, ob das Flugzeug schließlich abstürzte oder Harvey einfach aufgab.

Er ließ die Nase vertikal schwingen, bis sie gerade nach unten gerichtet war.

Da er nichts tat, um die Motoren zu drosseln, gewann er schnell an Geschwindigkeit.

Bei hunderttausend Fuß überschritt er noch einmal Mach 2.

Mit fünfzig hatte er Mach 3 durchbrochen.

Die Tragflächen scherten bei Mach 4,5 ab.

Harvey, der nur noch ein Rumpf mit einem Motor war, setzte seinen Sturzflug mit voller Kraft fort.

Er schlug mit Mach 5,8 auf dem Wasser auf.

Wenn es noch etwas zu versenken gäbe, würde es sich in den Tiefen des Alaska-Grabens absetzen. In einer halben Million Jahren würde die Bewegung der tektonischen Platten diese Reste in den Erdmantel hinunterziehen. Vielleicht eine weitere Viertelmillion Jahre später würden einige wenige Atome in den Vulkanen Alaskas wieder auftauchen.

Helen ging herum und schaltete die Geräte aus.

Wenn sie nicht zusammen mit Harrington verhaftet werden würde, würde sie ihre Uniform an den Nagel hängen, sobald ein Nachfolger für das Kommando in Groom Lake benannt werden konnte.

Sie stand als Letzte an der Krankenstation.

Seine Vorliebe für die Gedankenverbindung musste ihn

anfälliger für The Rip gemacht haben als jeden anderen Piloten. Vielleicht weigerte er sich aber auch einfach, ohne Fliegen weiterzuleben.

Sie beobachtete, wie der letzte Schlag seines Herzens und die letzte Andeutung einer Hirnwelle verklangen, bevor sie das Gerät ausschaltete.

Sie würde zu ihrer Familie zurückkehren und sehen, ob sie noch etwas von ihrem eigenen Leben retten konnte. Von ihrem eigenen Herzen.

„Du bist wirklich geflogen, Harvey. Ihr Götter, aber du bist wirklich geflogen."

83

CHEN MEI-LI SAß DICHT NEBEN CHANG MUI, DER Lieblingsenkelin von General Li Zuocheng, während sie sich am grasbewachsenen Ufer des Shunyi-Wasserparks in Peking ein Kokosnusseis teilten. Die Rennen des Duanwu-Drachenbootfestivals fanden vor einer riesigen Menschenmenge statt, die in den ehemaligen Olympiapark geströmt war.

Die Gruppen der kleinsten Drei-Meter-Boote, jedes mit einem auf den Bug gemalten Drachenauge, sorgten für ein farbenfrohes und fröhliches Rennen, bei dem sich alle drängelten und jeder einfach nur froh war, an diesem warmen, sonnigen Junitag dabei zu sein.

Die Zehn-Paddler-Klasse war ernster, hatte aber trotzdem sichtlich Spaß. Sie hatten kleine geschnitzte Drachenköpfe auf der Vorderseite.

Die großen Drachenboote mit zwanzig Paddlern, einem Steuermann am Heck und einem Trommler an der Spitze, der den Takt angab, waren herrlich anzusehen, vor allem, wenn die Teams bei den längeren Rennen ihre Boote in weiten Bögen drehen mussten, um die Strecke wieder zurückzufahren.

Eine unvorsichtige Wendung brachte ein Boot zum Kentern und warf seine Paddler ins Wasser. Die Menge seufzte enttäuscht und jubelte dann den Paddlern zu, als sie mit ihren Paddeln über dem Kopf winkten, während sie Wasser traten.

Mei-Lis Favoriten waren die traditionellen Boote. Diese waren viel länger als die "zwanzig" Boote.

Sie und Mui führten eine freundschaftliche Debatte darüber, welches Boot das schönste war. Welche Paddler am stärksten waren. Welcher Trommler die besten schwungvollen Bewegungen hatte.

Im Gegensatz zu den Rennbooten aus Glasfaser oder sogar Verbundwerkstoffen wurden diese Boote aus traditionellen Hölzern gebaut. Teakholz glänzte, Mahagoni schimmerte.

Die nicht weniger als fünfzig Ruderer trugen keine Mannschaftshemden, sondern farbenfrohe Trachten. Die goldenen Hemden passten zu den goldenen Verzierungen des einen Bootes, die roten zu denen des anderen.

Fahnen flatterten vorne und hinten - rot mit goldener Kalligraphie - und verkündeten den Namen des Drachens oder riefen den Segen der Götter herbei.

Der Trommler schlug nicht auf ein Tomtom, sondern auf eine riesige, über einen Meter breite Trommel, die über das Wasser dröhnte, als käme der Jadekaiser selbst vom Himmel herab, um die Show zu sehen.

Ihre verzierten Drachenköpfe ragten hoch aus dem Wasser, weit über die Köpfe der Paddler, und schienen nach vorne zu streben, selbst wenn sie still standen. Alle wurden still, als die daoistischen Priester die Drachen "erweckten", indem sie ihnen kurz vor dem ersten Rennen mit einem feinen Pinsel in die Augen strichen.

Sie sahen perfekt aus, als sie über das Wasser glitten, bereit, aus dem Wasser zu fliegen und frei in den Himmel aufzusteigen.

In der kurzen Zeit, die seit dem Tod des Bastards Wang Fan vergangen war, hatte Mei-Li begonnen, ein neues Leben zu sehen - mehr als nur das tägliche Überleben. Als sie Li Zuocheng zuhörte, wie er mit Liebe und Bewunderung von seiner Enkelin sprach, veränderte sich ihr Weltbild während einer einzigen Mahlzeit.

Ja, es war an der Zeit, dass sie selbst ein Drache wurde und ihr eigenes Haupt hoch erhob. Bis jetzt hatte kleinliche Rache gereicht, aber ihre neugeborenen Augen sahen, dass so viel mehr möglich war.

Mui kicherte über einen besonders extravaganten Trommler, der tanzte und herumwirbelte, während er den Rhythmus der Paddler gegen seine große Trommel schlug.

Mei-Li stimmte in das Kichern ein.

Kichern war in ihrer ersten Jugend-Amateursportschule nicht erlaubt gewesen. Stattdessen waren Gelassenheit, Anmut und perfekte Kontrolle die Schlagworte ihrer Jugend. Sie hatte nie einen Grund zum Lachen gefunden.

Bis jetzt.

Seit dem Moment, als sie ihren ersten Kuss mit Mui geteilt hatte, hatte sie das Gefühl, dass es möglich sein könnte zu lachen. Und jetzt war es leicht. Mui, nur ein Jahr jünger, war so herrlich unverdorben. Nicht zynisch, nicht missbraucht, nicht verbittert, obwohl sie auch eine große Schönheit war. Mei-Li fühlte sich auf überraschende Weise zu ihr hingezogen.

Wie wenig "Lieber Onkel Ru" und "Geliebter Großvater Zuocheng" von dem wussten, was moderne Mädchen taten. Wie leicht es war, ihren sehr lockeren Leinen zu entkommen und ihre eigenen Regeln zu machen. Sie und Mui waren anonym in der Menge und niemand beachtete sie. Wenn sie Arm in Arm gegangen wären, hätten die Jungs sie vielleicht gestört. Aber sie gingen händchenhaltend auf die moderne, westliche Art und Weise, die sagte, dass sie ein Paar waren, das kein Interesse an Penissen hatte, und die Jungs ließen sie in Ruhe.

Für Mei-Li war Sex einfach nur Sex.

Aber Mui hatte vom ersten Moment an deutlich gemacht, was ihre Vorlieben waren. Mei-Li hatte gedacht, dass sie aufgrund ihrer Erfahrung und ihrer bitteren Enttäuschungen die Dominante sein würde. Aber Mui behandelte sie, als wäre *sie diejenige*, die Fürsorge brauchte. Ihre erste gemeinsame Nacht - Essen, Tanzen und Liebe machen bis zum Morgengrauen - hatte Mei-Li gezeigt, wie viel sie noch lernen musste.

Sie *war* wichtig. So wie sie Mui lehrte, wie man sich in der politischen und militärischen Welt zurechtfand, lehrte Mui auch sie - über die Idee der Hoffnung.

Jetzt, wo sie angefangen hatte, konnte Mei-Li nicht mehr aufhören zu kichern. Wie wenig ihre kostbaren Vormünder verstanden. Muis brennendes Verlangen, das Reich ihres Patriarchats abzuschütteln und wirklich westlich zu werden, durchströmte sie wie ein strahlendes Licht.

Sie waren so perfekt zusammen.

Es würde Zeit brauchen. Aber Mei-Li würde tun, was Muis Großvater Zuocheng hoffte, und ihr beibringen, wie man reif und kultiviert war und vor allem, wie man beobachtete.

Mit ihrer eigenen Rolle als Assistentin ihres Onkels und Muis Wissen über ihren Großvater gab es so viel mehr, was sie für die Amerikaner herausfinden konnten, als den Flugplan eines Flugzeugs oder die nächste Designänderung. So hoch hatte sie noch nie geschaut, als sie unter Onkel Rus Fuchtel stand.

Jetzt konnte sie so viel höher schauen.

Und eines Tages, nachdem sie ihre Vorfahren und alle, die mit ihnen zu tun hatten, vernichtet hatten, würde sie sie beide herausholen und sie würden im Westen frei sein.

Ja, Mui hatte Mei-Li die Augen geöffnet, um Freude zu finden.

Sie kam wie eine Frühlingsrolle eingewickelt in ein dünnes Blatt Hoffnung, das sie noch nie zuvor gehabt hatte.

Geschmückt mit einem Kuss mit Kokosnuss-Eis-Geschmack.

EPILOG

Mirandas Nerven ließen sie nicht stillsitzen.

Da es ein schöner Septembermorgen war, machte sie einen langen Spaziergang auf der Insel, um sich die Zeit zu vertreiben. Spieden war zwei Meilen lang, weniger als eine halbe Meile breit und lag am nordwestlichen Rand der schönen San Juan Inseln im Bundesstaat Washington.

Die San Juans waren eigentlich die verbliebenen Gipfel eines untergegangenen Gebirgszuges, dessen steile Felsköpfe aufragten und von dicken Nadelbäumen gekrönt waren.

In den 1970er Jahren war Spieden für die Großwildjagd bestückt worden - zwar nicht mit Raubtieren, aber mit Gnus, Zebras, verschiedenen Hirscharten und über zweitausend exotischen Vögeln. Der Park war unter dem Druck von Protesten gegen Tierquälerei und Beschwerden von der nahegelegenen San Juan Insel zusammengebrochen, wo es bekannt war, dass streunende Kugeln den eine halbe Meile langen Kanal überquerten.

John Wayne hatte hier gerne gejagt und deshalb konnte sich Miranda nie dazu durchringen, sich einen seiner Filme anzusehen.

Lange nach dem Zusammenbruch des Parks hatte die "Große Razzia" in den 1980er Jahren die meisten Tiere eingesammelt, aber nicht ganz alle. Ihre Familie hatte die Insel ein paar Jahre später gekauft. Korsische Mufflonschafe und asiatische Sikahirsche gehörten zu den erfolgreichsten Restbeständen.

Als kleines Mädchen war sie glücklich unter ihnen herumgewandert. Da es keine natürlichen Raubtiere mehr gab - John Wayne und Konsorten gab es ja nicht mehr - waren sie ziemlich furchtlos. Oft konnte sie ein Neugeborenes halten oder ein Rehkitz streicheln.

Das Haus der Familie war einst das große Jagdschloss gewesen. Ein Hallenbad, eine Sauna, eine Küche und ein Esszimmer mit zwanzig Plätzen, in dem nur noch selten mehr als eine Person Platz fand.

Heute hatte Tante Daniel - nachdem sie einen Monat lang auf sie eingeredet und sie praktisch zu einer Aktion gezwungen hatte, die ihr die Nerven raubte - in letzter Minute abgelehnt, auf die Insel zu kommen.

„Du schaffst das schon, Mirrie", hatte sie heute Morgen am Telefon gesagt.

„Aber..."

„Das reicht jetzt, Mirrie. Wir haben sie vor über zwanzig Jahren begraben. Du bist nicht mehr dreizehn. Mach weiter."

„Ich bin..."

„Ja, du bist bereit. Es wird erstaunlich sein. Du wirst sehen. Ich werde dir gute Energie schicken, aber du wirst sie nicht brauchen." Und schon war sie weg.

Miranda saß eine Weile vor der Kryptos-Gartenskulptur ihres Vaters. Sie konnte sich nicht in der Betrachtung des verborgenen Codes verlieren, aber es war ein bequemer Platz zum Sitzen.

Direktor Winston hatte sein Wort gehalten und im letzten Monat hatte sie zweimal die echte Skulptur bei der CIA besucht, als sie zum Hauptsitz der NTSB zurückkehren musste. Terence hatte eine neue Haustür und eine neue Dachrinne.

Sie hatte versucht, ihn auf die Insel einzuladen.

„Nicht mein Tanz, Mirrie. Mir geht's gut hier in DC. Mach einfach weiter mit dem Tanz, den du gerade machst. Er steht dir verdammt gut, Mirrie."

Es war ein helles Summen zu hören, in der Ferne, aber es wurde immer lauter.

Viele Flugzeuge kreisten über der Insel, Neugierige, die versuchten, Wild oder die Bewohner der Insel zu sehen... den Bewohner. Spieden war eine geschlossene, private Insel und Landungen waren verboten. Das hielt die Ausflugsboote zwar nicht davon ab, nah die Insel zu umkreisen, aber zumindest hielten sie sich an das Landungsverbot. Das Bootshaus und die Hütte lagen unten am Wasser, aber das Haupthaus befand sich oben in der Mitte der Insel, gut abgeschirmt durch hohe Nadelbäume in den meisten Richtungen, mit Ausnahme eines langen Blicks nach Osten über die gesamte Länge der Insel.

Sie kannte die meisten Flugzeuggeräusche.

Der Lycoming-Vierzylinder der Cessna - ein flacher Vierzylinder in der 152 und 172 - erzeugte einen deutlichen Ton aus den McCauley 69" bzw. Sensenich 72" Propellern.

Die Piper Tomahawk hatte ebenfalls einen Vierzylindermotor, klang aber eher wie eine genervte Mücke. Die Piper Cherokee klang mit dem tieferen Ton ihres Sensenich 74"-Propellers etwas praktischer.

Der Continental Flat-Six der Mooney mit dem dreiblättrigen Hartzell Scimitar Propeller hatte einen aggressiven "Ich bin schnell, geh mir aus dem Weg"-Ton, der ihr schon immer gefallen hatte.

Sie zwang sich aufzustehen und ging den Weg zum Flugplatz hinauf, als ihre Mooney M20V von der Seitenwindstrecke auf die Zielgerade einbog.

Mike war in den letzten Monaten viel besser darin geworden, sie zu fliegen.

Sie konnte sehen, wie Jeremy ihr durch die Windschutzscheibe zuwinkte.

Holly konnte man sich gut vorstellen, wie sie lässig auf dem Rücksitz saß, Mike neckte und Jeremys Höhenflüge im Griff hatte.

Hatte sie sich mit ihrem Platz auf dem Autismus-Spektrum abgefunden? Oder vielleicht hatte sich ihr ASD an diese drei Personen gewöhnt.

Seitdem sie zu ihr gestoßen waren, hatten sie zwei Abstürze in der kommerziellen Luftfahrt bewältigt: einen schweren Rollfehler, der zwei Menschenleben und über hunderttausend Dollar Schaden an zwei Flugzeugen gekostet hatte, und den Totalverlust einer Embraer ERJ135, bei dem die beiden Piloten und alle siebenunddreißig Passagiere ums Leben kamen. Doch die eine Flugbegleiterin, die im abgetrennten Heckteil saß, kam mit heiler Haut davon. Auch in der allgemeinen Luftfahrt gab es mindestens ein Dutzend mehr oder weniger schwere Unfälle mit kleinen Flugzeugen der allgemeinen Luftfahrt.

Sie waren immer ein zuverlässiges Team gewesen. Da war noch etwas anderes. Sie waren auch... Miranda war sich nicht ganz sicher, was.

Mehr als vertraut...

Das Flugzeug landete sauber auf der grasbewachsenen Landebahn, die sie gestern extra für ihren Besuch gemäht hatte. Sie hatte das Gefühl, dass die Insel irgendwie glücklicher war, wenn sie für die Besucher gut gepflegt war. Mike rollte die Mooney problemlos in den Hangar, den sie für ihn offen gelassen hatte. Sie kam gerade an, als er sie neben ihrem Sabrejet abstellte.

„Miranda!" Holly hüpfte herunter. „Das darfst du nie wieder mit mir machen. Das nächste Mal sind nur Mädchen auf der Insel. Männer machen viel mehr Ärger, als sie wert sind."

„Das ist nicht fair." Mike kam herüber und umarmte Miranda überraschend. „Wenn ich nicht hier wäre, über wen könntest du dich dann beschweren?"

Miranda gab ihm das T-Shirt, das sie genäht hatte. Kaum hatte er es ausgerollt, zog er sein eigenes Hemd aus und das neue an. Sie bemerkte, dass Holly nicht einen Moment wegschaute, bis Mike mit dem Wechsel fertig war.

Er schaute wieder mit einem breiten Lächeln darauf hinunter und umarmte sie dann fest. Darauf stand: *„Ich bin nach Groom Lake gefahren und alles, was ich bekommen habe, war eine Rektalsonde*, genau wie er es bei der Untersuchung des C-130-Wracks verlangt hatte.

Gut. Sie war sich ziemlich sicher, dass es lustig war.

Jeremy kam von der anderen Seite des Flugzeugs dazu. Wie Mike und sie selbst trug er die Mützen der Matildas-Fußballmannschaft, die Holly ihnen geschenkt hatte und auf die sie bei allen bestand.

„Wenn sie sich nicht über dich beschweren würde, Mike, würde sie sich über die miserable Saison der australischen Matildas beschweren", begann Jeremy an seinen Fingern abzuzählen. „Die Qualität oder den Mangel an Pizza an abgelegenen Absturzstellen. Die Männer..."

Holly schlug ihm auf den Arm.

„Hey! Au! Du beschwerst dich doch immer über Männer."

„Keine Sorge, Jeremy, ich zähle dich nicht zu ihnen."

„Das ist gut", sagte er und blinzelte sie mit einem Blick an, von dem Miranda wusste, dass er eine Mischung aus Überraschung und Verwirrung war. „Jetzt warte mal einen Moment!"

Holly lachte aus dem Bauch heraus über seine Bestürzung und Mike lächelte definitiv.

Miranda war erstaunt, dass Tante Daniels doch recht hatte.

Die ersten Besucher, die sie seit der Beerdigung ihrer Eltern auf die Insel ließ, gehörten unbedingt dazu.

Sie waren nicht nur ihr Team.

Sie waren... Freunde.

Es sollte ein guter Tag werden.

NACHWORT

Wenn Ihnen Miranda Chase und die Drohne gefallen hat
gefallen hat, hinterlassen Sie bitte eine Bewertung.
Sie helfen wirklich.

Eine Liste der Figuren und Flugzeuge finden Sie unter:
https://mlbuchman.com/people-places-planes

Eine kostenlose Bonusgeschichte/-szene und ein Rezept aus
dem Buch finden Sie unter (zur Zeit nur auf Englisch):
https://mlbuchman.com/fan-club-freebies

MIRANDA CHASE UND DER THUNDERBOLT

DEMNÄCHST AUF DEUTSCH

ÜBER DEN AUTOR

USA Today und Amazon #1 Bestseller M. L. "Matt" Buchman hat mehr als 70 Romane, 125 Kurzgeschichten und 50 selbst erzählte Hörbücher verfasst. PW schreibt über seine Miranda Chase Action-Adventure-Thriller: „Tom-Clancy-Fans, die offen für eine starke weibliche Hauptfigur sind, werden nach mehr verlangen." Über seine romantischen Militärromane: „Als hätten Robert Ludlum und Nora Roberts ein Buchbaby bekommen." Er ist außerdem Herausgeber von *Thrill Ride - the Magazine.*

Der Projektmanager mit einem Abschluss in Geophysik hat Häuser entworfen und gebaut, ist geflogen und aus Flugzeugen gesprungen, hat ein 50-Fuß-Segelboot gesegelt und ist mit dem Fahrrad um die Welt geradelt... und er entwirft Quilts. Mehr unter: www.mlbuchman.com.

Auch geschrieben von M. L. Buchman (auf Englisch)

Other works by M. L. Buchman: *(* - also in audio)*

Action-Adventure Thrillers

Dead Chef
One Chef!
Two Chef!

Miranda Chase
Drone*
Thunderbolt*
Condor*
Ghostrider*
Raider*
Chinook*
Havoc*
White Top*
Start the Chase*
Lightning*
Skibird*
Nightwatch*
Osprey*
Gryphon*

Science Fiction / Fantasy

Deities Anonymous
Cookbook from Hell: Reheated
Saviors 101

Contemporary Romance

Eagle Cove
Return to Eagle Cove
Recipe for Eagle Cove
Longing for Eagle Cove
Keepsake for Eagle Cove

Love Abroad
Heart of the Cotswolds: England
Path of Love: Cinque Terre, Italy

Where Dreams
Where Dreams are Born
Where Dreams Reside
Where Dreams Are of Christmas*
Where Dreams Unfold
Where Dreams Are Written
Where Dreams Continue

Non-Fiction

Strategies for Success
Managing Your Inner Artist/Writer
Estate Planning for Authors*
Character Voice
Narrate and Record Your Own
Audiobook*

Short Story Series by M. L. Buchman:

Action-Adventure Thrillers

Dead Chef

Miranda Chase Stories

Romantic Suspense

Antarctic Ice Fliers

US Coast Guard

Contemporary Romance

Eagle Cove

Other

Deities Anonymous (fantasy)

Single Titles

The Emily Beale Universe
(military romantic suspense)

The Night Stalkers
MAIN FLIGHT
The Night Is Mine
I Own the Dawn
Wait Until Dark
Take Over at Midnight
Light Up the Night
Bring On the Dusk
By Break of Day
Target of the Heart
Target Lock on Love
Target of Mine
Target of One's Own
NIGHT STALKERS HOLIDAYS
Daniel's Christmas*
Frank's Independence Day*
Peter's Christmas*
Christmas at Steel Beach
Zachary's Christmas*
Roy's Independence Day*
Damien's Christmas*
Christmas at Peleliu Cove

Henderson's Ranch
Nathan's Big Sky*
Big Sky, Loyal Heart*
Big Sky Dog Whisperer*
Tales of Henderson's Ranch*

Shadow Force: Psi
At the Slightest Sound*
At the Quietest Word*
At the Merest Glance*
At the Clearest Sensation*

White House Protection Force
Off the Leash*
On Your Mark*
In the Weeds*

Firehawks
Pure Heat
Full Blaze
Hot Point*
Flash of Fire*
Wild Fire
SMOKEJUMPERS
Wildfire at Dawn*
Wildfire at Larch Creek*
Wildfire on the Skagit*

Delta Force
Target Engaged*
Heart Strike*
Wild Justice*
Midnight Trust*

Emily Beale Universe Short Story Series
The Night Stalkers
The Night Stalkers Stories
The Night Stalkers CSAR
The Night Stalkers Wedding Stories
The Future Night Stalkers

Delta Force
Th Delta Force Shooters
The Delta Force Warriors

Firehawks
The Firehawks Lookouts
The Firehawks Hotshots
The Firebirds

White House Protection Force
Stories

Future Night Stalkers
Stories (Science Fiction)